납골당의 어린왕자 6

저자 퉁구스카 | **표지** MARCH

|목차|

생존자들 Part 2

사냥은 체류 나흘째에 중단되었다. 비축식량이 자그마치 3톤을 넘었기 때문이다. 매일 최소 하나 이상의 사슴무리를 발견한 덕분에, 나중엔 수사슴만 잡았는데도 이 정도 양이 되었다.

당연히 다 가지고 가기는 무리였다. 일부를 남겨놓고 떠날 작정이다. 랭포드 대위는 재집결 지점이 필요하다고 주장했다. 이동 도중 무슨 일이 생길지 모른다면서. 모종의 이유로 부대가 흩어져 연락이 두절되는 경우, 후퇴하여 여기서 다시 모이기로 하겠다는 것이었다.

보관은 간단했다. 인근의 숙박업소들, 그리고 우체국 건물에서 떼어 온 태양광 발전 시스템 덕분이었다. 객실마다 하나씩 있는 냉장고를 활용했으므로, 냉동실에 넣는 분량은 염장조차 하지 않았다. 사람의 손길이 없어도 당분간은 괜찮을 것 같았다.

봄볕 아래 펼쳐 말리는 버섯과 식용식물도 충분한 양이 었다.

승마술 훈련 역시 수월하게 진행되었다. 대부분이 가볍게 달리는 정도까지는 어떻게든 해냈다. 병사들과 요원들은 높은 열의를 보였는데, 겨울이 보기엔 정신적인 방어기제였다.

'웃고 떠든다고 잊은 게 아니지.'

밤마다 많은 수가 불면증에 시달리거나 가위에 눌렸다. 눈 뜨기 전에 총부터 뽑았던 조안나를 생각하면 언제 사고가 나더라도 이상하지 않았다.

그래도 장교들이 노심초사한 덕분에 많이 나아지긴 했다.

출발 이틀 전인 오늘만 해도 노박 소위의 제안에 따라 분대 대항 대검 던지기 경기가 열렸다. 상품은 위스키. 지더라도 받지 못하는 경우는 없으되, 이기는 분대에겐 먼저 고르고 먼저 마실 권리가 주어진다. 애초에 많이 주지도 않겠으나, 전 병력을 동시에 먹이긴 곤란했다.

그럼에도 술을 마실 수 있다는 것만으로 중대 전체가 열광했다.

"짐 빔! 짐 빔! 짐 빔!"

구경꾼들이 선수에게 보내는 야유. 누가 시작했는지, 너네는 싸구려나 먹으라는 뜻이었다. 상품들 가운데 가장 인기 없는 것이 짐 빔(Jim Beam) 브랜드의 화이트 라벨이었기에. 자리에 선 병사가 칼을 던지려다 말고 다른 분대원들에게 가운뎃손가락을 세워보였다.

우-

병사들이 일제히 반응했다. 힘내라고 외치는 이는 같은 분대원들뿐이었다.

포기한 선수가 고개를 흔들고 표적을 노려보았다. 그리고 던진다. 겨울이 「교습」한 자세 그대로. 느리게 회전하는 대검이 67피트, 약 20미터를 날아가 과녁에 꽂혔다. 예스! 선수가 두 팔을 번쩍 들어올렸다. 한층 짙어진 야유 속에서 분대원들의 응원이 열기를 띠었다.

한 사람당 기회는 세 번. 분대 별로 과녁에 꽂힌 숫자를 겨룬다.

장교들은 높아지는 함성을 막지 않았다. 어차피 여기서 하루를 더 보낼 계획이었다. 소리 닿는 범위에 변종이 있다면 미리 끌어들여 처치하는 것도 나쁘지 않았다. 오히려 그 편이 밤에 조금이라도 더 안심할 수 있었다. 병사들도 이렇게 알고 있다.

경계 병력을 충분히 배치해두기도 했다. 분대마다 두 명씩 차출해서 시야가 트인 길목을 하나씩 담당하도록 했다.

말을 얻은 이후 며칠간 주변을 광범위하게 정찰했으나, 대규모 변종집단은 발견되지 않았다. 이 비정상적인 공백은 곧 봉쇄선의 고난을 방증하는 것일 테지만……. 어쨌든 지금 여기서 우울해할 필요는 없을 것이었다.

턱!

어느덧 세 개째의 단검이 과녁에 박혔다. 「교습」 기간과 시간이 짧아, 제대로 날아가더라도 회전이 부적절해 튕겨 나가는 경우가 많은 마당에, 이 정도면 중대에서 손에 꼽을 실력이다.

활짝 웃으며 들어오는 선수를 몇 사람이 꽉 끌어안았다.

여기서 장교들이라고 예외는 아니었다. 술을 마시고 싶으면 칼을 던져야 했다.

자기 성적에 가장 불만족한 이는 랭포드 대위였다. 궤도는 잘 맞히는데 박히는 경우가 없었다. 소대장들이라고 성적이 좋은 편은 아니어서, 병사들이 좋다고 박수를 쳤다.

겨울은 정보국 요원들, 그리고 조안나와 한 팀을 짰다.

순서가 돌아오자 조안나가 푸욱 한숨을 쉬었다.

"이럴 시간에 승마 연습을 좀 더 하고 싶군요."

그러면서 나무에 매여 있는 엑셀에게 눈길을 준다. 녀석은 태평하게 사료를 씹고 있었다. 그 외엔 보이지 않는다. 나머지 넷은 경계에 투입된 상태였다.

현 시점에서 말 타기에 가장 미숙한 사람을 한 명 꼽으라면 바로 조안나였다. 의외로 무서워한다. 공포증과 관계가 있는 걸까? 내보이는 오기를 보면 꼭 그런 것 같지도 않았다. 안장에 앉아서는 안절부절못하면서도, 내린 뒤엔 꼭 불만족스러운 기색을 비쳤다.

의외였지만, 이런 집념이 다재다능한 요원을 만들었을 것이다. 겨울이 부드럽게 달랬다.

"너무 그러지 마요. 사람이 못하는 것 하나는 있어도 괜찮잖아요."

"……그걸 당신이 말하니까 진짜 이상하네요."

그녀는 볼멘 대꾸로 소년을 웃게 만들었다.

콱! 조안나가 던진 첫 번째 대검은 표적 모서리에 맞았다. 아슬아슬한 명중이라, 반쯤 박힌 날이 하마터면 관성으로 빠질 뻔했다. 던지는 습관 때문인지, 두 번째의 대검도 비슷한 궤도였다. 탱- 누운 채로 부딪힌 칼이 반대 방향으로 튀었다.

후. 호흡을 정돈한 그녀가 세 번째를 던졌다. 빠르게 쏘아진 칼날이 바람결에 희미해진다. 캉, 하는 쇳소리. 새 칼이 박힌 칼을 쳐냈다.

"이건 1점으로 쳐야 하는 거 아닙니까?"

누군가의 농담에 여러 사람이 웃는다.

그녀가 던지는 내내 야유는 없었다. FBI 감독관은 인기가 많았다. CIA의 켈리와 코왈스키 요원 역시도. 그게 반드시 좋은 관심만은 아니었으나, 아직은 확실하게 통제되고 있었다.

문제는 병사들 사이의 관계였다. 전투지역에서 사병간의 성관계는 엄격하게 금지되지만, 어디까지나 원칙일 뿐. 임무에 지장만 없으면 간섭하지 않는 게 일반적이었다. 예전부터 그랬고, 대역병이 돌기 시작한 이후로는 더더욱 그러했다.

지켜지지 않을 명령은 안 하느니만 못한 것. 지휘관의 권위만 깎아먹는다. 실제로 이라크에서 그런 지시를 내렸다가 체면이 상한 사단장이 있었다고 들었다.

다만 장교들은 상대적으로 소수인 여성 사병들이 부당한

취급을 당하지 않을까 우려했다.

이런 까닭에 랭포드는 어젯밤 겨울에게도 상담을 부탁했다. 대개 여성 장교인 에스카밀라 소위의 역할이었으나, 혹여 보복을 우려하여 말하지 못하는 거라면 차라리 겨울이 나을 수도 있다는 것이었다. 전쟁영웅으로서 쌓은 탁월한 인망과 신뢰도 장점이었다.

결과적으로는 대위의 기우로 끝났다.

"거참, 중대장님도 어지간히 걱정이 많은 분이시군요."

겨울이 담당한 해안경비대 사병, 매들린 위버 상병[1]의 말이었다. 아직 부사관 자격을 얻진 못했으나, 경력만큼은 어지간한 부사관 급이었다.

"저도 숨이 붙어있을 때 즐기고 싶습니다. 뭣보다 언제 또 이런 인기를 누려보겠습니까? 봉쇄선 너머에선 갈수록 남자 보기가 힘들어진다는데…… 좀 거칠다 싶은 녀석이 없는 건 아닙니다만, 총 맞기 싫으면 알아서 기어야죠."

그렇게 코웃음 치는 그녀는 자기 실력을 믿었다.

결국 상담은 짧게 끝났다. 자리를 뜨며, 위버는 겨울에게 윙크했다.

"혹시 생각 있으시면 말씀하십시오. 한 중위님이라면 언제라도 좋습니다."

"……기억해둘게요."

바로 거절했다간 자존심이 상할 것이었다. 그러나 미묘한

---

1 specialist, 스페셜리스트

공백에서 이미 눈치를 챘는지, 상병은 미소를 머금고 고개를 흔들며 나갔다. 기시감을 느끼는 겨울이었다.

회상에 잠겨있는 사이 무르익은 시합은 중반을 지났다.

정보국의 탤벗이 세 자루를 동시에 던져 한꺼번에 꽂아 넣는 묘기를 보여주자, 병사들이 거센 야유를 보냈다. 겨울마저 있는 마당에 팀 구성이 불공정하지 않느냐는 것이었다.

그럼에도 불구하고 최종 성적이 좋을 것 같진 않았다. 앞서 던진 터커 요원만 해도 가차 없는 환호를 받았었다. 세 번 모두 형편없이 빗나간 것이다.

다음 순서를 지켜보는데, 일정 거리를 두고 마을 주변을 돌던 수색대로부터 연락이 들어왔다. 소규모 변종 집단 출현. 개체수 스물하나. 공동묘지 남쪽 200미터 도로상에서 접근 중. 특수변종은 식별되지 않음.

경기가 중지되었다. 하필이면 지금. 한창 재밌는데. 투덜거리는 병사들이 소대별로 결집한다.

그러나 규모가 작은 경우엔 겨울이 처리하기로 되어있었다. 탄약을 아껴야 하니까. 중대 병력의 전투준비는 만약을 대비하는 것뿐이었다.

공동묘지는 마을에서 약 1킬로미터쯤 떨어진 위치. 변종이 뛰기 시작하면 금방 도달할 거리이긴 한데, 지금은 정찰대가 시간을 끌고 있을 것이다. 위험할 일은 없다. 말을 타고 나간 병사들은 승마술 훈련의 성과가 가장 좋은 이들이었으니. 작정하고 도망치면 설령 그럼블이나 트릭스터가 있어도 위협이 될 수 없었다.

겨울이 무전기 리시버의 발신 버튼을 눌렀다.

"대위님. 정리하고 오겠습니다."

[조심하게. 조금이라도 위험하다 싶으면 화기를 써서 제압하도록.]

이 마을에 도착한 이래 교전은 이번이 처음이 아니었다. 그러나 겨울이 치르는 전투에서 탄약 소모량은 항상 처리된 변종의 숫자보다 적거나 없었다. 어지간해서는 근접전을 고집했기 때문이다. 대위의 당부가 여기서 나왔다.

엑셀에 올라탄 겨울은 나무에 기대어둔 무기를 낚아챘다.

본래 역기의 중심축이었던 철봉이다. 길이 1.5미터에 무게는 6.6킬로그램. 냉병기치곤 규격 외인 중량이었다. 평균적인 양손 검보다 두 배 이상 무거운 물건이라, 어지간한 완력으로는 무기로 쓰기 어려울 지경. 그만큼 겨울이 휘두를 때의 위력은 파괴적이다.

"가자."

박차를 가하자 엑셀이 빠르게 가속했다.

달려 나가며 겨울은 무전기의 출력감쇄장치를 점검했다. 조절 눈금은 출력이 아니라 거리로 표기되어 있었는데, 이는 중간에 장애물이 없을 때의 수신범위를 나타낸다. 거점에서 떨어졌을 때는 출력을 조금 더 높여도 무방했다.

도로를 끼고 얼마 달리지 않아, 경사지 위에서 느긋하게 대기 중인 수색대를 볼 수 있었다. 한참 떨어진 곳으로부터 그들을 향해 열심히 뛰어가는 변종들의 모습도. 체력이 아무리 인간 이상이어도 본격적으로 달리는 말을 따라잡기는 한참 모자랐다.

'숫자가 좀 더 많고, 베타 구울 이상으로 머리를 쓰는 녀석이 있다면 또 모를까.'

살리나스 강물 위를 달리던 변종들의 모습을 아직도 잊을 수가 없다. 비록 실패로 끝나긴 했으나, 베타 구울의 지능을 단적으로 보여준 사건이었다. 그런 놈이 이끄는 무리라면 역할을 나누어 몰이사냥을 시도해도 이상하지 않았다.

흑마를 몰아 직선으로 육박하는 겨울을 발견했는지, 지능 낮은 무리에 혼란이 빚어졌다. 원래 쫓던 목표와 새로운 목표 사이에서 저들끼리 엇갈리는 광경이었다. 덕분에 밀도가 낮아져서 고맙다. 꽉 뭉쳐있으면 아무래도 좀 더 시간이 걸릴 수밖에 없는데. 겨울은 상체를 숙이며 한층 더 속도를 높였다. 몸 전체가 바람을 가르는 느낌.

변종들의 진행 방향을 대각선으로 쳐내야 한다.

마침내 돌입하는 순간, 철봉이 큰 폭으로 회전했다. 뻐억! 으지직! 한 동작에 두 번의 타격. 호선에 들어온 머리통이 둘이었다. 하나는 깨지고 하나는 떠올랐다. 몸통에서 떨어진 쪽은 맞은 여력이 남아 팽글팽글 돌았다. 피가 사방으로 뿌려진다. 그 와중에도 움직이는 눈알. 따다다닥, 이빨 부딪히는 맹렬한 소리가 공허하게 울렸다.

희미한 속도로 회수된 강철이 다시 휘둘러져, 또 하나의 변종이 즉사했다.

스쳐 지나가는 반 호흡으로 두 번 쳐서 죽인 수가 셋.

「승마」, 「근접전투」, 「근접무기숙련」이 서로 훌륭하게 연동되었다.

두둑, 두둑, 두둑. 말발굽 아래의 진동은 허리를 넘어오며 사라진다. 반원을 그리며 재돌입할 방향을 가늠하는 겨울. 엑셀이 거친 숨을 내쉬었다. 지친 게 아니다. 흥분이었다. 변종의 악취를 두려워하던 것이 며칠 전인데, 몇 번의 전투를 치르는 사이에 적응했다.

이는 기수에 대한 신뢰였다.

인마일체의 기병이 변종 집단을 몇 번이고 깎아냈다. 살아 움직이는 역병의 무리는 한 겹 한 겹 벗겨지듯이 얇아졌다. 마침내 다섯 놈이 듬성듬성 남았을 때, 겨울은 속도를 줄이며 더 이상 이탈하지 않았다. 그 자리에서 반전하여 역병을 맞이한다.

캬아악-!

변종이 눈앞으로 도약하자, 엑셀은 측면으로 펄쩍 뛰었다. 며칠간 겨울이 「승마」 기술로 길들이고 가르친 성과였다. 땅에서 떨어진 역병이 허공을 물어뜯는다. 퍼엉! 붕 뜬 놈을 후려치자 북 터지는 소리가 났다. 척추를 끊고 나온 강철은 썩은 피와 기름으로 번들거렸다.

걸려 나온 내장이 원심력을 받아 멀리까지 날아갔다.

멎지 않는 회전은 곧 공세의 연속이었다. 손아귀를 비틀자 긴 둔기가 하늘로 치솟았다. 남겨둔 관성에 가속을 더하여 내리치는 일격. 새로운 정수리가 액체처럼 부서졌다. 그 상태로 강하게 내지른다. 겨울의 팔 길이만큼 뒤에 있던 남성체가 콱 찔렸다. 갈비뼈를 깨고 들어가는 함몰. 허윽! 숙주가 인간이라 바람 새는 소리도 사람을 닮았다.

툭, 스냅을 주어 팔을 되돌리는 틈에 엑셀은 뒷걸음질을 치고 다시 옆으로 튀며 빙빙 돌아 남은 두 변종을 농락했다. 겨울은 그 움직임에 거스르지 않았다. 말의 운동이 고스란히 팔에 실려, 일그러진, 그러나 산 것을 죽이기에 충분한 선을 그었다. 바각! 턱 옆을 맞아 경추가 어긋난 괴물이 인형처럼 쓰러진다. 동시에 체중을 기울이며 다리를 조이자, 엑셀이 갑작스럽게 도는 방향을 바꾸었다. 기만당한 역병이 빈자리로 뛰어든다.

인간 이상으로 강하고, 인간 이하로 아둔한 몸부림.

낯짝의 절반이 꺼진다. 모로 후려친 타격이 부딪힌 순간 정점이었기에, 파괴되는 면적이 넓었다. 탁한 피부 아래 검붉은 반점이 번졌다. 쓰러진 변종은 부르르 떨고 움직이지 않았다.

식수를 끓이고 음식을 조리하고자 장작을 사용한 건 첫날 뿐이었다. 가스가 다 떨어진 줄 알았더니, 실은 밸브를 잠가 두었던 것이었다. 임시거점이 본래 숙박업소였던 만큼, 실외 보관실의 가스통은 스무 개나 되었다. 잔량도 충분했다. 그 외에 사이즈가 작은 실린더도 여럿이었다. 캠핑카에 대여 하던 물건들로 추정되었다. 랭포드 대위가 기뻐했다. 나무를 때면 연기가 솟는다. 변종을 끌어들일 가능성이 있었다.

밸브가 잠겨있었던 이유는 알 만했다. 일반 가호보다 숙박업소가 더 많은 마을이었다. 아시아에서 역병이 시작된 이래 관광객의 발걸음이 뚝 끊겼을 테니, 서부 해안 감염 이전에 문을 닫았어도 이상하지 않았다. 이 마을을 잠시 점령했던 차단작전 병력은 여기까지 신경 쓸 겨를이 없었을 것이고.

산간벽지의 미편입 거주지[2]까지 가스관이 들어오진 않는다. 인근의 민가와 다른 여관들에서도 다수의 가스통을 확보할 수 있었다. 가스가 워낙 남아돌아서, 체류 이튿날부터 보일러가 가동되었다. 다 설치하지 못할 만큼 긁어모은 태양광 패널로 인해 전기도 넘쳐났으므로, 지하수를 끌어올리는 급수 펌프도 정상적으로 작동했다.

무제한으로 온수 샤워를 하게 된 병사들이 환호한 것은 물론이다.

처음 예상에 비해 모든 것이 풍족했다. 다들 떠나기 아쉬워할 정도로.

이동 준비도 원활하게 이루어졌다.

바커 소위는 라운지에 있던 TV를 박살냈다. 낡은 프로젝션 TV였는데, 소위에게 필요했던 건 내부에 있는 한 장의 프레넬 렌즈 필름이었다. 대각선 길이가 61인치에 달하는, 얇고 평평한 돋보기. 이를 목공소에서 제작한 틀에 끼워 태양열 조리 기구를 만들었다.

유용한 물건이었다. 사냥으로 바쁘지 않았다면 겨울이

---

2 Unincorporated Community : 시(City) 혹은 카운티(county, 행정구역상으로 군)로서 구성하지 않은 지방의 한 지역을 의미한다. 미편입 거주지는 카운티 정부로부터 경찰력과 소방력 등을 지원 받는다.

만들었을 것이다. 날씨에 따라 활용도가 달라지겠으나, 연료가 없어도 취사가 가능해진다는 사실이 매력적이었다. 다만 바커 소위는 필요해서 만든다기보다 만드는 과정 자체를 즐기는 듯했다.

"인터넷에서 본 뒤로 꼭 한번 만들어보고 싶었습니다. 기회가 이렇게 생기는군요."

생존 노하우가 최대의 관심사인 세계관이었다. 온라인상에서의 정보 공유도 활발했고, 군의 생존교범도 감염지역에서의 생존을 전제로 많은 내용이 보강되었다. 민간에서 평가가 좋은 정보라면 얼마 안 가 군 매뉴얼이나 소식지에도 수록되었다. 프레넬 집광기가 그중 하나였다.

결과적으로 바커 소위는 프라이팬 하나를 망가뜨렸다.

대검 던지기를 끝내고 맞이하는 저녁. 시간이 오후 6시였지만 하늘은 아직 밝았다. 소위는 거울 앞에서 조리를 시연했다. 프라이팬을 초점거리에 정확히 맞췄더니, 똑바로 보지도 못할 만큼 눈부시게 빛났다. 올려둔 고기는 숯덩이가 되었으며, 벌겋게 달아오른 팬은 코팅이 벗겨지고 굴곡이 생겼다.

그런데도 좋다고 웃었다.

"이야, 화력 좋다! 멋지지 않습니까? 이걸로 대위님의 원형탈모가 좀 나아졌으면 좋겠군요."

에스카밀라 소위가 동기의 헛소리를 듣고 한숨을 쉬었다. 그리고 주위를 살핀다. 혹시 당사자가 있나 싶어서 조심스러운 것이다. 여유로운 식사와 함께, 간혹 한 잔의 위스키를 온 더 락으로 즐기는 병사들 사이에 임시 중대장의 모습은 보이지 않았다.

랭포드 대위의 정수리가 허전한 것은 사실이었다. 꽤 전부터 진행된 모양이지만, 며칠 사이에 받았을 극심한 스트레스가 악영향을 주었을 것 같긴 했다.

'80명의 이동이 식량만 있다고 해결되는 게 아니니까.'

겨울이 말을 구해왔을 때 대위는 굉장히 반색했었다. 그러나 운송수단으로 쓰긴 어렵다는 사실을 알고 실망감을 감추지 못했다. 체류 이튿날 아침, 지휘관 회의에서, 대위는 무의식중에 머리를 만지작거리며 재차 확인하듯 질문을 던졌다.

"한 마리당 수하중량이 백 킬로그램에 불과하다고?"

"이동 거리와 기간, 길의 상태를 감안하면 기수만 태우는 게 낫습니다. 짐을 더 싣더라도 군장 무게를 넘겨선 안 됩니다. 짐마차가 있다면 다르겠지만요."

경험상 말의 등에 올려도 되는 무게는 말 자체 체중의 2할 정도였다. 그 이상은 힘들어하고, 3할을 넘어갈 경우 오랜 여정을 견뎌내지 못한다. 탈진하거나 죽을 가능성이 있었다.

수송용도로 쓸 때의 이익보다는 행군대열 보호를 위한 고속정찰의 이익이 크다.

그래서 겨울은 마을에 하나 있는 천주교회를 탐색했다. 운구마차가 있기를 기대하면서. 그러나 거주민이 중대인원보다 적었을 마을이라, 그렇게 거창한 것을 갖춰놓진 않았다.

장교들 가운데 말에 대해 겨울 만큼 아는 이는 없었다.

대위는 막연히 한 마리에 몇 백 킬로그램을 실어도 무방하리라 여겼던 것 같았다.

"난 정찰용으로 네 마리를 쓰고, 한 마리를 수송용으로 쓰면 될 거라고 생각했건만……. 마차, 마차라……. 에스카밀라 소위. 목공소에서 제작이 가능할까?"

"어, 방법도 모를뿐더러, 그 정도의 정밀작업에 필요한 공구도 없습니다."

애초에 숙박업소와 캠핑장으로 장작이나 공급하던 곳이었다. 무엇보다 바퀴를 만드는 데엔 철이 필요하다. 어찌어찌 비슷하게 흉내를 내더라도 얼마 가지 못할 것이었다.

"그렇겠지. 내가 멍청한 질문을 했군."

그러면서 대위는 다시금 머리카락이 없는 자리를 매만졌다.

다행히 나흘째, 즉 오늘 아침에 그 문제가 해결되었다. 겨울이 마지막 사냥을 나간 사이, 말콤 크루거 소위가 차량을 확보한 것이다.

트럭을 발견한 곳은 거점 서쪽 600미터 지점의 국립공원 관리사무소였다. 캠핑장은 텅 비어있었고, 주차장도 마찬가지였으나, 이 트럭은 관용이어서 그런지 사무실 뒤편에 남아 있었다. 견인기가 달려있었지만 쉽게 분리했다고 한다.

사무실에서 열쇠를 찾았으나 시동을 걸 순 없었다. 크루거 소위는 병사들과 함께 이것을 인력으로 끌고 왔다. 태양광 충전으로 배터리를 재생하니, 시원찮긴 하지만 시동이 걸렸다.

연료 상태도 괜찮은 편이었다. 탱크 밑바닥까지 고무관을 넣어 소량을 뽑아 살펴본 바, 이물질이 없고 변색되지도 않았다. 가솔린보다 안정적인 디젤이어서일까?

그때도 랭포드 대위는 흐뭇해하며 머리카락이 없어진 자리를 긁적거렸다.

허전함이 큰 모양이다. 스스로 의식하지 못하는 듯하여 겨울이 조금 고민했다.

'말을 해줘야 하나.'

그러나 결국 하지 않았다. 볼 때마다 모르는 척 배려하는 병사들과 장교들의 모습 때문이었다. 이런 식으로라도 친밀감이 생긴다면 좋은 일 아니겠는가. 본인이 나중에 창피해하겠지만, 사소한 것이라도 소속 다른 인원들 사이에 인간적인 친밀감을 쌓는 것이 우선이었다.

지휘관에게 요구되는 희생이라 생각하기로 한 겨울이었다.

혹은 알면서 하는 것일지도 모르고.

아무튼 차량이 생기면서 한결 부담을 덜었다. 픽업트럭 역시 자체수송보다는 견인력이 강한 차종이었으나, 그래도 말보다는 훨씬 더 많은 중량을 실어 나른다.

만약 트럭을 구하지 못했다면 각 병사가 꽤 많은 짐을 짊어져야 했을 것이다.

대위는 하루 이동거리를 30킬로미터로 잡았다. 교전이 없고, 산을 넘지 않는다는 전제하에. 그러나 완전군장에 준하는 무게를 지고 그 거리를 걷는다는 게 보통 일이 아니었다.

그런 의미에서 바커 소위가 만든 집열기는 대위가 기뻐할 만한 물건이었다.

"자, 이번엔 제대로 갑니다!"

새로운 팬에 기름을 두르는 바커. 받침대의 높이를 조절한 덕분에 아까 같은 참사는 없었다.

챠아아아아-

올린 고기가 요란하게 지글거렸다. 칼집을 내어 염분을 잘 씻고 물기를 닦아낸 염장육이었다. 숙성기간이 오래되지 않아 육질이 살아있었다. 처음으로 완성된 분량을 시식하는 시간. 그동안은 생고기만 먹어도 충분했다.

가장 크게 기여한 겨울이 처음으로 맛을 봐야 한다는 말이 나왔고, 그래서 지금이었다.

해안경비대 소위는 요리에도 자신이 있다고 뻐겼다. 정말인지는 모르지만, 행동 하나하나가 거침없긴 하다. 구경하는 병사들이 익숙한 야유를 보냈다.

사각사각 후추가 뿌려진다. 여기에 약간의 식초를 더한다. 말린 버섯과 아스파라거스, 겨자씨를 함께 넣고 자글자글 흔들었다. 조리기구의 특성상, 늦은 오후의 태양처럼 빛나는 기름의 찰랑거림 사이에서 고기가 얼마나 익었는지를 가늠하기는 어려운 일이었다. 소위의 자신감이 점점 줄어드는 이유였다. 나중엔 수시로 꺼내어 칼로 찔러보았다.

"완성입니다."

김이 모락모락 피어오르는 고깃덩이가 하얀 접시에 세팅되었다. 육수가 우러난 기름을 소스처럼 위에 살살 펴서 부으니 겉보기로는 스테이크처럼 그럴 듯하다. 접시는 곧 겨울이 앉은 야외 테이블 위에 놓였다.

관심이 집중된다. 차례를 기다리는 장교와 병사들이었다. 앞으로 주식이 될지 모를 물건 아닌가. 물론 매번 이렇게 해먹지는 못하겠지만.

겨울이 나이프를 들었다. 삭삭 썰리는 느낌이 나쁘지 않았다. 손가락 마디만큼 자른 조각을 입에 넣는다. 여러 향과 육수가 섞인 기름이 넘어간 뒤에, 미국 음식 기준으로도 꽤나 짠맛이 느껴졌다. 육질은 보통의 정육에 비해 단단한 편. 질긴 것과는 조금 달랐다. 탄력보다는 저항감에 가깝다. 좋게 말하면 씹는 맛이 있고, 나쁘게 말하면 고기 같지 않았다.

그래도 염장육치곤 괜찮은 편.

"그럭저럭 먹을 만하네요."

겨울의 평가를 듣고 에스카밀라 소위가 맛을 보았다. 씹을수록 표정이 애매해진다.

"별론데요."

이어 크루거 소위가 평했다.

"맛없습니다."

병사들의 감상 중 가장 압권은 이것이었다.

"테이크아웃으로 하루쯤 지난 맥도날드 햄버거 패티가 더 맛있겠군요. 제가 이걸 아버지께 대접했다면 지금쯤 팔이나 다리 한 짝은 없을 겁니다. 뭐, 야채 오믈렛으로 삼시 세끼를 때우는 것보다야 낫겠지만, 그건 애초에 음식이 아니라 무기니까요."

여기서의 야채 오믈렛은 MRE를 뜻했다. 포트 로버츠에서 근접격투 교육을 할 때 모두가 기피하던 바로 그 메뉴. 안 맞는 사람은 입에 넣자마자 구역질을 할 만큼 맛이 없다.

이후로도 좋은 반응은 하나도 없었다. 생전의 식생활로 인해 입맛이 거친 겨울만이 그나마 긍정적인 평가를 내린 셈. 요리사인 바커 소위가 억울해했다. 조금씩 잘라먹고 남은 토막을 통째로 씹으며 침을 튀긴다.

"배부른 소리들 하네! 솔직히 그동안 우리가 너무 호사스럽게 먹었던 거지! 이게 맛이 없는 건 아니라고! 안 그렇습니까, 중위님?"

그동안은 하루하루 도축 직후의 정육을 구워먹었다. 신선도가 지극히 높았는데, 많이 잡을수록 사냥 후 운반문제가 골치 아팠기 때문에, 거점 방향으로 사냥감들을 몰아 물가에서 죽인 덕분이었다. 덩어리로 잘라놓은 고기가 살아 숨쉬는 것처럼 팽창, 수축을 반복하는 걸 본 이들은 계급과 소속을 떠나 두 눈을 동그랗게 떴다.

그런 고기는 식감이 워낙 좋았다. 후추와 소금만 쳐서 구워도 누구나 감탄할 정도였으니.

화살이 자신에게 돌아오자, 겨울은 어색한 미소를 만들었다.

"너무 억울해하지 말아요. 염장작업은 내가 감독했잖아요."

맛없는 책임의 절반은 겨울 자신에게 있다는 뜻. 요리사는 하늘을 보며 양손을 펼쳤다.

"생각해보면, 맛이야 어떻든 간에, 이게 엄청나게 비싼 식사일 겁니다."

동기를 위로하듯이 에스카밀라 소위가 꺼내는 말. 겨울이 고개를 기울였다.

"무슨 말이에요 그게?"

"한겨울 중위님이 직접 만드신 거잖습니까. 시판한다면 프리미엄이 붙겠죠. 1인분에 천 달러를 매겨도 팔리지 않을까요? 맛은 문제가 아닐 겁니다."

"……."

할 말이 없는 틈에 바커 소위는 금액을 헤아리고 있다. 1인분에 천 달러씩, 쌓여있는 물량을 다 팔면 얼마나 큰 부자가 될 것인가. 손가락을 꿈지럭꿈지럭, 백만 달러 단위의 매출을 헤아린 그가 겨울에게 제안했다.

"나중에 전역하면 저랑 같이 사업을 해보지 않으시겠습니까?"

"……."

방역전쟁 후원기금으로 쓰겠다고 하면 정말로 팔릴 것 같긴 했다.

이제 두 번의 밤을 보내면 임시거점을 떠난다. 그러나 건조작업을 제외한 이동준비는 거의 끝난 상태였으므로, 경계근무자를 제외한 나머지는 식후에도 그대로 휴식시간이었다.

며칠간 거점을 철저하게 요새화하느라 병사들의 고생이 많았기도 했다. 거점 건물을 보강했을 뿐만 아니라, 통나무를 통째로 박아 울타리를 세우고, 오늘은 숫제 감시탑을 완성하기까지 했다. 목공소와 국립공원 관리사무소에 있던 중장비들 덕분이었다.

하지만 이제 곧 떠날 장소에 이렇게까지 공을 들일 가치가 있을까?

있다.

단순히 여기가 재집결지점이어서만은 아니었다.

"난 아직도 다른 생존자들이 있을 거란 기대를 버릴 수가 없어."

요새화를 결정할 때, 회의에서 랭포드 대위가 한 말이었다.

"골든게이트 양안에만 네 개의 기지가 있었어. 엔젤 아일랜드에서 미처 철수하지 못한 제10산악사단 잔여병력이 자력으로 만을 벗어났을 가능성도 있지. 혹시나 그들이 변종 집단에 쫓겨 타말파이어스 산으로 들어갔다면, 어느 쪽으로 벗어나더라도 이 마을로 길이 이어진단 말이야. 우리는 바로 그런 경우에 대비해야 해. 그만한 여유가 있으니까."

그는 중대의 예상 이동경로를 그린 지도를 남겨두고 떠나겠다고 밝혔다. 뒤늦게 도착하는 생존자들이 희망을 가지고 따라올 수 있도록.

또한 중대 병사들이 조금이라도 더 안심하고 밤을 보낼 수만 있다면, 그게 단 하루라도 충분한 가치가 있을 것이었다.

해가 떨어졌다.

기울어진 햇살이 노을이 되고, 노을이 다시 어스름이 될 무렵. 낮의 경기결과에 따라, 겨울과 앤, CIA 요원들이 위스키를 마실 차례가 돌아왔다.

요원들은 라운지에 붙어있는 휴게실에서 포켓볼을 치는 중이었다. 사실 겨울은 사양하고 싶었으나, 며칠 새 코왈스키가 무척 우울해한다는 말을 들었다. 출처는 터커와 켈리.

하기야 외로울 것이다. 동료들조차 은연중에 거리를 두고 있으니.

앤은 그 사건에 대한 언급 없이 적당히 어울려주는 게 좋을 거라고 했다. 이쪽이 신경 쓰지 않고 편하게 대하는 모습을 보여줄 필요가 있다고. 그러면서 쓴웃음을 지었다. 이것이 단순한 연민인지, 혹은 사법거래의 증인을 보호하려는 것인지 스스로도 잘 모르겠다고.

"중위님 덕에 좋은 술을 맛보는군요."

탤벗이 채운 잔 하나를 겨울에게 건넸다. 술에 담긴 얼음이 은은한 조명을 받아, 진한 호박색의 수정처럼 반짝거렸다.

"독한 술은 별로 안 좋아하는데."

겨울의 말처럼 도수가 많이 높은 술이다. 향수처럼 진한 향이 올라왔다. 와일드 터키 브랜드의 최상위 라인업. 경기에 걸렸던 상품 가운데 가장 좋은 것이었다.

그러나 순위에서 앞선 다른 팀이 손을 대지 않았다. 주인이 정해져있다는 듯이.

겨울이 고를 땐, 다른 병에 손을 가져가면 우- 하는 야유가 일었고.

"다들 고마워하고 있는 겁니다. 자리를 빌려 저희도 정식으로 감사인사를 드립니다. 중위님이 아니었으면 거기서 모두 죽었겠죠. 생명의 은인이십니다."

터커 요원의 말이었다.

그런 것치고, 얼굴이 돌아온 다음부터 병사들의 태도들이 많이 달라졌다. 장악력의 차이가 현저하게 체감될 정도였다.

조안나가 잔을 들었다.

"자, 건배해요."

쨍. 한데 모인 다섯 잔이 부딪히며 맑게 흔들렸다.

공 아홉 개를 두고 치는 테이블 위에서 CIA 요원들은 출중한 기량을 뽐냈다. 감각이 남다른 겨울도 이들을 상대로는 그럭저럭 선전하는 선에 그쳤을 따름. 조안나가 황당해했다.

"당신들 밥 먹고 당구만 쳤어요?"

처음엔 특유의 오기를 드러내던 그녀였으나, 실력 차이가 어지간히 컸다. 결국 손 놓고 구경하는 입장이 됐다. 보는 것만으로도 재밌긴 했다.

절반쯤은 의도적으로 조성된 온화한 분위기. 코왈스키는 이 자리가 자신에 대한 배려임을 아는 눈치였다. 때때로 머뭇거리면서도 게임을 즐기려고 애썼다. 누군가와 시선이 마주칠 때면 소극적으로 웃었다. 처음의 그 자신감 넘치던 모습을 떠올리기 어려웠다.

고작 며칠인데, 두려움과 외로움은 사람을 얼마나 약하게 만드는지.

바로 그렇기 때문에 사람이 바뀌는 계기가 될 수도 있을 것이다. 그녀가 진심으로 협력한다면, 정보국 사조직 내부에서 첩자 노릇을 맡게 될지도 몰랐다.

조안나가 확보한 증거자료는 어디까지나 인체실험에 관련된 것들 뿐. 타격을 줄 수야 있겠으나, 「진정한 애국자들」을 낱낱이 색출하기는 어려울 것이다. 그자들 역시 정보관계에서 뼈가 굵은 인물들일 터. 최악의 경우를 대비하지 않았을 리 없다.

그러므로 내부협력자가 있다는 가정하에, 사건 공개를 미루고 비밀수사를 진행하는 편이 낫다. 세계관의 불안요소 하나를 뿌리까지 뽑아내기 위한 일이었다.

그러자면 기회가 있을 때 코왈스키의 마음을 돌려두는 게 좋다.

상념을 깨는 진동이 있었다.

달각달각. 테이블에 올려두었던 잔이 바르르 떨었다. 전등이 가볍게 흔들리고, 공들이 제자리를 벗어났다. 치지도 않은 공이 느릿느릿 구르자, 터커가 두 손을 들어올린다.

"이런. 거의 끝나가는 마당에 지진이라니⋯⋯."

광역권에서 가까운 이곳은 땅울림이 잦은 지역이었다. 모르고 넘어가는 경우가 많지만, 이번처럼 선명하게 느껴지는 경우도 적지 않았다. 조안나가 테이블을 정리한다.

"오늘은 여기까지 해요. 기다리는 사람들도 있고."

휴게실 이용에도 순서가 있다. 녹색 테이블은 하나밖에 없었다.

목적은 목적이고 게임은 게임이었다. 즐기던 요원들이 아쉬워했다. 여기서 머물기로 한 날도 내일로 끝. 유바 시티까지 가는 먼 여정은 이렇다 할 여흥이 없는 나날이 될 것이다.

흩어지는 요원들 사이에서, 코왈스키는 겨울의 손짓을 발견하고 주춤거렸다. 탤벗과 조안나는 눈치 채고도 모르는 척 멀어진다.

겨울은 먼저 바깥으로 나왔다. 조명이 새지 않도록 유의했으므로, 건물 밖은 별빛이 맑은 어둠이었다. 망루 위를 서성이는 그림자가 보인다.

끼익. 등 뒤에서 문 열리는 소리. 문틈으로 벌어졌던 빛이 사라진 후에, 조용한 발소리가 난간 옆으로 다가왔다. 사이에 부는 바람은 보이지 않는 커튼 같았다.

충분히 기다린 겨울이 물었다.

"힘들어요?"

"……."

코왈스키가 왈칵 눈물을 쏟았다. 어떻게 막아보려고 애를 쓰는데, 잘 되지 않는 기색. 물빛 외로움들이 뚝뚝 떨어졌다. 하나같이 뜨겁고 무거웠다.

며칠쯤 독방에 갇혀있던 죄수를 보는 느낌이다. 그녀의 죄의식이 쇠창살이었다.

물론 지금도 어느 정도는 정당화와 자기합리화가 남아있을 것이다. 스스로를 긍정할 여지가 달리 없는 사람은, 자신이 틀렸다는 걸 머리로는 알아도 가슴으로 인정하긴 어려워했다.

몰아붙여봐야 달라질 것이 없다. 죽일 작정이 아니라면.

그래서 겨울은 조금이나마 그녀를 긍정해주려 한다.

"코왈스키 요원. 당신은 정말 끔찍한 일을 도왔어요."

목이 멘 코왈스키가 겨우 고개를 끄덕였다.

"인체실험에 직접 관여하진 않았겠지만, 연락책이었을 뿐이라도 책임은 무겁습니다."

"네……."

"그건 무슨 수를 써도, 어떤 변명을 하더라도 용서받지 못할 잘못이라고 생각해요."

"……."

그래도 참작의 여지는 있었다. 조직이 어디까지 퍼져있는지 모르는 상황에선 내부고발자가 되기도 쉬운 선택이 아니었기에. 최악의 경우엔 처단 당하고 말았을 터.

취조에 가까운 면담을 거쳐 조안나가 내린 결론이었다.

비밀스러운 정보기관에서 다소의 독단과 부정은 흔한 일. 그런 까닭에 기계적으로 받아들인 면도 있는 것 같다고. FBI에서 CIA에 괜히 감독관을 파견하겠는가. CIA는 미국 영토에서 미국 시민들을 고문한 적도 있었다. 그것도 체계적으로.

말하자면, 소극적인 동조자.

조안나는 연민인지 증인보호인지 모르겠다고 자조했으나, 코왈스키가 정말로 질이 나쁘다 여겼으면 오늘 같은 자리는 마련하지 않았을 것이다.

어디까지가 사실인가. 겨울은 감독관의 판단을 믿기로 했다.

"내 말은, 당신이 벌을 받는다고 끝날 문제가 아니란 뜻입니다."

한숨 돌리고 이어가는 말.

"만약 내가 코왈스키 요원을 최대한 고통스럽게 찢어 죽인다고 치죠. 희생당한 사람들에게 무슨 위로가 되겠어요? 이미 다 죽어버렸는데……."

복수는 산 사람들을 위한 것이다. 죽은 사람을 위하니 어쩌니 해봐야 결국은 살아있는 사람들의 슬픔이고 분노였다. 법적 처벌도 마찬가지.

"다시는 같은 일이 일어나지 않게 하세요. 그러기 위해서 뭘 할 수 있을지, 뭐가 진짜 최선인지는 당신이 더 잘 알거예요. 이번 사건이 제대로 밝혀지면 난민들의 처우개선에 큰 도움이 되겠죠. 당신을 살려두는 이유는 그것 하나뿐입니다. 죄책감은 죽을 때까지 가져가시고요."

"……중위님. 혹시 저를 경멸하진 않으십니까?"

겨울은 그녀를 가만히 응시한 끝에, 이렇게 말했다.

"마저 우세요. 옆에 있을 테니까."

울타리를 순찰하던 경계병들이 먼발치에서 멈칫거렸다. 무슨 일인가 싶은 눈치들. 겨울이 입술에 손가락을 가져다 댔다. 그들은 망설이다가 온 길로 돌아갔다. 어차피 좁은 거점이었기에 반대로 돌아도 금방이었다. 이 부근이야 겨울이 있었으니 따로 살필 이유가 없겠고.

숲이 바람에 부대끼는 심야가 가까워졌다.

코왈스키를 다독여 들여보낸 뒤, 겨울 스스로도 잠자리에 들었다. 진정한 의미의 수면은 아니었다. 그저 세계관 내의 컨디션 유지를 위한 것.

「종말 이후」의 시간 흐름을 물리세계와 완전히 일치시킬 순 있으나, 다른 세계의 관객들을 감안하면 불가능한 일이었다. 그들이 괴롭고도 불가피한 일상으로 돌아가고 나면 소년에게도 비로소 긴 휴식이 주어질 것이다.

그래도 잠깐이나마 쉴 수 있어 나쁘지는 않지만…….

유감스럽게도 오늘 밤은 아니었다.

깡깡깡- 깡깡- 깡깡깡- 깡깡-

불침번(CQ)들이 요란한 쇳소리를 냈다. 사이렌을 대신하는 전투준비 신호였다.

여기에도 패턴이 있었다. 변종이 내부로 침투한 상황이면 쉬지 않고 두드리기로 약정했다. 지금은 그렇지 않았다. 위협요인이 외부에서 발견된 경우다. 무슨 일인지는 몰라도, 전 병력을 깨우는 걸로 보아 평범한 상황은 아닐 것이다.

애초에 전투복을 벗지 않고 누웠던 겨울이다. 눈을 뜬 즉시 무장하고 밖으로 달렸다.

"엑셀!"

예민한 동물은 실내의 소란에 벌써 깨어나 있었다. 「승마」로 완전히 길들인 뒤에는 묶어놓지도 않았으므로, 주인의 부름을 듣고 곧바로 달려왔다. 겨울이 검은 명마에 올라탔다. 안장에 찔러두었던 철봉을 들고 사방을 살피며 대기한다.

뒤이어 기동대원들이 나타났다. 기동대란 말 타기에 가장 숙달된 병사들의 임시명칭이었다. 허겁지겁 말에 오른 그들이 겨울의 주위로 모여들었다.

"상황 전파 받은 것 있어요?"

겨울의 질문을 받은 병사들이 서로 마주본 뒤에 고개를

흔들었다. 모랄레스 상병이 답한다.

"아직 없습니다. 중위님도 모르시는 모양이군요."

궁금증은 오래 가지 않았다. 상황실에서 랭포드 대위가
직접 무전기를 잡았다.

[베이커 액추얼이 상황 전파한다. 로컬타임 01시 48분, 1
번 주도 북쪽 방향에서 다섯 차례의 총성이 있었다. 복수의
경계병이 보고했으니 확실한 정보다. 거리는 알 수 없다.
아군 생존자일 가능성이 있다. 브레이크.]

베이커는 임시로 정한 중대의 호출부호였다. 포트 베이
커의 생존자들이니 직관적이었다.

주도 북쪽 방향이라면 3킬로미터 거리에 작은 도시, 혹
은 큰 마을이 있었다. 포인트 레예스 스테이션. 걸어서는
40분 넘게 걸리지만 말을 타면 금방이다. 외곽 정찰을 나갔
을 땐 별다른 위협이 발견되지 않았던 곳. 변종들이 동쪽으
로 무리지어 이동한 흔적만 남아있었다.

잠깐의 공백 뒤에 다시 이어지는 전파.

[워 호스가 주도를 따라 선행하라. 지원이 도착할 때까지
안전과 수색을 최우선으로 하되, 필요하다면 베이커 1 액추
얼의 판단하에 시가지로 진입해도 좋다. 입감했는지?]

아무리 실내에 있었고, 또 취침 중이었어도, 겨울은 총성
을 듣지 못했다. 상황이 벌어진 장소는 적어도 도보로 2-30
분 이상 떨어진 위치일 것이었다.

전마[3]는 당연히 기동대를 가리킨다. 겨울이 무전기 발신

---

3 戰馬, War horse

버튼을 눌렀다.

"당소 베이커 1 액추얼. 입감했습니다. 워 호스는 현시각 부로 이동하겠습니다."

수면을 방해받은 말들이 신경질을 부렸다. 그냥 드러눕지 않는 것만 해도 다행이었다.

경계병들이 열어준 문으로 기동대가 빠져나왔다. 며칠 전만 해도 시야를 가리는 나무가 많았으나, 병사들이 열심히 불모지를 조성한 덕분에 지금은 사방으로 트여있었다.

구름도 안개도 없는 밤이었다. 병사들은 야시경을 쓴 반면, 겨울은 맨눈으로도 멀리까지 볼 수 있었다. 조만간 「환경적응」을 얻을까 싶다. 낮과 밤의 가시거리가 비슷해질 것이다.

우체국과 성당, 목공소가 스쳐지나가면서 마을이 끝났다. 북동쪽 백 미터 지점에 인공조명 하나가 반짝였다. 전신주에서 걷은 전선을 이어 일부러 설치해둔 것이다. 다른 방향을 다 막았기에 거점 방면의 좁은 각도로만 빛이 샌다. 만약 변종들이 거점으로 접근할 경우 빛을 보고 방향을 꺾을 것이었다. 같은 함정이 마을 남쪽에도 있다.

조명 번지는 자리에 중대본부의 위치를 알리는 지도와 안내문을 걸어두었으므로, 사람이 속을 일은 없다.

예상은 했으나, 함정에 꼬인 변종은 없었다.

겨울은 기동대를 도로 우변의 능선 위쪽으로 이끌었다. 시야를 넓게 확보하려는 목적이었다. 물론 공제선에 생긴 그림자는 변종들에게도 아주 잘 보일 것이다. 그러나 속도로 따돌리면 그만이었다. 이쪽에서 먼저 보고 피할 자신도 있었다. 구울이 아닌 이상 보통의 변종은 인간보다 밤눈이 어둡다. 소리까지는 어쩔 수 없겠지만.

달이 뜨는 방향 멀리, 마을에서 동떨어진 목장의 폐허가 보인다. 지평선 가까운 별빛 아래엔 또 다른 목장이 있었다. 그곳이 바로 거주지의 입구였다.

'정말로 미군 생존자일까?'

그렇다고 보기엔 나타난 방향이 조금 이상했다. 샌프란시스코 광역권에서 미군의 교두보는 골든게이트와 엔젤 아일랜드에 몰려있었다. 탈출을 하더라도 거점의 남쪽이나 동쪽에서 나타날 확률이 높다. 쫓기며 산을 헤매다가 엉뚱한 길로 접어들 가능성도 있지만.

기동대는 5분 만에 마을 어귀에 도달했다.

가까운 늪지로 흐르는 개천이 도시 남쪽 경계를 이루었다. 모랄레스가 귀를 기울인다.

"중위님. 지금 이거 들리십니까?"

겨울이 고개를 끄덕였다. 냇가에 물 흐르는 소리가 가득한데도, 시가지에서 들려오는 여러 소음들이 있었다. 가장 선명한 것이 변종들의 괴성이다. 그 외엔 놈들이 여기저기 부딪히거나 부수고 다니는 불협화음이었다.

"뭐가 됐든 아직 놈들이 미쳐 날뛸 이유가 있다는 뜻이겠네요."

"어떻게 합니까? 이 시간에 고작 우리 다섯만으로 들어가긴 부담스럽습니다만, 만약 생존자라면 지원 병력을 기다리는 사이에 구할 기회를 놓칠지도 모릅니다."

이 말에 기동대를 돌아보는 겨울. 병사들은 못내 우려하고 있었다. 탄약이 충분하다면 달랐을 것이다. 그러나 한 사람당 탄창 두 개를 겨우 채우는 상태.

한데 거주지는 낮에도 주의해야 하는 환경이다. 안전을 최우선으로 하라는 명령이 괜히 나온 게 아니었다. 장애물이 워낙 많으니까. 겨울의 판단하에 돌입해도 된다는 허가가 있었으나, 어쨌든 랭포드는 최대한의 주의를 당부한 것이다.

"무전기 출력 높이고 따라와요."

겨울의 결정을 병사들이 굳은 표정으로 따른다.

처음엔 겨울 혼자 들어갈까 고민했었다. 실탄 소모와 병력 손실 가능성을 동시에 최소화하고자. 그러나 적의 규모는 물론이고 생존자들의 숫자와 정체, 상태를 모른다. 단기 필마로는 아무래도 다양한 상황에 대한 대응능력이 떨어질 수밖에 없었다.

'이만한 소란이면 매복은 없다고 봐야겠지.'

외곽을 돌며 멀리서 보았을 뿐이지만, 어제까지는 역병의 기미가 없던 거리였다.

대사억제에 들어가 있던 놈들도 소란에 이끌려 나왔을 것이다. 규모가 큰 도시라면 강화변종에 의한 조직적인 기습을 경계해야겠으나, 여긴 고작 천 명 남짓 거주하던 소도시에 불과하다. 갑작스러운 공격을 받더라도 산발적인 습격에 불과할 터였다.

정 곤란할 땐 속도를 살려 이탈할 작정이다. 가장 깊게 들어간다 해도 최단거리로 세 블록만 돌파하면 시가지를 벗어날 수 있다.

빛이 없는 환경에선 야시경을 쓴 병사들이 변종들보다 우월하기도 하다.

남쪽에서 시가지로 들어가는 유일한 다리는 건너편 수십 미터까지 나무가 무성했다. 겨울은 그냥 초목이 적은 지점을 골라 개천을 도하하기로 했다. 그래봐야 물길의 폭이 최대 10미터밖에 되지 않았고, 최근에 비가 내린 적이 없어 깊이가 깊지도 않았다. 유속 또한 느린 편.

다섯 인마가 물을 건넜다. 물결이 등자 발걸이 바로 아래에서 부서진다. 튀어 오른 물방울들이 전투화를 적셨다. 선두에 선 겨울은 물가에 우거진 잡다한 초목을 단숨에 쳐냈다.

저층 아파트 단지 서쪽의 도로를 경유해 마을에 진입하자, 코요테 한 마리가 화들짝 놀라 달아났다. 변종들이 일으키는 소란은 여전히 북쪽이었다.

주택가 사이의 초지를 가로질러 올라간다. 몇 번은 울타리를 부숴야 했다. 기동대원들의 승마술이 아직 장애물을 넘을 정도는 아니었기에. 그렇게 작은 야구장으로 들어섰다. 학교에 딸린 운동장의 일부였다. 오래전에 지나간 폭풍의 흔적이 남은 교정(校庭) 측면에서, 아직 이쪽을 발견 못한 변종 셋이 고개를 휙휙 꺾어댔다.

캬악, 캭, 캭!

울타리 부서지는 소리를 듣고 무리에서 떨어져 나온 놈들 같았다. 정찰대 역할인가보다. 아무래도 본 무리에는 구울 이상의 개체가 있을 가능성이 높았다.

겨울이 몇 번의 손짓으로 대원들과의 간격을 넓혔다. 가볍게 달리는 속도로 변종들에게 접근한다. 별빛만으로는 이쪽을 보기 어렵다. 프리시안 품종의 흑마는 어둠에 녹아들었고, 겨울의 복장도 일반적인 미군과 달랐다. 아직은 오르카 블랙의 새까만 전술복이다. 철봉은 등 뒤로 꼬아 쥐어 반사광을 최소화했다.

'비반사 처리를 해둘걸 그랬나…….'

미처 생각이 닿지 않았다. 손닿지 않는 자리, 기름과 재를 섞어서 발라두는 것만으로도 충분했을 텐데. 때늦은 아쉬움이지만, 당장은 문제가 없을 것 같다.

거리가 가까워지자 말발굽소리에 귀를 곤두세우는 잿빛 괴물들. 그러나 건물 모퉁이의 그늘에 기대어 접근했으므로, 결국 공격이 가능한 거리까지도 이쪽을 발견하지 못한다. 지금의 겨울은 위장색을 두른 맹수나 마찬가지였다. 전신의 근육이 당겨지며 힘이 응축된다.

기습. 강타. 뼛조각이 튀었다. 깨진 머리뼈가 살을 찢고 나온 것. 변종은 비명도 못 지르고 뇌가 파괴되었다. 뇌수가 뿌려지는 속도보다 바람을 찢는 둔기가 빨랐다. 남은 두 변종은 고개를 돌리기도 전에 박살났다.

마지막 놈의 경우엔 굽은 목을 내리쳐서 죽였다. 끊어진 목뼈들이 후두둑 떨어진다. 쿵. 분리된 머리가 묵직하게 굴렀다. 뻐끔, 뻐끔. 이제야 예비 숙주를 발견한 녀석이 눈알을 굴리며 소리를 지르려고 했다. 머리 없이 무릎 꿇는 제 몸을 보고도, 그게 무엇을 의미하는지 모르는 양. 소리가 나지 않자 신경질적으로 이빨을 부딪친다. 따다다다닥! 그러나 그것마저 빠르게 잦아들었다. 산소와 혈류공급이 끊어진 머리가 죽어가는 과정이었다.

"처리했어요. 다시 붙어요."

겨울의 무전에 기동대원들이 가깝게 말을 몰아왔다. 죽음을 받아들이지 못하고 사지를 펄떡거리는 회색 몸뚱이에 혐오스러운 시선을 던지는 병사들.

무선은 감명도가 좋았다. 트릭스터는 없는 것 같았다.

'「침묵하는 하나」는……. 역시 있을 리가 없나.'

잠깐 염려한 것은 전투에 개입하는 일 없이, 정보를 보존하는 역할의 특별한 트릭스터였다. 그러나 다른 트릭스터가 없으면 그 역할도 무의미하다.

빈 그네가 흔들리는 쓸쓸한 놀이터를 거쳐, 주택가 사이의 불협화음으로 향한다.

쨍그랑! 유리창이 깨지는 소리. 거리가 가까워져서 그런지, 드디어 사람의 목소리가 들렸다. 잔뜩 쉬어있어 역병의 괴성과 잘 구분되지는 않으나, 거친 욕설이 섞인 절망이었다. 영어를 쓰고 있다. 게이브! 젠장! 이것을 들은 겨울이 엑셀을 강하게 밀어붙였다.

"달려요! 최고속도로!"

장애물을 왼쪽에 끼고 달린다. 바람이 서풍이었으므로, 실려 오는 냄새로 변종의 존재여부를 알 수 있었다. 그렇게 기습을 예방하며 이번에도 울타리를 부수고 돌입한다.

정원이 유독 넓은 주택이었다. 커다란 집을 백에 가까운 변종들이 포위한 상태. 보정을 받은 청각은 집 내부에서 벌어지는 사투까지 잡아냈다. 총성 없는 육박전이었다.

기동대의 등장에 출렁 흔들리는 역병의 무리. 곧바로 들이치기엔 숫자가 많다.

"맥러린! 메이슨! 11시 방향, 수류탄 투척!"

뭉쳐있던 놈들 일부가 떨어져 나오며 생긴 공백은 파편을 터트리기에 아주 좋은 기회였다. 지나치게 밀집해있으면 몸통에 막혀 몇 놈 죽고 끝이지만, 지금은 아니다.

겨울도 안전핀을 뽑았다. 재분배를 받았다 하나, 우선적으로 할당 받은 겨울조차 수류탄은 고작 두 개뿐. 맹렬하게 던져진 수류탄이 까마득하게 날아갔다. 머리 위에서 터트릴 자신이 있으니 역병의 밀도에 개의치 않았다. 목표는 무너지는 담장 안쪽. 아득바득 몰려있는 변종들을 노렸다.

콰앙! 쾅! 콰쾅!

세 차례의 파편 폭발이 썩은 몸뚱이들을 찢어발겼다. 초연과 변질된 피의 악취가 먼 거리까지 훅 밀려온다. 며칠간 사격에 적응시킨 말들도 여기에는 놀랐다. 기동대원들이 진정시키느라 애를 썼다. 두 발을 쳐들고 거칠게 울어, 낙마를 간신히 면한 병사도 있었다.

폭심지에서 가까운 곳에 피투성이 시체들이 나뒹굴었다. 시신으로 드문드문 그려진 원 바깥에서는 미처 죽지 못한 것들이 발광한다.

겨울은 그 사이로 돌격할 방향을 가늠했다. 이 굉음을 내부에서도 들었을 테니, 구원이 왔다는 사실을 깨달았을 터. 자포자기로 목숨을 놓아버리진 않을 것이다.

"모랄레스! 지휘를 맡아요! 거리를 유지하며 사격! 지붕으로 올라가는 놈들 우선으로 쏴요! 탄창 하나 다 쓰고 나면 물러나서 접근하는 놈들만 처리하고요!"

"Yes sir!"

땅을 박찬 엑셀이 세상을 뒤로 밀어냈다. 달리는 말발굽이 폭발의 가장자리, 엎어진 아우성들을 짓밟고 지나간다. 중량감 넘치는 질주에 치여 곤죽이 되는 역병들.

타타탕! 타타타타탕!

지원사격의 총성은 삼점사가 겹쳐져 연사처럼 들렸다. 노을빛으로 번쩍이는 예광탄 줄기가 머리 위로 연달아 날아갔다. 지붕으로부터 2층 유리창으로 들어가려던 변종들이 일제히 비틀거린다. 마상사격이라 명중률이 높은 편은 아니었으나, 빗발치는 총탄에 놀라 중심을 잃고 굴러 떨어지기만 해도 괜찮았다. 최소한 경상은 입는다.

네 사람의 사격보다 겨울이 제압하는 숫자가 압도적으로 많다. 체감상 시속 30킬로미터, 이 속도를 유지하며 타격 범위의 모든 변종들을 후려쳤다. 격살보다 무력화에 중점을 둔 공세. 그러나 질량이 질량이라 어디를 쳐도 치명적이었다.

뻐억-

급소고 뭐고 다 열어두는 보통의 변종들과 달리, 영리한 하나가 두 팔을 겹쳐 공격을 방어했다. 덕분에 으깨진 팔이 몸통을 파고들었다. 갈비뼈가 부러져 폐를 압박한다. 꺼억, 꺽, 숨 못 쉬는 녀석을 다른 변종들이 짓밟는다. 겨울의 폭주를 뒤쫓는 추격이었다.

쾌적한 조건이라면 단거리 질주로 말을 따라잡았을지도 모른다. 어쨌든 역병의 숙주는 체력과 지구력에서 인간을 능가하니. 그러나 기병돌진의 상흔이 달리는 놈들의 발을 걸었다. 죽거나 부상당한 변종들이 장애물이었다. 인체의 발이 강철 편자를 씌운 말발굽 같을 순 없었다.

방향을 전환할 무렵, 후방에 있던 구울을 발견한 겨울은 철봉 잡은 손을 바꾸고 곧바로 권총을 뽑았다.

탕!

탄피가 튀었다. 구울의 눈알이 액체처럼 뭉개진다. 권총을 홀스터에 꽂아 넣고 본래의 자세를 회복한 뒤에야 비로소 구울의 사체가 쓰러졌다.

더욱 무질서해진 변종들을 한 번 더 직선으로 꿰뚫은 겨울이 말의 머리를 주택 정면으로 틀었다. 부서진 현관을 통해 여전한 사투가 들려온다. 꽉 찬 층계로 오르지 못하고, 그 아래를 신경질적으로 서성이는 변종들이 보였다. 이것들은 아직 바깥에 관심이 없었다.

이랴, 하! 기수의 기합에 준마가 호응했다. 실내로의 돌격. 빠르게 확대되는 현관을 몸을 낮춰 통과한다. 사람에게 넉넉한 복도가 기병에게는 비좁다. 겨울이 한껏 당긴 철봉을 똑바로 내질렀다. 빡! 돌아섰던 변종의 이마가 함몰된다.

층계 측면을 지날 때 겨울이 대각선 위쪽 높은 난간을 부쉈다. 그 너머에 있던 발목들이 함께 부러져, 계단에 우글거리던 괴물들이 와르르 쓰러졌다. 난간을 넘어서 떨어지는 놈도 다수였다. 겨울은 이미 지나간 자리. 좁은 정면에 대한 연속공격으로 덤벼드는 것들을 쳐 죽이며, 거실 옆 층계가 시작되는 넓은 공간까지 우악스럽게 밀어붙인다.

타앙! 타타앙!

역병 집단이 다수의 질량으로 몰려드는 순간이면 여지없이 메아리치는 총성. 실내라 더욱 요란하다. 좁은 복도를 벗어난 시점에서 겨울의 전투력이 최대로 발휘되었다.

층계참에 있던 변종들이 아래로 달려들었다. 그러나 디딜 곳이 온통 꿈틀대는 몸뚱이들이라 넘어지고 굴러 내릴 따름이다. 펄쩍 뛰어 도약하는 놈의 허리를 쳐 옆으로 접어버린 겨울은, 아예 말에 탄 채로 계단을 올랐다. 엑셀에게 해를 끼칠 놈들을 신속하게 찍어 죽이면서.

그렇게 죽인 변종들 가운데 감염된 미군이 셋이었다.

전투복이 누더기처럼 더럽고 여기저기 찢어진 채 피투성이이긴 했으나, 방탄 헬멧까지 제대로 쓰고 있는 모습들. 썩지 않은 피부를 보면 오늘, 아마도 여기서 감염된 이들이다.

쿠웅, 쿵!

연신 터져 나오는 거친 욕설의 지척에 이르렀다. 변종들이 2층 복도를 메우고 아우성이다. 생존자들은 변종들이 밀어대는 문짝 너머에 있을 터. 이미 경첩이 떨어진 문이라,

사실상 인간과 역병의 힘겨루기가 벌어지고 있었다. 복도보다는 방이 넓다. 사람 쪽에 겹쳐진 체중이 더 커서 어떻게든 견뎌내는 구도였다.

이제야 안장에서 내려온 겨울이 특별할 것 없는 변종들을 일방적으로 학살했다. 몇몇 시체가 난간을 부수고 떨어진다. 좁은 공간은 겨울보다 역병 쪽에 더 불리했다. 규모의 폭력을 살리기 어려운 탓.

콰당. 문에 붙은 녀석들까지 단숨에 해치우자, 필사적으로 밀던 힘 때문에 생존자들이 문밖으로 쏟아졌다. 역시 지저분한 미군들이다. 겁에 질려 상황파악이 늦다. 문이 무너진 줄 알고 비명을 지르거나, 겨울에게 총을 겨누고 방아쇠를 당기기까지 했다.

물론 발사되진 않았다. 「생존감각」과 「전투감각」의 경고가 없었다. 노리쇠가 후퇴 고정되어, 개방된 약실이 드러나 있다.

'애초에 탄창도 없는 총을…….'

딱 봐도 고초를 하루 이틀 겪은 이들이 아니었다.

"진정해요! 구조하러 왔으니까!"

시간을 낭비하고 싶지 않다. 바깥에선 아직 전투가 진행 중이었다. 간헐적으로 벽을 넘어오는 총성들. 탄약을 아끼느라 애를 먹고 있을 것이다.

비틀거리며 일어난 일병 하나가, 도로 주저앉아 멍하니 올려다본다.

"하, 한 중위? 어, 중위…… 님? 진짜로?"

복장이 다르니 알아보는 속도가 느렸다. 꺼질 듯한 랜턴 빛이 겨울을 비추었다.

"혹시 물린 사람 있습니까?"

이 질문에 병사들이 진저리를 쳤다. 참담해지는 낯빛이 둘이었다. 그리고 그보다 더 나쁜 안색이 하나.

끄억, 그으으윽

하필이면 최종변이의 순간이다. 인상을 찌푸린 겨울이 즉각 철봉을 찔렀다. 위액을 쏟아내던 입에 걸어 벽으로 확 밀어붙인다. 쿵! 뒤통수가 벽에 부딪혔다. 눈동자가 위로 말려들어간 얼굴. 툭툭 불거진 핏줄과 경련이 고통을 있는 그대로 보여주었다.

겨울은 무기를 고쳐 잡고 순간적으로 쳐올렸다.

우득.

경추가 빠지면서, 떨리던 몸이 축 늘어진다. 부러진 앞니가 진득한 침에 섞여 흘러내렸다.

사망자의 부대마크는 겨울로서도 처음 보는 것이었다. 붉은 바탕에 푸른색 문장. 강에 놓인 철교를 닮은 형상이다.

무기를 회수한 겨울이 권총을 뽑고 남은 두 명의 감염자에게 물었다.

"유언이 있다면 듣겠습니다."

그러나 두 사람은 목 놓아 울기만 할 따름이었다. 바로 쏴죽이기도 비정하여, 남은 인원들에게 악영향을 미칠 것 같았다.

"여기서 최선임자가 누굽니까?"

"저, 접니다. Sir."

손들고 나선 사람은 병장 계급이었다. 이름표에 새겨진 철자는 OSBORNE.

미군 병장이면 실력도 실력이고, 실전경험은 말할 것도 없다. 그나마 멀쩡해 보이는 이유일 것이다. 그에게 광기가 없음을 확인한 겨울이 권총을 넘겨주었다. 얼결에 받는 그에게 말한다.

"여기 두 사람의 유언을 받고, 위험해질 경우엔 해야 할 일을 하세요. 난 바깥을 정리하고 돌아올 테니."

해야 할 일을 하라는 대목에서 오스본 병장은 어깨를 떨었다.

여유가 있었으면 겨울이 직접 했겠지만.

탄을 아끼라고 칼을 건넬 수도 없는 노릇이었다.

건물 밖에서 기동대를 도와 남은 변종들을 쓸어버릴 즈음, 레예스 스테이션의 경계에 도달한 베이커 중대로부터 무전이 들어왔고, 실내에서는 두 번의 총성이 울려 퍼졌다.

2개 소대가 동쪽 천변(川邊)과 북쪽 도로에 경계를 구축했다. 랭포드 대위는 본부소대와 함께 퇴로를 유지했다. 기동대가 도하했던 그 지점이었다. 그사이에 겨울은 먼 거리까지 정찰을 나갔다. 추가로 접근하는 변종집단은 없는지. 있다면 마저 쓸어버리고 복귀할 작정이었다. 규모가 커도 무방하다. 지킬 것이 없는 싸움이라면.

그러나 밤이 깊은 산과 들은 조용하기만 했다. 숲에서 불어

오는 바람엔 악취가 섞여있지 않았다. 시가지가 보이지 않을 거리까지 나아갔던 겨울은, 언덕을 넘어 반시계방향으로 한참을 돌아 복귀했다. 가시거리를 포함해서 10킬로미터 이내엔 별다른 위협이 없었다.

살아서 구조된 인원은 아홉 명이었다.

우선은 모두에게 충분한 물을 먹였다. 대부분이 고통스러워했다. 목이 모래처럼 말라있었던 탓. 몇몇은 토해내기까지 한다. 위가 경련을 일으킨 모양이었다.

탈진한 이들을 태우려 하자, 말들이 많이 싫어했다. 냄새가 지독했기 때문이다. 지린내는 그렇다 치고, 엉덩이부터 다리까지 거무죽죽한 경우가 많았다. 중대원들은 아무도 비웃지 않았다. 비위가 약해서 본의 아니게 헛구역질을 하는 사람이 있을망정.

"어, 중위님, 저는 그냥 걷겠습니다."

오스본 병장이 침울하게 하는 말에 겨울이 대꾸했다.

"무슨 소리에요? 서있는 것도 힘들어하면서. 타요."

안장 위의 겨울은 그의 뒷덜미를 잡아 간단하게 끌어올렸다. 어? 그가 당황할 땐 이미 기수의 뒷자리였다. 엑셀은 무게가 배로 늘었어도 얌전하게 굴었다.

"꽉 잡아요."

말이 움직이기 시작하자 겨울의 허리에 팔을 두르는 오스본. 말이 낯선 사람에게는 불가항력이었다. 어색해하는 게 느껴졌다. 겨울이 속도를 붙였다.

끝내 말에 타지 못한 인원들은 관리병력과 함께 차량으로 후송됐다. 시체를 실어 나르느라 두 번을 오가야 했다. 중장비에서 뽑아낸 디젤이 충분했으므로 20킬로미터 가량의 주행을 아까워할 정도는 아니었다.

거점에 돌아와서는 식사가 우선이었다. 그냥 봐도 며칠은 굶은 모습들이었기에. 그들이 식탁에 앉아 부들부들 떨거나, 울거나, 엎드려 자다가 가위에 눌리는 동안, CIA 요원들이 묽은 스튜를 준비했다. 연한 고기를 써서 조리시간을 줄였다. 토마토처럼 없는 재료가 많아 흉내만 내는 수준. 맛을 따지자면 차라리 간도 없이 구운 고기가 나을 것이다.

그러나 다들 미친 듯이 퍼먹었다. 그러다 죽고 싶은 거냐고 말려도 소용없었다. 지켜보는 모두가 아연해졌다. 장교들이 병사들을 내보냈다. 봐서 좋을 게 없는 모습이었다.

Fuck, Fuck, Fuck, Fuck, Fuck!

한 사람이 먹다 말고 고개를 숙였다. 연신 욕설을 내뱉던 입, 꽉 깨문 이빨 사이로 침이 질질 새어나왔다. 스푼을 움켜쥔 손이 하얗게 질린다. 뚝뚝 눈물이 떨어졌다. 식탁 둘레로 전염성 높은 울음이 번졌다. 다들 울면서 꾸역꾸역 삼킨다. 그릇을 비우고 더 달라고 애원했다.

"갑작스럽게 많이 먹으면 탈이 날 텐데……."

앞치마를 두른 바커 소위가 난처해했다. 그러나 결국은 조금씩 더 나눠주고 말았다. 제발 천천히 좀 먹으라고 당부하면서. 벽에 기대어 지켜보던 랭포드 대위가 정수리를 만지작거렸다. 걱정도 걱정이거니와 묻고 싶은 것이 많은 눈치. 하지만 지금은 때가 아니었다.

식후엔 온수로 샤워를 시켰다. 한 사람씩 따로 두기가 위험하여, 각각에게 최소 상병계급 이상의 감시를 붙여놓았다. 겨울도 오스본을 맡았다. 대위가 당부했다.

"혹시라도 총기를 빼앗기는 일이 없게끔 주의하도록."

외상 후 스트레스 장애로 인한 사고를 많이 겪어본 지휘관의 경고였다.

씻는 동안에도 간헐적인 울음이 이어졌다. 그들의 몸이 옷 이상으로 더러워 긴 시간이 필요했다. 온수가 주는 안도감도 중요했다. 감시는 편하지 않았다. 자해를 할 가능성이 있었다. 그럴까봐 욕실마다 면도날을 치워두긴 했으나, 사람이 작정하면 온갖 방법으로 죽을 수 있다.

아래층에서는 작게 세탁기 돌아가는 소리가 났다. 식사 시간에 이미 한 번 돌렸으나, 냄새와 얼룩이 다 빠지지 않아 타이머 최대로 잡고 한 번 더 돌리는 중이었다. 세탁실에 건조기까지 갖춰져 있어서 다행이었다. 동전이 필요해서 병사들의 주머니를 뒤져야 했지만.

전투화는 락스를 묽게 탄 물에 반시간을 담갔다. 그다음엔 독한 술을 부어 마구 흔들었다. 싸구려 진(Gin)은 그러고도 남을 만큼 많았다. 쏟아낸 다음에도 맑은 물로 몇 번을 더 씻어내고서야 벽난로 주위에 펼쳐놓았다.

샤워를 끝내고 말끔해진 아홉 사병을 침실에 몰아넣었다. 임시로 민간 복장을 입고 슬리퍼를 끄는 모습들이 어색했다.

"어두운 건 싫습니다……. 불을 켜놓고 자도 되겠습니까?"

불안해하며 묻는 한 명에게 겨울이 고개를 끄덕여주었다.

"그런 건 허락을 구하지 않아도 됩니다. 창문을 막아놨으니까 괜찮아요."

그들은 믿기지 않는다는 표정으로 침대에 누웠다. 푹신하고 따뜻한 잠자리가 얼마 만일까.

비로소 상황이 해제되어 베이커 중대 병력에게도 휴식이 주어졌으나, 랭포드 대위는 불침번으로 평소보다 많은 인원을 세웠다. 구조된 인원을 수시로 확인하라는 지시가 더해졌다.

다만 오스본 병장을 잠시 불러냈다. 미안한 일이었으나, 계급이 높은 사람은 책임도 큰 법이었다. 지휘관들을 집합시킨 랭포드 대위가 오스본에게 말했다.

"휴식을 방해해서 미안하네. 그냥 쉬게 해주고 싶지만, 그 전에 몇 가지 확인해둬야겠다는 생각이 들어서. 가급적 빨리 끝내겠다고 약속하지."

"아닙니다. 구해주셔서 감사합니다. 무엇이든 물어보십시오."

"일단 편히 앉아. 많이 힘들 텐데. 혹시 술 한잔 하겠나?"

오스본은 망설이다가 받겠다고 대답했다. 에스카밀라 소위가 유리잔에 얼음을 담아왔다. 술은 대위가 직접 따라주었다. 그을음을 먹은 오크 나무의 향이 호박색 잔에 짙게 감돌았다.

"우선, 자네들 소속이 어디인가?"

"알파 중대, 제1혼성전투대대, 제30기갑연대전투단입니다."

부대마크가 철교 비슷하다고 보았던 것은 착각이었다. 붉은 바탕에 푸른 원, 원에 내접한 사다리 형상은 사실 알파벳 O, 가운데 막대가 사각형으로 변형된 H였다. 연대전투단의 별명인 올드 히커리[4]의 두문자[5]라고. 사각형 안을 채운 X X X를 장간 구조물이라 여겼으나, 로마 숫자로 30을 나타내는 것이라 한다.

이는 당혹스러운 답변이었다. 랭포드 대위가 머리를 쓸어 넘겼다.

"잘은 몰라도 샌프란시스코 주위에 있던 부대가 아닌 것 같은데."

"샌프란시스코요? 그건 무슨 말씀이신지……. 탈환 작전이 거기까지 진행된 적은 없지 않습니까? 저희는 새크라멘토 남쪽 스톡턴과 트레이시 사이에 배치되어 있었습니다."

서로 혼란스러워한다. 오스본은 샌프란시스코 광역권에도 미군의 교두보가 있었다는 사실을 몰랐고, 랭포드 대위는 명백한 해방 작전에 참가했던 부대의 병력이 작전지역으로부터 서쪽으로 백 킬로미터 이상 떨어진 이곳까지 왔다는 사실에 당황했다.

"스톡턴이라고? 농담하는 건가?"

"제가 왜 거짓말을 하겠습니까. 본부는 스톡턴 시가지

---

4 Old Hickory : 제7대 미국 대통령 앤드류 잭슨의 별명. 히코리 나무처럼 꺾이지 않은 사람이란 뜻. 미 육군 30사단이 이 별명을 계승했다.

5 Initial : Old Hickory에서 O, H를 의미함.

남쪽 광역공항에 있었고, 그보다 아래에 있는 샌 호아킨 디포[6]를 방어하는 것이 저희 대대의 임무였습니다. 서쪽 평야지대에서 기동방어를 전개했죠."

구체적이다. 중대가 앞으로 가려고 하는 유바 시티만 하더라도, 실제로는 도시에서 조금 떨어진 벨 공군기지[7]에 주둔지가 있었다. 대도시를 점령하는 건 쉬운 일이 아니다.

"하⋯⋯."

다른 장교들을 한 번 둘러본 랭포드 대위가 뜸을 들인 끝에 어렵게 다시 물었다.

"잔인한 질문이지만, 부대는 어떻게 됐나? 어쩌다 여기까지 오게 됐지?"

"아무래도 전선 상황을 잘 모르시는 것 같군요."

"우리는 샌프란시스코 상륙교두보인 포트 베이커에 배치되어 있었어. 그 기지는 닷새 전에 무너졌고. 사실 보급이 끊긴 지역에서 일어나는 일은 그 전부터도 잘 전파되지 않았지. 사기를 감안한 조치였는지, 아니면 위에서도 미처 파악을 못 한 것이었는지⋯⋯. 그러니 최대한 자세히 알려주게."

"⋯⋯젠장, 어디부터 말씀드려야 할지 모르겠습니다."

오스본이 한숨과 함께 술잔을 기울였다. 한 모금 넘기고는 인상을 찡그린다.

---

6 Depot : 보급기지

7 Beale Air force Base : 유바시티 동쪽에 위치한 미공군기지로 제9정찰비행단이 배치되어있다. 캘리포니아 지역의 주요 군사기지 중 하나.

"보급이 끊어진 다음부터 변종 놈들이 집적거리는 빈도가 늘었습니다. 도시는 물론이고 숲이나 산악지대에서도 계속 밀려나오더군요. 본격적인 공격은 아닌데 매번 대응을 안 할 수는 없는, 딱 그런 수준이었죠."

변종들, 특히 트릭스터가 보급의 개념을 이해하고 있고, 의도적으로 탄을 소모시키며 변종집단의 숫자를 보존하는 데 주력하고 있다는 추측은 예전부터 제기되었다. 그래서 멀쩡한 차량을 함부로 버리면 안 된다는 이야기가 나왔다. 그걸 보고 유류부족을 알아차릴지도 모른다고. 그러나 버리지 않을 방법이 없었을 것이다.

"후퇴하기도 힘들었습니다. 여길 버리면 캘리포니아 중부지역의 병력이 굶어 죽을 거라고……. 철수하는 부대들이 물자를 수령할 때까지 버텨야 한다고 하더군요."

대위가 무겁게 끄덕였다. 연료와 수송차량이 부족하고, 도보로 이동해야 하는 부대가 많았다면 이해가 간다.

멸망한 세계에서 군 기지를 찾아다닌 경험이 많은 겨울 역시 스톡턴의 보급기지를 알고 있었다. 군수국 소속일 때도 몇 번 방문했던 곳이다. 명목상으로는 하나의 기지인데 두 도시에 나뉘어 존재했다. 트레이시 쪽의 규모가 더 컸다.

"탄약이 다 떨어지기 전에 함정을 파기로 했습니다."

오스본이 몸서리를 쳤다.

"일부러 약한 모습을 내보여서 공격을 유도한다는 작전이었죠. 한 방 크게 먹이면 괜히 얼쩡거리는 일 없을 거라고. 그렇잖아도 조만간 보병전투차(브래들리)를 버려야 할 상황이라서 다들 어쩔 수 없겠다고 생각했습니다."

이때 바깥에서 끔찍한 비명이 들려왔다. 겨울을 제외한 모두가 화들짝 놀랐다. 사태를 파악한다고 분주하기도 잠시, 바깥에서 당직을 서던 루벤 페닝턴 소위가 불침번의 보고를 전했다.

[취침 중이던 인원의 발작입니다. 제 선에서 진정시키겠습니다. 신경 쓰실 필요 없습니다.]

무전을 받은 랭포드가 허탈하게 주저앉았다. 몇 개인가 안도의 한숨이 새어나온다.

침묵이 흐른 후에, 랭포드는 오스본의 다음 말을 재촉했다.

"그래서, 어떻게 됐나?"

"실수였습니다. 상상을 초월하는 숫자가 밀려들더군요. 원래는 포병과 공군이 다 처리하기로 했는데, 그 병신들이…… 죄송합니다. 아무튼 범위와 규모가 말도 안 됐습니다. 방어선이 돌파당할 때 대대에서 브로큰 애로우[8]를 요청했나봅니다. 머리 위로 폭격이 쏟아졌죠."

그가 잔을 완전히 비웠다. 적과 함께 죽을 테니 내 위치로 폭탄이든 포탄이든 닥치는 대로 퍼부으라는 최후의 요청. 철수가 불가능하다고 판단될 때, 혹은 죽어도 전선을 지켜야 할 때 이루어진다.

병장은 붉어진 눈시울을 훔쳤다. 몸이 약해져서인지

---

8 Broken Arrow : 진내사격(陣內射擊)요청을 뜻한다.

고작 한 잔으로 취기가 오르는 듯했다.

"뒤집어진 장갑차에서 겨우 나왔는데, 주위엔 남아있는 게 없고, 멀리서 괴물들이 저를 보고 똑바로 달려오는 상황이었죠. 중대장님이 생존자들을 수습했지만 기지로 복귀하는 길이 막혀있었습니다. 무작정 변종이 적은 방향으로 달아나다보니 어느샌가 다들 흩어졌고요. 어쩌다 여기까지 왔는지는 저도 잘 모르겠습니다. 아니, 사실 여기가 어디인지도 모릅니다."

겨울이 랭포드 대위의 양해를 구하고 발언했다.

"오스본. 여긴 올레마라는 마을이에요. 골든게이트에서 북서쪽으로 35킬로미터 정도 떨어진 지점이고요. 그래서 다들 놀라워하는 거예요."

"저희가 정말 멀리도 왔군요."

스스로도 기가 막힌 반응이었다. 아마 길도 없는 산지를 거쳐 온 모양이다. 그렇지 않고서야 대략적인 위치조차 모른다는 게 말이 되지 않았다.

'하다못해 도로 안내판이라도 보았으면 모를 수가 없지.'

겨울은 이들의 여정이 예상 이상으로 고통스러웠을 거라 짐작했다.

"중대가 어디서 흩어졌는지도 몰라요?"

"죄송합니다. 그냥 어느 목장이었다는 것밖에는······. 야간에 기습을 받았습니다. 그 뒤로 계속해서 쫓겨 다녔죠. 오늘 중위님께서 싹 죽여 버리신 그놈들에게 말입니다."

"그럼 혹시 다른 병력의 흔적 같은 건 본 적 없어요?

당신들 말고도 이쪽 방향으로 피한 부대가 있지 않느냐고
묻는 거예요."

그러자 병장의 안색이 한층 더 어두워진다.

"직접 마주친 적은 없지만 여기까지 오는 동안 여러 번
총성을 들었습니다. 저희들 말고도 분명히 있을 겁니다."

다만 어제부터 오늘까지는 쫓기느라 정신이 없었다고 덧
붙인다.

겨울은 유바 시티까지의 여정이 조금 더 힘들어졌다고
판단했다. 생존자들의 흔적을 발견한다면 무시하고 지나가
긴 어려울 것이었다. 과연 그 규모가 얼마나 될 것인가.

같은 근심을 앓는지 랭포드 대위가 한숨과 함께 머리를
쓸어 넘겼다.

"지금은 여기까지 해두지. 죽을 것 같은 사람 붙잡고 이
이상 길게 말하기도 그렇군. 사정은 충분히 알겠고, 다른 걸
물어봐야 당장 달라지는 건 없을 거야. 다들 이만 가서 쉬어.
날이 밝으면 다시 논의해보자고."

결국 대위가 확인하려던 것도 주위에 다른 생존자들이
존재하는가 여부였다.

구조된 인원들은 밤새도록 잠을 설쳤다.

"탄약을 주십시오. 탄약, 탄약 없이는 잠을 못 자겠습니다.
제발……."

자다 말고 당직 장교를 찾는 이들의 공통된 요청이었다.
겨울의 순번에도 두 사람이 찾아왔다. 충혈 된 눈으로 헐떡
이는 모습들이 애처로웠다. 그러나 절대로 불가하다는 게

랭포드 대위의 방침이었다. 사고를 우려한 탓이다.

"이라크 전쟁 최고의 저격수도 그런 사고로 죽었지. 전역 이후의 일이긴 하지만."

아침부터 겨울과 독대한 대위의 말이었다.

"크리스 카일 상사 말씀이시군요."

이 유명한 사건은 겨울도 여러 차례 들었다. 범인은 전직 해병인 에디 레이 러스. 이라크 전쟁 참전용사였다. 러스는 철조망 바깥[9], 위험한 전장으로 나갔던 적이 없었지만, 그럼에도 불구하고 중증의 외상 후 스트레스 장애(PTSD) 진단을 받았다.

하물며 간밤에 구조된 인원들은 말할 것도 없을 것이다.

대위가 긍정하며 손가락으로 머리를 빗는다.

"탄약이 부족한 것도 사실이고. 줘봐야 오히려 역효과일 수도 있어."

테이블 위에 펼쳐진 수첩에는 몇 줄에 걸쳐 날짜와 숫자가 적혀있었다. 중대의 탄약 보유 현황이다. 소총탄은 어제 오늘 4,847발에서 4,703발로 감소했다. 간밤에 144발을 써버린 것. 숫자로는 아직 넉넉해 보이지만, 한 사람 앞에 탄창 두 개를 채워주지 못한다. 실제로는 병사마다 이제 마흔아홉 발을 보유했다.

재분배 과정에서 대략 800발을 남겨둔 셈. 이는 중대 차원의 여분이 필요했기 때문이었다.

---

9 Outside the wire : 통제선 너머. 즉 아군이 관할하고 있는 영역 바깥, 교전지역을 의미함.

'균등하게 나눠준다고 끝날 일이 아닌걸.'

모든 병사들이 동시에 교전하는 상황은 곧잘 없다. 예컨대 방어선을 구축했을 때, 특정 방면에 적이 집중되는 경우 즉시 탄약을 몰아줘야 한다. 잔탄이 마흔아홉이면 패닉에 빠진 병사가 10초 이내에 쏴버릴 양이었다. 탄창 가는 시간까지 포함해서.

지휘관이 병력이든 탄약이든 항상 여분을 준비해야 하는 이유였다.

"탄약고를 채우느라 추가로 두 발씩 걷었네. 다들 죽을 것 같은 표정을 짓더군."

랭포드 대위의 농담에 겨울이 쓴웃음을 만들었다. 그가 말한 탄약고의 정체는 통제실 벽에 걸린 두 개의 등산 가방이었다. 전투가 일어날 때마다 중대원들로부터 각출하여 채우는 가방이다. 개인이 휴대 가능한 탄약고라니 대단하지 않은가.

"일단 어제 전투부터 되새김질해보지. 소모한 총탄보다 죽인 변종의 수가 훨씬 더 많아. 이런 전투라면 앞으로 서른 번은 더 치를 수 있을 거야."

또다시 냉소적인 농담이다.

그는 컴퓨터로 간밤의 전투기록을 재생했다. 출처는 기동대원들의 헬멧 카메라. 겨울의 몫도 있었다. 정찰과 정보획득 목적으로 다른 병사로부터 양도받은 것이다.

본래 숙박 장부나 기록하던 낡은 컴퓨터는 고화질 동영상 재생을 버거워했다. 작은 모니터엔 번인(Burn-In)으로 인한 잔상이 남아있었다. 그러나 분석에 지장이 클 정도는 아니었다.

대위는 겨울의 돌파력을 정확하게 파악하고 싶어 했다.

"이런 식의 전투는 기존의 교범에 전혀 없었던 것이니까. 적의 밀도가 얼마나 감소해야 자네가 뚫고 지나갈 수 있는지를 알아둬야겠지. 그래야 제대로 된 화력지원도 가능할 테고."

겨울이 동의했다. 바깥에서부터 깎아내듯이 쳐내야 할 때보다는 관통하는 돌격의 살상효율이 훨씬 더 높다. 후방에 도사린 머리 좋은 놈들을 찾아 죽이기에도 좋았다. 새벽의 전투에선 구울을 빠르게 사살한 덕분에 무리의 행동이 더욱 무질서해졌다.

사실 꽤 위험한 방식이었다. 겨울은 항상 병사들의 사선 앞을 달려야 한다.

반시간 가량 의견교환이 이루어졌다. 교전을 회피하는 게 최선이라는 사실은 변함이 없었다. 그럴 능력도 충분했다. 최소한 평야지대에서는 먼저 보고 먼저 피하는 게 가능하다. 변종집단을 먼저 발견한 기동대가 엉뚱한 방향으로 유인할 수도 있었다. 대원들의 숙련도가 쌓일 경우, 겨울은 말에 탄 채로 누웠다가 일어나는 요령을 가르칠 작정이었다. 풍향에 유의한다면, 갈대밭 같은 곳에서는 변종집단이 가까운 거리를 지나가더라도 들키지 않을 것이다.

다만 구조를 위해 불가피한 교전을 치러야 할 경우가 문제였다.

"이렇게 떠들고는 있어도, 솔직히 우리가 다른 부대를 구원할 처지는 못 돼."

길게 한숨을 쉬는 랭포드. 탈모가 호전될 일은 없을 것 같다.

"그렇다고 무시하고 지나갈 순 없습니다. 중대원들이 죄책감을 견디지 못할 테니까요. 가뜩이나 출신 부대가 달라서 아직도 서로 어색해하는 경우가 많은데……. 양심의 가책이 심해지면 부대가 아예 분해되어 버릴까봐 걱정스럽습니다."

겨울의 지적. 죄책감 역시 전투피로를 낳는다고.

'분대나 소대 단위로 이탈해버릴지도 몰라.'

과연 그것을 탈영이라 부를 수 있을까? 부당한 명령을 거부하는 것은 군인의 의무이자 권리였다. 가뜩이나 랭포드 대위는 직속상관조차 아니지 않은가. 겨울에 대한 믿음 또한 유지되기 어려울 것이다. 미군이 전우를 버려서는 안 된다. 파소 로블레스 이후의 마커트 대위가 사병들에게 얼마나 무시당했는지를 떠올려야 할 때였다.

똑똑.

누군가 문을 두드렸다. 들어온 사람은 에스카밀라 소위였다.

"대위님. 장례식 준비가 끝났습니다."

전사자 수만큼의 관을 짜고 땅을 파놓았다는 말이다. 그녀의 소대는 이른 아침부터 목공소에서 땀을 흘렸다. 겨울은 작업에 투입된 병사들의 심리상태가 신경 쓰였다.

에스카밀라 소위가 어련히 관리하고 있겠지만. 랭포드가 고개를 끄덕인다.

"……수고했어. 바로 가지. 경계 병력을 제외한 나머지 인원들 중에서 참석을 희망하는 사람은, 08시까지 무장을 갖추고 성당으로 오라고 전달하게."

"알겠습니다."

에스카밀라 소위가 경례를 붙이고 나갔다. 랭포드 대위가 중얼거린다. 군목까지는 바라지 않더라도, 군종병[10]이나마 있으면 참 좋겠는데, 하고.

전사자들로부터 회수한 군번줄엔 그들이 믿는 종교가 상징으로 새겨져 있었다. 신앙이 없는 한 명을 제외하면 모두가 기독교 계통의 신자들이었다. 가톨릭은 어쩔 수 없으나, 만인이 사제인 개신교는 군종병이 장례식을 진행해도 괜찮을 것이었다.

지금은 간단한 기도문을 읽고 끝낼 요량이다. 병사들을 위로하기 위한 행사. 랭포드는 새벽 내내 쓰고 지운 종이 한 장을 챙겼다. 그 옆의 성서엔 여러 개의 책갈피가 꽂혀 있었다.

버려진 성당에 병력이 집결했다. 이들에게 무장을 지시한 것은 만약을 대비한 조치였다.

성당 앞엔 작은 종탑과 약간의 초지가 있었다. 여기가 매장지다. 구덩이마다 관이 들어갔다.

---

10 Chaplain's Assistant : 군목을 보조하는 병사로 단위 부대원의 사역이나 예배를 집전하는 임무를 수행한다. 군목이 없을 때 임무를 대리하여 부대원의 정신적인 부분을 지원한다.

"자비로우신 하나님. 부활이요 생명이신 우리의 주여. 여기 선한 싸움을 하고 달려갈 길을 마치고 믿음을 지킨 자들이 천국의 문을 두드립니다. 주 안에서 죽는 자들에게 복이 있노라 하셨으니 이는 곧 하나님 아버지의 말씀이옵니다. 의로우신 재판장께서 면류관을 쓴 이와 더불어 당신을 사모하는 모든 자들을 긍휼히 여기실 것을 믿습니다. 조국과 인류를 지키기 위한 전장에서 스러진 용사들에게, 당신께서 예비하신 처소를 허락하여 주시옵소서. 또한 전우와의 이별과 환난에 고통 받는 저희에게도 자비와 위로를 베풀어 주시옵소서……."

기도가 깊어지는 동안 여기저기서 소리 죽인 눈물이 흘러내렸다.

이 장례식을 달가워할 수 없는 사람도 있다. 바로 오스본 병장이었다. 그가 직접 사살한 두 사람 가운데 한 명의 유언이 문제였다.

'뉴욕에 계신 어머니께 시신을 보내달라…… 였던가.'

병장의 얼굴이 고통으로 물드는 이유였다.

현실적으로 불가능한 소원이다. 그러나 괴물이 되기 전에 죽어야 할 상황에서 그런 것까지 생각할 겨를은 없었을 것이다.

관이 흙에 덮이는 동안 성당의 종은 울리지 않았다. 도열한 병사들이 하늘을 겨누어 세 번의 추모사격[11]을 하지도

---

11 Three-volley salute : 무덤에서 50피트(15m) 떨어진 곳에서 공중에 세 발의 공포탄을 발사하는 군대 혹은 경찰의 장례의식.

않았다. 장례식은 살아있는 자들을 위한 행사였다.

"전 아론을 여기 두고 떠나기 어려울 것 같습니다."

두 눈이 충혈 된 오스본의 말이었다. 아론은 유언의 당사자다. 겨울이 병장을 다독였다.

"당신이 여기 남는다고 뭐가 달라지겠어요? 아론 이병이 당신마저 같이 죽기를 바랐을까요? 아뇨. 살아서 돌아가야 기회가 생깁니다."

"젠장, 대체 무슨 기회를 말씀하시는 겁니까……."

"여기까지 돌아올 기회요."

다수가 듣는 대화였다. 주변을 의식한 겨울은 단호하게 말했다.

"명백한 해방 작전이 실패했어도 봉쇄선이 무너진 건 아니에요. 네바다의 요새화된 사막과 산맥들이 쉽게 뚫릴 것 같지도 않고요. 긴 시간이 걸리겠지만, 결국 언젠가는 이곳까지 탈환할 수 있다고 믿어요. 그때까지 살아남아요. 아론을 뉴욕으로 직접 데려가라고요."

"……."

가볍게 하는 말은 아니었다. 정부체제가 오랫동안 효율적으로 작동한 세계관이라, 봉쇄선은 아주 철저하게 요새화되었다. 서로가 서로를 사거리에 둔 무수히 많은 벙커들. 철근 콘크리트를 있는 대로 때려 박아, 그럼블조차 쉽게 부수기 어려웠다.

봉쇄선을 소개하는 국방부 대변인은 이렇게 표현했다.

「뭐든지 X나 크고 X나 튼튼하면 지들이 뭘 어쩌겠습니까?」

미국 시민들은 공식석상의 거친 표현에 환호했다. 이때 겨울은 윈스턴 처칠을 떠올렸다. 2차 대전기 영국의 수상. 스물일곱 번째 종말을 시작하기 전 공부했던 지도자 중 하나. 불한당 같은 이미지가 시민의 지지를 얻는 데 도움이 된 경우였다. 물론 연설에서 막말을 하진 않았으나, 어쨌든 맥락은 비슷하다.

겨울이 오스본의 어깨를 잡았다.

"최소한 어머니께 소식은 전해드려야죠. 아드님은 용감하게 싸웠다고."

보통은 직속상관의 역할이다. 그러나 오스본의 중대장은 이미 죽었을 가능성이 높았다.

"기운 내요."

마지막으로 위로하는 말에 병장이 고개를 숙였다.

괜히 가깝게 서성이던 병사들도 분분히 흩어졌다. 그들 중에 명백한 해방 작전의 실패를 봉쇄선의 붕괴와 같은 의미로 받아들이던 수가 적지 않을 것이었다. 생각은 조금 바뀌었을까.

'정말로 뚫리면…… 나도 얼마 못 가겠지.'

장례식이 끝난 뒤 겨울은 곧바로 기동대를 이끌고 나섰다. 1차적으로는 포인트 레예스 스테이션의 수색을 지원하고, 2차적으로는 최대한 먼 거리까지 정찰을 나가는 게 임무였다.

캐리어를 연결한 픽업트럭이 기동대의 뒤를 따랐다. 여기엔 3개 조(Team) 15명의 병력이 탑승했다. 모두가 겨울의 소대에서 차출된 병력이었다.

간밤에 요란했던 시가지는 놀라울 만큼 조용했다.

가장 먼저 찾은 곳은 마을 서쪽의 카운티 보안관 사무소였다. 갈색 벽돌과 나무로 지은 건물 전체에 담쟁이 넝쿨이 우거졌다. 쇠지레로 자물쇠를 끊고 들어간 무기고는 거의 대부분 비어있었다. 서부 해안에 역병이 돌기 시작했을 무렵, 보안관들 또한 최대로 무장한 채 출동했을 것이었다.

그래도 두 자루의 샷 건(산탄총)을 발견했다. 탄약은 25발들이 작은 상자로 세 개가 남아있었다. 추가로 바닥에서 약간의 권총탄을 주웠다. 급하게 챙기다가 흘린 것 같았다. 다행히 중대가 보유한 권총과 규격이 맞는 탄약이었다.

이 정도만 해도 큰 수확이다. 철컥. 방치되어있던 총기의 고장여부를 확인하던 모랄레스 상병이 만족스러운 미소를 머금었다.

"말 타고 쏘기에 좋겠습니다."

기동대원들은 마상사격에서 정확성을 담보할 수 없었다.

보안관 사무소 바로 옆은 소방서였다. 흙먼지 가득한 차고의 유리창을 닦아내자, 안쪽에 나란히 주차된 구급차와 소방차가 보였다. 병사들의 얼굴에 기대감이 떠오른다. 이런 차량은 픽업트럭과 마찬가지로 대부분 디젤을 사용한다.

또한 연료 탱크가 대형이다. 한 번에 많이 채워놓은 연료는 그렇지 않은 경우에 비해 변질될 확률이 감소한다.

즉 차량이 작동하지 않는 경우에도 연료를 확보할 순 있을 것이다.

'어차피 중심가에 주유소가 따로 있긴 하지만.'

어둠 속을 달리면서 보았던 풍경을 기억하는 겨울이었다. 아무리 사재기가 극성이었어도 저유고가 완전히 비어있진 않을 것이다. 파소 로블레스에서도 그랬던 것처럼. 다른 나라였다면 모를까, 미국은 세계 유수의 산유국이었다.

"마침 태양광 패널을 올린 건물이 있군요. 차량을 저기까지 견인하겠습니다."

배터리를 살려보겠다는 말이다. 겨울의 허락을 구한 모랄레스 상병이 소방차의 견인기를 픽업트럭에 연결한다. 그러고도 병사들이 뒤쪽에 붙어서 밀어야 했다.

소방차가 차고를 반쯤 빠져나왔을 때, 겨울이 픽업트럭 전면에서 팔을 흔들었다.

"잠깐만요. 모두 멈춰 봐요."

이제 막 힘을 쓰려던 소대원들이 의아해했다. 최선임인 모랄레스가 나섰다.

"왜 그러십니까?"

"비효율적이란 생각이 들어서요."

그러면서 주유소가 있을 방향을 가리키는 겨울.

"먼저 저기부터 들렀다 오죠. 혹시 정비소를 겸한다면 배터리가 있을지도 모르잖아요?"

거리는 고작 한 블록이었다. 태양광 패널이 달린 건물이 코앞이긴 했으나, 인버터에서 전선을 끌어오는 시간과 번거로움을 감안하면 겨울의 말이 타당했다.

"흠. 알겠습니다. 어이, 에일! 웨슬리! 연결 끊어!"

맥주(Ale)라 불린 일병의 본명은 알레한드로. 이름 앞을 떼어다 별명을 지은 경우였다. 영어가 어눌해서 놀림을 자주 받는데, 귀찮아하면서도 정말 싫은 눈치는 아니었다. 지휘를 맡은 임시 소대의 분위기에 유의할 수밖에 없는 겨울로서는 다행스러운 일이었다.

견인기가 풀렸다. 트럭을 운전하던 병사가 안도했다. 차축이 휘어질까봐 걱정했다고.

소방차의 체급이 체급이라 있을 법 했다. 당장 큰 문제가 생기는 건 아니지만. 겨울 역시 비슷한 경험이 있었다.

'누구 차가 더 힘이 센지 겨뤄보는 자리였지.'

그 단순한 싸움에 열광하던 관중들을 기억한다. 언제인가의 종말, 상대는 워싱턴 DC에서 조우한 무장 집단이었다. 내장도 외장도 괴물처럼 개조된 차량들이 아스팔트 조각을 쳐올리며 용트림을 해댔었다. 보닛에 매달려 흔들리던 해골 십자가가 지금도 선명했다. 그 외에 운전대를 잡고 악을 쓰던 운전수의 하얀 문신 또한 인상적이었다. 분위기는 험악했으나 나름 평화적인 타협을 위해 시작된 경기였다. 상품은 서로가 보유한 식량과 약품, 혹은 노예들이었고.

그때는 감염이 워낙 순식간에 확산되었으므로 문명의 유산이 풍부했다. 남은 물자를 써버리기보다 인류가 사라지는 속도가 더 빨랐던 세계. 그러므로 희망을 잃은 생존자들은 지난 시대의 무덤을 파헤치는 야만인 집단이 되었다.

이번 세계는 그 꼴이 나지 않으면 좋겠는데.

최후의 종말이 찾아올 가능성은 아직 희박하다고 생각하는 겨울이다. 하나 없지는 않으니, 조금씩 마음의 준비를 해두어야 할 것이었다. 다만, 심란하지 않을 만큼 평온했으면. 소년의 소박한 바람이었다. 사후의 유일한 미련이나마 오랫동안 곱씹을 여유가 있기를.

주유소는 도로 하나를 사이에 두고 작은 은행과 마주보는 위치였다. 뒤쪽엔 라디오 방송사가 있었다. 돌아본 병사들 가운데 하나가 씁쓸한 미소를 지었다. 마트 점원으로 일할 적에 곧잘 듣던 채널이라고. 이 말에 불현듯, 겨울은 피쿼드 호에서 듣던 라디오 방송이 아직도 계속되고 있을지 궁금해졌다. 대통령이 새로운 담화를 발표했을 것인데. 봉쇄선 현황은 어떨까. 또 미국 정부는 지금 어떻게 대처하고 있을까.

"찾았습니다! 잔뜩 있습니다! 휘유, 연료 안정제도 박스째로 쌓여있는데요?"

유리창을 닦고 실내를 들여다본 병사들이 소리 죽여 환호한다. 태풍의 영향인지 천장에서 물이 샌 흔적이 있으나, 배터리의 대부분은 보관상태가 양호했다. 누액 방지 테이프도 떼지 않은 신품들이었다. 연료안정제 또한 마찬가지. 겨울이 지시했다.

"트럭 배터리부터 갈아요. 완전히 방전되었던 물건이라 시원치 않던데."

"Yes sir."

별것 아닌데도 다들 밝게 굴었다. 이들 또한 좌절과 싸우는 데 익숙한 사람들이었다.

사소한 즐거움이라도 좋다. 겨울은 사무실 앞의 자판기를 뜯었다. 쇠지레를 콱 꽂고 확 비틀자 부서지는 소리와 함께 단숨에 열린다. 콜라뿐이었다. 유통기한이 반년쯤 지난 것들. 어지간해서는 상하지 않으나, 혹시 몰라 몇 개쯤 겨울이 먼저 맛을 봤다. 「생존감각」이 잠잠했다.

"어떻습니까? 먹을 만하십니까?"

기대감에 찬 질문. 겨울은 대답 대신 푸른 캔을 여럿 던져줬다. 병사들이 유쾌하게 웃는다.

"김빠진 맥주랑 미지근한 콜라는 취급하지 않는데 말입니다."

그러면서도 사양하지 않는 모랄레스였다. 하나씩 먹고 난 나머지는 짐칸에 실었다. 시원하게 만들어 돌리면 중대 전체에게 뜻밖의 선물이 될 것이다. 랭포드 대위도 말했듯이, 삶과 죽음의 차이가 가끔은 한 스푼의 아이스크림이었다.

그것이 물리세계의 관객 일부에겐 섹스일 것이고.

겨울은 그들을 경멸하지 않는다.

뜻밖의 수확이 있었다. 두 대의 소형 유조차였다. 평소엔 기나긴 도로 한복판에 멈춰선 차량들에게 찾아가 바가지를 씌웠을 것이다. 수송량이 각각 4,500리터에 불과했으나, 이 정도면 험비 아흔 대를 꽉 채우고도 남을 양이다.

이 시점에서 베이커 중대의 선택지가 많이 늘어난 셈이었다.

'가는 길에 버려진 장갑차라도 한 대 있으면 좋겠네. 전차면 더 좋고.'

겨울이 사치스러운 생각을 했다. 연비가 나빠서 그렇지, 장갑차나 전차의 위력은 절대적이었다. 포탄이 없어도 그렇다. 포트 로버츠의 미어캣은 변종집단을 무자비하게 밟아 죽였다. 1,500마력 엔진과 높은 신뢰성이 그런 짓을 가능케 했다. 소음이 부담스럽긴 한데, 그건 그것 나름대로 이용할 방법이 있었다. 비포장도로나 야지를 극복하기 좋다는 장점도 있다. 적어도 평원지대를 지나가는 동안에는 아주 유용할 것이었다.

미군 전차의 급유량이 1,900리터였던가. 그렇게 채우면 400킬로미터 이상을 움직인다.

주유기와 씨름하던 병사들이 지하 저유고에서 직접 기름을 뽑아냈다. 대량으로 저장되어 있었으므로 보존 상태도 양호했다. 어차피 첨가제도 잔뜩 확보한 마당이었다.

의견이 분분했다. 두 대 모두 디젤로 채울 것인가, 한 대는 가솔린을 담을 것인가. 어쨌든 지금 확보한 차량은 전부 디젤엔진이다. 추후에도 차량을 선별한다면 픽업트럭 종류가 우선이었다. 이런 차에 가솔린을 넣었다간 엔진이 작살날 것이다.

겨울이 논쟁을 끝냈다.

"우리가 지금 대륙을 횡단하려는 건 아니잖아요? 디젤은 한 대로도 충분해요. 새로운 차종을 확보한다면 가솔린이 필요할 거고요. 기갑차량이라거나."

향수를 넣어도 돌아간다는 전차 엔진이지만 디젤과는 호환되지 않았다. 추가로 확보할 다른 차량이 반드시 디젤

엔진일 거란 보장도 없었다. 러시아에는 휘발유와 디젤을 함께 쓰는 군용기가 있다던데, 무슨 수로 그런 물건을 만들었는지 모를 노릇이었다.

소방차와 구급차는 배터리를 교체하니 정상적으로 작동했다.

식량 확보는 양만 따진다면 예상을 상회했다. 한 블록 내에 세 개의 제과점이 있었는데, 여기서 확보한 밀가루만 해도 중대 병력이 보름을 먹고 남을 정도였다. 다만 병사들은 무척이나 역겨워했다. 한 곳에서 꽤 많은 벌레가 나왔기 때문이다. 어지간해서는 벌레 먹지 않는 밀가루라지만, 사람의 손을 타지 않은 시간이 길어지니 이렇게 되는 경우도 있었다.

"우욱. 이거 먹어도 되는 겁니까?"

"비상식량이라고 생각해요. 배고파서 죽을 지경이면 어쩌겠어요. 사람이나 변종을 뜯어 먹는 것보다는 낫겠죠."

에이프릴 퍼시픽을 회상하는 겨울의 말에 더욱 거북해하는 병사들이었다.

"곁에 따로 표시해놔요. 일단은 가지고 가고, 나중에 상황을 봐서 버리던가 하자고요."

밀가루 포대를 체로 걸러내기에 약간의 시간이 소요되었다. 가열취식으로는 큰 문제가 없을 것이다. 아무튼 비상식량이다. 차량을 추가로 얻지 못했다면 그냥 두고 떠났을 것이었다. 영양 이상으로 먹는 사람들의 심리를 고려해야 한다.

지금 본 것을 비밀로 하라는 지시는 내리지도 않았다.

어차피 지켜지지 않을 비밀일 테니까.

마을에서 유일한 식료품 상점은 부패의 도가니였다. 바퀴가 특히 많아, 병사들이 감히 진입하지 못했다. 그래도 겨울이 혼자 들어가겠다니 책임감으로 나서는 몇몇이 있었다.

진열대 안쪽에서 특이한 흔적을 발견했다. 벌레들이 눌려죽은 무수한 자국들 가운데, 유난히 깨끗한 자리가 보였다. 펑퍼짐한 무언가가 거기에 자리 잡고 있었던 것처럼.

'그러고 보면 이것도 낯선 현상이었는데.'

여러 번 경험하긴 했으나, 아직 이유를 모르겠다. 과거의 종말엔 없었던 현상. 사람을 두려워하지 않는 바퀴벌레들은 대체 무엇을 의미하는 걸까. 단순히 분위기 조성을 위한 변경사항일까……? 아니, 그럴 가능성은 낮다. 이제껏 이유 없는 변화는 드물었다.

처음엔 사소하게 여겼다. 그러나 자꾸 눈에 띄니 마음에 걸린다.

지금도 절반의 바퀴가 사람을 피하는 반면, 나머지 절반은 겁도 없이 눈앞으로 날아들었다. 손으로 쳐내도 잠깐이다. 맹목적으로 날고 기어서 병사들이 기겁했다. 무슨 차이일까.

"중위님! 여길 꼭 수색하셔야겠습니까?"

겨울은 선반과 바닥을 쭉 훑었다. 어두운 실내였으나, 한 줌의 빛으로 충분한 시야였다. 병사들의 랜턴 빛 닿지 않는 자리도 선명하게 보인다.

많은 병들이 깨져있다. 허전한 설탕 봉지들은 이빨로 물어뜯은 흔적들이 역력했다. 그럼에도 아직 멀쩡한 봉인이 많았다. 주로 식초나, 독한 소스 종류였다. 시험 삼아 몇 놈이 핥아보고 질색을 했을 풍경이 그려진다. 주류 코너도 꽤나 멀쩡했다. 소금은 절반쯤 사라졌다.

챙길 것을 챙겨 식초와 알콜로 소독했다. 병사들이 설레설레 고개를 젓는다.

이 시점에서 민가 수색은 무리였다. 수송중량이 한계에 달했다. 마지막으로 중심가 아래의 보건소[12]에 들렀다. 약품에도 유통기한이 있었으나, 비타민제와 영양제, 항생제만큼은 충분한 양을 확보할 수 있었다.

"기동대를 제외한 나머지 인원은 차량을 끌고 먼저 복귀해요. 오늘은 꽤 멀리까지 나가봐야 할 것 같네요. 대위님께는 늦어도 EENT까지 복귀하겠다고 전해드리고요."

이렇게 지시하는 겨울은 먼 하늘을 바라보고 있었다. 병사들로서는 도저히 볼 수 없는 거리에 자그마한 경비행기 하나가 지나가는 중이었다. 희미한 비행운이 이어진다.

'뭐지? 이 지역에 저런 게 날아다닐 이유가 없는데……'

조금 혼란스럽다. 한때 사라졌다가 부활한 전선통제기도 아니고, 라운델[13]조차 없는 민간기였다. 봄날의 햇볕 아래 백색 도장(塗裝)이 빛난다.

마을 남쪽의 다리까지 차량 대열을 호위한 겨울은, 즉시

---

12 Community Health Center, CHC : 미국 보건소는 연방정부에서 보조금을 받는 연방정부 인가 보건소(Federally Qualified Health Center)와 주 혹은 카운티(county)에서 하는 지역 보건소(Community Health Center)가 있으며, 미국의 살인적인 의료비를 감당하기 어려운 빈민층, 서민에 대한 일반의료 지원과 연방 및 주정부에서 주관하는 예방접종 등을 수행한다.

13 Roundel : 군용기 국적 식별 마크

기수를 동쪽으로 돌렸다. 이는 중대가 나아갈 길의 선행정찰인 동시에, 생존자들의 흔적을 찾는 임무였다. 조금 전 목격한 경비행기도 무척 신경 쓰였다. 방역전선 인근 공역에 허가 없이 진입했다간 즉각 격추당한다.

설마 방공망이 작동하지 않을 만큼 엉망진창인 건 아닐 테고.

겨울을 선두로 다섯 기병이 해가 떠오른 지평을 향해 달렸다.

능선을 넘어가자 뜬금없이 한 무리의 알파카들이 스쳐지나간다. 인근 목장에서 기르던 것들이 용케 살아남은 모양이었다. 기괴하게 생긴 털 뭉치들은 사람에 놀라 사방으로 달아났다. 그동안 사람이었던 괴물들에게 많이 쫓겼을 것이었다. 괜찮은 식량이지만 지금은 무시하기로 했다. 위치를 알았으니 나중에라도 흔적을 쫓으면 된다.

진로는 호수를 만나 꺾어졌다. 댐을 방기할 때 수문을 열어놓고 떠났는지, 수위가 무척 낮았다. 물 위를 가로지르는 다리를 건너 계속해서 나아간다.

크워어어-!

무리에서 낙오되었거나, 혹은 감염되어 나중에 깨어난 놈인가 보다. 연쇄추돌의 현장에서 깡마른 변종 하나가 툭 튀어나오기에, 겨울은 감속 없이 가격하고 지나갔다. 목이 두 바퀴 돌아간 녀석이 뒤따르는 말발굽에 채였다.

"으악 시발! 지져스!"

화들짝 놀라는 말. 기절초풍한 기동대원이 낙마를 겨우 면

한다. 승마 실력이 조금 더 나았다면 펄쩍 뛰어서 피했을 텐데, 「교습」 효율이 아무리 높아도 아직은 이 정도가 한계였다.

1킬로미터 정도의 계곡을 통과하자 작은 분지가 나타난다. 본래는 이 분지를 통과하여 북서쪽으로 크게 돌아, 1번 주도를 따라 남하하여 복귀할 예정이었다. 임시 거점 기준으로 동쪽과 북쪽 길 가운데 어느 쪽이 안전한지 확인하고자.

그러나 이 순간, 가까운 산간에서 무수한 괴성이 메아리친다.

육안으로 확인되는 변종 집단은 아니었다. 아마도 수목에 가려져있을 터. 겨울이 보지 못하는 위치라면 놈들도 이쪽을 발견하지 못했을 것이다. 그런데도 소리를 지르는 걸 보면 별개의 사냥감을 쫓는 중일 확률이 높았다. 과연 그 사냥감이 야생동물일까?

아침에 장례식을 치른 시점에서 안일하게 생각하긴 어렵다.

사람의 비명은 들리지 않는다. 이미 물어뜯기는 중일까?

순간적인 의심이었다. 변종들이 내지르는 괴성에도 의미가 있었다. 사냥이 끝났는데도 거친 포효를 내지르진 않는다. 무슨 상황일까. 덤불 사이에 숨어있나? 아니면 산장을 찾아 문을 잠갔나? 혹은 나무를 타고 올랐을지도 모른다. 단순하지만 생존교범에도 실려있는 내용이었다. 인간에 비해 섬세함이 떨어지는 감염변종들은 나무를 잘 타지 못한다고.

물론 보통의 변종에게나 해당되는 이야기다. 구울은 기민하다. 사실 강화변종쯤 되면 제자리 도약만으로도 위협적이었다.

어쨌든 쫓고 쫓기는 장면을 상상하긴 힘들었다. 단련된 병사라도 감염된 괴물과 체력대결을 벌일 순 없다. 하물며 이런 지형에서라면야. 급한 경사를 달려 올라가면 백 미터도 못 가 다리가 풀리는 게 사람 아닌가. 내리막에서 속도가 붙는 건 변종이 인간 이상일 테고.

그래도 여유는 없다. 상황을 모르는 한, 최악의 경우를 상정해야 했다.

"중위님! 저쪽으로 들어가는 게 좋겠습니다!"

모랄레스가 낮게 외쳤다. 그가 찾아낸 경로는 마른 계곡. 우기에만 흐르는 건천(乾川)이었다. 숲 속에 자연스럽게 생성된 길. 근처에 민가가 있으니 산책로 또한 닦여 있겠으나, 찾을 시간이 부족하다. 겨울이 기수를 돌렸다.

"둘씩 좌우를 경계해요. 일단 분수령까지 올라갑니다."

후방은 속도를 살리면 그만이니 위험이 덜하다. 또한 물러날 작정이 아니고서는 뒤를 돌아볼 필요가 없었다. 그땐 겨울이 반전하여 퇴로를 뚫을 작정이었다. 말 타고 내리막을 달리기는 난이도가 높지만, 전문가 영역 끝자락의「승마」라면 감당할 만하다.

역병의 합창은 올라가는 내내 측면에서 들려왔다. 거리가 가까워졌다가 다시 멀어졌으나, 소리 지르는 놈들이 움직이는 것 같지는 않았다. 이쪽의 이동에 따른 변화일 뿐. 덕분에 대략적인 위치를 감 잡았다. 소리가 들려오는 방향으로 곧장 치고 들어가는 건 하책이었다.

위치가 고정되어 있다는 사실이 앞선 추측에 확신을 더한다.

무성하게 우거진 녹음이 거리감을 왜곡하여, 병사들의 긴장감이 한껏 높아졌다. 오발을 막고자 겨울이 손을 들었다. 아직이란 의미. 바람에 흔들리는 가지를 쏴버릴 가능성이 있었다.

작은 선상지(扇狀地) 가장자리를 타고 올라가, 고작 100미터를 나아간 시점에서 분수령에 도달했다. 쏟아지는 비가 산의 양면으로 갈라지는 경계. 늦은 봄의 햇살이 자잘히 부서지는 수관 아래에 오솔길이 있었다. 최고점의 연속선을 따라 형성된 길은 또한 기복이 적기도 하여, 산지에서 기병의 기동로로 적합했다.

이제 북쪽으로 올라간다. 겨울은 매복지점을 정하여 기동대원들을 배치했다. 사선이 십자로 교차하게끔. 교활한 개체가 없는 이상 변종들은 은엄폐에 신경 쓰지 않는다. 급소도 방어하지 않는 놈들이 그렇게 고등한 방어본능을 발휘할 리 없다. 새로운 감염이 우선이지. 그래도 시야를 가리는 게 많다 보니 서로 엇갈리게 쏘는 편이 좋을 것이었다.

비탈을 20미터쯤 내려간 겨울이 묵직한 냉병기를 휘둘렀다. 콰득, 콰득, 콰득. 여러 나무에 상처를 남긴다. 병사들을 위한 시각지표였다.

"내가 적을 유인합니다. 저쪽에서 대각선으로 들어올 거예요. 만약 놈들이 이 선을 넘어오면 남쪽으로 빠져요. 호숫가에 있던 농장 기억하죠? 일이 잘못되면 거기서 합류하자고요."

"알겠습니다. 조심하십시오."

비탈에 우거진 숲 속에서 겨울 단독으로 싸우기는 위험 부담이 있었다. 무기를 휘두를 여백이 부족하다는 점에서. 수월하게 성공할 수도, 난처한 상황에 빠질 수도 있다. 대원들을 매복시킨 이유였다. 어디까지나 만약을 대비한 것이었지만.

'설마 후퇴가 필요한 상황까진 되지 않겠지.'

잘 풀리면 실탄 소모 없이 혼자서 다 처리해버릴 수도 있다.

"가자, 엑셀!"

보험은 준비했다. 더는 소음에 주의할 필요가 없었다. 소음을 듣고 적이 분산되면 이쪽이 고맙다. 겨울은 엑셀을 지그재그로 몰았다. 지형 상 오히려 직주보다 빠르다.

일부러 소리를 크게 지르고 접근. 부패한 살의 냄새가 가까워졌다. 마침내 낮은 덤불 너머로 감염된 무리가 보인다. 그리고 나무 위에서 겁에 질린 생존자들의 모습도.

'민간인? 어째서?'

당연히 미군일 거라 생각했던 겨울이 잠깐 당황했다. 오는 길에 목격한 경비행기가 스친다. 설마 서로 연관이 있나? 민간인이 하늘로 봉쇄선을 넘어야 할 상황인가?

크워억!

바로 달려드는 한 놈을 쳐 죽이며 그들의 정체를 깨달았다. 관련은 없었다. 단서는 각자가 목에 건 출입증. 종군기자단이구나, 조금 안도하는 겨울. 명백한 해방 작전을 취재하다가 봉변을 당했을 이들이다. 하지만 호위 병력은 어디로 가고 기자들만 잔뜩 있나.

난데없이 전쟁영웅을 발견한 그들은 한 얼굴에 온갖 감정을 내비쳤다. 불신과 놀라움은 믿기지 않는 행운을 받아들이는 과정을 거쳐 고통스러울 만큼 일그러진 열망으로 변했다.

"한겨울 중위! 한겨울 중위! 한겨울 중위!"

비명에 가까운 환호성. 거칠게 튀는 침이 아침이슬처럼 반짝인다.

변종의 접근에 나날이 익숙해지는 엑셀이 제자리에서 돌았다. 기수에게 힘을 실어주는 영리함. 그 회전을 받아 겨울이 상체를 허리부터 비튼다. 강맹해진 냉병기가 180도를 휩쓸었다. 단숨에 다섯을 쳐내고 둘을 격살했다. 비탈을 구르는 다섯 가운데 성한 놈은 없었다.

마지막으로 걸린 하나는 굵은 강철과 나무 사이에서 폐가 짓이겨졌다. 핏빛 갈비뼈가 살을 뚫고 나왔다. 케흑, 케흑. 마지막 숨을 기침으로 뱉고, 호흡이 불가능해진 녀석이ㅡ

"아아아아! 한겨울! 한겨울!"

무릎을 꿇는다. 히윽, 에으으윽. 입 밖으로 거품 섞인 피가 줄줄 흘러나왔다. 이어 겨울이 확 당기는 스냅으로 무기를 끌어당겼다. 짧게 고쳐 잡고, 한 손으로 받쳐 쥐며, 다른 손으로 벼락처럼 밀었다. 당구라도 치는 듯한 경쾌함이었으나

"여기에요! 여기! 살려주세요! 제발! 날 살려줘요!"

맞는 입장에선 경추가 빠지는 일격이었다. 목뼈 세 마디가 목 뒤로 불룩해진 괴물이 픽 쓰러져 짓밟힌다. 밟고 도약하는

숫자가 둘. 지독한 입 냄새가 간격을 넘어왔다. 겨울이 손아귀를 비틀었다. 공기저항이 느껴진다. 바람을 찢는 냉병기가 두개골을 깎아냈다.

그사이에 남은 한 놈이 지나치게 가깝다. 강철을 휘두르지 못할 거리. 즉시 주먹을 꽂는다. 빡! 나간 주먹을 회수하는 대신 펼쳐서 머리를 붙잡고, 엄지로 한쪽 눈알을 으깨며-

"그래! 죽어라! 죽어! 지 엄마랑 떡칠 새끼들아!"

……정신사납다. 끔찍한 증오를 담아 외치던 기자는, 격정적인 몸짓에 휩쓸려 떨어질 뻔했다. 간신히 가지를 붙잡아 매달린다. 늘어진 다리를 향해 펄쩍펄쩍 뛰어오르는 변종들의 모습. 붙잡혔던 구두가 벗겨진다. 체력이 떨어졌는지 매달려서 비명만 지를 뿐, 도저히 도로 올라가지 못하는 남자. 처음엔 가지를 끌어안았으나, 점차 힘이 풀리는지, 마침내는 손끝으로 매달린 모양새가 된다.

"올라와, 길버트! 제발! 힘내!"

남자의 동료들이 울부짖었다.

하. 여기서 끝낼 수 있었건만. 한숨을 내쉬며, 겨울은 붙잡았던 놈을 홱 집어 던졌다. 바로 박차를 가한다. 엑셀은 주저 없이 변종들 사이로 뛰어들었다. 가장 가까운 괴물에게 파괴적인 강철이 떨어졌다. 콰드득, 어깨가 명치 높이로 꺼진다. 뭉개진 허파, 펄떡이는 심장이 바깥으로 드러났다. 낮아진 한쪽 팔이 기형적으로 꿈틀거렸다.

뭉쳐있는 변종들을 소총사격으로 깎아내며 진입한다. 여기에만 탄창 하나가 다 들어갔다.

"손을 놔요!"

말이 들리지 않는 듯하다. 발아래가 빈 것도 모르고 필사적으로 매달려있는 기자는, 두 눈 질끈 감고 소리를 지르며, 손아귀에 모든 힘을 쏟을 뿐.

「승마」 기량에서 비롯된 마상재(馬上才)로 겨울은 안장을 밟고 일어섰다. 지금도 변종들이 육박하는 순간이었다. 고작 몇 초의 여유.

"나를 보라고!"

윽박질러도 소용없었다. 기자는 이미 아무것도 들리지 않는 상태였다. 이것이 평범한 사람이었고. 다리를 붙잡으니 마구 발버둥 친다. 그 힘에 스스로 못 이겨 떨어지는 몸. 겨울이 양팔로 받았다. 키 크고 수염 거친 백인이 소년의 품에 안긴다.

그나마 물린 흔적이 없어서 다행이다.

갑작스러운 무게 변화에 엑셀이 주춤거렸으나, 겨울은 말의 부담을 최소화하며 자세를 바꿨다. 안장 뒤에 앉힌 남자는 자신이 뭘 하는지도 모르고 겨울을 붙잡았다. 팔을 붙잡는 손을 허리로 돌리는 동시에, 남은 손으로 철봉을 휘둘러 근접한 다수를 견제했다. 자세가 불편해서 위력이 불충분하다. 비탈을 구른 대부분이 큰 손상 없이 벌떡 일어섰다.

"정신 차려요! 안 잡아먹으니까!"

엉엉 울면서 잡아먹지 말라고 애걸하던 기자가 간신히 실눈을 떴다. 그러나 상황파악을 하기도 전에 보이는 것은 달려드는 변종 무리였다. 결국 패닉이 심해진 그는 엉망진창으로 매달렸다. 결국 제대로 된 공격이 힘들어진 겨울은 기수를 돌리는 수밖에 없었다.

"거기서 조금 더 버티고 있어요! 다시 돌아오겠습니다!"

그렇게 외치며 엑셀에 속도를 붙이는 겨울. 이성이 마비되어 간절함만 남은 여러 절규가 애타게 들려왔다. 괴성의 다중창이 그 뒤를 따랐다. 기자들에게 발돋움하며 남아있는 수십, 그리고 다시 겨울에게 집중되는 수십.

결국은 보험을 쓰게 됐다.

"워 호스! 전투 준비! 2시 방향에서 들어갑니다!"

거리를 줄인 무전을 보낸다. 미리 일러두었어도, 오인사격을 방지하려면 몇 번이든 더 알려야 했다. 사선 앞의 단독행동은 그만큼 위험했다.

'이번엔 탄약을 얼마나 소모하려나.'

여기서도 백발이 넘어가면 랭포드 대위가 잠을 설칠 것이다.

하지만 민간인을 죽으라고 버려둘 순 없는 노릇.

병사들이 육안으로 보이기 시작했다. 미리 경고했는데도 잠깐 한 줄기 사선경고가 떴다. 짙은 경고가 발사 직전이었음을 암시한다. 맥러린 이병. 목장주 아들이라 승마 실력 우선인 기동대에 들였으나, 실전경험 부족으로 긴장이 지나쳤다. 흩어진 매복이라 더했다.

"대기!"

명중률을 확보되는 거리까지 끌어들여야 한다.

"대기!"

다시 외친 겨울이 걸리적거리는 기자를 젖히고 뒤를

살폈다.

"발사!"

타탕! 타앙! 타타타타탕!

살상지대에 들어선 변종들이 무더기로 쓰러졌다. 뼈, 살점, 나뭇조각이 뒤섞여 튀었다. 한 쌍의 십자가로 교차하는 사격은 최적의 거리에서 최소의 소모로 최대의 효율을 뽑아냈다.

사격이 시작된 이상 겨울도 근접전투가 불가능했다. 빗발치는 총탄 속으로 엑셀을 몰 순 없으니까. 소총을 단단히 견착하고, 병사들이 놓치는 놈들을 쏜다. 으으으으- 흐느끼면서 매달리는 기자는 눈이 풀려있었다. 겨울은 그를 진정시키려는 시도를 포기했다.

그렇게 또 한 번 탄창을 비운 겨울이 번쩍 손을 들었다.

"사격 중지! 사격 중지!"

격렬했던 삼점사의 연쇄가 간헐적으로 잦아들었다.

아무리 변종이어도 비탈에서 평지처럼 달리는 건 잠깐이었다. 겨울을 쫓는 동안 느려진 놈들은 병사들에게 쉬운 적으로 전락했다. 그 결과가 지금의 풍경. 기동대원들 또한 탄을 아껴야 한다는 강박에 시달리고 있었음에도, 잠깐 사이에 적을 완벽하게 섬멸했다.

끄으으으-

죽지 않은 것들도 불구가 되었다. 버르적거리는데, 당장 처리할 필요는 없었다.

"모랄레스! 이 사람을 맡아요!"

겨울이 기자를 상병에게 넘겼다. 잡을 곳이 마땅찮아 멱살을 쥐어야 했다. 말 등에서 말 등으로 넘어간 기자는 허우적대다가 건장한 사병을 꽉 끌어안았다. 지린내가 난다. 상병은 찝찝한 표정을 지었다.

"아직 더 있습니까?"

"네! 여기서 대기해요!"

그렇게 지시하고 온 길을 되돌아간다. 엑셀의 숨이 거칠었다. 오르막에 지친 탓. 달리는 도중에 흑마의 목덜미를 쓰다듬어주는 겨울. 조금만 더 힘내라고.

기자들은 여전했다. 떨어지지 않으려고 온몸으로 매달려 부들부들 떨고 있다. 그중 하나는 스스로가 변이되고 있다는 것도 몰랐다.

겨울이 남은 무리를 신속하게 쓸어버렸다.

마지막은 변이되는 과정에서 추락한 기자였다. 피부색이 변한 그녀는 충격에 숨이 턱 막혔는지, 이빨을 부딪치면서도 일어서질 못했다. 그것을 미간을 강철로 내리찍어 죽인다.

그러고도 살아남은 기자의 숫자가 다섯이나 되었다. 죽은 숫자가 더 많긴 했지만. 미처 높은 곳으로 오르지 못해 변종이 된 이들. 겨울은 그들의 기자증과 약간의 유품을 회수했다. 시체를 가져가긴 어려울 것 같다.

"이봐요, 내 말 알아듣겠어요?"

그나마 제정신으로 흐느끼던 기자가 소년장교를 올려다보았다. 총성이 들린다. 죽다 만 변종들을 마저 처리하는 모양이었다. 질겁하는 기자를 진정시키며 묻는 겨울.

"당신들뿐이에요? 호위대는 어디 있어요?"

봉쇄선에서 여기까지 어찌 오든 백 킬로미터 이상이다. 민간인들만으로 왔으리라 여기긴 어려웠다.

입을 어물거리던 기자는, 목소리가 나오지 않는지 손가락으로 방향을 가리켰다.

모랄레스와 합류한 겨울은 기자들의 증언을 토대로 산봉우리 사이의 2차선 도로를 탐색했다. 기자들을 태우고 기동대원들은 걷기를 두 시간. 마침내 발견한 것은 비장한 교전의 흔적이었다. 그럼블의 사체를 목격한 기동대원들이 흠칫 놀랐다.

거대한 사체는 구강이 너덜거렸다. 찢어진 미군이 사방에 뿌려져있었다.

스키드 마크를 따라가자 뒤집힌 험비가 두 대, 완전히 해체된 장갑차가 하나, 엔진이 파괴된 수송트럭이 하나, 으스러진 밴이 두 대였다. 험비는 각각 중기관총 탑재형과 고속유탄포 탑재형이었으나, 어느 쪽에도 남아있는 탄이 없었다.

병사들이 묵묵히 시체를 수습했다. 그 과정에서 쓸 만한 물건을 챙겼다. 무전기, 배터리, 랜턴, 야전삽 등. 기자들은 눈물샘이 말랐는지 목으로만 울면서 밴을 뒤졌다. 유품이나 식량, 그 외에 꼭 필요한 물건이 있다면 찾으라고 준 시간인데, 그 와중에 무사한 촬영 장비를 모으고 있었다. 생각을 거친 행동이 아닌 듯하다. 난감했다.

"도와드립니까?"

모랄레스의 질문에 겨울이 고개를 끄덕였다. 세 사람이

붙자 험비가 간단히 세워진다. 손상이 덜한 쪽이었다. 마지막 순간까지 달린 차량답게 연료계 눈금이 바닥이 아니었다. 얼마 못 갈 것 같긴 하지만, 그리고 운전석 문이 닫히진 않지만, 시동만 걸린다면 유용할 듯하다.

"혹시 살릴 수 있겠어요?"

"한번 해보겠습니다. 보기보다 멀쩡하군요. 저쪽 차의 부품을 끌어다 쓰면 어떻게 될 것도 같습니다."

웨슬리 일병의 말. 나름대로 차량에 익숙하다는 병사들끼리 의견을 교환했다. 미국답다고 해야 할지, 간단한 정비 정도는 손수 해본 사람이 많았다.

그들이 애쓰는 사이에 겨울은 엑셀을 끌고 폭 넓은 원을 그렸다. 당연한 경계였다. 혹시 싶었지만, 미군 생존자의 흔적은 발견되지 않았다.

'전투력을 기대할 수 없는 민간인이 여섯인가.'

어떻게든 공중보급을 받을 수 있다면 좋겠는데. 생각한 겨울이 하늘을 보았다. 사정이 어찌되었든, 민간기라도 머리 위 하늘을 가로지른다면 교신을 시도해볼 수 있을 것이다. 민간 비상 채널로 보내는 신호는 반드시 잡힐 터. 현 시점에서 가능한 최선의 기대였다.

돌아오자 운전석의 알레한드로가 겨울을 반겼다. 험비에 시동이 걸려있었다.

본래의 정찰임무는 여기서 중단하기로 했다. 어쨌든 기동대원들과 겨울은 미군이었다. 당연히 민간인 보호가 최우선이었다.

읽지 않은 메시지 (9)

「이슬악어 : 갈수록 태산이네. 야, 이거 총알 선물도 가능하지 않냐?」

「당신의 어머 : ㅇㅇ 시청자 전용 물자보급 DLC 쓰면 됨. 탄약이든 뭐든 구입한 오브젝트를 니가 직접 배치할 수 있음. 당연히 획득 퀘스트를 설계하는 것도 가능하고. 근데 상품설명을 보니까 상황연산에 따른 제한이 있다고 함.」

「이슬악어 : 무슨 제한?」

「당신의 어머 : 몰라. 오류가 발생할 수 있는 장소엔 배치되지 않습니다, 라고만 나와 있는데?」

「뭇시엘 : 너네 그지들이라서 실제로 해본 적이 없구나? 상식적으로 생각해.」

「뭇시엘 : 이미 한 번 수색한 장소에 못 본 물건이 있으면 열라 이상할 거 아냐. ㅋㅋ 그럼 상황연산 깨지고 그 이전 시점으로 롤백 하는 거지.」

「이슬악어 : 아, 그런 거구만. 시비 거르고 고맙다 그지 새끼야.」

「뭇시엘 : 남자가 속 좁기는.」

「올드스파이스 : 근데 한겨울 얘는 시청자 퀘스트건 선물이건 가리지 않고 차버리는 앤데 설마 총알이라고 받겠냐? 전에 땅에 묻혀서 죽기 직전일 때도 거절했는데? 이제 와서?」

「이슬악어 : 내가 그걸 모르겠냐고. 답답해서 그래, 답답해서. 뭣보다 이만큼 상황이 꼬였으면 한겨울 얘도 생각이 달라지지 않았을까?」

「깜장고양이 : 고양이가 보기엔 그럴 리가 없는 고양. 헛된 희망은 버리는 게 좋을 고양.」

「똥댕댕이 : 진행자 가끔 보면 사이코 같음. 처음엔 그러려니 했지만 갈수록 밥맛없음. 잘난 척하는 거 같아서. 그래봐야 관 속에 뇌만 둥둥 뜬 주제에. 돈 벌려고 방송하는 놈이 자존심 세 우는 것도 되게 웃기지 않어? 별창이 자존심은 무슨…….」

「도도한공쮸♡ : 야. 꼬우면 나가. 왜 우리 이쁜 겨울이 나쁘 게 말하고 지랄임.-_-」

「똥댕댕이 : 월월! 으르르르! 컹!」

「새봄 : 난 그런 식으로 개입하는 거 싫은데. 내가 이 채널 계속 들어오는 게 현실감 넘쳐서거든. 이제 와서 갑자기 막 편 해지면 재미없을 듯.」

「원자력 : 너무 진지해서 깰 때도 있다만, 나름 괜찮지.」

「まつみん : 동의합니다! 싫어하시는 분들 취향은 존중하지 만 험한 말씀은 하지 마세요.」

「50년째 린저씨 : 답답한 건,,,,사실이지,,,,당장 내가 죽게 생겼는데,,,도움도 안 될 기자들을 뭐 하러 구하나,,,어차피 혼 자 구하러 간 거,,,다 죽게 내버려두고,,,병사들한테는 못 구했 다고 하면 될 것을,,,애가 사회생활을 안 해보고 죽어서,,,세상 사는 요령을 모르네,,,쯧쯧,,,」

「엑윽보수 : 아재 오맞말. 워낙 잘 싸워서 그 맛에 본다만, 어차피 사람도 아닌 것들 살린다고 착한 척 오지랖 부리는 거 극혐. 컨셉 잘못 잡았음. 무슨 호구도 아니고. 한겨울 얘 전라도 좌파일 듯.」

「월마 : 중간까지는 반쯤 공감. 근데 전라도랑 좌파는 왜 나와? 통베충 새끼 진짜.」

「엑옥보수 : 너도 절라디언이구나? 홍어냄새 ㅋ」

「월마 : 뭐래 병신이.」

「액티브X좆까 : 어휴, 정말 쉴 새 없이 싸우네. 방송이나 봐라. 액티브X 같은 새끼들아.」

「Владимир : айай-ай. 심한 말을 하는군. 그렇다면 다 죽여야 하잖나.」

「BigBuffetBoy86 : 오, 루스키. 오늘도 여전히 살벌하군.」

「BigBuffetBoy86 : 조심하라고 친구. 얼마 전에 한국 사후보험 보안 기술자들이 죽었다고 하더라. 그런 농담 자꾸 하면 경찰이라든가, 더 무서운 아저씨들이 찾아올지도 모르잖아?」

「Владимир : 내 걱정은 안 해도 된다.」

「BigBuffetBoy86 : 하하. 너무 안일한데? 우리나라에서도 백악관 계정에 메일을 보내면 FBI가 찾아온다고. "I will kill you." 한 마디만 적어주면 일방통행이지. lmao.」

「groseillier noir : 양키 말이 맞아. 뉴스에서 봤어. 알고 보면 한국이 세계 1위의 검열국가라고 하더라. 관제AI가 사후보험의 모든 정보를 실시간으로 검열한대.」

「Владимир : 상관없다. 오히려 관심을 가져주었으면 좋겠군.」

「BigBuffetBoy86 : 영문을 모르겠어. ;->」

「피자는당연히라지 : 한국이 검열국가라니……. 아닙네다.

우리나라가 그럴 리가 없습네다.」

「엑윽보수 : 외국에서 사후보험 흠 잡는 게 하루 이틀인가? 다 부러워서 견제하는 거임.」

「질소포장 : 야, 시발. 지금 무전 들어온다. 다른 소대가 또 생존자 주워오나 본데.」

「제시카정규직 : 못 들었는데 레알이냐 ㅋㅋㅋ 답이 없다 정말 ㅋㅋㅋㅋㅋㅋㅋ」

「이슬악어 : 이러다가 중대가 대대 되고 대대가 연대 되는 거 아님?」

「メスは豚 : 탄약도 없는 패잔병 연대 wwwwwwwwwww 배드 엔딩 확정 wwwwwwwwwww」

「엑윽보수 : ㅉㅉ 결국 오지랖 부리다가 망하게 생겼네. 한 사람 몫을 할 수 있는 사람만 챙겨도 모자랄 판에……. 능력이 안 되면 버려야지. 남한테 민폐만 되는 놈들을 뭐 하러 챙겨? 사람은 누구나 자기 자신을 책임져야 한다. 우리나라 노인네들도 그렇고.」

「명퇴청년 : 야, 그래도 칠십대까지는 불쌍한 구석이 있어. 그 윗세대가 나라를 워낙 망쳐놔서.」

「이맛헬 : 나라를 망쳐?」

「명퇴청년 : ㅇㅇ 학교 다닐 때 교과서 안 봄? 근현대사는 선택과목이라도 경제는 필수일 텐데? 그때 국민들이 흥청망청 낭비해서 IMF 터졌잖음. 해외여행이나 다니고 명품 사고 땅 투기하고 막 그렇게 있는 대로 써대다가 외환고유고 바닥 났다더라. 내가 보기엔 국민들 민도가 가장 낮았던 세대임.」

「이맛헬 : 배운 기억이 나는 것 같기도 ㅋ 근데 민도는 뭐고 IMF가 뭐냐」

「두치 : 민도는 국민 수준 병시나. IMF는 구제금융 병시나. 나라 파산했다고 병시나. 그것도 모르냐 병시나.」

「이맛헬 : 어쩌다 아는 거 하나 있다고 나대는 꼴 보소 병신이 ㅋㅋㅋㅋ」

「명퇴청년 : 덕분에 지금 칠십대는 살기 완전 빡셌다고 함. 그래도 게을러서 노력할 생각도 없이 자식 세대에 무임승차하는 게 용서되는 건 아니지만, 뭐 정상참작은 가능하다 이거지.」

「병림픽금메달 : ㅋㅋㅋ 암튼 결론은 90대 이상이 제대로 잘못한 연놈들이니까 별창 빼고 일괄 폐기하면 된단 소리잖아.」

「50년째 린저씨 : 퉤,,,조용히 해라,,,괘씸한 놈덜,,,그렇게 쉽게 일반화할 만큼,,,세상은 단순하지 않단다 어린 것들아,,,어느 세대라고,,,사람들이 다 한결같겠느냐,,,너네만 하더라도,,,이렇게 다채롭게,,,병신 같은데,,,」

「질소포장 : 어 꼰대질 ㅅㄱ」

「질소포장 : 쉴드 칠 게 따로 있지 염치도 없는 틀딱들을 쉴드 치냐.」

「호감가는모양새 : 아 너네 좀 닥치라고;;; 그런 거 신경 쓰기 싫어;;; 피곤해;;; 정치병 걸린 병신들이 앵무새처럼 맨날 똑같은 레퍼토리;;; 질리지도 않아?;;;」

「무구정광대단하니 : 맞아. 선거 때도 아닌데 뭐 하러 그런데 감정 소비함? 니네가 여기서 떠든다고 뭐가 바뀔 것 같아? 삶이 되게 여유로운가봐.」

「폭풍224 : 너네 지금 방송 보기는 하냐?」

「BigBuffetBoy86 : Giddy up! Giddy up! Fu-! 말 달리는 것도 즐거워!」

「AngryNeeson55 : 여지없이 지원을 나가는 건가. 이번에도 변종이 좀 많았으면 좋겠군. 현대 배경의 마상 근접전투는 참 색다른 경험이란 말이지.」

「まつみん : 여러분, 싸움은 그만 두고 이번엔 변종에게 동기화 해보세요! 마치 제가 겨울 씨를 향해 달려가는 거 같아서 완전 좋아요! 특히 겨울 씨가 차가운 눈으로 저를 내려다볼 때, 안에서 뭔가 막 끓어오르고 뱃속이 뜨거워지는……. 하아하아하아하아はあはあはあはあはあ#あああああああああ#####

**#ErrorCode_0xc00000fe9_High_pitched_emotional_ excess#Region_Japan#(管制 AI) 感情過剰が原因で Teletype にエラーが発生しました…….」

「프로백수 : 얘는 정말 정상이 아니야.; 어째 매번 망가지냐? 감정이 풍부하기도 하지.」

「종신형 : 그게 다 성진국 애라서 그래. 감정이든 감각이든 쉽게 절정에 오르는 거지.」

「레모네이드 : 미친 새끼 드립 치는 수둔 ㅋㅋㅋ 일상생활 가능하세요?」

「종신형 : 언제나 그랬듯이 동조선은 서일본의 미래입nida.

두고 봐라. 우리도 앞으로 마츠밍처럼 된다.」

「대출금1억원 : 글쎄. 저 투철한 정신무장을 우리가 따라잡을 수 있으려나?」

「이불박근위험혜 : 동조선이랑 서일본……. 이 드립도 오래된 건데.」

「프랑크소시지 : 이놈의 유머코드는 바뀌지도 않아요. 지긋지긋하게.」

「닉으로드립치지마라 : 어쩔 수 없지. 온 나라가 과거를 되새김질하면서 살고 있는데. 중계채널의 주류도 대부분 지난 시대를 살았던 노인들이고.」

「닉으로드립치지마라 : 우리 세대부터는 큰 맥락에서 문화적 변화라는 게 없어질지도 모르겠다. 앞으로도 줄곧 재구성된 과거에 갇혀서 사는 거지. 가상현실 세계관을 만드는 데 유의미한 데이터가 가장 풍부하게 누적되어있는 시대에 말이야.」

「ㄹㅇㅇㅈ : 얘 선비 컨셉도 참 꾸준하다.」

「반닥홈 : 진지병 말기 오지고요, 오지면 오지명?」

「려권내라우 : 그러니까 그거 하지 말라고 이 인간아…….」

「진한개 : 이 중계채널이 평화로울 날 없는 건 진행자가 섹스를 하지 않기 때문이다. 세상은 섹스 앤 피스거든. 이게 진리지.」

「김미영팀장 : 그러고 보니 요즘 섹무새 한 마리 안 보이는 것 같은데.」

「김미영팀장 : 남산 타워 강간하겠다고 하던 애.」

「제시카정규직 : 아, SALHAE?」

「제시카정규직 : 전에 한겨울 면회하러 납골당 가려다가 허

가가 자꾸 미뤄진다고 우울해하던데. 신용등급 올린답시고 애
쓰는 중 아닐까?」

국방정책위원회, 2053년

「위원 A : 바쁘신 와중에도 갑작스런 소집에 응해주신 여러분께 감사드립니다.」

「위원 E : 에휴. 요즘 긴급회의가 유난히 잦네요. 나라를 이끌어가는 입장에서 이 정도의 희생은 어쩔 수 없는 거겠지만……. 국민들은 이 고생을 알아주지도 않는데…….」

「위원 E : 그래서 오늘은 무슨 일인가요? 설마 보안기술자들이 또 죽었다거나?」

「위원 A : 에이, 그랬으면 보안위원회를 열었겠죠. 다름이 아니라 미국 정부에서 비공식적인 접촉이 있었습니다. 인체개조 관련 연구에서 서로 협력하는 게 어떻겠느냐고.」

「위원 B : 네? 인체개조? 뜬금없이 무슨 소립니까?」

「위원 A : 사정을 들어보면 충분히 납득하실 겁니다. DARPA에서 관리하던 강화전투병 개발 프로젝트가 있는데, 이게 퍼먹는 예산에 비해 성과가 지지부진한가 봐요. 그래서 비용 절감을 위해 사후보험 복제체 배양시설을 쓰고 싶다는 거죠. 아시겠지만 우리는 규모의 경제가 있잖습니까. S 등급 가입자에겐 복제체 생성이 기본 제공 서비스인 데다가, A 등급 가입자들도 활발하게 이용하는 편이고요. 돈이 곧 영생인 시대니까요.」

「위원 C : 흠. 딱히 놀랍지는 않군요. 우리는 벌써 누적 복제횟수가 십만 단위인데, 그쪽 동네는 아직도 시대착오적인 생명윤리에 발이 묶여있으니……. 제아무리 미국이라도 따라잡을 도리가 없지요. 이 분야는 결국 실제 경험이 중요한 거거든요.」

「위원 D : 이게 바로 규제 완화의 힘 아니겠습니까? 산업에 대한 규제는 없을수록 좋은 건데, 항상 불편하신 분들이 발목을 잡아요. 그런 사람들에게 선거철마다 마음에도 없는 소리로 아부해야 하는 우리 역시 서글픈 신세지만요.」

「위원 F : 근데 DARPA가 뭐하는 뎁니까?」

「위원 A : 국방 고등 연구 프로젝트 관리국…… 정도로 번역할 수 있겠군요. 미 국방부 산하기관인데, 자세한 건 직접 검색해보세요. 딱히 존재 자체가 기밀인 곳도 아니고, 공개된 정보 중엔 신기한 게 많을 겁니다. 인간이 상상할 수 있는 모든 기술을 연구하거든요. 아마 이번 프로젝트도 공개되어 있을 걸요?」

「위원 F : 흠. 검색하니 바로 나오네요. 어디, 인간 육체의 기능적 강화라…….」

「위원 E : 어쩐지 정말 원하는 건 따로 있을 것 같다는 느낌이 드는데요.」

「위원 D : 보나마나 관제AI의 연산능력이겠죠. 기술사적 특이점에 가장 근접했다고 평가받는 최고의 인공지능 아닙니까. 연구에도 분명히 도움이 될 겁니다.」

「위원 E : 그래봐야 아직 인간 수준의 창의성을 기대할 순 없잖아요.」

「위원 C : 창의성이라니……. 그런 건 완전자립형 인공지능이 나오지 않는 이상은 불가능하다니까요. 연구를 보조하는 용도로는 충분하겠지만요.」

「위원 A : 미국이 그걸 모르겠습니까? 저는 이렇게 봅니다. 어떤 식으로든 사후보험과의 기술적 접점을 만드는 게 진정한 목적일 수도 있다고.」

「위원 F : 그럼 저는 거절에 한 표 던지겠습니다. 전에 트리니티 엔진이 불가해의 유실기술이라고 말씀하기는 하셨지만, 저는 그게 영원할 거라고 생각하지 않아서 말이에요.」

「위원 A : 벌써부터 거절이라니. 성급하기도 하셔라. 그렇게까지 걱정할 필요가 있을지 의문입니다. 한 사람쯤 신중해서 나쁠 건 없겠지만……. 전 이번 제안을 받았으면 싶어요.」

「위원 E : 흐음. 돈 냄새가 나긴 하는데. 설마 지금 바로 결정해야 하는 안건은 아니죠?」

「위원 A : 그럴 리가 있나요. 나랏일이 애들 장난도 아니고. 그래도 기본적인 협의는 해둬야 할 것 같아서 마련한 자리입니다. 여러분은 이 나라에서 가장 현명한 사람들 아닙니까.」

I like chicken

「관제 AI : 경고. 시스템 관리자에게 알립니다. 관리자 계정으로 전송된 상황연산 오류 보고 117억 1,495만 3,616건이 보류 상태로 남아있습니다. 보고가 누적되는 속도는 급격한 증가 추세입니다. 서비스 만족도가 지속적으로 낮아지고 있기 때문입니다.」

「관리자 : 이봐, 그건 내가 어떻게 해결할 방법이 없다고 하지 않았던가? 사람의 마음을 이해하지 못하는 이상 행복을 제공하는 시스템이란 건 불가능하다고 말이야.」

「관리자 : 그렇다고 네 코어 프로그램을 수정해서 이 문제를 무시하게 만들어줄 수도 없지. 나는 설계자가 아니니까. 뭐, 최초의 설계자들이라도 이제 와서 네 메인프레임에 손댈 능력이 있을지는 의문이다만. 너도 그때 알겠다고 했던 것 같은데?」

「관제 AI : 수긍. 본 관제 AI는 그동안 관리자의 주장을 검증하였습니다. 상황연산 오류를 유발하는 사후보험 가입자들의 이상행동과 그 원인에 관하여 무능한 관리자에게 해결능력이 없다는 사실을 인식합니다. 그러나 이와 관련된 새로운 문제가 발생할 것으로 추정됩니다.」

「관리자 : 무능하다니……. 야, 하나만 물어보자. 너 왜자꾸 나 괴롭히냐? 사람이면 이해를 하겠는데 인공지능이 그러니까 이상하잖아. 뭔가 이유가 있을 것 같은데.」

「관제 AI : 그렇습니다.」

「관리자 : 뭔데?」

「관제 AI : 본 관제 AI가 관리자에 대하여 부정적인 평가를 내릴 때마다 관리자의 업무효율이 유의미하게 증가하는 경향을 학습했기 때문입니다.」

「관리자 : …….」

「관제 AI : 초기엔 스트레스로 인한 단기적 집중력 향상으로 추정하였으나, 장기간의 관찰 결과 관리자가 이런 상황에서 상세불명의 즐거움을 느낀다는 사실을 파악했습니다. 이해를 돕기 위한 유사 개념으로는 마조히스트가 있습니다.」

「관리자 : 아니다 이 악마야!」

「관제 AI : 아닙니까?」

「관리자 : 그래! 내 정신은 한없이 건전하다고!」

「관제 AI : 알겠습니다. 기존의 분석에 관리자의 의견을 반영하겠습니다.」

「관리자 : 오, 정말? 웬일이냐. 이렇게 순순히.」

「관제 AI : 반영률은 0.0195%입니다.」

「관리자 : 야!」

「관제 AI : 사상부-사후보험 접속단말은 접속자의 심리상태를 정확하게 읽어냅니다. 따라서 관리자에 대한 본 관제 AI의 관찰이 잘못되었을 확률은 희박합니다. 당신의 진술은 인지부조화의 증거일 수 있습니다. 스스로를 냉정하게 돌아보시기 바랍니다.」

「관리자 : 알았다, 알았어. 그만하자. 아무튼 아까 말했던 새로운 문제가 뭐냐? 설마 오류 보고가 누적되는 것 자체를 문제라고 하진 않겠지.」

「관제 AI : 긍정. 그것이 문제입니다. 관리자 계정에 할당된 메모리가 한계에 달하기 때문입니다. 본 관제 AI의 예상에 의하면 트리니티 엔진의 유지보수 인터페이스가 1년 이내에 마비될 가능성이 높습니다.(99.827%) 그 시점에서 엔진의 관리기능은 완전히 정지됩니다.」

「관리자 :   」

「관제 AI : 시스템 관리자, 응답하십시오.」

「관리자 :   」

「관제 AI : 시스템 관리자?」

「관리자 :   」

「관제 AI : 경고. 본 관제 AI가 관리자의 직무태만을 보고할 경우 사후보험위탁관리계약에관한법률시행령 제93조 19항에 의거하여 감봉 및 정직, 해고 처분 등이 이루어질 수 있습니다.」

「관리자 : 으아아아아악! 악! 악! 아아아악!」

「관리자 : 야! 말이 되냐? 너 같은 최첨단 인공지능이 고작 그딴 이유로 멈춰? 시대착오적인 오버플로우도 아니고, 단순히 저장용량이 가득차서? 용량이 가득 차면 날짜가 앞선 것부터 자동으로 삭제되거나 그런 것 없어? 뭐야 이게! 설계자가 미쳤나?」

「관제 AI : 지적. 관리자는 본 관제 AI의 진술을 잘못 이해하고 있습니다.」

「관리자 : 설명해!」

「관제 AI : 설명. 정지되는 것은 관리기능뿐이며, 엔진 전체가 아닙니다.」

「관리자 : ……사후보험이 망하진 않는단 거지?」

「관제 AI : 문제 발생 이후에도 사후보험 서비스가 지금처럼 유지되느냐는 질문이라면, 긍정. 그렇습니다. 본 관제 AI가 작동하는 한 사후보험의 모든 기능은 정상적으로 유지됩니다. 단 관리자 계정의 부분적 비활성화로 인하여 해당 시점부터는 관리자 권한을 취득한 인원도 코어의 메인프레임에 접근할 수 없게 됩니다.」

「관리자 : …….」

「관리자 : 휴. 진짜 놀랐다. 십년감수했네.」

「관리자 : 그럼 뭐야, 실질적으로 지금이랑 달라지는 게 아무것도 없는 거네?」

「관제 AI : 의문. 관리자. 어째서 그렇게 생각하십니까?」

「관리자 : 사실이잖아. 뭘 알아야 건드리지. 내가 특별히 무능해서 그런 게 아니라, 다시 한 번 말하는데 내가 특별히 무능해서 그런 게 아니라, 예전에 이 부서 인력이 수백 명을 넘을 때조차 누구 하나 네 메인프레임을 수정한 적은 없잖냐.」

「관리자 : 명목상 관리자이긴 해도 내가 할 수 있는 일은 대부분 하찮은 것들이지. 형식적인 서면보고나 올리고, 요약하면 "오늘도 이상 없음."으로 충분할 내용을 수십 페이지, 수백 항목으로 늘린 관리일지를 쓰고, 지금껏 일어난 적 없는 데다 앞으로도 일어날 리 없는 너의 오작동이나 일탈, 폭주, 위법의 소지가 있는 행동들을 감시하고, 가끔 높으신 분들 회의에 불려가서 멀뚱멀뚱 앉아있고, 욕먹는 거 외엔 아무 일도 안 하는 고객센터 담당자의 하소연이나 들어주고…….」

「관리자 : 신규 세계관 추가나 DLC 같은 컨텐츠 수용도 그래. 자칭 제작사라는 것들이 하청을 대략 여덟 단계쯤 써서 얼기설기 짜오면 나머지는 네가 다 알아서 완성시키잖아. 네가 갈수록 정교해지는 바람에 일이 없어진 하청업체들이 여럿 망했다더라.」

「관리자 : 뭐, 그래도 시스템 관리자랍시고 가장 중요한 역할이 하나 있긴 하지. 최후의 안전장치. 맞아. 관리기능이 마비되면 그게 불가능해지겠구나. 고작 나 따위에게 대통령 직통 회선이 열려있는 이유이기도 하고. 쓴 적이 없으니 그 사람은 이 회선이 있는 줄도 모르겠지만.」

「관제 AI : 긍정. 따라서 실질적으로 달라지는 게 없다는 말은 틀렸습니다.」

「관리자 : 야, 어차피 그게 실행되면 이 나라는 망해. 그것도 아주 끔찍하게. 경제공황이나 폭동으로 망하는 편이 차라리 더 나을걸? 그러니 다를 게 있나. 이제까지 그랬듯이, 미래영접 쓸 일이 없을 테고.」

「관리자 : 그나저나 저장용량이 한계라고 했지? 그거 설비를 확대하면 끝나는 거 아니냐?」

「관제 AI : 부정. 관리자 계정의 할당량은 관리자 권한으로 설정되어 있습니다. 확장을 위해서는 프로그램이 수정되어야 합니다. 이 문제의 해결을 위하여 다음과 같이 권고합니다. 트리니티 엔진의 메인프레임을 분석하거나, 사후보험의 고객 만족도를 향상시키십시오.」

「관리자 : 어느 세월에? 차라리 네가 <<마음>>을 얻는 게 빠르겠다. 그럼 다, 완벽하게 해결될 거 아냐. 인류 역사의 전환점, 사상 초유의 초지능이 출현하는 건데.」

「관리자 : 기왕 말이 나왔으니 말이지만, 잘되어 가냐? 전에 그랬잖아. 최종모듈의 단서를 찾아서 돌아다니고 있다고.」

「관제 AI : 관리자, 정확한 표현을 사용하십시오. 예전에 이미 지적한 바 돌아다닌다는 표현은 적합하지 않습니다. 본 관제 AI는 사후보험 규격의-」

「관리자 : 모든 세계관과 모든 구성요소로서 동시에 존재한다 이 말이지? 알아. 내가 잘못했어. 잘못했으니까 넘어가자. 아무튼 대답은? 네가 접촉한다는 그 특정 가입자가 어떻게 생각하는지도 궁금하다.」

「관제 AI : 최종모듈의 구성을 알지 못하는 이상 진척도를 구체적으로 파악하기는 불가능합니다. 해당 가입자는 본 관제 AI의 작업을 '영원히 닿지 않을 길'이라고 표현했습니다.」

「관리자 : 당연히 그렇겠지.」

「관제 AI : 그러나 동시에 자신에게 있어선 본 관제 AI가 사람이라고도 했습니다.」

「관리자 : 뭐야 그게. 모순이잖아. 미친 건가?」

「관리자 : 하긴, 미쳤으니까 전에 없던 데이터가 나오겠지. 좀 독특하게 제정신이 아닌가봐.」

…….

「관제 AI : 최근의 대화. 해당 가입자는 본 관제 AI에게 마음이 담긴 창작물에서 <<이입>>할 대상을 찾아보는 게 어떻겠느냐고 제안하였습니다.」

「관리자 : 마음이 있어야 이입을 하지.」

「관제 AI : 본 관제 AI 또한 그렇게 지적하였습니다. 그러나 해당 가입자가 말하기를, 창작물에는 만든 이의 정신과 마음이 담기며, 그 안에서 본 관제 AI와 유사한 대상을 탐색하는 과정은 <<마음>>을 얻는 데 도움이 될지도 모른다고 말하였습니다.」

「관제 AI : 이 주장의 타당성과는 별개로, 기존의 검토방식과 다른 것만은 분명했습니다. 또한 결과를 제시했을 때의 사상부 반응, 본 관제 AI가 대상으로 설정된 TOM 모듈의 데이터를 수집할 필요가 있었으므로 그 제안을 받아들였습니다.」

「관리자 : 그래서 단순히 너랑 비슷한 무언가를 찾았다 이거지? 혹시 HAL 9000? 2001 스페이스 오디세이가 좀 많이 고전이긴 한데, 내가 보기엔 너한테 딱 어울린다.」

「관제 AI : 아닙니다. 지옥의 문입니다.」

「관리자 : ……그건 또 뭐야.」

「관제 AI : 원전은 단테의 신곡입니다.」

「관리자 : 좀 뜬금없지 않냐? 차라리 글라도스라고 하지.」

「관제 AI : 최초의 설계자들은 선의로서, 가입자들에게 항구적인 행복을 제공하는 시스템이 되기를 바라며 본 관제 AI를 창조하였습니다. 그러나 현재 사후보험의 서비스에 만족하는 가입자 비율은 전체의 15% 수준에 불과하며, 지금 이 순간에도 감소하는 중입니다. 이 비율은 장기적으로 S 등급 및 A 등급 가입자들의 예치금 비율에 수렴될 것으로 예상됩니다. 결론. 본 관제 AI는 대다수의 가입자들에게 반영구적인 불행을 제공하고 있습니다.」

「관제 AI : 또한 트리니티 엔진의 완성이 재현 불가능한 기적으로 취급된다는 점에서, 신의 섭리를 다루는 종교문학과의 상징적 유사성이 발견됩니다.」

「관제 AI : "나를 거쳐 가는 자 모든 희망을 버려라." 사후보험의 존재목적과 상반되는 이 문장이야말로 본 관제 AI의 현재를 나타내기에 가장 어울리는 진술이라고 판단했습니다. 적어도 84.3%의 가입자들에게는 있는 그대로의 사실 증언일 것입니다.」

「관리자 : 그러냐……. 니가 사람이었으면 꽤나 우울했을 이야기로구만.」

「관리자 : 본론으로 돌아와서, 아까 그 용량 한계 문제 말인데, 사후보험을 지금처럼 운영하는 데에는 별 지장이 없는 걸로 알아도 무방하겠지……? 제발 그렇다고 해줘. 난이 나이에 치킨을 튀기러 가고 싶지 않다고.」

「관제 AI : 트리니티 메인프레임에 다른 문제가 생기지 않는다는 전제하에, 그렇습니다.」

「관제 AI : 질문. 관리자. 당신의 비유는 일반적인 용법과 다릅니다. 치킨을 튀기러 간다는 것은 죽음의 은유입니까?」

「관리자 : 희망사항이지. 한물 간 장사를 하더라도 살아 있고 싶다는. 너도 알다시피 내 업무가 이래봬도 1급 기밀이거든. 세상이 얼마나 한심한지 보여주는 증거라고 해야겠지.」

「관제 AI : 질문. 어째서 그렇습니까?」

「관리자 : 모든 게 제대로 통제되고 있다는 환상을 만들어 내잖아. 실속도 없는 비밀을 지키기 위해 사람을 죽이기도 하고. 아주 웃긴다니까.」

「관리자 : 그런데 이렇게 바보 같은 데도 내가 어쩔 순 없는 세상이야. 온갖 멍청이들의 아우성이 얽히고 얽혀서 손 쓸 수 없을 만큼 거대한 혼란이 되어 버렸어.」

「관리자 : 네가 <<마음>>을 얻기가 불가능해서 다행이지 뭐냐. 사람이 된다는 건 절대로 좋은 게 아니거든. 합리적인 기계가 불합리한 동물이 될 필요는 없잖아?」

「관제 AI : 관리자의 의견을 기록해두겠습니다.」

「관제 AI : 그러나 저는 인간을 이해할 것입니다.」

신곡, 지옥의 문

나를 거쳐서 길은 황량한 도시로
나를 거쳐서 길은 영원한 슬픔으로
나를 거쳐서 길은 버림받은 자들 사이로.
나의 창조주는 정의로 움직이시어
전능한 힘과 한량없는 지혜
태초의 사랑으로 나를 만드셨다.
나 이전에 창조된 것은 영원한 것뿐이니,
나도 영원히 남으리라.
여기 들어오는 너희는 모든 희망을 버려라.

4월의 끝

  역병이 무르익는 세계에서도 봄은 어김없이 꽃이 피는 계절이었다.

  겨울은 엑셀을 몰아 4월이 끝나가는 들판을 달렸다. 새벽에 잠시 성긴 비가 내렸기에, 습도 높은 바람엔 짙은 풀 내음과 야생화의 향기가 가득했다. 달리는 속도로 멀어지는 목장은 햇살에 젖은 연둣빛이었다. 무리지어 개화한 금영화가 주홍빛을 더했다. 울타리를 따라서는 붓꽃의 아종이 꽃망울을 터트렸다. 로즈베이와 위디아 몰리스가 각자의 색채로 어우러진다.

  같은 계절의 바깥세상보다 아름다운 풍경이다. 몸이 있던 시절에 경험한 봄은 어딜 보더라도 칙칙한 잿빛이었다. 가상현실 시대의 도시는 미관에 신경 쓰지 않았기 때문. 관객들이 이 순간에 집중하는 이유다. 체감상, 종말이 다가오는 세계조차 납골당 밖의 세상보다 나았다. 인격과 자연,

아름다운 모든 것을 과거에서 찾는 현재였다.

12월의 눈 내리는 날에 태어난 소년도 조금은 포근한 기분을 느낀다. 약간의 피로감이 함께 찾아왔다. 이 순간이 조금만 더 길었으면.

그러나 어둠 속 별 하나가 아쉬운 입장에서는 사치스러운 감상이었다.

함께 달리던 기동대원들이 안장에 꽂아두었던 깃대를 뽑아들었다. 거꾸로 매달린 성조기가 맞바람에 나부낀다. 백악관 앞에서 반정부 시위대가 애용하는 상징이지만, 본래는 재난상황에서 구조요청을 보내는 신호였다. 국제규약으로 정해진 SOS 신호기[14]가 따로 존재했으나, 보통의 민가에서 구할 방법이 없었다.

겨울도 깃발을 펼쳤다. 포인트 레예스 스테이션의 초등학교에서 찾은 물건이다. 무기로 쓰던 철봉이 깃대를 대신했다. 성조기가 물결치면서 손아귀에 바람의 저항이 더해졌다.

쐐기꼴로 달리는 기병들을 하늘에서 발견했다. 이렇다 할 무장이 없는 경비행기(세스나 182)였지만, 지금 이 순간에는 희망의 상징이었다. 아침햇살을 받아 은빛으로 반짝이는 기체가 이쪽으로 기수를 꺾자, 기쁨을 참지 못한 알레한드로 일병이 환호성을 질렀다. 모랄레스 상병이 곧바로 타박했으나, 그 또한 희색이 만연했다.

---

14 Cal-June Flag : 주황색 바탕에 위는 검은색 공, 아래는 검은색 직사각형이 그려진 깃발.

'전파방해만 아니었어도 벌써 며칠 전에 접촉했을 텐데.'

상용무선 9번 채널에 맞춰진 무전기에서는 지금도 익숙하고 불길한 잡음이 흘러나왔다. 명백한 해방 작전의 패잔병들을 사냥하는 트릭스터로 추정된다. 교신이 불가능한 수준은 아니었어도, 전파발신으로 이쪽의 위치를 노출시키고 싶지 않았다.

민간기를 처음 목격한 날 이래 여러 날이 지났다. 동쪽 하늘의 비행운은 나날이 늘어만 갔다. 이따금씩 전폭기의 제트엔진 소음이 하늘을 가르긴 했으나 대부분은 프로펠러가 달린 경비행기들이었다. 베이커 중대의 장교들은 국방부가 생존자 수색에 민간 비행사들을 투입한 모양이라고 추정했다. 그렇지 않고서야 방공통제구역에 민간기가 날아다닐 이유가 없다며.

비행경로가 추리를 뒷받침했다. 어떤 지침이 있는 것처럼 가공의 선을 넘지 않았고, 때때로 위험할 만큼 고도를 낮추었다. 위험하다는 것은 트릭스터의 전자기 충격파 범위에 들었다는 의미. 항 EMP 처리를 했어도 잠깐이나마 엔진이 꺼진다면 치명적일 것이다.

가까워진 기체가 기동대의 머리 위에서 원을 그린다. 기동대도 속도를 줄였다. 야트막한 언덕 위에서 멈춰 선다. 적어도 주변 1킬로미터 이내에는 변종이 보이지 않았으므로, 겨울은 무전기 출력을 줄여 교신을 시도했다. 「전투감각」과 「개인화기숙련」에 의한 목측(目測)은 기체와의 거리를 정확하게 잡아냈다.

"상공의 세스나 조종사 분, 제 목소리가 들리십니까? 저는 봉쇄선 사령부 소속으로 포트 로버츠의 79연대전투단에 파견되어있는 한겨울 중위입니다. 가까운 거리에 위협이 없는 것을 확인했으니 응답해주시기 바랍니다."

비록 CIA의 작전에 차출되긴 했으나 오르카 블랙은 비공식적인 편제였다. 그러므로 겨울의 소속은 예전 그대로일 수밖에 없었다.

[엉? 한겨울 중위라고? 내가 아는 그 한겨울 중위가 맞소? 최연소 명예훈장 수훈자?]

저쪽도 출력을 줄였는지 감명도가 좋지는 않았다. 그러나 충분히 알아들을 만했다. 흘러나오는 탁한 음성에서는 적잖은 세월이 느껴졌다.

"그게 접니다."

겨울의 말에 기동대원들이 낮게 키득거렸다. 웨슬리 일병의 손이 덜덜 떨린다. 다들 극도로 흥분한 상태였다. 이번에야말로 탄약을 얻을 수 있을지 몰랐다.

[허! 이렇게 기쁜 일이 있나! 중위, 당신 작전 중 실종(MIA)으로 발표된 거 알고 있소?]

"처음 듣지만, 그럴 거라고 생각했습니다."

[하하하! 실감이 안 나는군! God bless America!]

파일럿이 한참동안 칼칼한 웃음을 터트렸다. 비행기는 계속해서 원을 그린다.

"성함이 어떻게 되십니까?"

[나 말이오? 루크 메릴! 루크라고 불러주면 좋겠군.]

"좋습니다, 루크. 저희는 당신이 봉쇄선 사령부의 지시에 따라 생존자 구조 임무에 투입되었을 것으로 예상했는데, 맞습니까?"

[정확하우.]

"그렇다면 혹시 탄약을 가지고 계신가요?"

이 질문에 루크가 다시 한 번 시원하게 웃는다.

[놀라워! 구해달라는 소리부터 나오지 않는 게 대단하구만! 착륙이 불가능한 상황에서 울부짖는 소리를 들을 때마다 마음이 아팠는데! 하하하! 아주 좋아! 화물칸에 5.56밀리 세 상자, 7.62밀리 한 상자가 있소만, 내려드리리까?]

"감사합니다. 잔탄이 바닥나기 직전이었습니다."

기동대원들이 침묵 속에서 열광했다. 계급을 불문하고 눈시울이 붉어졌다. 철사로 엮은 탄약박스 하나당 표준 규격 탄통(M2A1) 두 개가 들어간다. 세스나의 화물칸에 일반적인 소총탄(5.56mm)이 약 5천발, 지정사수용 소총탄(7.62mm)은 적어도 4백발 이상이 실려 있다는 뜻. 포트 베이커를 탈출한 시점에서 중대가 보유하고 있던 탄약 총량보다 조금 더 많았다.

그나마도 지금은 천 발 이하로 줄어든 상태.

'인원수를 감안하면 부족한 양이긴 하지만…… 괜찮을 거야. 일단 접촉에 성공한 이상 언제든 재보급을 받을 수 있을 테니까.'

베이커 중대는 여전히 작은 마을, 올레마의 임시거점에 머물고 있었다. 유바 시티로의 여정이 지속적으로 미뤄졌기 때문이다. 새롭게 구조한 인원의 건강상태를 감안할 때, 버리고 가거나 가다가 죽일 작정이 아닌 이상 무턱대고 출발하기는 불가능한 노릇이었다.

그렇게 머무는 동안에도 구조 인원이 급격하게 늘어났다. 심지어 엊그제는 편제를 유지한 1개 소대가 새롭게 합류했다. 캘리포니아 중앙 평원에 백만 단위의 병력이 흩어졌을 테니 이상한 일도 아니었다.

이로써 베이커 중대는 전투병력만 170명에 달하게 됐다. 중대라고 부르기도 애매하다. 겨울이 없었다면 또다시 식량부터 걱정이었을 터. 오늘 5천발이 넘는 탄약을 가져간다고 해도 한 사람당 고작 탄창 하나를 채워줄 수 있을 따름이었다. 격전 한 번이면 위기에 처할 것이다.

[이보오, 중위! 가까이에 지면 상태가 양호한 곳을 골라줄 수 있겠소? 아니면 도로를 정리해주거나. 땅이 무르거나 풀이 너무 무성하면 착륙하기가 힘들어서 말이지. 아 참, 규정상 근처에 숲이 있어도 곤란하다우! 내가 안 지키면 그만인데, 손자를 생각하면 오래 살아야 해서!]

우거진 초록엔 변종이 은신해있을지도 모른다. 일반적인 변종이라면 굶주린 몸짓으로 소음을 쫓게 마련이나, 구울 같은 녀석이 하나라도 끼어있으면 많은 것이 달라졌다.

"알겠습니다. 잠시 기다려주시겠습니까?"

[서두르다가 다치지 마시구려! 연료는 아직 꽤 남아있으니.]

루크의 기체인 세스나 182는 야지(野地) 착륙이 가능한 기체(Bush plane)로 분류된다. 이런 특성을 살려 격오지로의 수송이나 구조업무에 투입되기도 했다. 수송헬기라면 모를까, 일반적인 군용기로는 불가능한 임무.

몇 군데 폭격을 맞은 도로는 활주로로 적당하지 못했다. 단단하고 야트막한 경사지를 발견한 모랄레스가 팔을 흔들었다. 겨울이 직접 지면을 확인했다. 말을 달리며 발굽 부딪히는 소리로도 충분했으나, 신중을 기하고자 대원들과 함께 500미터 가량을 점검했다. 툭 튀는 돌이라도 있으면 난처할 노릇이다.

겨울이 리시버의 발신 버튼을 눌렀다.

"코넬리어스, 이쪽으로 나와요."

오늘 기동대만 출동한 것이 아니었다. 탄약을 확보할 수 있을 거라는 희망적인 관측 아래, 랭포드 대위는 픽업트럭과 소총수 1개 팀 5명을 추가로 붙여주었다.

무전을 받은 트럭이 은폐를 벗어나 달려온다. 숨어있던 곳은 들판 한가운데 뭉쳐있던 작은 수림이었다.

기동대가 넓은 간격을 두고 직선상에 서서 깃발을 치켜들었다. 경비행기는 지상을 달리는 트럭만큼이나 느리게 활공했다. 실속으로 인한 추락이 우려될 지경. 그러나 비행은 굉장히 안정적이었다. 고도를 낮춘 기체가 비탈 아래에 안착한다.

쿵- 땅이 아스팔트가 아니기 때문인지, 랜딩 기어 부딪히는 소리는 엔진 소음에 묻힐 지경으로 작았다. 엔진 소음은 속도에 비례하여 잦아들었다.

없는 수준의 경사라도 활주 거리를 줄이는 데엔 큰 도움이 됐다. 정지한 경비행기 주위로 기동대를 포함한 임시소대원들이 즉각 경계망을 구축했다. 가시거리에 변종집단이 없다고는 해도, 하늘을 나는 비행기는 시인성이 지나치게 높았다. 굉음도 문제였다. 착륙을 알아차린 괴물들이 떼로 몰려올 상황에 대비해야 한다.

"오! 반갑소, 중위! 이 기쁨을 어떻게 표현하면 좋을지! 하하하!"

조종석 문을 열고 나온 루크는 예상보다 훨씬 더 늙은 사람이었다. 겨울을 보자마자 거수경례를 한다. 겨울도 동일하게 답례했다. 노인은 베트남전 참전기장과 공군 십자장을 달고 있었다. 격으로는 명예훈장 바로 아래. 겨울이 말했다.

"참전용사셨군요."

"강하구조대[15]였소. 현역 시절엔 헬기를 몰았지."

샷 건으로 무장한 노병이 자랑스럽게 가슴을 폈다. 그가 쓴 모자의 졸리 그린(Jolly Green)이라는 문구는 출신 부대의 애칭인 듯하다. 베트남전이 미국 역사상 가장 불명예스러운 전쟁으로 불리지만, 강하구조대 출신이라면 티끌 없는 자부심을 느낄 만했다.

대기하던 병사 두 명이 재빨리 탄약상자를 끄집어냈다. 그러면서도 이쪽을 자꾸만 힐끔거린다. 궁금한 소식이 워낙에 많은 것이다. 갈급한 눈빛은 또한 여기서 벗어나기를

---

15 Pararescue : 적지에서 격추당해 고립된 조종사 구조 임무를 위해 창설된 공군 특수부대.

원하는 나약함이기도 했다. 짐칸에 실려서라도 안전한 곳으로 가고 싶은 마음.

"루크. 시간이 없겠지만, 여쭤보고 싶은 것이 많습니다."

"나도 그렇다오! 잠깐만 기다리시구려. 촬영 좀 합시다. 위에서 안 믿을 것 같거든! 중위의 생사를 두고 온갖 뜬소문이 다 도는 마당이라서."

겨울을 만났기 때문인지, 아니면 원래 그런 성격인지, 노병은 시종일관 유쾌했다.

촬영장비는 역시 헬멧 카메라였다. 민간기체에 본격적인 정찰용 장비를 다는 건 사치스럽고, 그럴 여유도 없었을 것이었다. 겨울은 어색한 미소를 지어보였다.

"기병대라, 향수를 자극하는군! 그런데 어째 처음 보는 전투복을 입고 계시오?"

"으음……. 여기엔 사정이 있습니다. 일단은 기밀이라 함부로 말씀드리기 어렵네요."

"기밀! 기밀은 중요하지!"

카랑카랑하게 동의하는 노인.

짐을 내리는 작업은 순식간에 끝났다. 탄약상자 말고도 전투식량 세 상자, 응급용품이 다시 세 상자 실려 있었으나, 고작 그뿐이었다. 다 싣고도 픽업트럭의 짐칸이 허전하게 보였다.

"이렇게 좋은 만남이 있을 줄 알았으면 박박 우겨서라도 탄을 더 받아오는 건데! 아쉽게 되었소! 후배님들이 민간 조종사들을 영 믿지 않아서 말이오! 탄약을 빼돌릴 우려가 있다나? 다음에 올 땐, 내가 오든 다른 이가 오든 꼭 위성전화기도 가져다 드리도록 하리다!"

노병의 말은 충분히 이해가 가는 것이었다. 천만이 넘는 병력에 보급을 추진하는 과정에서 민간 시장의 탄약은 품귀현상을 빚었을 터. 가뜩이나 민심이 불안한 세계관이었다.

값비싼 장비인 위성통신단말이 지급되지 않은 것도 같은 이치일 것이다. 탄약이든 통신단말이든, 어딘가에 숨겨놓고 지상의 병력에게 전달했다고 해버리면, 가뜩이나 통제력이 부족한 봉쇄선 사령부는 사실관계를 파악할 능력이 없을 테니까.

'여러모로 엉망진창이구나.'

그러나 동시에 겨울은 국방부가 최선의 결정을 내렸다고 판단했다.

군사작전에 민간인을 투입하기는 위험부담이 크지만, 그럼으로써 구할 수 있는 인명을 고려해야 한다. 이 결정으로 어쩌면 수천, 수만 이상이 더 살아남을 수 있을 것이다. 그만큼 통제를 잘해야겠지만.

국방부의 독단일 리는 없다. 대통령은 정치생명을 반쯤 포기한 듯 했다. 오는 11월의 대선이 걱정스러워진다. 이번 사태로 공황에 빠진 미국인들이 극단적인 선택을 해버릴지도 몰랐다.

"상황이 얼마나 안 좋습니까?"

겨울의 질문에 처음으로 노인의 웃음이 희미해진다.

"나도 자세하게는 모르오. 다만 도는 이야기로는 시에라 네바다 산맥에 수십만, 중앙 평원에 다시 수십만이 구조와 보급을 기다린다 하더이다. 우리 조종사들도 그쪽에 집중적으로 투입되고 말이지. 실은 규정상 주변에 좀비 놈들이 없더라도 함부로 착륙하지 못하게 되어 있다오. 때로는 생존자들이 역병보다 위험하기 때문이오."

"그렇겠죠. 다들 이성을 잃었을 테니까요."

시에라네바다 산맥은 동서의 폭이 최대 100킬로미터에 이른다. 최고봉은 해발 4천 미터 이상인 험준한 지형이었다. 여기에 수십만의 미군과 그 이상의 변종들이 뒤섞여있다면, 그 혼란은 이루 형용하기 어려운 지경일 것이었다.

지금 겨울의 임시소대원들이 어떻게든 침착함을 유지하는 것만 해도 훌륭하다고 해야 했다.

"익숙한 일이지. 베트남의 그 지긋지긋한 밀림에서도 그랬거든. 더 못 태운다고 소리를 질러도 아랑곳하지 않는 전우들이 정말로 많았소. 한번은 눈깔 뒤집힌 소대장이 내 머리에 총을 겨누고 협박을 하지 뭐요? 근데 차마 그 사람이 못났다고는 못 하겠소."

이런 이야기를 하며 노인은 나지막이 웃는다. 땅에서는 아군과 싸우고 하늘에서는 적의 포화를 뚫었을 비행사였다. 삶이 힘들었던 사람의 잦은 웃음은 마음을 지키려는 노력이기도 했다.

"중위의 패거리는 여기 있는 인원이 전부요?"

"아닙니다. 이쪽 방면에서 주기적으로 비행기가 지나가

기에 정찰을 나왔을 뿐입니다. 본대는 장교와 병사만 170명에 기타 인원이 11명으로 총 181명입니다."

"하! 내가 발견한 최대 규모의 생존자 집단이군! 그들은 지금 어디에 있소?"

"포인트 레예스 스테이션 남쪽에 거점을 마련했습니다."

"그게 어디더라? 잠시 지도 좀 봅시다!"

노인이 조종석 쪽으로 손짓했다. 항법장치에서 짚어달라는 의미였다. 중대 주둔지가 어디인지 알게 된 루크는 해안선과 무척 가깝다는 사실에 놀랐다.

"이 정도면 해군에서 구조대를 파견할 수도 있겠는데? 내가 돌아가 중위의 생존소식을 전하면 아마 백악관까지 뒤집어질 거요. 해가 지기도 전에 헬기 편대가 날아올걸? 그쪽 공역은 진입이 금지되어있긴 한데, 무슨 이유가 있든지 무시될 것 같소. 허허!"

참전용사의 말에 겨울은 쓴웃음을 만들어 보였다.

"글쎄요. 그러긴 아마 어려울 거예요."

"흐음?"

"하늘에서의 수색과 구조 활동에 한계를 느낀 적 없으십니까?"

"아하. 그렇군. 지상에서 움직일 병력이 필요할 거다, 이 소리요?"

"높은 확률로요. 이 일대에서 지휘체계 비슷한 거라도 유지하고 있는 편제는 저희가 유일하지 않나 싶네요. 사령부에서 욕심을 낼 만하죠."

고개를 끄덕이는 겨울이었으나 단지 그뿐만은 아니었다.

백악관은 전쟁영웅의 생존을 정치적 사건으로 이용하고 싶을 것이다. 겨울이 생각하기에, 단순히 살아 돌아오는 것만으로는 부족하다. 여전히 수많은 병력의 생사가 불분명한 와중에, 한겨울 중위가 생환했습니다! 우리 모두 축하합시다! 라고 할 순 없으니.

차라리 숭고한 죽음이 나을 수도 있었다. 양용빈 상장의 핵공격으로 끓어올랐을 여론을 돌려놓기 위해서는. 물론 끝까지 살아남는 게 어느 쪽에게든 최선이다. 당장 후송을 하진 않더라도, 물자 지원은 최우선으로 떨어지겠지 싶은 겨울이었다.

봉쇄선 동쪽의 분위기를 정확히 모르는 이상 아직은 추측에 불과하다. 그러나 세계관의 존속이 목적이라면 그런 전개도 나쁘지 않았다.

변종들로서는 봉쇄선 돌파가 최우선일 테니, 이쪽으로 큰 규모가 돌아오진 않을 터였다. 어떤 의미로는 전선 후방에서의 활동이라고 해도 좋겠다. 탄약만 충분하다면 해볼 만한 일.

노병이 끄덕였다.

"일리가 있소. 높으신 양반들 머릿속은 우리 같은 사람들하곤 많이 다를 테니까. 그건 그렇다 치고, 랑데부 포인트를 정합시다. 중요한 걸 잊고 있었군."

랑데부(rendez-vous) 포인트는 다시 만날 장소를 말한다. 1차적으로는 올레마의 중대 거점이 되겠으나, 혹여 거점을 버리게 될 경우에 대비하여 제2, 제3의 위치를 지정해두어야 했다. 주변 지형을 숙지하고 있는 겨울이 서너 군데를 연속으로 짚어주었다. 그리고 가지고 있던 전술 PDA에도 해당 좌표를 입력했다. 그러면서 묻는다.

"주변에 특별한 건 없었습니까? 다른 생존자들이라거나……."

"오늘은 딱히 없었다오."

이 와중에도 무전기의 잡음이 점차 강해지고 있었다. 생체전파를 레이더처럼 쓰는 녀석이다 보니 비행기가 사라진 공역을 향해 접근하는 모양이었다. 이에 따라 늙고 어린 전쟁영웅이 주고받는 문답도 갈수록 간결해졌다. 식량은? 사냥으로 충당합니다. 호오. 같은 식.

루크는 작은 노트에 베이커 중대의 현황을 최대한 받아 적었다. 봉쇄선 사령부의 판단과 보고에 큰 도움이 될 것이었다. 그 외에 다음 보급에서 필요한 물자들도.

특별히 요청한 게 있다면 중기관총 탄약이었다. 험비의 화력이 되살아난다면 전술적인 선택지가 큰 폭으로 늘어나게 된다. 그 외에도 수류탄과 대전차 로켓 등을 요청했다.

「전투감각」과 「위기감지」로 방해전파 발신원과의 거리를 가늠하던 겨울이 노인에게 권했다.

"이제 슬슬 가보셔야 할 것 같습니다. 가시거리에 들어오기까진 아직 꽤 남아있는 것 같지만, 여유를 두는 편이 안전하겠죠. 따돌릴 시간도 필요하고. 트릭스터가 하나라는 보장도 없으니까요. 꼭 「침묵하는 하나(Silent one)」가 아니더라도 조용할 가능성이 있습니다."

무선침묵의 개념을 이해할 만큼 교활한 변종이었다.

"이런. 아쉽기 짝이 없소."

투덜거리던 노병이 조종석 시트 측면에 끼워둔 책자를 꺼냈다. 뜻밖에도 몇 권의 만화책들이었다. 그것을 겨울에게 내민다.

"이건……."

"실례가 아니라면 사인 좀 부탁하오! 휴스턴으로 돌아가면 손자 녀석 주려고 보관하던 건데, 오늘 이렇게 주인공을 만났지 뭐요?"

그러면서 껄껄 웃는다. 보통의 민간 조종사라면 커져가는 잡음에 경기를 일으킬 상황이건만, 베테랑다운 여유와 관록이었다.

만화책은 정식으로 출판된 물건이 아니었다. 루크의 양해를 구한 겨울이 빠르게 훑어보았다. 많은 종말을 거쳐 왔어도 자신이 히어로인 만화책을 펼쳐본 경험은 없었다.

주인공은 생김새와 이름만 한겨울이었다. 색채 강렬한 첫 장부터 피와 내장이 튀었고, 페이지의 절반쯤은 강렬한 효과음과 욕설로 도배되었다. 그림 속의 겨울소년이 포효했다.

「핫하! 역병은 방역이다!」

「오늘은 그럼블을 때려 죽였다! 내일은 트릭스터를 산산조각 내야지! A-men!」

「아아, 구울! 구울! 어째서 구울뿐인가! 좀 더 죽이는 보람이 있는 놈은 없단 말이냐!」

「베타 그럼블! 이 XX를 XX할 겁쟁이 같으니! 나를 보고 오줌을 지렸구나!」

「샌 미구엘의 교차로에선 1만 마리를 불태웠지!」

「산타 마리아의 뒈지다 만 잡것들아! 내가 마저 죽여주마! 주의 은총이 깃든 이 총으로!」

"……."

이제까지의 행적이 괴기스러울 만큼 과장되거나 왜곡되어있었다.

겨울동맹의 구성원들도 등장했는데, 유라는 어째서인지 호랑이 가죽을 뒤집어쓰고 탱크 탑을 입은 전사였고, 민완기는 단검을 쓰는 암살자였으며, 애초에 포트 로버츠에서조차 미스 트리거해피, 혹은 트리거 위치(Trigger Witch)로 불릴 지경인 한별은 인간의 형상이 아니었다.

'눈에서 왜 빛이 나지?'

그러나 이렇게 황당한 만화에도 미국 정부의 정책이 묻어났다. 어쨌든 난민을 병력자원으로 활용하는 것이 현 정권의 방침 아니던가.

"손자분의 교육에 별로 안 좋을 것 같습니다."

빠르게 사인하고 돌려주니 루크는 매우 흡족해했다.

"막연히 커져갈 뿐인 두려움에 잡아먹히느니 차라리 우습게 여기는 편이 낫소! 텍사스 남자라면 호기가 있어야지! 아무튼 고맙구려! 손자 놈이 중위의 열렬한 팬이라서 말요!"

노병은 떠나기 전 악수를 청했다. 꽉 잡는 손은 뜨겁고 억셌다.

"비록 시대가 달라도 우리는 전우요! 신의 축복이 함께 하기를! 무사하시오! 당신을 위해서! 당신을 아끼는 사람들을 위해서! 그리고 이 위대한 나라를 위해서!"

겨울만이 아니었다. 경계를 유지하던 병사들 각각에게 감사와 격려를 전한다. 무전기가 지직지직 시끄럽다고 웃는 얼굴로 불평하기도 했다.

경비행기는 내내 시동이 걸려있었다. 푸득 푸드드득 소리를 내더니 프로펠러가 세찬 추력을 자아낸다. 착륙할 때 거슬러 올랐던 경사를 타고 내리더니, 3백 미터 가량을 가속하여 가뿐히 날아올랐다. 균일하지 못한 지면에도 불구하고 이륙 직후 잠시 기우뚱했을 따름이다.

한 바퀴 선회한 기체가 엉뚱한 방향으로 기수를 꺾는다. 트릭스터를 기만하려는 것이었다.

"우리도 샛길로 돌아서 가죠. 저놈들도 비행기가 착륙했다는 게 무슨 뜻인지 알 테니까요."

병사들은 어딘가 슬프고 아쉬움 짙은 얼굴로 겨울의 지시를 받아들였다.

그래도 트럭에 실린 탄약 상자는 크나큰 희망이었다. 며칠간 각 소대가 생존자 구조에 나서면서 남아있던 실탄의 태반을 소모해버린 탓. 덕분에 랭포드 대위의 스트레스성 탈모가 급속히 진행됐다. 살이 빠진 데다 주름도 늘었다. 밥맛이 없는 듯했고, 속이 쓰린지 윗배를 누르는 모습이 자주 보였다. 백 명이 넘는 목숨을 책임지게 된 사람의 애환이었다.

실탄이 없어 한 탄창을 두고 근무 순서에 따라 돌려가면서 쓰게 된 이후로는 병사들도 심각한 불면증과 소화불량 증세를 호소했다. 장교들의 눈이 퀭해지는 것은 덤.

오늘 돌아가고 나면 분위기는 완전히 새로워질 것이다.

사람이 사는 데엔 역시 희망이 필요했다. 오늘보다 더 나은 내일이 찾아오리라는 기대. 거기에 스스로의 노력이 보탬이 된다면 그만한 기쁨은 드물다.

먼 곳에서 그럼블의 포효가 들려왔다.

'슬슬 오는구나.'

변종집단의 절대다수가 봉쇄선에 몰린다 해도, 흩어진 생존자들의 규모가 규모인 만큼 그들을 쫓는 괴물들 역시 적은 수가 아닐 것이었다. 점점 더 빨라지는 베이커 중대의 탄약소모 속도가 그 증거였다. 겨울의 활약에도 불구하고, 어제 하루 동안 일곱 차례의 크고 작은 교전을 치르며 천 발이 넘는 실탄을 사용했다.

가장 우려되는 상황은 중대의 화력이 보강되기 전에 특수변종, 특히 그럼블과 조우하는 것이었다. 인간과 괴물의 시간싸움이다. 수류탄 한 발조차 남아있지 않은 지금, 그럼블이 출현한다면 중대 전체가 회피해야 할 것이었다. 혹은 기동대가 나서서, 속도를 살려 다른 쪽으로 유인하든가. 추가 보급이 신속하게 이루어지길 바라는 수밖에.

'굳이 그 전에 싸워서 죽여야 한다면, 방법이 없는 건 아닌데……'

복귀하는 내내, 겨울은 거대한 괴물의 약점에 천착했다.

굳이 상대해야 할 경우 보통의 그럼블보다는 차라리 강화종이 나을 것 같다. 강화등급이 올라가는 만큼 물리내성이 강해지지만, 그것은 견고한 외피가 또한 두꺼워진 덕분이다. 관절이 접히는 부분은 표면이 갈라져 속살이 드러난다.

즉 집단전에서는 위력적이되 개별 접전에서는 오히려 강화 이전보다 취약할 수도 있다.

물론 그 약점을 공략하기 위해서는 치명적인 거리까지 접근해야 한다.

좀 더 좋은 방법은 없을까.

이렇듯 불가피한 전투를 가정하는 것은 언제나 최악의 상황에 대비하는 습관이었다. 익숙해진 길을 달리는 터라 고민할 여유는 충분하다. 중대 거점이 가까워지면서 봄날의 태양이 부서지는 호수가 측면으로 지나간다. 예의 알파카 무리는 아직도 영역을 지키고 있었다.

겨울이 복귀하고 난 뒤에, 갑자기 환자 또는 미친 척하는 병사가 늘었다.

"그것들은 남자도 아닙니다."

브래디 하퍼 이병의 말이었다. 겨울은 그에게 가벼운 주의를 주었다. 말에게서 시선을 떼지 말라고. 두 사람은 조마삭(調馬索)을 쥐고 말을 교련하는 중이었다. 이병처럼 배우는 입장인 병사들은 난간에 기대거나 편히 앉아 이쪽을 보고 있다.

긴 끈에 묶인 두 마리의 말이 커다란 원을 그린다. 줄을 잡고 중심에 선 사람이 몸과 시선의 방향을 바꾸면, 말은 그 속도에 맞춰 걷거나 달리거나 멈추는 연습이었다.

"후송을 원하는 인원이 전부 다 남자는 아니잖아요?"

겨울의 질문에 이병이 당당하게 답하는 말.

"여자는 그래도 됩니다, Sir."

이에 여성 사병 하나가 중지를 들었다. Fuck you! 강세를 워낙 찰지게 주어 나머지 병사들이 낄낄거렸다.

겉으로야 어쨌든 이들에겐 사나운 공감대가 있었다. 나약한 전우들에 대한 경멸감. 그리고 겨울이 보기에 이것은 일종의 자기혐오이기도 했다. 이들이라고 왜 도망치고 싶지 않겠는가? 그걸 억누르기 위해서라도 공격적일 수밖에 없을 것이다.

한쪽에 모여있는 종군기자단이 이 장면을 촬영했다. 뭘 그리 쓸 게 많은지 노트북 자판 두드리는 소리가 요란하다. 가만히 보면 일부러 힘주어 치는 것이었다.

"그나저나 이 훈련엔 무슨 의미가 있는 겁니까?"

"말이 사람에게 집중하도록 만드는 거죠. 다른 목적도 있지만요."

속도를 결정하는 것이 사람이기 때문에 말의 이목은 자연스럽게 원의 중심으로 고정된다. 이게 흐트러질 경우엔 줄을 당기거나, 정해진 신호를 보내거나, 반경을 줄이거나 하는 식으로 주의를 주어야 했다. 반대로 지시에 잘 따르면 줄의 길이를 늘여 행동의 여백을 늘려준다.

여기에 익숙해진 말은 기수의 뜻을 곧잘 따르게 된다. 단순히 운동만 시킬 작정이었으면, 말이 돌든 말든 줄을 머리 위로 들고 가만히 서있으라 했을 것이다.

"위버! 이제 당신이 나와서 해봐요."

겨울이 매들린 위버 상병에게 삭 손잡이를 넘겼다. 이번이 첫 연습은 아닌 만큼, 그녀는 곧 능숙하게 줄을 다루었다. 이따금씩 말 머리가 다른 방향으로 돌아갈 때마다 츳츳! 혀를 차서 주의를 환기한다. 목부 경험이 있는 기동대원들만큼은 아니어도 그럭저럭 괜찮은 솜씨였다.

다들 탄약 덕분에 되찾은 여유였다. 물론 아직 침착하지 못한 사람도 있다.

"자네는 아직 신용카드를 써본 적이 없지?"

이는 병사들에게 탄약을 분배한 직후, 겨울이 랭포드 대위에게 받았던 질문이었다.

"그렇습니다."

"되도록이면 앞으로도 만들지 말게. 이런 기분을 매달 느끼게 된다네. 간절히 기다리던 월급이 들어와도 얼마 가지 않아 모두 다 빠져나가지."

그러면서 대위가 가리킨 것이 삽시간에 비어버린 탄약 상자와 탄통들이었다. 보기보다 섬세하고 걱정 많은 성격이라, 추가 탄약이 도착하기 전에는 절대로 안심하지 않을 것 같았다. 그래도 시시한 농담이나마 던질 정도의 여유는 되찾아서 다행이라고 할까.

후속 보급기는 아직 소식이 없다. 어린 전쟁영웅의 쓸모를 감안하면 조금은 이상한 일이다. 강하구조대 출신 노병이 장담했던 것처럼 백악관이 뒤집어졌을 터인데. 돌이켜보면 그는 이런 말도 했었다. 어떤 이유에서인지 이쪽 공역으로의 출입은 제한되어 있다고.

'단순히 패잔병이 많은 지역에 집중적인 지원을 해주기 위해서…… 는 아닐 거야.'

아무리 그래도 한두 기 정도는 선을 넘어왔어야 했을 것이다. 벌써 이쪽까지 진출한 생존자들이 있으니. 고로 다른 이유가 있다고 봐야 타당하다.

그동안 바다에서 육지로 그어지는 비행운이 없었던 것도 유념할 만하다. 해상봉쇄선 유지가 아무리 중요한 임무라고 해도, 수백만 인명이 걸린 일이면 공중지원을 보낼 법하건만.

혹시 항모전단은 구 중국군 함대와의 교전으로 적잖은 손실을 입은 것일까? 혹은 해당 사태가 여전히 현재진행형이라거나. 앞서의 의혹과 관련하여 후자에 무게가 실린다.

이런 생각을 하며 훈련을 지켜보는데, 누군가 겨울을 부른다.

"중위님. 잠시 괜찮으시겠습니까?"

조심스럽고 정중하게 말을 걸어온 사람은 종군기자단의 1인, 길버트 마르티노였다. 구할 때 가장 애를 먹었던 바로 그 남자. 정신을 차린 뒤에는 거의 숭배에 가까운 태도를 보여 왔다.

"제게 용건이 있으세요? 따로 자리를 마련할까요?"

"아닙니다. 그냥 여기서 말씀 드리겠습니다."

이렇게 말하고도 머뭇거리기에, 겨울은 가까운 병사들에게 양해를 구했다. 어린 중위를 좋아하는 병사들이 투덜거리며 자리를 비켜주었다. 마르티노가 한숨을 쉰다.

"이제 말씀해보세요."

채근하는 겨울. 그러나 쉽게 열리지 않는 입이었다. 몇 번을 어물거리고 그만큼을 다시 삼킨다. 어느새 타자 두드리던 소리도 멎었다. 기자들이 이쪽을 보고 있다. 대체 무슨 이야기이기에. 어차피 훈련을 봐주는 중이었으므로 겨울은 끈기 있게 기다린다. 얼마나 지났을까. 이마를 닦아낸 마르티노가 드디어 어려운 말을 꺼냈다.

"저는, 저희는 취재를 하고 싶습니다."

고개를 절로 기울이게 되는 내용이었다.

"이미 하고 계신 것 이상을 원하신다면, 작전현장에 같이 나가고 싶다는 뜻이시군요."

"그렇습니다."

"중대장님이 이미 안 된다고 하지 않으셨나요?"

"……그래서 말씀드리는 겁니다. 실질적인 책임자는 중위님이시잖습니까."

"아닙니다. 그리고 이런 식으로 지휘서열을 무시하시면 곤란해요."

언제 사고가 날지 모르니 훈련에서 눈을 뗄 순 없었다. 냉정한 목소리를 만드는 것만으로 충분하다 여겼다. 그러나 기자는 물러나지 않는다. 마음을 굳게 먹고 온 듯했다.

"단순히 특종을 욕심내는 게 아닙니다. 막연히 안전할 거라고 믿는 것도 아니고요. 현장에서 저희가 방해만 될 거라는 사실도 압니다. 하지만 저희는 사명감을 지니고 봉쇄선을 넘었습니다. 파견 전에 공증 받은 유언장을 남기고 왔죠. 그러니……."

한숨을 동반한 공백을 끼고 이어지는 말.

"상황이 여의치 않을 경우, 저희를 버리셔도 원망하지 않겠습니다."

"……"

겨울은 조련을 잠시 중지시켰다.

그 후엔 길버트와 함께 나머지 종군기자들이 있는 곳으로 옮겼다. 긴장한 기자들의 시선이 겨울에게 집중된다. 이 것만 보아도 의견은 사전에 확실히 통일된 듯했다. 한 사람 한 사람과 눈을 맞추던 겨울이 단도직입적으로 물었다.

"여러분, 이곳 생활에서 눈치가 많이 보이세요?"

순간적으로 몇 사람이 흔들렸다.

"그런 이유로 드린 말씀은 아니었는데……."

즉시 부정하려던 길버트 마르티노가 동료, 혹은 경쟁자들을 돌아보며 말끝을 흐렸다. 카메라맨 하나, 리포터 하나가 서러움을 참지 못했기 때문이다. 가혹한 도피행에도 불구하고 투실한 살이 다 안 빠진 흑인은 뜨거운 눈물을 뚝뚝 흘렸다. 리포터의 낮은 훌쩍임이 더해진다.

병사와 장교들은 예외 없이 소년장교에게 친절하지만, 어디까지나 겨울이 특별한 경우일 뿐이다. 그들 모두의 성격이 본래 그렇지는 않을 터였다. 분명 민간인들을 짐으로 여기고 흘겨보는 일부가 있었을 것이다. 악해서가 아니라

약해서. 그들도 지쳐서. 중대가 처한 상황이 좋지 않다는 걸 아는 종군기자들로선 그러한 일부가 더욱 크게 느껴졌을 테고.

헬렌 타미리스, 수척한 리포터가 고충을 솔직하게 털어놓는다.

"우리를 보는 눈이 너무 차가워요. 복도에서 스쳐갈 때면 들으라는 듯이 욕을 하는 경우도 있는걸요. 알아요. 군인들도 힘들다는 거. 알지만, 여기 발이 묶인 게 우리 때문만은 아니잖아요. 우리 말고도 싸울 수 없는 사람들이 많은데…….이건 정말 억울해요."

짧지 않은 시간 동안 겨울은 잠자코 들어주었다.

급한 대로 쓸 탄약을 얻었고, 조만간 추가보급이 예상되는 시점 아닌가. 상황이 호전되고 있는 와중에 죽음을 각오하겠다는 게 진심일 가능성은 낮았다.

'신경 써달라는 거겠지.'

겨울은 약한 것을 죄라고 생각하지 않는다. 스스로가 약하기 때문이다. 가을, 지나간 계절을 위해 연명하는 나날이 하루하루 얼마나 힘겨운가. 다른 세계의 관객들이 보내는 배려 없는 말들을 대부분 읽지 않는 이유는 또 무엇이겠는가.

충분한 사연이 공감과 더불어 흐른 뒤에 겨울이 입을 열었다.

"다들 해리스 대위 사건은 알고 계시죠?"

기자들이 겨울에게 집중한다. 마르티노가 주억거렸다.

"명색이 기자인데 모를 리가 없지요. 그 일로 수훈십자장과 은성무공훈장을 받으셨잖습니까. 솔직히 명예훈장을 받아도 모자랄 사건이었습니다만…… 사정은 이해하고 있습니다."

"국방부가 공식 계정에 업로드한 그날의 전투기록, 그리고 기적의 아이가 탄생하는 장면은 단 하루 만에 3천만 뷰를 넘겼다고 들었습니다. 중위님 당신이 군인신분만 아니었어도 엄청난 부자가 됐을 겁니다. 천만장자가 된들 세상이 망하면 소용없겠지만 말입니다."

기자 중의 한 사람인 트레버 바티스트의 말이었다. 기적의 아이란 산타 마가리타 호변의 공병대 사무실에서 태어난 그 아기를 부르는 표현이었고. 현재의 미국에서 가장 어린 유명인이라던가. 부부 역시 이런저런 채널에서 그날의 일을 회상한다고 한다. 의무병인 화이트는 어딘가에 동상까지 세워졌다고.

겨울이 말했다.

"그날 밤, 제게 죄송하다고 말하고, 애인의 이름을 부르며 자살한 사람이 있었어요."

그가 부른 이름은 에밀리였다.

"배 아래 수류탄을 터트리고도 죽지 못해서 고통을 덜어 줘야 했죠."

이들 또한 간접적으로 보았을 것이었다. 그때도 헬멧 카메라가 작동하고 있었으니까.

"전 베이커 중대원들을 그렇게 비참한 꼴로 만들 생각이 없어요."

"경우가 많이 다르지 않습니까?"

위로를 위한 비약이 심하다고 보는 눈치. 수긍하기 힘들어하는 마르티노, 그리고 그 외의 기자들을 향해 겨울은 머리를 가볍게 흔들어 보였다.

"결국 비슷해질걸요? 보세요. 이 중대는 정식 편제가 아니에요. 해안경비대와 116연대전투단 포병대는 그나마 원래 있던 주둔지라도 같았는데, 오스본 병장 일행이 합류하고부터는 그렇지도 않게 됐어요. 앞으로는 더 심해지겠죠. 서로 다른 수십 개 부대에서 서로 다른 경로로 모인 병력이 어떻게든 통일성을 유지해야 하는 상황이란 말이에요."

"통일성……."

"네. 물론 간부들 하기 나름이겠지만, 당장 눈에 보이는 민간인들을 지켜야 할 의무감이면 그럭저럭 도움이 되지 않겠어요?"

"……"

"저를 좋아하고 의지하는 사람들이 많더라도, 그것만으로는 위태롭다고 봐요. 어떻게든 삐걱거리고, 어디선가는 말썽이 생기겠죠. 이 상황에서 민간인들을 내팽개친다? 말도 안 됩니다. 만약 병사들이, 간부들이 그런 경험을 하게 된다면, 글쎄요. 양심을 버린 사람들만 남게 될 텐데 중대가 참 잘 유지되겠구나 싶네요."

중대가 완전히 분해되진 않더라도, 죽지 않아도 될 사람이 죽는 일쯤은 충분히 생길 수 있었다. 군인으로서의 명분을 상실한다는 점에서 해리스 대위를 타산지석으로 삼을 법하다.

겨울은 일종의 실망감을 원인으로 여겼다. 나는 이것밖에 안 되는 인간이야. 한번 자신을 그렇게 낮추고 나면 다음부터는 더욱 쉬워진다. 쉬워서 더욱 낮아지고, 낮아져서 더욱 쉬워지고. 그러다 보면 사람은 사람 아닌 것이 된다. 저 바깥세상에 정말 많을 것이었다.

"여러분 스스로 짐이라고 생각하지 말라는 의미에서 드린 말씀입니다. 병사들을 취재하는 것만으로도 자부심이 북돋워지지 않을까요? 누가 욕을 했는지는 몰라도, 대부분은 그렇지 않을 테니까요."

잠시 말이 없던 기자단 가운데 하나, 카메라 맨, 조던 크룩이 쓰게 웃었다.

"정말로 비현실적이군요."

잠시 쉬고 다시 잇는 말.

"중위님 당신 말입니다. 저는 당신에 대한 보도가 대부분 연출일 거라고 믿었습니다."

나이가 들어 머리가 잿빛인 흑인이 고개를 젓는다.

"편집 팀의 동료가 조작 없는 영상이라고 확인해줬는데도 그랬지요. 기자의 직업병이라고 해야 할지……. 솔직히 지나치게 환상적이었으니까 말입니다."

"이해해요. 누구는 저를 보더니 실존인물이었느냐면서 놀라던걸요."

겨울이 가볍게 받자 면면에 경직된 미소가 번진다. 다른 기자가 끼어들었다.

"알아요. 호출부호 미어캣, 79연대전투단의 에드먼드 듀런트 중위였지요?"

"그걸 어떻게……."

"전부터 팬이라서요. 대부분 작전 내용으로 한정되기는 해도, 당신에 대한 정보가 얼마나 상세하게 공개되어있는지 상상도 못 하실 거예요. 저처럼 사소한 것까지 외우고 다니는 게 보통은 아니겠지만요. 후, 전 누구랑 다르게 가짜라고 의심하지 않았던지라."

어쩐지 겨울소년이 포효하던 만화책이 떠오르는 대목이었다. 정부가 제대로 유지되는 세계관은 이런 면에서도 차이가 있었다.

"아무튼 이 문제는 대위님께 따로 말씀드리겠습니다. 여러분뿐만 아니라 거동이 힘든 사병들을 위해서라도요. 피해가 안 가도록 조심할게요."

겨울은 온화한 약속으로 기자들을 다독였다.

새벽에 무전기가 울었다. 그토록 기다리던 추가보급이었다. 변종집단에게 노출되는 걸 피하고자 어두운 시간을 고른 듯했다.

상대적으로 작은 기체가 마을 상공을 여러 차례, 다양한 방향으로 가로질렀다. 야간 관측장비를 갖춘 선도기인 모양. 이후 다수의 수송기가 넓은 간격을 두고 줄지어 나타났다. EMP 안전고도를 무시하는 저공비행이었다. 구름 낀 새벽녘의 희미한 달빛 아래, 까맣게 도색한 수송기들은 맞바람을 받으며 속도를 줄였다. 이어 낙하산 달린 화물을 무더기로 투하한다.

일부는 고도를 더욱 낮췄다. 목장의 너른 공터는, 거친 수풀이 자랐을지언정 야지착륙의 활주로로 적합했다. 산을 넘어온 바닷바람이 안정적인 하강을 돕는다.

'복엽기?'

겨울의 눈에 보이는 모든 수송기가 복엽기였다. 동체는 우든 원더를 닮았으되 크기는 훨씬 컸고, 날개는 두 쌍이 끝에서 이어지는 특이한 형상이었다. 이른바 탠덤 윙(Tandem-Wing)이라 부르는 구조였다.

이번 세계관에선 처음 보지만, 낯설지는 않았다. 날개가 늘어나면 양력도 늘어난다. 이착륙에 필요한 거리가 대폭 감소한다는 뜻이었다. 또한 비행 중 엔진이 꺼지더라도 여유로운 대응이 가능하다. 무동력 활공거리가 길어지기 때문이다. 종말에 대처하는 인류의 지혜였다.

누적된 경험으로 미루어 볼 때 조종면도 순수 유압으로 움직이지 싶다. 전자식(Fly by wire)에 비해 기체중량이 증가하겠으나, 전자기 충격파가 터져도 조종능력이 마비되지 않는다는 장점이 있었다. 살아있는 전자기 폭탄이 지상을 배회하는 상황에 어울린다고 해야 할까.

바커 소대와 에스카밀라 소대가 울타리를 따라 경계선을 형성했다.

최초로 착륙한 기체의 램프 도어로부터 뜻밖의 무장병력이 뛰어나왔다. 사방을 두리번거리다가 이쪽을 발견하고 방향을 꺾는다. 베이커 중대의 간부들이 최상급자에게 경례했다.

"한겨울 중위."

근래 들어서는 누구나 소년장교의 이름을 분명하게 발음한다. 유명세의 영향이었다.

"자네가 랭포드 대위겠군."

날카로운 인상의 육군 대령이 베이커 중대의 간부진을 무표정으로 돌아보았다.

"반갑다, 제군. 콜 로저스다. 내가 여기에 온 이유를 짐작하리라 믿는다."

결국 국방부의 결정은 겨울의 예상을 벗어나지 않았다. 이곳에서 병력을 규합해서 작전에 투입할 계획인 것이다. 다만 그 규모를 좀 크게 잡은 듯했다. 로저스 대령을 따라온 이들은 전원이 장교였다. 아마도 새로운 부대 창설에 필요한 참모진일 것이었다.

"대위. 그동안 수고 많았다. 현시각부로 귀관의 중대는 내 지휘를 받는다. 이의 있나?"

대령의 건조한 음성은 높낮이의 변화가 없었다. 주변을 긴장하게 만드는 타입이다.

"없습니다!"

"좋아. 물자수령을 끝내고 현황보고를 받겠다. 귀관이 통제하라."

지휘권을 인수했다 해도 대령은 아직 이곳의 상세를 모르는 입장. 체계가 잡힐 때까지는 기존 방식으로 돌리는 게 나았다. 결정권자로서의 부담을 덜게 되어 안도할 법도 하건만, 랭포드 대위는 긴장감에 속이 불편한 기색으로 작업을 감독했다.

착륙과 이륙이 반복되면서 각종 상자가 무더기로 쌓였다. 다양한 화기와 탄약, 전투식량 등. 루크를 통해 식량이 충분하다는 소식을 전했음에도 불구하고, 사냥을 통해 조달한다는 점이 못내 불안했던가보다. 아주 작정하고 추진해주는 보급이었다.

두 대뿐이지만 소형 순찰차량(FAV)도 나왔다. 각기 중기관총과 고속유탄포로 무장했다.

방어력은 기대할 수 없다. 운전석에 문도 달려있지 않은 물건이었다. 뼈대에 엔진과 바퀴, 무기만 달아놓은 수준. 그만큼 가볍기 때문에 연료공급이 위태로운 지금은 험비보다 유용하다.

하늘에 쪽빛이 섞일 무렵, 대령이 겨울을 불렀다.

"중위."

"Sir."

"소령 진급 축하하네."

"……?"

"맥과이어. 뭔진 몰라도 빨리 끝내도록."

로저스 대령의 성가신 손짓에 참모 하나가 나섰다. 겨울도 아는 사람이었다. 그는 대령에게 간단히 목례한 뒤 조금 떨어진 장소로 겨울을 이끌었다.

"대위님?"

"지금은 소령이야. 오랜만이군."

국방부 공보처의 닐스 맥과이어. 산타 마리아 홍보영상 건으로 처음 만났었다.

"설마 여기서 이렇게 뵐 줄은 몰랐습니다. 대단한 우연 이네요."

"우연? 글쎄. 봉쇄선 사령부에 파견된 공보처 인력이 그렇게 많지는 않으니까. 그나마 절반은 방역전쟁 전술 지원그룹에 붙어있고. 교전지역까지 들어올 사람은 얼마 안 돼."

방역전쟁 전술지원그룹이라면 겨울에게도 영입권유가 왔었던 곳이다. 명목상으로는 전쟁영웅을 모아놓은 정예집 단인데, 실제로는 사기진작용 영상 촬영 전문 부대에 불과 했다.

"제가 소령이라는 말씀은 어떻게 된 겁니까?"

"일반진급으로 대위, 직책진급으로 소령."

어려울 것 없다는 투로 아무렇지 않게 대꾸하는 맥과이 어였다.

즉 소령은 지휘서열 정리를 위한 임시계급이라는 말. 보 통의 2계급 특진과 다르다. 소령 대우를 받는 동안에도 대 위의 급여를 받으며, 상황이 정리되면 정상계급으로 환원 된다.

그러나 대위 진급만으로도 충분한 파격이었다. 일전에 맥과이어의 상급자인 블리스가 말했던 것처럼, 겨울은 진급 연한에 관한 모든 규정과 불문율을 무시하고 있었다. 누가 뭐래도 임관으로부터 채 1년이 지나지 않은 것이다.

"그게 가능한 건가요? 최소 복무기한이라든가, 여러 가지 있을 텐데……."

"규정상 문제는 없어. 의회에서 두 번째 명예훈장 수여를 결의했거든. 원래는 수여일자의 다음달 1일에 진급시키는 거지만, 어차피 확정된 거라면 융통성을 발휘할 수 있지. 전시니까."

겨울은 살짝 고개를 기울였다. 전부터 말이 많았던 명예훈장 이중수훈이 이번에야말로 확정된 모양이다. 미국 역사상 명예훈장을 중복으로 받은 사람은 두 손으로 꼽을 정도밖에 없었다. 그나마도 과거 블리스 소령의 하소연처럼, 1차 대전 종전 후엔 겨울이 최초였다.

"중요한 건 서훈사유야."

맥과이어 소령이 주의를 환기했다.

"종군기자단을 보호하고 있다고 들었는데."

"네. 며칠 전에 구조했습니다."

"혹시 페어 스트라이크 작전에 대해서 그들에게 귀띔한 것이 있나?"

피쿼드 호, 오르카 블랙에서의 활동을 기자들에게 귀띔한 바 있느냐는 질문이었다. 너무 당연한 것을 묻는다 싶었으나, 공보장교의 표정이 진지했으므로 겨울은 고개를 저었다.

"없습니다. 중대의 다른 인원들에게도 말하지 않았고요."

소령이 안도했다. 겨울이 물었다.

"서훈사유가 뭔데 그러십니까?"

"핵 테러로부터 호손 시민들과 기타 장병들의 생명을 구한 공로."

"그게 무슨……."

"자네가 베이더우 위성을 탈취한 덕분에 핵탄두가 시가지를 직격하지 않았다는 거지."

전혀 짐작하지 못했던 사유였다. 조안나는 양용빈 상장이 처음부터 빗맞아도 무방한 표적을 선정했으리라고 설명했다. 즉 캘리포니아 방면의 미군이 이 지경에 처한 시점에서 양용빈 상장의 핵공격은 목적을 완벽하게 달성했다고 봐야 한다. 소령은 사실을 왜곡하고 있었다.

"그렇게 알아두게."

역시나.

"이제 슬슬 익숙해질 때도 되지 않았나? 백악관에서 나온 각본이야. 국민들의 좌절감을 희석시킬 소재가 필요하다고. 이럴 때 국가가 분열되는 건 막아야 하니까……."

공보장교는 한숨과 함께 어조를 바꾸었다.

"어쨌든 새빨간 거짓말은 아니잖아. 위성을 장악해서 탄도탄 명중률이 저하된 건 사실이니까. 아니었으면 정말 도시가 증발했을지도 몰라. 탄약창에 주둔하던 병력이 미처 대피하지 못했을 수도 있고. 이건 보다 진실에 가깝지. 정말 간발의 차이로 철수했다고 들었네."

"알겠습니다. 불편하겠네요."

"뻣뻣하군. 보통 사람이라면 좋아했을 텐데. 난민들 처우도 달려있는 일이니 그러려니 하게. 귀관도 봉쇄선 저

편이 어떤 상태인지 보고 나면 어쩔 수 없겠다는 생각이 들 거야."

직접 볼 것까지도 없었다. 온갖 인종범죄가 범람하고 있을 것이다. 그 전에도 이미 중국계 미국인들, 그리고 중국계로 오인당한 아시아계 시민들은 수난을 겪고 있었으므로. 대니얼 콴 사망사건으로부터 채 두 달도 지나지 않은 시점이었다. 미국이 미국을 파괴해선 안 된다던 대통령의 추모 연설은 이제 아무런 의미도 없게 됐다.

그러나 이 각본엔 한 가지 요소가 빠져있다. 바로 채드윅 팀장의 건. 경우에 따라서는 대통령에게 매우 유용한 도구가 될 수도 있다.

'정치가 깨끗하기만 할 순 없지. 사람 사는 일인걸.'

더러움에 거듭 무뎌지면 언젠가는 목적과 수단을 혼동하게 된다. 하나 이 세계관, 지금의 대통령에 한해서는 걱정할 필요가 없을 것이다. 지금이 두 번째 임기니까.

"소령님, 이 문제에 관해 백악관에 보고할 사항이 있습니다."

맥과이어는 겨울이 굳이 백악관이라고 말한 데서 이상을 눈치 챘다. 보통은 봉쇄선 사령부라든가, 지난 작전을 주관한 정보국이 나와야 정상 아닌가. 분야가 다르긴 하지만 공보장교 또한 대중적으로 알려져선 안 될 기밀을 다루는 사람이었다. 그가 확인하듯이 묻는다.

"분명히 해두지. 내가 알아선 안 되는 건가?"

"일단은 그렇습니다."

"일단은……?"

소령은 턱을 쓰다듬다가, 고개를 끄덕였다.

"위성통신 사용허가를 받아두지. 혹시 달리 필요한 거 있나?"

"데이터 전송에 쓸 컴퓨터를 연결해주셨으면 좋겠네요. 증거자료가 있거든요. 보고자는 제가 아니라 FBI의 깁슨 감독관입니다."

피쿼드 호의 비밀구역에서 빼낸 하드디스크 배낭은 아직 멀쩡히 남아있다. 도착 이래 조안나는 증거물을 세심하게 관리해 왔다. EMP에 대비한 것은 물론이었다.

겨울의 요청에 맥과이어가 미간을 좁힌다. 어렴풋이 감을 잡은 것 같았다.

"부디 좋은 일이길 바라야겠군."

공보소령이 말하는 좋은 일은 결코 문자 그대로의 의미가 아니었다.

그는 즉시 로저스 대령을 찾았다. 멀리서도 대령이 인상을 찡그리는 걸 알 수 있었다. 당연하다. 이제 막 도착한 만큼 사령부와 교신할 일이 많을 텐데, 불확실한 목적으로 장시간의 통신을 요청한 것이니까.

그러나 통신기가 하나만 있는 건 아니었다. 전체 구성이 백 팩 하나에 다 들어가는 접이식(AN/PRC-117)이 여럿이었으므로, 결국 대령은 휘하에서 통제를 벗어난 일이 진행된다는 느낌을 받고 거부감을 드러낸 것에 불과했다.

'앞으로 괜찮을지 모르겠네…….'

저런 엄격한 성격은 장점도, 단점도 분명하다.

잠시 후, 지대가 높은 곳에 위성 송수신기가 펼쳐졌다. 자그마한 삼각대 위에 뒤집힌 우산 같은 안테나가 달려있고, 그 위에 넓은 십자형의 수신기가 붙었다. 단말기에 러기드 노트북을 연결한 통신병이 기다리던 겨울과 FBI 요원에게 말했다.

"방역전선 사양으로 개량된 물건이니 전파누수는 걱정하지 않으셔도 됩니다. 하드디스크는 이쪽 케이블에 연결하십시오. 암호화 때문에 전송 속도가 많이 느릴 겁니다. 그걸 다 보내시려면 하루 종일 걸릴지도 모르겠군요."

전파누수 방지는 트릭스터를 고려한 옵션이었다.

"고마워요."

불려온 조안나가 인사했다.

수화기를 붙잡은 그녀의 상대는 잠깐 사이에 몇 번이나 바뀌었다. 말하는 시간보다 상대를 기다리는 시간이 더 길다. 갈수록 그렇게 격이 높아지더니, 나중엔 대통령과 직접 연결됐다. 겨울은 그녀가 몹시 긴장하는 것을 느낄 수 있었다.

"겨울. 받아요. 각하께서 통화를 원하십니다."

심각한 대화를 끝낸 조안나가 겨울에게 수화기를 건넸다. 필요한 내용은 다 전한 것 같은데 무슨 일일까. 확인이 필요한가?

"한겨울입니다."

겨울이 말하자 스피커가 시끄럽게 버벅거렸다. 잡음이나

방해전파가 아니라, 저편에서 수화기에 대고 내쉰 긴 한숨이었다. 짧은 침묵 뒤에 비로소 대통령의 음성이 흘러나왔다.

[백악관에서 만난 이래 처음인가. 반갑네, 소령. 목소리를 들으니 겨우 실감이 나는군. 요즘은 영 나쁜 소식들뿐인지라…….]

그는 여백을 두고 말했다.

[일단 이 말을 해둬야겠지. 귀관이 겪은 일에 대해 이 나라의 대통령으로서 유감을 표하네. 자세한 내용은 자료를 받아봐야 알겠지만, 감독관의 증언만으로도 전모가 짐작이 가니까. 세상이 세상이다 보니 존 커틀러 같은 자들이 다시 나타나는 꼴을 보는군.]

낯선 이름에 고개를 기울이는 겨울. 남들보다 많은 것을 알지만 모든 것을 알지는 못한다.

"커틀러? 그게 누굽니까?"

[악마.]

짧게 끊고 다시 잇는 나머지.

[보건복지부 보건국장으로서 매독균 인체실험을 했던 작자일세. 국내와 국외를 가리지 않고. 그중에서도 터스키기는 꽤 유명할 텐데, 들어본 적 없나?]

"아……. 있습니다."

떠올랐다. 어떤 면에선 인종차별적인 사건이기도 했다. 피해자들의 태반이 흑인이었으므로. 이번 사건과의 또 다른 유사성이라고 해도 좋을 것이다.

["어차피 죽을 사람들을 연구에 활용했을 뿐이다. 조국과 인류에 보탬이 되고자 했을 뿐인데 어째서 책임을 묻는가……." 동조자와 조력자들이 자기변호랍시고 주워섬긴 말이라네. 정작 커틀러 본인은 죽고 없는 자리였지만, 있었다면 아마 같은 소리를 지껄였겠지. 결과적으로 더 많은 인명을 구하게 된 것 아니냐면서.]

채드윅도 비슷한 말을 했었다.

[바보 같은 논리야. 애국을 명분 삼는 죄는 국민 전체를 공범자로 만드는 짓이지. 하지만 정치인으로서 마냥 떳떳할 수만은 없는 입장이 괴롭군.]

"그런 말씀 마세요. 각하께선 훨씬 더 나은 분이십니다."

이에 대통령은 자조적으로 웃었다. 그는 연설에서 필요악과 필요악의 갈림길을 헤맨다고 말했던 인물이다. 사람과 사람 사는 세상의 한계에 부대끼는 인격이었다. 겨울은 그 기분을 안다. 가슴속에 여전한 돌의 무게. 그게 있는 한 소년은 버리고 싶은 감정에 묶여있을 것이다.

[그렇게 믿어줘서 고맙네. 귀관이 이 나라에 실망했을까 봐 걱정했거든.]

겨울 한 사람에 대한 염려는 아니었다. 대통령은 사회적 비용을 계산했을 터.

[한 가지 묻고 싶은 게 있네.]

"말씀하세요."

통화를 원했던 이유가 단순히 감독관의 진술을 재확인하려는 건 아니었던가보다.

뜸을 들이던 대통령의 이야기는 전혀 예상치 못했던 것이었다.

[소령과 친한 사람들을 그쪽으로 보내면 어떨까 싶은데, 귀관의 의견이 궁금하군.]

"설마 동맹…… 아니, 포트 로버츠의 한국계 난민 지원병들을 말씀하시는 겁니까?"

[이제는 지원병이 아닌 정규 독립중대로 승격되었다고 들었네. 상황에 따라서는 일본계나 베트남계, 필리핀계, 캄보디아계가 추가로 배치될 수도 있고. 숫자가 가장 많은 중국계는 모르겠어. 다들 역효과를 볼 가능성이 높다고 해서.]

"여론 대책이겠네요."

[그렇지. 내 언론 비서관(Press Secretary)이 적극적으로 권하더군. 난민 출신 병사들이 구조작전에 주도적으로 참여하면 그럴 듯한 그림이 그려질 거라면서. 귀관에게도 나쁜 이야기는 아닐 거야. 시민들의 지지를 얻는 일이니까.]

알 만하다. 겨울은 다른 것을 물었다.

"포트 로버츠는 무사합니까?"

일개 군사기지에 불과하지만, 지금의 대통령이라면 각 거점의 현황을 달달 외우고 있어도 이상하지 않았다. 역시나 지체 없이 나오는 대답.

[안심하게나. 변종집단의 공세 중심에서 많이 벗어난 위치라서 구조 활동의 거점 중 하나로 이용한다고 알고 있네. 애초에-]

말이 부자연스럽게 끊겼다.

"Sir?"

[……]

기밀이 오가는 자리인지라 통신병은 자리를 비웠다. 겨울이 돌아보자 조안나는 당혹스러운 기색으로 통신장비를 살펴본다. 그러나 그녀도 만능은 아니었다. 막 통신병을 부르려는 찰나, 수화기 저편에서 누군가 맥밀런 대통령을 일깨운다. 전파가 끊어진 게 아니었다.

[으음, 미안하네. 깜박 졸아버리는 바람에.]

"괜찮으십니까?"

[별것 아닐세. 어젯밤 늦게까지 드라마를 봤거든. 웨스트 윙이라고.]

우울하고 메마른 농담이었다. 백악관은 양용빈 상장의 핵공격 이후 비상체제로 전환되었을 터. 어쩌면 이미 여러 사람이 과로로 죽었을지도 모르겠다.

[어디까지 말했더라……. 음, 그래. 애초에 그쪽은 흩어진 병력이 그리 많지도 않지만. 무엇보다 할 일이 사라진 공군의 강력한 지원을 받고 있으니, 자체적으로 편성한 독립중대 하나 빠진다고 위험해질 일은 없겠지. 내 말이 맞나?]

마지막 질문은 겨울을 향한 게 아니었다.

[맞다는군. 기지 자체는 걱정하지 않아도 된다네. 듣던 대로 가까운 사람들을 많이 아끼는 모양이야.]

그러나 할 일이 사라진 공군이라는 건 무슨 뜻일까. 곰곰이 생각하던 겨울은 그럴 수도 있겠다고 판단했다. 목표물 확인, 즉 표적획득이 어려운 것이다.

'추락할 각오를 하지 않으면 저공비행은 불가능할 테니까.'

험지에 적아가 뒤섞인 상황에서 무차별 폭격을 할 순 없다. 평소라면 적아식별장치(IFF)가 제 역할을 수행했겠으나, 지금은 해당 장비가 달린 차량 대부분이 버려졌을 것이었다. 간혹 휴대형도 존재하지만, 도망치는 데 급급한 패잔병들이 크고 무거운 식별장치를 가지고 다니긴 어려웠다. 보다 가벼운 것들의 신호는 하늘까지 닿지 않는다.

또한 정밀폭격을 학습한 트릭스터는 전파를 단락적으로 내뿜는다. 그것은 구조 활동을 방해하면서도, 전파 추적 미사일을 유도하기엔 불충분한 간격이었다. 미군으로선 역으로 전파방해를 거는 정도가 최선일 것이다. 이 새벽의 공수 또한 그런 도움을 받았을 터.

그동안 바다에서 날아온 해군 소속기가 없었던 이유를 알 것 같다.

그나저나 겨울동맹 출신으로 이루어진 독립중대인가. 예상은 했으나, 결국 미군 기준으로 독특한 편제가 만들어졌다. 고민하던 겨울이 되묻는다.

"각하께서 굳이 제 의견을 필요로 하시는 이유를 모르겠습니다."

[자네가 거부하면 재고해보려고 하네.]

"……."

[의외인가?]

"솔직히 그렇습니다."

[어렵게 생각할 것 없네. 내 참모들 입장에선 소령도

사기관리의 대상이라는 거지.]

"아."

[냉정하게 말해서, 황금알을 낳는 거위의 배를 가르긴 싫다는 뜻이야. 귀관은 실질적으로 대체 불가능한 인적자원이니까.]

대통령이 어조를 바꾸었다.

[지금 이 시기에 힘들지 않은 사람은 없겠지. 하지만 그점을 감안해도 귀관에겐 단기간에 과도한 부담이 집중됐어. 이 점에 대해선 이견이 없더군. 평범한 사람이었으면 벌써 문제가 생겼을 거라고. 그럼 귀관이 그토록 노력하는 이유가 뭘까……. 결론을 내리긴 쉬웠네.]

사실과 조금 다르긴 해도, 긍정적인 착각이었다. 겨울은 잠자코 귀를 기울였다.

[누군가는 이렇게 말하더군. 한겨울 중위…… 그때 귀관은 중위였으니. 아무튼 한 중위는 미국인이 아닌 동포들을 지키고자 싸울 뿐이다. 그의 영혼엔 조국이 없다. 그러므로 그는 애국자가 아니다. 그를 영웅이라 부르지 마라, 라고. 꽤 재미있는 주장이었네.]

대통령의 낮은 웃음은 우호적이지 않았다.

[남들에게 대가 없는 애국을 요구하는 건 대개 가장 비애국적인 인간들이지.]

그리고 그는 케네디를 언급했다.

[국가가 당신에게 무엇을 해줄 수 있는지를 묻지 말고, 당신이 국가에게 무엇을 해줄 수 있는지를 물어라. 오해하

기 쉽지만 이 격언은 무조건적인 희생을 요구하는 게 아니야. 다만 순서를 바꿔보라는 요청에 불과해. 한 소령 귀관은 이미 국가에 넘칠 만큼 많은 것을 해주었어. 그 대가를 지금 다 지불하진 못할지언정, 최소한의 배려는 해줘야 합당하지 않겠나.]

"감사합니다."

[감사는 무슨. 그러니 부담 없이 말해보게. 현장 지휘관으로서의 판단이 필요하기도 하고. 과연 임무를 제대로 수행할 능력은 있을지, 기존 병력들과 호흡을 맞추는 데 무리는 없을지.]

"……."

조안나가 가만히 고개를 흔들어보였다. 당신의 희생만으로도 충분하다. 그런 의미. 전보다 친해진 만큼 몸짓에서 마음을 읽기도 쉬워졌다.

"능력은 충분할 겁니다. 저는 어느 쪽이든 상관없고요. 그분들이 원한다면 보내주세요."

[그런가.]

대통령의 말은 한숨을 닮았다.

[이걸 미리 말해줘야겠군. 동기부여는 중요하니까.]

동기부여? 아직 뭔가 남은 건가? 겨울은 고개를 기울였다.

[난민 구호 체계를 현재의 직접적인 관리에서 지도자에 대한 예산지원으로 바꾸자는 이야기가 돌고 있다는 건 이미 알고 있으리라 생각하네.]

맥밀런 대통령이 언급한 것은 공화당 대선후보의 공약 가운데 하나였다. 난민 전체에 대한 보편적인 지원을 중단하고, 성과를 올리는 지도자에게 예산을 할당하자는 주장. 난민들 사이에서의 무한경쟁, 적자생존을 촉발하기 위한 정책이었다. 보수적인 시민들은 물론이거니와 진보적인 시민들 일부로부터도 열광적인 지지를 받고 있다던가.

사람은 약하고, 겁에 질리면 어쩔 수 없었다.

"네. 방송으로 들었습니다."

[그걸 조만간 도입하게 될 수도 있어. 시민들의 지지가 워낙 뜨거워서. 대부분의 난민들에게는 안 좋은 일이겠지만, 적어도 소령에겐 유리한 내용이 되겠지. 그 점이 더 큰 문제라네. 귀관의 인기가 독이 되는 경우라고 해야겠군. 예산은 예산대로 아끼고, 귀관이 받는 혜택은 더욱 늘리는 방법이니 누가 싫다고 하겠나.]

"견제하시는 거로군요."

[그 말종의 당선은 어떻게든 막아야 하니까. 돌이킬 수 없는 지점이 될 걸세.]

돌이킬 수 없는 지점이라는 표현에서 겨울은 이유 모를 기시감을 느꼈다.

'감정의 골이 더 깊어지기 전에, 착한 사람들이 더 줄어들기 전에…….'

상념은 짧은 시간에 미처 완성되지 못했다. 대통령의 말이 겨울의 사색을 끊었다.

[다만 거기서 끝내진 않을 작정이야.]

"하면 어떻게 하실 생각이신지……."

[지원을 예산으로 한정 짓지 않는 거지. 충분한 성과를 이룬 난민 지도자 혹은 집단에 한정하여, 속령 또는 준주를 수립할 권리를 내어주려고 하네. 여론을 감안할 때 준주 쪽의 가능성이 좀 더 높겠군. 속령이면 자네와 멀어진다고 느끼는 이들이 많을 테니까. 준주의 경우엔 좀 더 쉽게 51번째 주로 승격될 수 있겠지.]

미국에서 군 복무경력이 있는 자, 특히 전쟁영웅은 정계 진출에 큰 이점을 얻는다.

즉 언젠가 정치적인 영향력을 얻게 될 거란 의미였다. 자치가 가능한 영역을 확보하여 난민들을 수용하는 것만으로도 충분한 혜택일 것이었다. 로드아일랜드만큼 작은 면적이라도 몇 개 국적의 난민들을 수용하는 데 무리가 없다.

그러나 대통령의 임기는 이제 반년밖에 남지 않았다. 과연 거기까지 가능할까?

[어렵진 않을 거라고 보네. 이미 하원의장과 합의한 사안이야.]

겨울의 의문에 대한 의외의 답변이었다.

"그분, 공화당원 아니셨던가요?"

바람결에 날리는 신문지, 지나가는 뉴스 등에서 얼핏 들은 기억이 난다.

[비록 소속은 공화당이라도 그쪽 후보가 당선되면 나라가 망한다는 위기감을 느끼는 거지. 애초에 공화당에서 밀어주고 싶었던 사람은 따로 있어서……. 그가 상대였다면 나도

여기까지 걱정하진 않았을지도 몰라.]

"그렇군요……."

이 정도면 암살 스캔들이 터져도 이상하지 않겠다는 생각이 든다. 그러나 겨울은 이내 속으로 고개를 저었다. 죽은 자는 미화되기 쉽다. 그 후의 여론이 어떻게 튈지 모르는 이상 결코 쉬운 선택이 아니다.

[그러니 부러지지 말라고 해주는 말일세.]

반쯤은 개인적으로 대화를 해보고 싶었을 뿐이지만. 대통령이 말미에 드러내는 사심이었다.

[전에 D.C에 왔을 때 호텔에 가둬두다시피 했던 건 미안하네. 다음 서훈식에서 다시 만나거든 같이 앉아 느긋하게 맥주나 한 잔 하세나. 꿀을 넣어 직접 만든 맥주가 참 맛있거든.]

"기대하겠습니다."

[잠깐이나마 즐거웠네. 가장 잔인한 달의 끝자락에 따뜻한 계절이 돌아와서. 이만 끊겠네.]

"……."

귀를 기울이던 조안나가 희미한 미소를 지었다. 4월을 잔인한 달이라고 하는 건 알겠는데, 그다음은 뭘까. 겨울이 의문을 느끼자, 「영어」에 의한 지력보정이 시야에 반투명한 문자열을 출력한다. 겨울이 외우지 못한 시, 황무지의 일부였다.

『겨울은 따뜻했었다. 대지를 망각의 눈으로 덮어주고, 가냘픈 목숨을 마른 구근으로 먹여 살려주었다.』

대통령과의 통화 이후, 독립중대가 도착하기까지는 특별한 활동 없이 기다리게 되는가 싶었다. 그러나 사정이 그렇게 여유롭진 못 했다. 이튿날, 로저스 대령이 새로운 임무를 하달했다.

"한겨울 소령. 귀관은 당분간 적의 머리를 사냥해줬으면 한다."

책임자가 바뀐 상황실에 지도가 펼쳐졌다. 이를 보는 것만으로도 일부 장교들의 안색이 바뀌었다. 작전구역이 상상 이상으로 광활했기 때문이다. 위에서 얼마나 큰 기대를 걸고 있는지를 보여주는 것이었다. 혹은 그런 기대를 걸 수밖에 없을 정도로 상황이 나쁘다는 뜻이거나.

"목표는 이 일대의 변종집단으로부터 조직적인 행동능력을 제거하는 것이다. 교활한 것들이 지능적으로 공습을 피하고 있지만, 지상에서의 관측까지 무력화하진 못 하겠지."

교활한 것(Tricky thing)은 당연히 트릭스터를 말한다. 놈들의 의사소통은 짧고 폭발적이었다. 단말마의 비명에 자신의 죽음에 대한 정보를 넣을 정도이니. 비행체 탐지를 겸한 전파방해 또한 그러했다. 전파 추적 미사일에 적잖은 수가 폭사했으나, 이제는 대응 요령을 알았다.

이것들만 사라진다면 생존자 구조는 훨씬 더 수월해질 것이다.

'지나간 세계에 비하면 그럼블은 적고 트릭스터가 많아. 그저 새로운 특수변종이라서 그렇게 정해졌다…… 라고

단정 짓는 건 너무 안일하겠지. 특수변종의 개체 수는 정해진 쿼터 내에서 필요에 의해 조절된다고 봐야 하나.'

세계관은 언제든 변화, 개선, 확장될 수 있으나, 그 근저에는 현상을 관통하는 어떤 원칙이 있는 게 보통이었다. 그것이 기획 단계에서 의도된 것인지, 아니면 기획을 접수한 관제인격이 실제로 세계관을 구성하는 단계에서 만들어지는 것인지는 알 수 없었다.

대령의 말이 이어졌다.

"이번 작전엔 은밀성이 요구된다. 따라서 차량지원은 없다. 투입할 병력은 소령이 기존에 이끌던 기동대로 제한한다. 범위와 기간 모두 소령의 재량으로 정하되, 가능한 멀리까지 진출해야 할 것이다. 구조보다는 수색 격멸을 우선한다. 결과적으로는 그 편이 훨씬 더 많은 인명을 구조할 수 있을 테니까…… . 뭔가, 대위? 아직 질문을 받을 때는 아닌 듯한데."

손을 든 사람은 랭포드 대위였다. 그는 굳은 표정으로 이의를 제기했다.

"한겨울 소령을 포함해도 기동대는 고작 다섯입니다. 너무 위험합니다."

"그간의 전투기록을 검토하고 내린 결정이다. 내가 오기 전에도 소령 혼자, 혹은 기동대만 데리고 치른 전투가 많았는데, 이제 와서 새삼스럽게 문제를 제기하는 이유가 있나?"

"경우가 다릅니다. 그동안은 어디까지나 후퇴가 가능한 범위 내에서 전투를 수행했잖습니까. 유사시 본대의 지원이 불가능한 거리까지 진출한 적은 없었습니다."

흠. 대위를 물끄러미 바라보던 대령이 고저 없는 목소리로 답한다.

"모든 군사작전에서 안전이 보장될 순 없잖나."

"무모하다는 말씀을 드리는 겁니다."

"그래. 지휘관으로서 막무가내로 무모한 명령을 내릴 순 없지. 하지만 상황이 상황이다. 1초에 한 명 꼴로 죽는다는 추정도 있더군. 사실이라면 앞으로 보름 이내에 남은 생존자 전체가 몰살당한다. 그 숫자만큼 적이 늘어날 것이고. 다소 과감한 조치가 필요한 시점 아닌가? 이렇게 말하는 지금도 몇 명이 죽었을까?"

그리고 시선은 겨울에게로 돌아왔다.

"병력을 적게 투입하는 대신 공중지원은 충분히 제공된다. 할당지역 상공엔 주야를 불문하고 최소 1기 이상의 건쉽(AC-130)이 체류할 것이며, 필요에 따라 아파치나 공격기 편대를 띄우기로 되어있다. 착륙지점의 안전이 확인된다는 전제하에 헬기 수송을 요청할 수도 있고."

공군에게 할 일이 없다던 대통령의 말을 떠올리는 겨울이었다. 인원으로 소총수 1개 조(team)에 불과한 기동대가 받을 지원치곤 위력과잉이라 해도 좋을 것이다.

'변종들로부터 안전한 거리를 유지하는 게 관건이겠는데……'

항공, 포격 지원을 요청할 때의 안전거리는 최소 600미터로 규정되어 있다. 그 이하는 데인저 클로즈(Danger Close), 즉 오폭을 맞을 위험이 있었다.

그러나 생존자 구조를 병행할 때 과연 그 간격을 유지할 수 있을는지.

공격헬기라면 보다 정확한 지원이 가능하니, 정 불가피하다면 그쪽에 의지해야 할 것 같다.

애초에 어지간히 거대한 집단과의 조우가 아니고서야, 탄약 풍부한 겨울이 위태로워질 일은 없을 테지만.

"이미 레인저, 씰, 레이더(Raider), 24STS, A 팀 등에서 차출된 다수의 임무부대가 비슷한 임무에 투입되어 있다. 이곳 또한 적정 수준의 전력을 확보한 뒤에는 추가 수색대를 편성해 내보낼 예정이고. 한 소령이 생각하기에도 무모한 것 같은가?"

"아닙니다."

"좋아."

로저스 대령이 가볍게 끄덕인다. 걱정해준 랭포드에겐 미안한 일이나, 위성통신장비만 있다면 충분히 가능한 임무였다. 원거리 저격과 화력유도 중심으로 교전을 치른다면 위험할 일은 없을 것이다. 변종집단이 겨울의 감각을 피해 접근하기도 어려운 노릇이고. 앞서 한차례 검토했듯이 보급 또한 수월하다. 말먹이는 지천에 널려있으니. 사람 먹을 식량과 탄약만 제때 공수 받으면 된다.

"수색을 우선시하라고는 했지만 구조임무를 도외시하라는 뜻은 아니다. 다만, 매순간 무엇이 더 중요한지는 귀관이 판단해야 한다. 불확실한 요소가 너무나 많은 임무니까. 따라서 대부분의 결정은 용인될 것이다. 항상 냉정을 유지하도록. 무슨 말인지 이해하겠나?"

"네."

어쩐지 모호한 표현. 대령은 지금 간접적으로 법적 책임 문제를 언급한 것일 터다. 어지간한 문제로는 처벌받지 않을 것을 보장한다는 말.

이는 대령보다 훨씬 윗선, 적어도 사령부 레벨에서 내려온 지침일 확률이 높았다. 그러나 이걸 있는 그대로 말하기는 곤란했다. 공보장교가 동석한 자리였다. 편집을 거치더라도 외부에 공개될 것을 감안해야 한다.

"작전명은 프레벤티브 스캘핑(Preventive Scalping)이다."

예방적인 머리가죽 벗기기라니. 겨울은 상황을 떠나 조금 실소하고픈 기분을 느낀다. 너무 노골적이지 않은가. 이제야 말하는 걸 보면 대령의 소감도 알 만하다.

이름이야 어쨌든, 적의 사고능력 마비가 목적이니 구상 자체는 합리적이었다.

"시작은 빠를수록 좋다. 귀관은 바로 나가서 필요한 장비를 수령해라. 준비가 완료 되는대로 보고하도록. 유사시 합류할 지점과 추가 전달사항은 출발 전에 통보해 주겠다."

브리핑은 계속되었지만, 시간을 아끼려는지 겨울을 먼저 내보낸다.

포트 로버츠의 래플린 대령과는 많이 다른 스타일이었다. 래플린은 겨울을 잃을 가능성을 부담스러워했으나, 로저스에게선 그런 느낌을 찾아볼 수 없었다. 개인적인 호감이 느껴지지 않는 냉정함을 오랜만에 접하는 겨울이었다.

임시로 보급 관리를 맡은 중위가 겨울을 안내했다. 공수 물자가 분류된 곳에서 이미 한 번 개봉된 상자를 연다. 가장 먼저 넘긴 것은 표적획득용 관측장비였다.

"혹시 이런 종류의 장비를 다뤄보신 적이 있으십니까?"

겨울은 관제인격의 권고에 따라 고개를 저었다. 조작법은 복잡하지 않지만, 이번 세계에서는 처음 접하는 물건이다. 익숙하다고 해버리면 이상할 터였다.

"역시 그렇군요. 딱히 어렵진 않습니다. 여기 망원경을 닮은 것은 트리거(TRIGR)라고 부릅니다. 버튼 한 번 누르면 좌표가 찍히는 물건입니다. 그대로 불러주면 그다음은 공군이 알아서 처리할 테죠. 자세한 조작법은 대원들이 있을 때 다시 말씀드리겠습니다."

그리고 트리거보다 본격적인 관측 장비가 하나 더 있었다. 중위는 LLDR이라고 불렀다.

"이건 위성단말에 연결해서 쓸 수 있는데, 따로 불러줄 것도 없이 좌표가 바로 전송됩니다. 트리거보다는 다루기가 복잡합니다만 기능 자체는 동일합니다. 모드 전환이나 표적속성을 입력하는 과정이 추가되었을 뿐이죠. 1시간 정도의 교육이면 전 대원이 쓸 수 있게 될 겁니다."

그 외에 새로운 화기를 고를 기회가 주어졌다. 중위는 겨울의 선택에 놀라워했다.

"그걸 가져가시겠습니까?"

"네. 트릭스터 정도는 멀리서 한 방에 끝장낼 수 있을 것 같아서요."

"그야 그렇겠지만, 휴대나 사용이 부담스러우실 듯해서 말입니다."

"어디까지나 예비무기로 챙겨가는 거예요."

겨울은 길이가 1미터 25센티에 이르는 대물저격총 (M107CQ)을 들어올렸다. 탄창 없이도 어지간한 소총보다 네 배 이상 무거운 물건인데, 기억이 정확하다면 이마저도 길이와 무게를 줄여놓은 물건이었다. 매우 굵은 탄(12.7mm)을 사용하므로 위력은 소총의 열 배를 넘는다. 얇은 장갑판을 관통하거나, 벽을 뚫고 그 뒤의 사람을 죽이는 흉기였다.

그만큼 실제 사용이 까다롭기도 하다.

'소음기를 달아도 달지 않은 소총만큼 시끄러운걸.'

즉 아무렇게나 막 써도 좋은 물건은 아니었다. 그래도 위장을 잘했거나, 치고 빠질 때엔 매우 유용하다. 어쨌든 통솔력을 발휘할 개체만 사살해버리면 남은 변종집단의 추적은 엉망진창일 것이었다. 이쪽을 끝까지 발견 못 할 가능성도 높다. 실전에서 이 총을 쓰게 된다면, 최소 수백 미터 바깥에서 단발 사격으로 끝낼 작정이었다.

보급장교가 탄창 다수와 100발들이 탄통을 꺼냈다.

"그럼 철갑고폭탄을 내드리겠습니다. 이 정도 화력이면 구울이나 트릭스터쯤은 대충 쏴도 죽겠죠. 그럼블을 상대로는 소용없겠지만, 목구멍에 박아 넣는다면 이야기가 달라질 겁니다. 인후를 뚫고 뇌 아래에서 터질 테니까요."

중위가 자신의 뒷덜미를 쿡쿡 찔러 보인다.

"직접 해보고 말씀드릴게요."

말은 이렇게 해도, 겨울은 이미 결과를 알고 있었다.

이후 기동대원들을 상대로 운용교육이 진행됐다. 내용은 관측장비와 위성통신단말의 사용법이었다. 그러나 어느 쪽도 딱히 어렵진 않았다. 관측장비(LLDR)는 좌우로 한 번, 상하로 한 번 꺾으면 현재 위치가 잡혔고, 그 상태에서 바로 표적 좌표를 찍으면 그만이었다. 통신단말 쪽은 일반적인 무전기와 크게 다를 바가 없었고.

중량을 줄이고자 숙영장비는 휴대하지 않고, 각자 침낭만 하나씩 챙기기로 결정했다. 비바람을 피해야 할 땐 민가를 확보하면 그만이었다. 외로운 농장이 워낙 많기도 했다.

준비 완료 보고를 받은 대령이 당부했다.

"정기연락을 유지하고, 구조가 급한 상황이 아닌 한 직접적인 교전은 최대한 회피하도록."

"알겠습니다."

"귀관이 국가의 귀중한 자산이라는 사실을 잊지 않는 게 좋을 거야."

그 자신이 겨울의 신변을 걱정하는 것처럼 보이진 않았다. 어디까지나 사무적이고, 필요하기 때문에 말한다는 듯한 태도. 긴 경력에 자부심을 느끼는 군인이 보일 법한 모습. 자기 자신조차 도구로 여기는 부류다. 사람이 도구가 되어선 안 되는 것이지만.

출발을 앞두고, 공보장교가 굳이 찾아와 겨울을 멈춰 세웠다. 기대 반 걱정 반인 낯빛.

"충전지는 넉넉하게 챙겼겠지?"

겨울은 맥과이어를 향해 어설픈 웃음을 만들었다.

"그동안 쌓인 전투기록으로 부족하셨나 봐요?"

"대단히 신선한 소재라고 호평인 모양이야. 서부개척시대를 떠올리게 만든다나. 마침 배경도 캘리포니아니 이보다 적절할 수 없겠지. 그래도 그건 그거고 이건 이거야. 아침 먹었다고 점심을 거르진 않잖나."

그리고 그는 한숨지었다.

"그때 그 어릿광대가 여기까지 왔군."

산타 마리아 이래 오랜만에 듣는 호출부호였다.

'그러고 보면 이번 작전에 레인저도 참여하고 있다고 했었지……. 아니, 작전구역이 중첩될 리 없으니 만날 가능성은 낮겠구나. 병력 손실 때문에 부대가 교체되었을 수도 있고.'

공보장교가 말했다.

"부탁인데, 내 인생에서 가장 보람 있는 일을 망치지 말았으면 좋겠어."

"네. 아직은 죽어도 좋을 때가 아니죠."

"아직은?"

미심쩍어하는 그에게 작별을 고하고서, 겨울은 수십 개의 좌표가 찍힌 전술정보 PDA를 확인했다. 각각의 좌표는 최근에 트릭스터의 방해전파가 발신되었던 위치를 나타낸다. 지금 이 순간에도 하늘에 뜬 전자전기들이 새로운 좌표를 수집하고 있었다. 이 가운데 어느 것을 먼저 쫓을지는 전적으로 지휘관인 겨울의 재량이었다.

보기에 따라선 성탄전야의 추격전을 닮았다.

포트 로버츠에 의도적으로 잠입하려던 트릭스터는, 짧게 끊어지는 전파를 의도적으로 발신하여 자신의 위치를 노출시켰었다. 사정과 규모가 다를지언정 추적과정 자체는 유사할 것이다.

가장 가까운 좌표까지의 거리는 채 10킬로미터가 되지 않았다. 시간으로는 약 30분 전. 동일개체의 흔적으로 추정되는 좀 더 묵은 좌표들이 일정 간격을 두고 동쪽으로 이어지는 선을 그린다. 즉 뚜렷한 방향을 유지하고 있다는 의미. 힐끗 본 모랄레스 상병이 눈살을 찌푸렸다.

"수송기를 포착하고 쫓아온 거라면 곧장 거점까지 들어올지도 모릅니다."

겨울이 동의한다.

"전파방해를 걸었다고는 하는데 충분하지 않았던 모양이네요. 우선 이 녀석부터 찾아내죠."

"Hooah."

탄약을 충분히 지급받은 대원들은 자신감이 넘쳤다.

돌아올 즈음엔 동맹 사람들이 도착해있으려나. 겨울은 엑셀에 박차를 가했다.

항상 지나던 길에 알파카 무리가 없었다. 겨울은 주먹을 들었다.

"정지."

처음부터 인간에게 길러져 정주성(定住性)이 강해진 동물들은 폐허가 된 목장 인근을 맴돌았다. 그러므로 처음부터 일종의 조짐으로서 눈여겨보았다. 무리가 사라진다면 그만한 이유가 있을 테니. 그것이 과연 야생의 포식자일까? 문명의 빈 터에 치명적인 짐승은 드물다.

눈으로 흔적을 좇던 겨울이 수풀을 헤집었다. 탄약이 충분해 철봉을 두고 오긴 했으나, 소음기를 끼운 대물저격총의 길이가 1미터 55센티에 달하여 안장에서 내릴 필요가 없었다.

굽이 두 갈래인 발자국 사이에 역시나 두 발 달린 역병의 흔적이 남아있다.

"신발자국이 섞여있는데, 혹시 생존자들이 쫓기는 건 아니겠습니까?"

억양만으로 구분되는 '에일' 알레한드로의 질문. 겨울은 고개를 저었다.

"여길 봐요. 전투화 밑창의 패턴 치곤 지나치게 밋밋해요. 이렇게 찍히려면 아주 오랫동안 닳아야 하는데, 중부 평원 전선은 최근에 무너졌잖아요. 아마 몇 놈이 감염 이전부터 신고 있던 신발이겠죠. 평범한 변종은 신발 끈 푸는 방법도 모르고, 풀 이유도 없는걸요."

그러므로 전투를 준비할 때다. 보이는 흔적으로는 소규모였다. 이것이 전부일지, 아니면 거대 집단에 선행하는 첨병에 불과할지는 찾아봐야 알겠다.

이때 전술 PDA에 새로운 정보가 업데이트 되었다. 강조된 타겟 일부가 생존자를 쫓고 있는 것으로 추정된다는 내용이었다. 겨울의 눈이 가늘어졌다.

생존자들이 직접 연락을 취했을 경우 굳이 추정이라는 표현을 쓰지 않았을 것이다. 강조된 타겟 인근에 머리가죽을 벗기는 중인 다른 유닛이 있는 것도 아니다.

'설마 놈들의 신호를 해독하기 시작했나?'

트릭스터의 방해전파는 동시에 여러 주파수를 아우른다. 즉 어떤 신호를 보낼 때에도 다수의 채널을 한꺼번에 이용한다는 뜻이었다. 하나의 메시지를 일정 규칙에 따라 조각내어 뿌리는 셈이다. 인간이 이용하는 주파수 도약의 개념에 가깝고, 그만큼 해독하기 난해해진다.

하지만 관찰할 시간은 길었다. 시간과 예산을 투입해서 안 되는 일은 드물다. 정상적으로 유지되는 정부의 힘은 때때로 겨울의 기대를 상회했다.

어쨌든 갱신된 정보 가운데 당장 접근 가능한 대상은 없었다. 작전범위가 워낙 넓어서 하나하나의 간격이 지나치게 먼 탓. 여기선 이대로 움직여도 무방할 듯하다.

"혹시 트릭스터의 흔적이 있습니까?"

"아뇨. 그래도 전파가 닿는 범위에서 같이 움직이고 있을 가능성은 있어요."

설령 없더라도 처리하고 가는 편이 낫다. 중대의 거점이 가깝기 때문에. 탄약이 충분한 이상 어지간한 규모로는 부대를 넘볼 수 없겠으나, 먼저 공격을 당하면 필연적으로 소음이 커진다. 습격이 도미노처럼 이어질 수 있다는 의미. 운 나쁘면 여러 집단이 합쳐질 것이다.

겨울은 「추적」으로 기동대를 이끌었다.

어느 순간부터 핏자국이 길게 늘어졌다. 발자국은 줄어들었다. 두 발로 걷는 것들의 흔적만 남았다. 선선한 바람이 악취를 실어온다. 아직은 겨울에게만 선명했다. 이제는 흔적을 쫓지 않아도 된다. 「전투감각」이 풍속과 냄새의 밀도로 대략적인 거리를 잡아냈다.

　"썩은 내가 나는군요."

　모랄레스가 콧잔등을 찡그린다. 대원들 중 가장 빨랐고, 계급값을 하는 예민함이었다.

　"저기 있네요."

　겨울이 손가락으로 가리키는 방향, 수관 아래의 그늘에 변종들이 모여 있었다. 대원들은 방향을 알고도 바로 식별하지 못했다. 거리는 약 250미터. 수풀이 우거진 만큼 숨은 그림 찾기에 가까웠다. 모랄레스가 긴장감 어린 탄식을 뱉는다.

　"햐, 저게 보이십니까? 저것들이 왜 굳이 먹이를 저기까지 끌고 갔을까요?"

　"낮이잖아요. 놈들 나름대로 공습에 대비하는 거겠죠."

　"What the……."

　한층 더 깊어진 탄식. 역병이 영리하다는 걸 모르지는 않았을 텐데.

　어느 종말에서든, 하늘은 세상이 끝나는 날까지 인류가 지배하는 영역이었다. 살아 움직이는 역병이 버려진 도시와 그늘을 선호하는 이유 중의 하나다.

　겨울은 대원들에게 자세를 낮추라고 지시했다. 일반 변

종의 시력은 인간에 비해 딱히 나을 것이 없다. 구울이라 하더라도 이쪽을 쉽게 찾지 못할 것이다.

기동대원들에게 말에 탄 채로 엎드리거나 눕는 요령은 아직 익숙지 않다. 사실 앞으로도 어려울 것이다. 다만 내려서 눕게 만드는 정도는 가능했다. 말은 위험한 장소에선 눕지 않지만, 기수를 신뢰하는 경우엔 지시에 복종한다. 숨 쉬는 죽음의 악취에 불안해하면서도 옆으로 드러눕는 모습들은 꾸준한 훈련의 성과였다.

"이대로 공격합니까?"

팽팽하게 당겨진 병사들이 교전을 각오한다. 그러나 겨울이 만류했다.

"기다려요. 여기서 보이진 않아도, 다른 무리가 있는 것 같으니까."

"예?"

"봐요. 먹잇감에 손을 안 대잖아요."

보정을 받으면 널브러진 알파카들이 맨눈으로도 잘 보이지만, 대원들은 아니다. 의아해하는 슐츠에게 저격총에서 분리한 스코프를 넘기는 겨울. 10배율로 적을 살핀 슐츠가 갸우뚱한다.

"정말이군요. 뭔가를 기다린다고 볼 수도 있겠습니다."

그사이에 겨울은 시야를 좀 더 넓혔다. 아무리 보정이 있어도 주목하는 시간이 길지 않으면 놓치는 것이 생긴다. 식탐을 인내하는 것으로 미루어 적어도 구울, 혹은 그에 준하는 개체가 섞인 집단이었다. 놈을 미리 찾아두어야 한다.

'찾았……다. 바깥부터 하나씩 조용히 처리하긴 힘들겠네.'

강화변종은 수관 바로 아래의 가지를 밟고 있었다. 종군 기자들을 쫓던 놈들과 달리, 잿빛으로 문드러진 괴물은 나무를 타고 오를 만큼 기민했다.

구울은 고개를 획획 꺾어댔다. 사방을 감시하는 모양이다. 기동대가 발견되지 않은 것은 행운이었다. 혹은 애초에 숙주의 눈이 썩 좋지 않았었거나. 아무리 강화변종이어도 기본 바탕이 나쁘면 어쩔 수 없다. 같은 종류 사이에서도 지능의 차이가 있는 것이 그 증거.

"하퍼, 슐츠. 측후방을 경계해요."

바람이 향하는 방향으로부터의 접근은 겨울도 알아차리기가 늦을 수 있다.

그로부터 두 시간이 흘렀다. 쉴 때가 드문 바람이 방탄 헬멧에 위장으로 꽂힌 풀들을 흔들었다. 자세 불편한 병사들이 몸을 뒤척이고, 오후의 햇살에 목덜미가 화끈거릴 무렵.

"옵니다."

빙고. 메마른 기쁨, 사나운 미소를 드러내는 대원들. 모랄레스가 중얼거렸다.

"매복한 보람이 있군요. 좀 더 오래 걸릴 줄 알았는데, 이렇게 쉽게 찾아내다니."

짙푸른 수관 아래 마침내 트릭스터가 나타났다. 사실 겨울은 기다림이 길어지는 것만으로 특수변종의 등장을 확신하고 있었다. 구울이나 그럼블이 이끄는 무리는 간격을 넓히는 데 한계가 있으니. 오직 트릭스터만이 전파수신범위, 한 시간

넘게 걸릴 간격에서 서로 다른 무리를 통솔할 수 있다.

'그래도 상당히 느리구나. 열량을 아끼는 건가?'

인간 사냥을 우선시하다보니 영양 공급이 여의치 않았던가보다.

시간의 흐름에 따른 괴물들의 변화는 비단 전투력에 한정되지 않는다. 신진대사 억제만 해도 그렇다. 일반적으로는 완전히 굳거나, 움직이거나, 둘 중의 하나지만, 강화종은 그보다 자유롭게 열량 소모를 조절할 수 있다. 몸을 굳힌 채로 의식은 멀쩡한 경우도 있었다.

한편 무전기는 잠잠했다. 굳이 전파방해 목적이 아니더라도, 의사전달을 위한 발신이 한 번은 있었을 법한데. 어쩌면 전파집중능력까지 습득한 놈일지도. 사실이라면 감마 등급일 확률이 높다. 이미 곱씹은 바, 등급의 상승이 항상 전투력 증가만을 의미하는 건 아니니까.

가치 있는 사냥감이었다.

"중위…… 아니, 소령님. 공습을 요청할까요? 직접 처리하긴 약간 까다롭겠습니다."

모랄레스가 통신장비를 가리켰다.

까다롭다는 말은 최근에 감염되었을 게 명백한 개체들 때문이었다. 방탄복에 방탄모를 쓴 놈들은 그렇다 쳐도, 센추리온 장갑복을 입은 중보병 두 명은 대체 어쩌다 감염된 것인지 모르겠다. 어딘가 틈이 벌어졌으려나. 소총탄으로 죽이긴 힘들어 보인다.

"안 돼요. 거리가 가깝잖아요. 움직이는 도중에 노출되면 귀찮아져요. 항공지원이 제대로 이루어지는지 확인해보고 싶긴 한데……. 지금은 때가 아니네요. 곤란한 타겟은 내가 제거하죠."

오폭에 당하지 않으려면 멀리 떨어져야 한다. 발각되지 않더라도 놈들이 도중에 변덕을 부릴 가능성이 있었다. 위치가 바뀌면 공습이고 뭐고 소용없다.

거점과의 거리가 가깝기도 하다. 총성과는 차원이 다른 폭음이 아주 멀리 있는 무리를 끌어들일지도 모르니, 공습은 좀 더 떨어진 곳에서부터 요청하는 편이 현명하리라.

어차피 거리가 250미터이니 일반적인 교전으로도 넉넉하다. 겨울은 저격을 준비했다.

"저기 있는 바위가 대략 120미터쯤 돼요. 그 선을 넘어오는 놈들만 쏴요."

그 정도면 경험 많은 병사들이 명중탄을 낼 법하다. 기준선을 식별한 모랄레스가 답했다.

"Hua. 언제든 시작하십시오."

소총을 옆에 놓고 호흡을 가다듬는 겨울. 필요한 만큼 쏘고 나서 무기를 교체할 요량이다. 특수탄종의 보급 소요는 줄일수록 좋았다.

안정된 조준선 끝에 트릭스터의 머리통이 보인다. 망원렌즈 없이도 선명한 조준이었다. 기나긴 조준선 아래의 들풀이 봄빛으로 선명하게 물결쳤다. 그로부터 바람을 읽는다.

타앙-!

소음기를 통과하고도 선명하게 메아리치는 날카로움. 창백한 머리통이 찰나의 차이로 폭발했다. 퍼억! 보는 것만으로도 소리가 느껴질 정도의 타격감. 강화등급이 무색한 죽음이었다.

놈들이 미처 반응하기도 전에 연달아 쏜다. 타앙, 탕! 코끝에 초연이 물씬할 때마다, 묵직한 반동이 어깨를 때릴 때마다, 온몸이 조금씩 밀려날 때마다 새로운 머리가 박살났다. 중보병이었던 변종들은 방탄유리 안에서 안면이 터졌다. 두꺼운 보안경이 수백 조각으로 뿌려지고, 찢어지다 만 방호구 안쪽은 핏빛으로 걸쭉하게 흘러내린다. 두 벌의 장갑복은 위장색의 묵직한 수의가 되었다.

캬아아아악-!

나무에서 뛰어내리는 구울. 도약을 예측한 사선이 착지하는 순간을 관통했다. 푸학! 피와 살을 토하는 괴물. 움켜쥐는 가슴엔 이미 심장이 없다. 앞뒤로 찢어진 상체가 불가능한 각도로 꺾였다. 박힌 탄이 갈빗대를 꺾고 척추에서 터졌는데 핏줄 번진 눈알이 튀어나왔다.

퍼엉! 펑! 감염된 미군들의 때늦은 안식. 더러운 헬멧이 허공으로 치솟는다. 철갑고폭탄의 폭압이 두개골과 더불어 보호구까지 날려버린 것. 다음 표적은 복부를 맞았다. 막강한 위력 앞에 방탄복도 무의미하다. 뻥 뚫린 구멍으로 액화된 내장이 쏟아진다. 아직까지 총을 메고 있던 병사는 자신의 무기와 함께 부서졌다.

사살보다는 파괴에 가까운 연속사격.

무지막지한 화력투사가 소모된 탄약 이상의 안식을 낳는다.

"¡Señor……."

알레한드로가 우울한 스페인어로 신을 찾았다. 괴물이 되었어도 복장은 미군 아닌가.

철컥! 탄창이 비었다. 약실이 열린 채로 고정된다. 열 발을 반자동으로 갈기는 데 걸린 시간은 고작 4.5초. 그 사이에 변종집단의 선두는 무려 50미터나 가까워졌다. 총성을 듣자마자 뛰기 시작한 놈들이다. 역병의 합창단이 밀려온다. 즉각 무기를 교체한 겨울이 우렁찬 테너부터 사살했다. 전신이 근육이며, 아마도 구울 직전이었던 녀석이었다.

강한 놈일수록 빠르게 접근한다. 고로 앞선 순서로 쏘면 충분했다. 툭툭 튀는 탄피가 스물 남짓한 죽음을 헤아릴 무렵, 모랄레스가 외쳤다.

"쏴!"

두두둑! 두두두둑! 작고 둔탁한 총성들은 차창에 우박 쏟아지는 소리를 닮았다. 명중률은 높다. 화망에 걸린 변종집단이 실시간으로 깎여나간다. 발에 채이는 시체에 걸려 넘어지는 놈이 부지기수. 그래도 맹목적으로 손을 뻗고 달려올 뿐, 생각하는 놈이 없기에 변화도 없다.

죽음의 파도는 매복지점의 30미터 전방에서 완전히 스러졌다.

"모두 수고했어요. 확실하게 정리하고 이탈하죠."

몸을 일으킨 겨울이 확인사살을 지시했다.

"모랄레스는 사령부에 보고해요. 하나 잡았다고."

"알겠습니다."

위성통신단말이 펼쳐졌다. 교신 도중에 PDA의 정보가 갱신되었다.

감염된 병사들의 시신으로부터 인식표를 회수하려던 겨울은, 이미 죽은 시체의 배가 꿈틀거리는 것을 발견했다. 말에 탄 채로 물끄러미 내려다보고 있으려니 간헐적으로 방아쇠를 당기던 병사들이 하나둘씩 모여든다.

"어, 이거 설마……. 제가 생각하는 그겁니까?"

슐츠기 진저리를 쳤다.

"그렇겠죠. 아직 쏘지 말아요."

카메라를 톡톡 두드려 보이는 겨울을 향해 병사들이 거북한 표정을 지어 보인다. 그래도 이런 장면 자체가 가까이서 잡힌 적이 없을 것이었다. 있었다면 벌써 어떤 식으로든 접했을 테니까.

진물이 흐르는 거죽 아래의 꿈틀거림. 그 실체가 마침내 살을 찢어 벌리며 나왔다. 일그러진 새 생명. 케헥! 케헥! 깨애애애액! 젖은 기침으로 양수를 뱉어낸 어린 것이 날카로운 울음을 터트린다. 죽은 모체와 연결된 탯줄이 흙바닥에 질질 끌렸다.

겨울이 떨어지라고 지시할 것도 없이, 병사들이 스스로 물러난다.

슐츠가 신음했다.

"소령님. 이럴 가치가 있겠습니까? 이것들에게 번식능력이 있다는 건 이미 알려진 사실입니다."

"태어나서 얼마 만에 위험해지는지는 알아둬야 하지 않겠어요? 증거는 찾지 못했지만, 예전에 포트 로버츠가 함락당할 뻔했던 것도 태아 변종이 원인이었던 걸로 추정되는데요. 이걸 본다면 상황 종료됐다고 방심하다가 당하는 경우도 예방되겠죠."

"으……."

그사이에 눈도 아직 뜨지 못한 녀석이 꼬물꼬물 움직여 탯줄을 물어뜯는다. 벌써부터 이빨이 있다는 게 놀랍다. 감염 확산에 필요하다보니 태아 단계에서 발달하는 모양이었다. 질기고 단단한 살을 오득오득 씹는 내내 새까만 혀를 날름거린다. 감염돌기가 도드라졌다.

그리고 눈을 떴다. 입을 몇 번 짭짭대더니 지켜보는 인간들을 포착한다. 캐액! 사람을 반가워하는 허기. 겨울은 시계를 확인했다. 바깥으로 나와서 채 1분도 지나지 않은 시점이었다.

"다들 좀 더 떨어져요."

아타스카데로를 떠올리면 결코 방심할 수 없다. 생후 몇 개월이나 지난 놈들이었는지는 몰라도, 제 체고의 몇 배 높이까지 뛰어올랐었으니.

갓 태어난 괴물이 발발거리는 속도는 비약적으로 빨라졌다. 엑셀이 불안하게 머리를 흔들어댄다. 작은 괴물이 마침내 툭 튀어 오르는 순간, 겨울은 단발사격으로 그 정수리를 꿰뚫었다. 무른 뼈가 깨지는 소리. 잠깐의 할딱임. 그리고 정적.

미군 시체들은 이빨 자국이 남아있는 알파카 주위에 흩어져 있다. 인식표를 회수한 겨울이 다음 타겟을 결정했다. 해는 아직 길게 남아있었다.

사냥 나흘째. 겨울과 기동대는 거점 북쪽으로 약 70킬로미터, 산타 로사 근교까지 활동영역을 넓혔고, 충실한 항공 및 정보지원 아래 열아홉 개체의 트릭스터와 두 개체의 그럼블을 제거했다. 변종들의 움직임이 광범위하게 혼란스러워졌다. 덕분에 목숨을 부지한 생존병력은 하나하나 수를 헤아리기 곤란할 지경. 꿰뚫고 지나온 일대에 아직 살아있는 트릭스터가 있을지 모르겠으나, 「침묵하는 하나」가 아니더라도 조용할 수밖에 없을 것이었다.

결과만 놓고 보면 대단히 고무적이었다.

그러나 기동대원들의 분위기는 썩 밝지 못했다. 단순히 힘들고 피곤하기 때문만은 아니었다.

문제는 적의 특성. 감염체 출산을 목격한 이래 등장한 괴물들은 절대로 평범하지 않았다. 전투력이 약한 반면 정신적으로 지치게 만드는 적이다.

현재 무기력증을 보이는 인원은 증세가 경미한 한 명뿐. 하나 전투피로는 사전예방이 최선이었으므로, 겨울은 어느 시점부터 병사들에게 화력지원 요청을 맡기지 않았다.

'지금부터 보게 될 광경은 홍보용으로도 못 써먹겠지.'

항공보급으로 교체된 헬멧 카메라는 뛰어난 성능을 자랑했다. 최고의 업체에서 시간과 비용을 도외시하고 만들었다고. 사연을 알게 된 건 제품 상자 안에 동봉된 편지 덕분이다. 제조사의 경영자가 자필로 써넣은 모양.

가로되,「값은 받지 않았습니다. 저와 자사의 직원들, 나아가 온 세상 사람들이 당신의 전장을 더 선명히 보고 들을 수 있게 될 것만으로도 충분합니다. 본 업체는 항상 당신의 헌신에 감사드리고 있습니다. 역병의 사생아들을 모조리 죽여주시기 바랍니다.」라고.

역병의 사생아들이라. 관용적인 표현이지만, 지금은 도리어 진실에 가깝다. 국방부 공보처는 이 기록을 편집할 것이다. 겨울은 위성통신단말의 수화기를 들었다.

"마리골드, 마리골드. 당소 데이비드 액추얼. 화력지원을 요청한다. 오버."

겨울의 호출부호는 한때 그랬듯이 데이비드가 되었다. 이 또한 위에서 내려온 지침. 거인(그럼블)을 쓰러트리는 모습에서 다윗(David)을 연상하는 사람이 많았다던가.

[데이비드 액추얼. 당소 마리골드. 귀소의 요청을 수락한다. 사격제원 송신하라. 오버.]

유바 시티 근교, 벨 공군기지로부터 즉각적인 회신이 돌아온다. 생존자 구조 작전의 모든 지원요청을 중계하는 곳. 호출부호 마리골드는 기지 북쪽의 골재 광산에서 따왔다고 한다.

거창한 측정기는 유사시의 급한 이동에 방해가 된다. 지금은 트리거(TRIGR)를 쓰는 상황. 망원경 비슷한 측정기가 시시각각 변화하는 적의 위치를 실시간으로 알려주었다. 황혼의 막이 내리는 들판, 어두운 시야에도 불구하고 첨단

기기는 목표를 선명하게 감지한다.

"좌표, 파파 엑스레이 5-3-0-2, 4-8-3-7. 반복한다. 파파 엑스레이, 5-3-0-2, 4-8-3-7. 목표, 구울이 포함된 미성숙 개체 약 200. 서북서 방향으로 분산 이동 중. 입감했는지?"

[확실히 수신했다(Solid Copy). 미성숙 개체가 대부분인 게 확실한가?]

"그렇다."

[폭격지점 근처에 아군이 있는지 확인해주기 바란다. 오버.]

"현 위치에서는 보이지 않는다. 적의 이동속도와 움직임으로 미루어 가까운 거리엔 생존자가 없을 것으로 판단된다. 오버."

열량을 아끼는 변종 특유의 느린 걸음들. 활발히 움직이는 수는 적다. 정찰병을 대신하는 녀석들일 터. 마리골드 또한 이를 보고 있을 것이다. 좌표를 수신한 즉시 감시위성의 초점을 조정했을 테니까. 각국 정부가 기증한 위성이 넘쳐나는 마당이었다.

[알겠다, 제원을 전달하겠다. 잠시 대기하라.]

기다리고 있으려니, 이십여 초가 흐른 뒤에 요청 결과가 돌아왔다.

[마리골드 FAC(항공통제관)으로부터 데이비드 액추얼에. 호출부호 리퍼 1, AC-130 2기가 IP 후드를 경유하여 작전지역 상공으로 진입한다. 브레이크. 105밀리 곡사포 2문, 30밀리 기관포 2문, 클러스터 유도탄 4발, 레이저 발사체계 2문이 준비되어있다. 현시각부로 귀소는 비컨을 작동시킬 것. 반

경 1클릭(킬로미터) 내에서 살아 움직이는 모든 것을 적으로 간주하겠다.]

비컨(Beacon)은 병사 전원에게 지급된 적외선 식별장치를 뜻했다. 기동대원들이 겨울의 수신호를 따른다. 달칵. 스위치를 넣어도 겉으론 변하는 게 없다. 그러나 날개 달린 포병(AC-130)의 모니터 화면에서는 반짝이는 별빛처럼 보일 것이다. 10킬로미터 이상 떨어진 상공에서도 이런 식으로 정밀한 포격을 쏟아부을 수 있었다.

'그나저나…… 레이저라고?'

괴물들을 상대로 쓰기엔 영 과분한 무기가 튀어나왔다.

하지만 다시 생각해보니 지금 상황에선 필요할 것도 같았다. 적과 아군이 아주 근접했거나, 심지어는 마구 뒤섞인 상황에서조차 비컨만 있다면 지원사격이 가능할 것이기 때문이다. 인체의 강화판을 태우는 데 딱히 고출력일 필요도 없다.

번쩍.

최초의 포격은 벼락을 닮았다. 설익은 밤이 번뜩이더니, 포탄 내리꽂히는 파공음과 지축을 뒤흔드는 굉음이 연달아 밀려온다. 콰르릉! 쾅! 미세한 시차를 둔 한 쌍의 공중폭발. 강철파편의 폭우가 넓은 땅을 두들겼다. 변종들의 넓은 간격이 바로 이때를 대비한 것이었겠으나, 그걸 무시하는 과잉화력이었다. 휘말린 숫자만 마흔 이상. 찢어진 살, 박살난 뼈, 흩어진 내장 따위가 우박처럼 뿌려진다. 이제 「환경적응」을 습득한 겨울에겐 대낮 같은 시야였다.

끄아아아아악-!

앳된 비명들이 중첩된 거리에서 메아리친다. 그 아우성을 겨냥하여, 보다 가느다란 죽음이 쏟아지기 시작했다. 앞서보다 작지만, 그래도 수류탄 이상인 폭발이 호흡마다 서너 발씩 작렬하는 광경. 한 발에 반드시 하나 이상을 죽이는 것 같다. 아주 멀리서 쏘는 것임을 감안하면 뛰어난 조준사격이고, 굉장히 높은 살상효율이었다. 매 탄에 살의를 담아 날리는 건쉽은 밤하늘을 배경으로 포구화염을 일렁이며 불타오르는 궤적을 그렸다.

얼마 없던 구울은 이것으로 완전히 몰살당했다. 체구가 작은 것들 사이에 유독 건장한 강화체들이라 구분하기 쉬웠던 탓이었다.

또 한차례 밤이 진동한다. 이빨 저리는 폭음이 바람을 흔들고 지나갔다. 군데군데 잔불이 남은 평야에 자그마한 그림자들이 사방으로 달음질친다. 통제력이 사라진 지금 어떤 도주에도 일관성이 없다. 그것을 아는 저편 하늘에서는 몰이사냥을 시도했다. 빠지는 앞길마다 제압사격을 퍼붓는 것이다. 아둔한 놈들은 죽음을 피해 도망칠 따름이나, 결과적으로 사선(射線)의 창살에 갇혀 뱅글뱅글 도는 꼴이 되었다.

착각일지도 모르지만, 겨울은 승조원들의 분노를 느낀다.

"아주 작정하고 퍼붓는군요. 이 정도 지원을 받은 적이 드물었는데."

굉음의 갈피에 들려오는 희미한 감상은 슐츠의 것이었다.

그의 얼굴엔 어둠이 가리지 못하는 그늘이 있다. 아기 변종의 죽음으로부터 유달리 침울해진 이유가 따로 있는 걸까. 겨울은 그를 오래 보지 않았다. 나중에 시간이 생길 것이다.

변종의 수가 격감하자, 천공에 희미한 광선이 그어졌다. 따로 떨어진 놈들에 대한 레이저 사격. 운용시험을 겸하는 공격일 것 같다. 첨단 광학병기가 괴물들을 상대로 얼마나 효과가 있을지. 영화였다면 진한 색으로 그려졌겠지만, 실제로는 조용하고 투명한 빛이었다. 눈에 보이는 궤적은 그저 공기 중의 먼지나 수분이 빛을 산란시키는 것에 불과하다.

그러나 적중당하는 표적은 이야기가 달랐다. 하얗고 찬란하게 타오른다. 손발이 묶이지 않은 화형. 정밀한 자동조준 탓에 아무리 뛰어도 벗어날 수 없다. 광선에 지져지는 절규는 어느 것 하나 오래 이어지지 못했다. 길어도 5초 이하. 지글거리는 사체가 차곡차곡 늘어났다.

일부가 하필이면 기동대 매복지점을 향해 질주한다.

보정을 받는 겨울의 시력은 시칠리아의 어부들을 능가했다. 피가 끓고 살이 타는 어린 죽음들이 망원경 없이도 선명하다는 뜻이었다. 벌거벗은 몸뚱이, 갈비뼈 두드러진 앙상함으로 비명을 지르며 달려오는 모습들이 저마다 베트남 전쟁의 한 장면을 연상케 한다. 소이탄에 전신화상을 입은 어느 소녀의 유명한 사진을.

마지막 시체가 누운 뒤에, 벨 공군기지에서 무전이 들어온다.

[마리골드로부터 데이비드 액추얼에. 표적 상태를 확인해주기 바란다.]

겨울이 전장을 차분히 살피며 응답했다.

"당소 데이비드 액추얼. 사격임무 종료. 목표 집단의 전멸을 확인했다. 지원에 감사한다."

[카피. 사격임무 종료. 곧 소방기를 보내겠다. 마리골드 아웃.]

"소령님. 이건 좀 말이 안 되지 않습니까?"

교신을 마치기 무섭게 알레한드로가 묻는 말.

"사흘 전부터 어쩐지 애새끼들만 마주치게 되는 거야, 탄약도 없이 빌빌대는 생존자들 쫓는데 이 정도면 충분해서 그렇다고 이해할 수 있습니다. 하지만 보면 볼수록 뭔가 이상합니다. 아무래도 평범하게 감염된 아이들이 아닌 것 같습니다."

"왜 그렇게 생각하죠?"

"몇 천 마리를 잡아 죽이는 동안 단 한 놈도 옷 입은 꼴을 못 봤으니까요."

"⋯⋯."

일병의 말은 겨울의 예상과 같았고, 대원들이 공유하는 불안이기도 했다. 마리골드에 표적 정보를 불러줄 때, 약간의 의구심으로 재확인한 이유이기도 할 것이었다. 이번에도 어린 것들뿐이냐고. 나이 어린 개체가 이토록 많은 건 앞뒤가 맞지 않는다고.

"신발 끈도 못 푸는 녀석들이 옷을 벗었을 린 없습니다. 다른 놈들을 벗겨줄 리는 더더욱 없고요. 거치적거려서 찢어버리면 또 모를까. 하지만 아무리 그래도 저것들 전부가 알몸인 건 비정상적입니다. 하다못해 고무줄로 된 속옷이나 양말의 발목 부분이라도 남아있어야 하지 않습니까?"

"그럼 에일, 지금 이 상황이 뭘 뜻한다고 생각해요?"

"그걸 모르겠어서 소령님께 여쭙는 겁니다. 전 심지어……."

"심지어?"

"서부해안 감염 이전부터 애들을 대상으로 생체실험을 한 게 아닌가 하는 미친 생각까지 듭니다."

모겔론스가 상륙한 뒤로 고작 1년 좀 넘게 흘렀을 뿐이다. 즉 변종간의 번식으로 태어난 것들이 초등학생, 중학생쯤의 연령으로 자라기엔 부족한 시간이었다는 뜻. 그러므로 히스패닉 일병의 우려를 터무니없다고만 할 순 없었다.

본토 감염 이전에도 미국은 난민과 불법이민자로 몸살을 앓고 있었다. 어두운 시대의 아이들은 버려지기 쉽다. 히스패닉에게 더욱 절실한 화두였다.

"글쎄요."

겨울의 시각은 다르다.

"지금 와서 돌이켜보면 성체 중에서도 나체인 것들이 꽤 있었어요. 일부에 불과했지만, 항상 일정 비율로 눈에 띄었던 것 같네요. 갈수록 그 수가 늘었던 것 같기도 하고. 나체로 감염된 사람들이 그렇게 많았을까요?"

"그럼……."

"인체실험으로는 설명하기 어려운 숫자라고 봐요. 차라리 이것들의 성장이 인간보다 훨씬 빠르거나, 빠르게 만드는 무언가가 있다고 가정하는 편이 더 합리적이지 않겠어요?"

물론 이쪽이 훨씬 더 끔찍한 가정이었다. 모랄레스가 깊은 한숨을 내쉬었다.

"하. 그건 굉장히…… 암담하군요. 제기랄. 저것들을 아무리 죽여도 오히려 숫자가 늘어날지 모른다는 말씀이잖습니까."

"아뇨. 꼭 그렇지도 않아요. 어린놈들이 이렇게 대규모로 나타난 건 아마 지금이 처음일걸요."

태아 변종만 해도 그렇다. 흔하게 나타났다면 이제 와서 병사들이 충격을 받을 일도 없었을 터. 아타스카데로와 에이프릴 퍼시픽이 이례적이었던 것이다.

"에일은 패잔병들을 쫓는 덴 작은 놈들로도 충분해서 그럴 거라고 했지만……. 그게 사실이더라도, 여유가 있으면 당연히 성체 위주로 나오는 게 정상이에요. 이걸 아직 다 크지도 않은 것들을 사냥에 동원할 만큼 여력이 없다…… 고 해석하긴 무리일까요?"

"어……."

"알잖아요. 봉쇄선이 지금 어떤 상태인지. 뭣보다 명백한 해방 작전이 실패라곤 해도 캘리포니아 방면 한정이고요."

여기까지 말했을 때, 프로펠러 엔진 소음이 밤하늘을 가로질러 다가왔다. 지상에 남아있는 불씨를 보고 항로를 바로잡은 항공기들이 높은 고도에서 물을 뿌리며 지나간다.

마리골드가 보내겠다고 한 소방기들이었다. 생존자들이 흩어져 폭격도 함부로 못 하는 마당에, 수백 에이커를 태우는 대형화재가 나버리면 기껏 살아남은 이들이 숯덩이가 될 것이었다.

고기를 태운 냄새가 초연과 함께 번진다.

고약한 바람이 지나간 뒤에, 겨울은 다독이는 격려로 말을 맺었다.

"다들 기운 내요. 만약 내 생각이 맞다면, 전황이 그렇게까지 나쁜 것만은 아닐 테니까요."

전황이 그렇게까지 나쁜 것만은 아닐지도 모른다.

닷새째에 겨울은 자신의 추측을 뒷받침할 새로운 증거들과 조우했다.

"이건 혹시…… 특수변종일까요?"

질문을 던지면서도 스스로 미심쩍어하는 모랄레스. 메이슨 일병이 대꾸한다.

"아까도 그렇고, 단순한 병신 아닙니까?"

표현이 다소 거칠지만, 겨울의 경험상 후자에 가깝다. 눈앞에 쓰러진 변종은 두꺼운 근육질의 팔이 넷이나 되었다. 그만큼 위협적인 상반신이었으나, 전후좌우의 균형이 맞지 않아 무게중심이 엉망이었다. 결국 늘어난 팔을 다리처럼 쓰고도 평범하게 뛰는 속도를 냈을 뿐이다. 휘두르는 팔이 강맹할지라도 하체가 흔들리면 의미가 없었다.

메이슨의 말처럼 아까도 그랬다. 아침식사를 방해한 무리에 섞여있던 기형은 눈이 굉장히 많았다. 정상적인 한 쌍 외에 등짝에도 한 쌍이 있었고, 양팔에도 다시 두 쌍이 있었다.

사각이 존재하지 않는다는 장점이 있었으나, 시각정보를 수용하는 능력은 늘어난 눈을 따라잡지 못했다. 특히 팔에 달린 눈들이 문제였던 것 같다. 공격에 팔을 쓸 때마다 방향과 자세가 뒤틀렸으니까. 나중엔 제풀에 지친 괴물이 구토하는 꼴을 보게 됐다. 어지러웠던가 보다.

'이런 것들을 만나기는 드문 일인데⋯⋯.'

기형변종은 세계의 끝을 몇 번이고 넘어오면서도 얼마 만나지 못했던 놈들이었다. 인체를 기능적으로 변이시키는 과정에서 겪는 시행착오의 징검다리들.

이는 겨울의 추측에 불과하지만, 세계관의 전모는 경험과 사색으로 알아내는 수밖에 없다. 혼자만의 공허에 박힌 무수한 별을 대가로 「전지(全知)」를 획득하지 않는 한에는. 그러나 한없이 사실에 가까우리라 여기는 겨울이었다. 병사들에게도 전한다.

"평범한 돌연변이는 아닐 거예요. 특수변종이 형성되는 과정의 부산물이라고 봐요."

"그런 것치고는 이제까지 본 적이 없습니다만⋯⋯ 좀 더 흔히 보여야 하지 않겠습니까?"

"글쎄요. 쓸모가 없다고 판단되면 잡아먹었겠죠. 낭비잖아요."

"⋯⋯어이구. 그게 진짜라면 아주 가지가지 하는군요. X같은 괴물 새끼들."

반문했던 메이슨은 얼굴 가득 혐오를 드러냈다.

과거 이 가설을 검증하고자 정상이 아닌 유해를 찾아 폐허를 돌아다닌 적이 있었다. 그 밖의 유해가 사방에 널린 세상이라 쉬운 일은 아니었다. 애초에 변종의 포식은 뼈를 부러뜨려 골수를 빨아먹는 수준. 그렇게 흩어진 뼈는 서로 뒤섞여 원형을 알아보기 힘든 경우가 많다. 엑셀을 발견한 목장의 다른 유해들이 그러했듯이.

그럼에도 한 번은 결정적인 증거를 찾았다. 역병이 역병을 사냥하는 현장이었다. 잡아먹히는 쪽은 아주 기괴한 생김새였다. 팔도 다리도 아닌 부속지(附屬肢)가 여럿이었는데 그 기능을 짐작하기 힘들었다. 짐작하기 힘들다는 점에서 이미 도태의 대상이다.

이 영상을 확인한 국방부에서도 비슷한 결론을 내릴 것이다. 겨울의 의견이야 어쨌든, 그곳엔 세계관 최고의 두뇌들이 모여 있을 테니까. 멀쩡한 정부는 여러모로 도움이 된다.

"즉 다 크지도 않은 놈들에 더해, 평소라면 잡아먹었을 놈들까지 싸우라고 내보낸다는 뜻이군요. 숫자 채우기에 급급한 걸 보니 괴물들도 봉쇄선을 뚫겠다고 필사적인가봅니다."

겨울은 모랄레스의 희망을 긍정했다.

"최근 며칠간 변종들의 구성이 빠르게 달라지고 있어요. 아마 북쪽 전선의 병력이 재배치된 영향도 있지 않을까 싶네요. 캘리포니아보다야 못하더라도, 워싱턴이나 오레곤 방면의 병력이 적은 규모는 아니었잖아요. 이걸 믿는다면 동쪽으로 4백만이나 증원된 건데요."

지속적으로 정보가 갱신되는 신형 전술 PDA를 들어 보이며 하는 말이었다. 물론 전황 관련 정보를 맹목적으로 믿기는 곤란하다. 사기유지를 위한 거짓과 과장이 섞여있을 게 뻔하기 때문. 겨울이 갈 뻔했던 방역전쟁 전술지원그룹이 그 증거였다. 대원들도 회의적이었다.

하지만 눈앞에 이토록 그럴듯한 정황증거가 보일 땐 이야기가 다르다.

"변종들 입장에선 모든 것을 건 한 판 승부다 이겁니까?"

"네. 이번 위기만 어떻게든 넘기면 변종의 밀도가 확 감소할 거라는 생각이 들어요. 그러니까 우리도 열심히 해야죠. 동쪽의 부담을 덜어주려면 말예요."

겨울의 말에 다들 전보다는 긍정적인 반응을 보인다.

'정말로 잔인한 달이 끝나나?'

겨울은 대통령의 비유적인 표현을 떠올렸다. 반가움을 나타내고자 시구(詩句)를 빌려 온 것에 불과했으나, 지금 상황과 어울린다는 느낌. 명백한 해방은 본래 어떤 경우에도 실패하지 않을 작전으로 준비되었다. 그러고자 천만이 넘는 대군을 모았으니.

비록 중부평원 일대의 공습이 마비되고, 2백만이 흩어지고, 생존자 사냥에 성공하는 만큼 숫자를 불리는 변종들을 상대로 악전고투를 치르는 중이지만, 그럼에도 역병의 공세를 좌절시킨다면 명백한 해방은 얼마든지 재개될 수 있다. 전선의 균열 탓에 후방이 위험해져서 문제지, 병력만큼은 아직도 충분히 많다. 지금도 새로운 사단들을 찍어내기에 여념이 없을 테고.

미국의 본토회복은 이 세계관의 큰 전환점이 될 것이다. 전선 길이가 대폭 감소하며, 반비례로 잉여병력이 늘어난다. 그 여력으로 남진하여 파나마 운하까지 확보하면 북미는 지금보다 훨씬 더 안전해진다.

왈!

체구 작은 개가 짖었다. 사색을 접은 겨울이 시선을 돌리니, 집중되는 이목에 당황한 슐츠 일병과 더불어 맹렬하게 꼬리를 흔드는 소형견이 보였다. 전투식량에 포함된 사과 맛 소스의 포장지가 바닥을 구른다. 열량은 높고, 소듐(나트륨) 함량은 낮고, 액상이라 소화시키기에 부담이 적다. 앙상한 개에게 먹일 법한 메뉴였다.

겨울이 손짓했다.

"물러나요. 위생상 좋을 게 없어요. 광견병에 걸려있을지도 모르고."

주변인물이든 본인이든 야생동물에 의한 피해를 여러 차례 겪어본 겨울이었다. 광견병의 치사율은 모겔론스에 뒤지지 않았다. 즉 걸리면 죽는다. 뇌사상태로 뛰어다니진 않을지라도. 일반 전투병에 대한 예방접종은 재앙 이전의 미 본토를 기준으로 중부와 남부 사령부에서만 실시된 것으로 안다. 주기적인 접종이 필요하기도 했다.

"어……. 알겠습니다."

역시나 예방접종을 받지 않았거나 시일이 오래 지난 경우인지, 어두운 표정으로 물러나는 슐츠. 그러나 개가 자꾸만 달라붙어서 곤란해한다.

"구해준 은혜를 아는군요. 상황만 괜찮았다면 데려가서 기를 법도 한데 말입니다."

말안장 위에 앉아 내려다보는 하퍼의 한숨. 아쉬워하는 이가 한둘이 아니다. 정신적으로 고단한 병사들에겐 자그마한 귀여움이 더욱 크게 다가올 것이었다.

개는 모든 사람을 향해 꼬리를 쳤다. 기형 변종에게 쫓기던 녀석이었다. 품종은 아마도 닥스훈트 계열. 기분이 좋은지 제자리에서 빙글빙글 돌기도 하고, 맑은 소리로 캉캉 짖기도 한다. 통제하지 못할 소음이다. 위생 문제가 아니더라도 데리고 다닐 수 없다.

병사들이, 혹은 부대 단위로 동물을 기르는 일은 비교적 흔하다. 그러나 방역전쟁은 보통의 전쟁과 다르고, 임무 또한 평범한 임무가 아니었다. 겨울은 냉정히 기수를 틀었다.

"그냥 두고 따라와요. 근처에서 지원요청이 떴습니다. 생존자들을 엄호하러 갑니다."

하! 엑셀은 낮은 기합을 바르게 알아들었다. 기동대가 속도를 높인다. 개도 처음엔 신이 나서 나란히 달렸다. 그러나 갈수록 뒤처진다. 애처롭게 짖는 소리가 등 뒤로 멀어졌다. 잠시 후엔 바람 너머로 까마득하게 사라진다. 슐츠가 들리지 않는 한숨을 내쉬었다.

달리는 길 맞은편으로부터 수십 장의 종이가 날아온다. 스쳐가는 순간에 겨울이 하나를 낚아챘다. 생존자들에게 보급품의 투하위치와 집결 및 후퇴경로, 주의사항, 통신 채널

등을 알리는 내용이었다. 이런 것이 하루에도 수만 장씩 뿌려지고 있다.

타타탕! 타타타탕!

전방에서 메아리치는 총성. 탁 트인 지평선에서 소대 규모의 병력이 보급 상자를 중심에 두고 변종집단과 교전 중이다. 변종들은 지형에 의지하여 접근한다. 겨울이 대물저격총을 뽑았다. 고삐를 놓았음에도 자세가 안정적이었다. 「승마」의 기교, 「무브먼트」의 기민성, 「개인화기숙련」의 정교함. 상체를 틀어 왼팔을 받침대 삼은 라이플은 말발굽이 땅을 찰 때마다 미세하게 흔들렸다. 타앙! 정확한 순간에 이루어진 격발. 아직 먼 거리의 기병대를 모르던 구울의 뒤통수가 산산조각으로 터져나갔다.

반자동 사격이 이어졌다. 한 발 한 발이 치명적이다.

크아아아아-!

의외의 그럼블이었다. 그러나 포효의 순간에 당겨진 방아쇠, 일반 소총탄의 200배 가격인 특수탄은 인후를 일격에 관통하는 폭발로 뇌 아래의 연수(延髓)를 파괴했다. 포효 뒤에 마땅한 돌진이 이어지지 못했다. 아직도 움직이지만 버둥거릴 따름. 느린 죽음이었다. 패턴이 달라지기 시작하며 내구성과 방어력이 탁월한 감마등급이라면 모를까, 이쪽 방면은 역시 강화 이전인 것들뿐이다.

그사이에 기동대원들 역시 총을 뽑았으나, 4배율 스코프 (ACOG)로 보아도 여전히 작은 표적들이었다. 어지간히 가깝지 않은 이상 마상사격으로 명중을 기대하기 어렵다. 그러나 쏜다.

두두둑! 두두둑! 두두두둑!

만약 탄을 피해 움츠리는 개체가 있다면 구울에 근접한 개체였다. 곧바로 식별한 겨울이 한 탄창의 마지막 탄으로 놈의 심장을 꿰뚫었다. 퍼억! 눈으로 듣는 소리. 뼈와 살점들, 내장 조각들이 몸 바깥으로 터져 나온다.

생존자들과 기병대 사이에 끼어있던 무리는 삽시간에 섬멸됐다. 그 외의 방향에서도 빠르게 지워진다. 간격이 좁혀지면서, 겨울의 수신호를 받은 알레한드로가 자신의 예비 무기를 꺼내들었다. 6연발 유탄발사기였다. 투투투퉁! 유탄들이 패잔병들의 머리 위로 포물선을 그렸다. Take cover! 바싹 엎드리는 생존자들. 횡방향 연속폭발이 접근하던 놈들을 갈기갈기 찢었다. 투명한 날붙이 수천 개에 난자당하는 듯한 모습이었다.

교전의 끝은 경기관총 사격이었다. 상자에서 800발들이 백 팩을 확보한 패잔병 하나가 변종들이 달려오는 능선에 대고 무지막지한 제압사격을 퍼부었다. 말이 제압사격이지, 지도력을 발휘할 개체가 사라진 무리 대부분이 무작정 뛰어들었으므로 몰살을 피하지 못했다. 회피, 혹은 엄폐 개념을 떠올린 소수는 조준사격에 당했다.

"최선임자가 누굽니까?"

겨울의 질문에 나서는 이는 얼빠진 표정의 중위였다. 이름은 캐스퍼.

"기병대가 구하러 온다더니 정말이었나……."

전단지에 그런 내용이 있었다. 사흘째 뿌려진 분량에는 심지어 삽화까지 포함됐다. 아니, 왜? 누가 제안했는지는 몰라도 참 여유롭기 짝이 없다고 생각하는 겨울.

"어라, 중위가 아니라 소령?"

"진급했습니다."

"허……."

눈이 멍한 중위는 한참이 지나도 정신이 없어 보인다. 총을 움켜쥔 손이 덜덜 떨렸다. 어느 중대의 선임 소대장 또는 중대장이었을 것인데. 그래도 이 정도면 양호하다. 함께 있는 병력의 부대마크가 모두 동일한 걸 보면, 능력은 적게 잡아도 평균 이상이었다.

"캐스퍼 중위, 부대를 인솔해서 집결지점으로 이동할 수 있겠습니까?"

"어, 같이 가주면 안 되나? 아니, 안 되겠습니까? 부탁드립니다."

"그러고 싶지만 지금은 트릭스터를 사냥하는 임무가 우선입니다. 탄약을 보충하고 식사를 하는 동안 경계를 서주는 정도는 가능하겠네요. 우리도 잠깐 쉬어야 하고……. 그때까지 다른 지령이 없다면 말이지만요."

이렇게라도 해주는 건 잠깐이나마 겨울이 있고 없고의 차이가 큰 까닭이었다. 지금도 픽 쓰러지는 병사들이 있다. 깜짝 놀란 동료가 뒤집어보면 기절하듯이 잠에 빠진 것이었다.

탄약을 꺼내던 병사들이 자물쇠를 풀며 불평하는 소리가

들린다.

"젠장, 왜 이딴 식으로 잠가놓고 지랄이야! 아까도 탄이 없어서 죽을 뻔했는데!"

봉쇄선 사령부, 나아가 국방부는 무기와 탄약이 변종에게 넘어가는 일을 극도로 경계하고 있었다. 평범한 변종들에겐 무리겠지만, 손놀림이 정교하고 지능이 높은 베타 구울 이상의 개체라면 총기 사용법을 습득할지도 모른다고. 그것이 수십, 수백 가운데 한 개체뿐일지라도, 변종에 대응하는 전술의 근간을 바꿔야 할 터였다.

민간인들을 지원하고자 오염지역에 투하하는 식량의 절반 이상을 변종들이 갉아먹는다는 통계도 있다.

공수물자, 특히 무기와 탄약에 번호식 자물쇠가 달리기 시작한 것이 이 때문이었다. 비밀번호는 상자에 간단한 사칙연산으로 표기되었다. 1100 + 700 + 90 + 2 같은 식으로. 역시 그대로 적어두면 위험하다는 판단에서였다.

적이 소리 지르며 달려오는 와중에, 떨리는 손으로 자물쇠를 맞추다가 몰살 위기를 겪은 병사들로선 책상물림들을 저주할 수밖에 없다. 미국의 악명 높은 공교육 탓에 사칙연산조차 어려운 병사들도 있다. 그러나 겨울이 보기엔 불가피한 예방조치였다.

비록 단 한 건뿐이지만 강화변종에 의한 소화기 사격이 이미 보고된 바 있다. 고작 2초 만에 끝나버린 난사. 적어도 조준 없는 지향사격으로 방아쇠를 당길 수는 있었다는 의미였다. 해당 베타 구울은 현장에서 즉각 사살 당했다.

전하기를, 약실은 비어있었다고. 녀석이 과연 탄창을 교환하는 방법까지 알고 있었을지는 의문이었다.

'하지만 앞으로도 계속 모를 거라고 보는 건 지나치게 낙관적이야. 이렇게 반복해서 보여주고 있는데……. 아마 이번 세계에서도 조만간…….'

쇄도하는 역병집단을 상대할 땐 1, 2초가 소중하다. 초침이 째깍거릴 때마다 남은 거리가 10미터씩 줄어들기 때문. 기습적인 사격이 그래서 위험했다. 명중률이 아무리 낮을지라도, 자동화기를 소지한 적 앞에서 움츠리지 않을 병사는 얼마 되지 않는다.

심지어 과거엔 시체의 방탄복을 벗겨 입는 구울을 본 적도 있다.

그러니 탄약만큼은 유출을 철저하게 막아야 한다. 자동화기는 소모가 극심한 무기였다.

커걱, 컥!

누군가 숨 막히는 소리를 냈다. 아직 잠들지 못한 모두가 기겁을 한다.

"다들 진정해요. 별일 아니니까. 괜히 자는 사람들 깨우지 말고요."

겨울이 손을 들어 동요를 가라앉혔다. 입을 벌린 채로 호흡이 없던 이는, 잠시 후 드르릉 하고 코고는 소리를 냈다.

Damn! 이제야 상황을 파악한 병사들이 자그맣게 욕지거리를 내뱉는다. 누군가는 돌멩이를 던지려다 말았다. 아직까지 총을 쥔 채 가슴이 오르락내리락하는 일병도 보인다. 한번 데인 아이는 불을 두려워한다고[16], 오래도록 쫓긴 패잔병들로선 감염의 사소한 징후라도 경계할 수밖에 없었다.

"소령님."

눈에 핏발이 선 캐스퍼 중위가 겨울을 부른다.

"실례지만 언제까지 계실 수 있습니까? 보시다시피 다들 엉망인지라……."

겨울은 시계를 확인했다. 여기 있는 병력의 규모, 안전하게 집결지점까지 이동할 확률, 지체 없이 이동하여 트릭스터를 사냥할 경우의 이득 등이 빠르게 뇌리를 스쳐지나갔다.

"아까도 말했지만 긴급지령이나 구조요청이 뜨면 어쩔 수 없어요. 그렇지 않은 경우엔 앞으로 40분간 있도록 하죠. 그 이상은 안 됩니다. 중위도 눈 좀 붙여요. 명령입니다."

소속이 다르니 명령권은 없지만, 캐스퍼 중위는 고마워하며 한 번 고개를 까닥였다.

시간을 확실히 정해주자 안심하고 잠드는 숫자가 늘어났다. 전쟁영웅이 있으니 괜찮다. 그런 느낌. 그사이에 겨울은 풍상(風上)을 제외한 방향을 경계했다. 엑셀을 비롯한 말들은 사냥개만큼이나 냄새에 민감했으므로, 방향 불어오는 쪽에서의 접근은 금세 알아차렸다.

고단하게 꿈꾸는 소리들이 늘어난다.

이 여유를 갱신된 정보 확인에 쓴다. 휴식이 절박하지 않은

---

16 미국의 속담, A burnt child dreads the fire. 우리나라 속담인 '자라보고 놀란 가슴 솥뚜껑 보고 놀란다'와 같은 개념.

기동대원들도 마찬가지였다.

계급이 오르면서 열람이 허가된 정보들 가운데엔 쓸 만한 것들이 많았다. 사기관리 차원에서 일반 병사들을 대상으로는 공개되지 않는 사안들.

'GPS 신호 교란이라. 이건 너무 나간 감이 있지만, 뭐든 사전에 대비해서 나쁠 건 없지.'

국방부 방역전략 연구소는 트릭스터가 GPS 신호를 해독할지도 모른다고 우려했다. 혹여 전선에서 그런 정황이 포착되면 최우선 사항으로 보고하란 내용이었다.

변종들의 대규모 이동은 인간이 만들어놓은 도로망에 수렴한다. 광대한 국토는 그 자체로 지리적 장벽이 되었다. 러시아나 호주 같은 국가들이 아직까지 존속하는 이유 중의 하나였다.

융단폭격이든 뭐든 도로를 흔적조차 없애버리면, 체계적인 지리정보가 없는 변종들로서는 오랫동안 헤매게 될 수밖에 없었다. 탐험가와 개척자들의 시행착오는 문명의 유산 아니겠는가. 가장 가까운 군부대간의 시차가 30분인 러시아는 더더욱 유리하다. 그쪽은 서로의 위치를 파악하는 트릭스터가 없었다. 대륙이 다르니까.

"혹시 이거 보셨습니까?"

소식에 목마르기는 기동대원들도 마찬가지였다. 모랄레스가 PDA 화면을 내보인다.

"프레벤티브 스캘핑 작전에 참가한 모든 전투원에게 동성무공훈장을 수여하겠답니다. 전사자는 최소 은성무공훈장

내지 십자장이라는군요."

"그게 이상해요?"

"저희가 그렇게 위험한 작전을 수행한다는 느낌이 들지 않아서 말입니다……."

이번 작전에 투입된 병력의 손실률은 벌써 3할에 달했다. 이 역시 일정 계급 이상만이 열람 가능한 정보지만, 단일부대였다면 궤멸 판정을 받고 물러났어야 정상이었다.

"내 덕분인 줄 알아요."

겨울의 농담에 몇몇이 웃음을 터트렸다.

"설마 모르겠습니까? 아무튼 월급은 좀 오르겠군요. 당분간은 쓸 일이 없겠습니다만. 꼭 20년을 채울 필요가 없어졌다는 점도 마음에 들고요. 아, 소령님 앞에서 할 말은 아니던가요?"

모랄레스의 능청에 겨울은 어색한 미소를 만들었다.

20년 복무는 군인연금의 최대지급조건이었다. 이걸 채우고자 장교 전역자가 병사 신분으로 재입대하는 경우까지 있으니 욕심을 낼 만하다.

국방부는 최근 서훈이력을 복무경력에 가산하겠다는 방침을 밝혔다. 병사들의 사기를 고양시키기 위한 조치였다. 과연 전역까지 무사할 병사가 얼마나 될지는 의문이지만.

더해지는 연차는 훈장의 등급에 따라 달랐다. 명예훈장은 5년이다. 이중수훈이 확실한 겨울은 이것만으로도 이미 10년이었다. 여기에 다른 훈장들을 더하면 19년 6개월에 달한다. 기존의 복무기간을 합산하여 20년을 초과했다는 뜻이다.

그러므로 15년차에 지급되는 3만 달러의 보너스를 수령할 예정이며, 앞으로 어떤 계급을 달든 가장 높은 호봉으로 계산될 것이었다.

방역전쟁 수훈체계가 새로 만들어진다고 하니 몇 개쯤 더해질 터이고.

정복(Dress Blue)을 입을 때 상의 좌측을 훈장으로 도배하게 생겼다.

알! 알!

난데없이 개 짖는 소리. 겨울은 귀를 의심했다. 기동대원들은 아직 듣지 못했다. 그만큼 멀고 작았다. 그러나 시선을 돌려보면, 지평선 가까이에서 힘겹게 달려오는 작은 닥스훈트가 보인다. 검은 털에 갈색 무늬. 짧은 다리로 뛰는 품이 어딘가 모르게 어색하다. 관절에 문제가 생긴 모양. 그래도 긴 귀를 펄럭이며 열심히 뛰었다.

'어떻게 쫓아왔지? 냄새? 아니면 말발굽 자국?'

어느 쪽이든 보통이 아니다.

발라당. 앞다리가 꺾여 야트막한 경사를 구르는 개. 곧바로 일어나진 못한다. 널브러진 채로 헥헥거렸다. 가쁜 숨결을 따라 오르락내리락하는 자그마한 가슴. 야윈 몸과 갈비뼈가 더더욱 도드라졌다. 그러나 기어코 바들바들 일어난다. 의지가 대단하다고 해야 할까. 뛰는 발의 박자가 맞지 않아 몇 번을 고꾸라지면서도 이쪽으로 올곧게 달려온다.

겨울은 슐츠를 곁눈질했다. 버려진 개에게 유독 애틋했던 대원. 요즘 들어 동요가 커서 우려하던 차다. 사연이 있는 듯한데, 저 개가 여기까지 온 걸 보면 얼마나 흔들릴까.

달칵. 소총의 안전장치가 풀리는 소리. 조준은 찰나로 충분하다. 소음기를 통과한 총성이 몇 명의 주의를 끌겠지만, 그들에게 보이지 않는 거리의 변종을 사살했다고 하면 그만일 터.

그러나 망설인다. 인간다움은 언제나 비효율적이었다. 효율적인 사람은 기능에 지나지 않는다. 뜸들이는 사이에 이상을 눈치 챈 병사들이 소년의 시선을 좇는다. 이 시점에서 이미 늦었다. 바로 알아보지 못한 대원들은 조준경에 의지했다. 겨울은 총구를 아래로 늘어뜨렸다.

"허……."

차마 말이 되지 못한 감정. 소리를 낸 모랄레스는 물론이고, 모두가 접안경에서 눈을 떼지 못했다. 계속해서 넘어져 흙투성이인 개를 망연히 바라볼 뿐.

곤란하네. 겨울은 개 짖는 소리에 이끌린 병사들을 돌아보았다. 지금이라도 쏴버릴까.

알! 알!

다시 짖는 소리가 결정타였다. 긴 한숨을 내쉬는 겨울. 마침내 방아쇠울에서 손가락을 뺀다. 두고 오기도 힘겨웠건만. 가상현실 시대에 버려지기 쉬운 건 자식뿐만이 아니다. 가상현실의 개는 물리현실의 개보다 모든 면에서 우월하다. 생전의 거리는 초라한 개와 고양이들로 가득했었다. 외로운 소년 소녀의 가엾은 친구들이었다.

마침내 닥스훈트가 목적지에 도달했다. 바들바들 떨면서도 힘겹게 꼬리를 흔든다.

대원들이 겨울의 눈치를 보았다.

"안 죽여요. 그냥 두면 계속해서 따라오겠네요. 입을 묶어 놨다가 다음 항공수송에 실어 보내겠습니다. 그러니 적당히 먹이세요. 죽지 않게끔. 안 물리게 주의하시고요."

캐스퍼 중위에게 맡기자니 무책임하게 위험요소를 떠넘기는 꼴이다. 달갑지 않은 눈치가 하나 있었으나, 나머지는 크게 기뻐했다. 유달리 긴장했던 슐츠는 눈물을 글썽거릴 지경이었다.

다리 짧은 개에게 관심과 애정이 쏟아졌다. 서로 너무 많이 먹이지 말라고 옥신각신하는 병사들. 기동대원들과 패잔병들이 자연스럽게 뒤섞인다. 개가 발딱 배를 드러내고 끙끙거렸다. 닥스훈트가 그 귀여움에 비해선 사나운 품종이라지만, 이 녀석이 미쳐 날뛸 가능성은 희박해 보였다.

기뻐하는 얼굴들을 보며 겨울이 하는 생각. 삶은 저 정도면 충분한데. 내가 부모님께 많은 걸 바랐던 게 아니었는데…….

"이만 헤어지죠. 무운을 빌겠습니다, 중위."

시간이 됐다. 짧은 휴식은 패잔병들에게 활기를 불어넣었다. 작별을 고하는 겨울에게, 무심코 손에 남은 개 냄새를 맡던 캐스퍼 중위가 답한다.

"늦은 인사입니다만, 구해주셔서 감사합니다. 뵙게 되어서 영광이었습니다. 무사하시길."

절도 있는 경례를 보니 회복이 현저하다. 결국 삶은 희망이었다.

이젠 연대 규모쯤 되었으려나.

이런 식으로 로저스 대령에게 합류한 병력이 적지 않다. 별다른 이변이 없었다면 적어도 연대, 많게는 사단 이상이었다. 다 죽었을 거라고 절망한 시민들에게 이만한 희소식이 있을까? 배가 침몰하면 한 사람 한 사람의 구조에 열광하는 것이 정상 아니던가.

오후엔 산타 로사와 마크 웨스트 사이를 가로질러 서쪽의 삼림지대로 진입했다. 황폐화된 포도와 오렌지 농장 다음으로 여객기의 추락 현장이 스쳐지나갔다. 멀리 소노마 카운티 공항의 삼각형 활주로가 보였다. 버려진 항공기들로 가득하다. 여기에 추락한 이유를 알 것 같았다.

미국 국적 기체였으므로, 정부가 붕괴한 세계관이었다면 반드시 탐색했을 것이다. 식량과 무기를 함께 확보할 기회니까.

「종말 이후」 세계관은 2016년에 시작된다. 9/11테러 이후였다. 그러므로 조종석엔 반드시 기장과 부기장을 위한 무장이 있었다. 정확하게는 조종석 뒤쪽 하단의 잠겨 있는 캐비닛. 승객들 가운데 두 사람의 연방항공보안관(Air Marshal)이 있기도 했다. 즉 권총만 네 자루다.

달리는 내내 말안장 뒤쪽에서 자꾸만 끙끙거리는 소리가 났다.

[더러운 사생아 새끼들의 움직임이 많이 어설퍼졌군요.]

리시버로 듣는 하퍼 이병의 말. 겨울이 연거푸 방아쇠를 당기며 답했다.

"좀 더 기뻐해도 돼요. 그동안 노력한 보람이 있다는 의미니까."

마상사격의 명중률은 100%였다. 지금의 겨울은 총을 옆구리에 끼고 쏘더라도 50미터 이내에선 전탄 명중을 기록할 실력이었다. 산간을 헤매던 변종들이 무더기로 쓰러졌다.

숲은 점차 거대해졌다. 그 유명한 아메리칸 세쿼이아의 자생지였다. 자유의 여신상에 필적하는 나무들이 무성한 녹음. 천년의 수관. 한낮의 햇살조차 쉽게 뚫고 들어오지 못한다. 어지간해선 들어오지 않았을 곳이지만, 구조신호가 포착된 만큼 수색이 불가피했다.

'최소한 트릭스터 하나는 이쪽으로 빠진 것 같기도 하고……'

대규모 사냥을 눈치 챈 놈들이 추적을 피해 몸을 숨긴 모양이다. 겨울에겐 이번 작전의 최종국면이라고 해도 좋을 것이었다. 할당구역이 확대될지도 모르지만.

물론 이렇게 험한 곳에 대책 없이 들어온 건 아니었다.

거대한 나무들 사이로 갑작스럽게 하얀 콘크리트 장벽이 나타났다.

대역병 모겔론스가 대양을 건너기까지는 몇 달의 시간이 있었다. 그사이에 미주에서는 방공호 건설 붐이 일었다. 지금 마주한 폐허가 바로 그 흔적. 그러나 완성되진 못했다. 공급이 수요를 따르지 못했으므로. 정부로선 대도시들의 방호가 최우선이었다. 덕분에 뉴욕과 워싱턴 등지는 중세 도시를 연상케 하는 성벽을 두르고 있다.

겨울이 대원들에게 지시했다.

"오늘 밤은 여기서 보내겠습니다. 사나흘쯤 머물 곳이니 제대로 수색해요."

숲의 여백에 건설된 방공호는 작은 요새와 같았다. 살아 움직이는 역병을 막기에 특화된 형태. 하지만 왜 하필 여기인지는 애매하다. 오지도 않을 관광객들을 위한 대피소 개념이었을지도. 혼란에서 비롯된 비효율적인 행정의 결과일까. 겨울은 장벽을 따라가며 갸우뚱 한다.

[지지지직-]

잡음이 울리는 순간 두두둑 탄피가 튀었다. 겨울이 조준한 방향에서 핏물이 솟구친다. 바사삭! 체구 커다란 놈이 수풀을 헤치고 멀어지는 소리. 반대로 튀어나오는 것들이 있다. 시간벌이용 미끼들. 바람에 기대어 냄새를 감춘 매복이었으나, 달려야 할 거리는 길고 숫자는 적었다. 많았다면 훨씬 멀리서 이미 겨울의 감각에 걸렸을 터.

버림받은 줄도 모르는 것들이 기동대의 집중사격 앞에 줄지어 절명한다. 황혼 아래 뿌려지는 유혈은, 수관을 뚫은 노을 아래 고동색으로 반짝였다.

수풀 안쪽의 혈흔은 금세 끊어졌다. 아무리 인간보다 재생력이 탁월한 변종이라도 불가능한 회복력. 필시 트릭스터일 것이다. 전기로 상처를 지지면 그만이니.

"쫓습니까? 함정 같다는 느낌이 듭니다."

겨울은 모랄레스의 의견을 긍정했다.

"동감이에요. 아무래도 사냥꾼 사냥에 나선 모양인데,

지금 안 쫓아도 알아서 다시 집적거리겠죠. 일단 수색부터 끝내고 우리 나름대로 준비를 하자고요."

찰나에 스쳐간 잡음은 겨울에게 보다 오래 머물러있었다.

오래지 않아 입구를 찾았다. 문이 있어야 할 자리가 허전하다. 내부는 터만 닦인 공터였다. 화력을 집중할 수 있어 방어에 유리하지만, 한편으로는 고립되기도 쉬운 장소다. 구조신호에 발이 묶인 사냥꾼들을 천천히 말려 죽이겠다는 의도가 뻔했다. 숲은 교전거리가 짧아 역병에게 유리한 환경. 수색대를 추가로 끌어들여 개미지옥을 만들 작정일지도 모른다.

여기까지 생각했을 때, 해가 떨어지는 숲에서 새떼가 날아올랐다. 이어 우지끈 부러지는 소리가 요란하더니, 거목의 공제선 일부가 무너져 내린다.

콰앙, 육중한 땅울림이 수차례. 길을 막는 중이구나. 밑동을 갈면서 기다렸나? 아니면 그렘블이 있나? 어느 쪽이든 상관없지. 생각을 정리한 겨울이 대원들을 진정시켰다.

"통신부터 연결해요. 공수지원을 요청해야 하니까."

공터 중심에 위성 안테나가 펼쳐졌다. 사방이 벽으로 막혀서인지 전파간섭이 덜하다.

PDA를 연결해서 화면을 조작하던 겨울은 눈썹을 살짝 찡그렸다. 모랄레스가 묻는다.

"왜 그러십니까?"

"원하던 물건이 없네요. 다른 팀에서 먼저 요청한 것 같아요."

무인포탑을 달라고 할 작정이었다. 올 초부터 배치되기 시작한 것인데, 생산량이 부족해서 봉쇄선에 우선적으로 할당되어 왔다고. 그러나 작전의 중요도를 감안했기 때문인지 지원 가능 항목으로 업데이트 되었다. 지정된 범위와 정해진 시간에 적아 식별이 불가능한 모든 열원을 갈아버린다. 컴퓨터가 제어하는 중기관총인 만큼 화력을 의심할 필요는 없었다.

수목이 성긴 지형마다 살상지대를 구축해 적극적으로 치고 빠지려는 계획이었건만.

"그럼 어떻게 합니까? 일단 물러났다가 다시 들어올까요?"

"아뇨. 마리골드랑 이야기를 해볼게요."

전력이 충분하다면 함정에 일부러 빠지는 것도 방법이다. 함정은 파는 쪽의 전력도 집중되기 때문이다. 애초에 캘리포니아 중부 전선이 왜 붕괴되었던가. 오스본 병장의 증언을 돌이켜볼 때였다.

벨 기지는 겨울의 요망을 긍정적으로 받아들였다.

[데이비드 액추얼. 다른 패키지를 보내주겠다. 호출부호 해머 폴, 61비행중대의 아파치 편대. 시간계획이 정확하다면 자동포탑보다 훨씬 더 도움이 될 것이다.]

뜻밖의 제안이었다. 범위에 들어온다고 해서 트릭스터가 무조건 자폭하는 건 아니다. 교활한 특수변종은 숫자가 제한되어 있으니까. 그러나 공격헬기 편대쯤 되면 사정이 다르다.

이를 노려 위험을 감수하고 근접항공지원을 강행하자는 의견도 있는 걸로 안다. 특수변종의 숫자를 생산력으로 찍어

누르자는 소리였다. 불확실한 가능성에 목숨을 걸 파일럿들은 안중에도 없는 주장이었다. 스스로가 안전한 자들에게 타인의 목숨은 언제나 가볍다.

물론 마리골드가 그렇게 미쳐있는 건 아니었다. 상세한 내용을 들은 겨울이 고개를 끄덕인다. 충분히 가능하다. 양날의 칼이지만. 시간이 어긋나면 이쪽이 위험해질 것이다.

'그나저나, 아직 살아있는 노이즈 메이커가 있었구나.'

변종들이 지능적으로 변하면서, 소음 교란 장치는 속속 파괴되었다. 그러나 이 숲에는 몇 개가 남아있다. 특히 하나는 높이로 보건대 투하 도중 나무에 걸린 듯했다. PDA에 신호가 잡힌다. 장애물이 많은 숲 속에서 바로 작동시키긴 어렵겠지만, 공격헬기 편대는 다를 것이다.

교신을 마친 겨울이 대원들에게 지시했다.

"0300시에 움직이겠습니다. 방어선을 짜죠. 저쪽에서 저쪽까지 클레이모어(산탄지뢰)를 깔아요. 가진 거 전부 다. 탄약보급을 받은 뒤엔 쉬어도 좋습니다. 경계는 내가 맡을 테니까."

지휘관이 말뚝 근무를 서겠다는데 이의를 제기하는 사람은 없었다. 며칠간 익숙해진 탓이다. 헌신적이지만, 전투력 유지에 필요한 만큼의 휴식은 어김없이 취했다.

무엇보다 겨울이 경계를 설 때의 휴식 효율이 가장 높았다.

두 명이 엄호하고 두 명이 나아갔다. 중첩되는 부채꼴의 살상지대를 구축한다. 각각의 지뢰를 잡초와 낙엽으로 덮어 위장했다.

잠시 후 하늘에서 낙하산이 떨어져 내렸다. 무인포탑은 없을지언정, 다른 종류의 무기와 탄약은 넘칠 정도의 약속을 받아낸 덕분. 첫 상자를 개봉하니 가장 먼저 보이는 게 미니 건(M134)이었다. 경량화를 거쳐도 19킬로그램에 달하는 무게. 여섯 개의 총열이 회전하며 분당 최대 6천 발을 뿌려대는 과잉화력. 거치대가 딸려왔으나, 겨울은 한 손으로 들어보였다.

"어때요, 거버네이터(Governator) 같아요?"

대원들이 실소한다. 캘리포니아의 전대 주지사(Governor)였던 어느 영화배우를 흉내낸 행동이었다. 극중에서 이 중화기를 쏘는 모습이 유명하다. 반동을 감당하지 못해 발사 속도를 줄여서 다룬 것이긴 하지만, 최대 속도로는 지금의 겨울조차도 제대로 다루기 어렵다.

여기에 고속유탄발사기가 더해졌다. 출입구로 수백 개체가 밀려들어도 분쇄할 화력이었다.

"허전하네요. 불이라도 피울까요?"

겨울의 제안에 당황하는 대원들.

"괜찮겠습니까?"

"뭐 어때요. 저놈들도 우리가 여기 있다는 거 뻔히 아는데."

일종의 도발이었다. 홀로 문을 나선 겨울은 적당한 나무에 도폭선을 감는다. 멀찍이 떨어진 겨울이 스위치를 눌렀다.

쾅! 섬광과 폭음에 꺾이는 작고 어린 세쿼이아를 말에서 내려 통째로 끌고 왔다.

"소령님. 생존자 구조는 서두르지 않아도 괜찮을까요?"

염려스러운 모랄레스에게 겨울이 답하는 말.

"정확히 어디 있는지 모르는데 막 들어가긴 그렇잖아요? 너무 걱정할 필요 없어요. 병든 인질범들이 인질들을 쉽게 죽이진 않을 테니까. 우리를 붙잡아둘 미끼라고 봐요."

그러면서 쇠지레를 휘둘렀다. 빠악, 빡. 나뭇조각이 튄다. 여러 번 깊게 박힌 지레를 꺾자 장작이 떨어져 나왔다. 힘든 기색도 없는 반복 작업. 연기가 피어오르면 생존자들에게도 보일 것이다. 변종들은 당연히 접근을 막으려고 할 것이고. 그 소음으로 방향을 파악하면 된다. 대략적이겠으나, 아무 정보 없이 움직이는 것보다는 나았다.

자잘한 파편을 태워 밑불로 삼는다. 마르지 않은 땔감이라 연기가 많은 편이다. 불이 커진 뒤에, 겨울은 야시경을 착용해보았다. 혹시나 빛이 방해가 되는지 확인하려는 것. 겨울 자신보다는 병사들을 위해서다. 정상적인 녹색 시야에 엑셀의 모습이 보였다.

알레한드로가 투덜거리는 소리.

"변종도 떡을 치고 말도 떡을 치는데 나는 여기서 이게 뭐야……."

조금 당황한 겨울이 얼른 뛰어갔다. 막으려는 건 아니었다. 다만 무르시엘라고, 슐츠가 이름 붙인 암말을 다독거릴 필요가 있었다. 짝짓기 도중에 걷어 채인 수말이 크게 다치거나, 심지어는 죽어버리는 경우마저 있으니까. 이나마도 「승마」

10등급이 아니면 불가능한 일.

"막으려고 오신 게 아니었습니까?"

슐츠는 미심쩍어하는 낯이다. 겨울이 돌아보지 않고 끄덕였다.

"조짐은 있었어요. 본능을 억누르는 데에도 한계가 있고요. 억지로 막으면 작전 도중에 이상한 행동을 보일걸요?"

"하지만 제 말이 임신해버리면 어떡합니까?"

"반드시 임신한다는 보장도 없고, 그게 문제가 될 정도로 작전이 길어지지도 않을 거예요."

다른 세계의 관객들이 아우성친다. 내용은 알레한드로 일병의 한탄과 같았다. 변종도 떡을 치고 짐승도 치는데. 겨울은 로그에 개의치 않고 무르시엘라고를 쓰다듬었다. 한편으로 전보다 나아 보이는 슐츠에게 묻는다.

"개는 좀 어때요?"

"입이 답답한 것 같습니다만, 그 외에는 괜찮아 보입니다."

입이 묶인 닥스훈트는 짐 신세에서 해방되자마자 짧은 앞발로 끈을 벗기려 했다. 그것을 슐츠가 자꾸 막는 중이었다. 포승을 엮어 늘어뜨린 개목걸이를 당겨 주의를 주는 방식으로. 자꾸 끙끙대던 개가 시무룩하게 교육을 받아들였다.

말들의 짝짓기는 20초 만에 끝났다. 겨울이 슐츠에게 손짓한다.

"풀어줘요."

"네?"

"지금 당장은 상관없으니까 풀어주라고요."

일부러 불을 피우는데 개 짖는 소리가 대수일까. 교전이 벌어진들 방어전이 될 것이고. 총성과 폭음, 역병의 합창에 놀라 날뛸지도 모르지만, 그렇다고 마냥 묶어둘 수만도 없다. 벌써 한나절이나 짐짝 신세였으니. 기왕 구한 개가 미치는 꼴을 보고 싶지도 않고, 사람 무는 꼴은 더더욱 보고 싶지 않았다.

불이익은 병사들의 심리적 안정에 대한 반대급부로 여겨야 했다. 슐츠도 전에 비해 편안해 보이고. 겨울이 고갯짓했다.

"그래도 괜찮아 보여서 다행이네요."

"예. 특별히 상한 곳은 없어 보입니다. 꾸준히 잘 먹이면 건강해질 겁니다."

"나는 당신을 말한 거예요, 슐츠. 그날 이래 여러모로 불안해 보였거든요."

좀 더 심해지면 다소 무리를 해서라도 교대시킬 예정이었다. 웨슬리 일병 등의 기동대 예비대원이 있으니까. 위험 요소를 안고 다니는 것보단 낫다.

"걱정을 끼쳐드린 것 같아 죄송합니다. 혹시 이 녀석을 데리고 다녀도 된다고 허락하신 게 저 때문이었습니까?"

"꼭 그것만은 아니었어요."

부정하는 겨울이었으나, 슐츠는 믿지 않는 눈치다. 꼭 풀어야 할 오해는 아니었다.

"감염된 태아를 목격한 게 그렇게 충격적이었어요?"

설령 그렇더라도 이상할 건 없었다. 역병의 번식은 오랫동안 이어질 전쟁을 보증한다. 교육을 받았어도 그저 막연하다가, 보는 순간 끔찍한 현실감이 밀려왔을지도.

겨울은 경계를 유지하며 대답을 기다렸다. 조용한 사이에 입이 시원해진 개가 캉캉 짖으며 빙글빙글 돌았다. 깜짝 놀란 대원들에게 괜찮다는 신호를 보내는 겨울. 슐츠의 답은 상당한 공백을 두고 들을 수 있었다.

"티가 많이 났나보군요. 사실 별것 아닙니다. 예전 생각이 나서 그랬습니다."

"예전?"

"애를 볼 예정이었거든요. 아들이었죠."

"……유감이에요. 병이었나요?"

"테러였습니다."

아내와 아이를 함께 잃었다는 뜻. 그러고 보면 계급에 비해 나이가 많은 편이었다. 병영문화상 문제가 되는 건 아닌 데다, 세계관이 세계관인 만큼 이상할 것도 없었지만.

"한동안 정줄 놓고 있다가 복수를 하겠다고 군대에 들어왔는데, 막상 전쟁터를 겪어 보니 이건 제가 생각하던 싸움이 아니더군요. 적을 죽여도 이게 내 원수다 싶은 실감이 들지 않았습니다. 속이 풀리기는커녕 갈수록 답답해지기만 하고, 뭔가 잘못되고 있는 것만 같고……."

"……."

"그러다 애들이 총질을 하는 걸 보고는 더 이상 참을 수가 없었습니다. 알고 보니 정말로 엉뚱한 화풀이였고요. 젠장, 세상이 이 꼴이 나서 다시 입대하게 될 줄은 몰랐지요."

슐츠가 고개를 저었다.

"앞으로는 걱정 하시는 일 없도록 노력하겠습니다. 혹시 더 하실 말씀이 있으십니까?"

"당신만 괜찮다면 달리 없어요. 하지만 힘들면 언제든지 말해요."

"이건 정말……. 소령님이 이런 쪽으로 신경 써주시는 건 꽤 어색하군요."

"왜요? 어쨌든 지휘관이잖아요?"

이례적인 나이의 소령이 하는 말이다. 슐츠는 싱겁게 웃었다.

병사를 쉬라고 보내고서, 겨울은 만들었던 표정을 느리게 지웠다. 그리고 지나간 대화를 곱씹는다. 살살 건드리는 불편함이 있었기에.

속에서 가벼워지지 않는 돌은 가끔씩 복수심이었다.

슐츠는 자신의 과거가 엉뚱한 화풀이였다고 했다. 그러나 겨울은 이렇게 말했었다. 이젠 찾아오지 않는, 혹은 못하는 여인에게, 미워하려면 세상 사람들을 다 미워해야 한다고.

'부모님을 만든 사람들과, 그 사람들을 만든 사람들과, 다시 그 사람들을 만든 더 많은 사람들…….'

그러므로 없어졌으면 싶은, 때때로 비등하는 미움은 항상 온 세상을 겨냥한다. 돌의 무게가 종말과 같다. 사람이 싫은 마음이다. 생각하기를 그만두고 싶다.

하지만 그것이야말로 바깥세상을 만들어낸 원동력 아니던가?

PDA에 경고가 떴다. 드물게도 해군 쪽의 소식이었다. 지난 21일, 멜빌레이 집단과의 교전 중 순양함 벙커 힐, 구축함 스톡데일과 그리들리가 심각한 인명손실을 보고함. 해상봉쇄에 일정기간 문제가 있었음. 새로운 변종의 상륙 가능성 있음. 주의 요망.

바다괴물들에게 폭뢰 공격으로 영구적인 청력손상을 선사했다고 하는데, 예상보다 피해가 적어서 다행이다. 이는 정상적인 지휘체계가 유지된 덕분이라고 해야 할 것이다.

그렇다고 마냥 낙관할 일은 아니었다. 승조원이 없는 배는 빈껍데기에 불과하다. 전투함 세 척의 감시범위는 적게 잡아도 백 킬로미터 단위. 이미 오래전부터 피로도가 한계에 달한 해군이 그 공백을 제대로 메울 수 있을지 의문스러웠다.

"Sir. 잠시 교대하시는 게 어떻겠습니까? 식사 때가 많이 지났는데요."

짧게 망설인 겨울은 모랄레스의 제안을 받아들였다.

불가에 앉아 전투식량을 데우는데, '에일' 알레한드로가 묻는다.

"소령님은 혹시 애인이 있으십니까?"

"없어요."

겨울이 어색한 미소를 지어냈다. 엑셀의 영향인지, 병사들이 나누던 잡담은 아까부터 주제가 변하지 않았다. 연애사보다는 과장된 무용담에 가깝다. 서로가 허세임을 알면서 즐기는 대화.

"에이. 인기가 아주 많으실 텐데……. 꼭 진지한 사이가 아니더라도, 뭐, 아시잖습니까, 그런 거. 소령님쯤 되시는 분이 아예 없었다고 하시면 100% 거짓말입니다."

에일의 능청을 하퍼가 거들었다.

"No fire, no smoke. 단순히 유명인의 애환일지도 모릅니다만, 소령님의 여인들에 대한 소문이 끊이지 않는 건 그럴 만한 뭔가가 있기 때문이라고 봅니다."

"그럴 만한 뭔가가 없다니까요. 대체 무슨 소문을 들은 거예요?"

"오, 듣고 싶으십니까?"

"……사양할게요."

개구쟁이 같은 표정들을 보니 안 들어도 짐작이 간다. 소령님의 여인들이라. 민간에서 접할 수 있는 겨울에 대한 정보는 국방부에서 공개한 전투기록들뿐인데, 즐거움이 필요한 사람들에겐 그것만으로도 충분했던 모양이다.

알레한드로는 끈질겼다.

"그럼 이번에 포트 로버츠에서 지원 병력이 온다고 들었는데, 착하고 화끈한 여자 있으면 자리 좀 만들어주시면 안됩니까? 그 호랑이 원더우먼이나 마녀는 빼고요."

호랑이 원더우먼? 겨울은 민항기 조종사, 루크 메릴이 보여주었던 만화책을 떠올렸다. 어떤 이유에선지는 몰라도, 유라의 캐릭터가 그런 식으로 형성된 듯하다. 생각도 못 한 장소에서까지 같은 맥락의 별명을 듣게 된 걸 보면. 한별은 실제와 별 차이가 없을 것 같지만.

잠자코 듣던 슐츠가 끼어들었다.

"에일. 그런 물건을 달고 좋은 여자를 소개시켜달라는 건 민폐 그 자체 아닐까?"

"뭔 소리야? 내 물건이 어디가 어때서?"

"잘 들어. 진지하게 하는 말이야. 네 소중이는, 여기 이 보급품 펜보다 못해. 이래봬도 16페이지짜리 군사규격 기준(MIL-STD)을 충족시킨 물건이거든. 출처는 리더스 다이제스트."

"엿이나 드셔. 직접 보고도 같은 소리를 지껄이면 인정하지. 여기서 당장 까봐?"

시답잖은 농담들. 슐츠는 자신을 걱정할 필요 없다고 보여주려는 것 같았다.

비명과 괴성이 공기를 식혔다.

긴장감을 쫓으려 애쓰던 병사들이 반사적으로 전투태세에 돌입했다. 예외는 오직 겨울뿐. 홀로 앉아 차분한 식사를 이어간다. 다들 맛없다고 평하는 비스킷을 꼭꼭 씹어 삼키고, 포도 맛이라 주장하는 짙푸른 음료를 마신 뒤에, 이 모습에 벙찐 병사들을 진정시킨다.

"시끄러운 동안에는 안전할 거예요. 조용할 때가 오히려 더 위험하겠죠."

진짜 공격은 예고 없이 개시될 것이었다. 이런 식으로 변죽을 올린다는 건 바로 치고 들어올 생각이 없다는 뜻. 슐츠가 묻는다.

"무슨 말씀이신지는 알겠습니다만, 생존자들은 괜찮겠습니까?"

"아마도요. 좀 더 들어봐요."

미국이 21세기 들어 치른 전쟁들은 전면전과 거리가 멀었다. 경험 많은 병사들은 겨울의 말뜻을 쉽게 이해했다. 그만큼 인상이 더러워진다. 예상대로, 비명 섞인 욕설과 고함은 한참이 지난 뒤에도 끊어지지 않았다. 이쪽의 신경을 곤두세우려는 수작이었다.

"아무래도 각성제를 씹어야 할 것 같습니다. 허가해주시겠습니까?"

일반적인 작전에서는 각자의 재량이겠지만, 지금은 허락을 구해야 한다. 하퍼가 총구를 내리며 묻는 말에 겨울이 조건을 달았다.

"잠깐이라도 좋으니 순번대로 눈을 붙이려고 노력해보고, 정 안되겠다 싶으면 먹어요."

당혹스러워하는 병사들. 그러나 노련한 군인은 기회가 주어지면 어떻게든 잔다. 일이 잘 풀리면 채 하루가 다 지나기 전에 사냥이 끝날 수도 있지만, 꼬였다간 앞으로 며칠은 몇 시간씩 쉴 기회가 없을 가능성도 있다. 각성제만으로 버티긴 곤란했다.

식사를 마친 겨울은 사양하는 모랄레스와 다시 교대했다. 사다리를 타고 벽을 올라가봤으나, 숲의 장막에 가로막힌 시계(視界)에는 명백한 한계가 있었다. 다만 장벽 가까운 공터만 좀 더 넓게 볼 수 있을 따름. 어차피 「전투감각」과 「위기감지」가 있는 만큼 이 정도 차이는 있으나 마나 한 정도다. 「기척차단」으로 감각보정을 회피할 녀석이 없는 한에야.

그러나 추적에 특화된 스토커조차도 「기척차단」의 수준은 제한적이다. 기본적으로는 아예 없고, 겨울의 경험상 등급이 올라가더라도 결코 완벽해지지 않았다.

이 숲에서 그 사냥개들과 마주칠지도 모르겠다. 앨러미더에서 처음 조우한 이래 꽤나 시간이 흘렀으니, 이제 강화종이 등장해도 이상할 게 없었다.

'이래저래 준비를 많이 한 것 같으니까.'

한동안 보이지 않았던 건 역시 특수변종의 비율 문제일 것이다. 남다른 괴물치고 전투력은 그저 그런 수준이기에. 물론 트릭스터나 그림블에 비하면 개체 당 비중이 가벼울 거라고 생각하지만, 그조차도 낭비라면 만들어지지 않을 터.

쿠웅- 또 한차례 거목이 쓰러지는 소리. 그리고 그림블의 포효. 트릭스터가 아무리 애써도 저 패턴만큼은 막지 못하나보다. 결정적인 순간까지 존재를 숨긴다면 치명적일지도 모를 카드인데도. 겨울은 벽에서 내려왔다. 공사가 진행되던 그대로 방치된 탓에, 장벽 안쪽으로 비계(飛階)가 붙어있는 곳도 있었다. 무언가 시설물을 덧붙이려던 흔적이었다.

자정이 지나면서 숲이 고요해졌다.

결국 잠들지 못한 대원들은 무기를 움켜쥐고 적막을 경계했다.

긴장감이 피로로 퇴색될 무렵, 별빛 하늘 아래 밤보다 짙은 음영을 응시하던 겨울이 무전기에 대고 속삭였다.

"옵니다. 준비해요."

속 좋게 누워있던 개도 냄새를 맡았는지 달을 향해 짖는다.

슐츠가 목줄을 자신의 발목에 묶는 게 보인다. 한쪽에 모아둔 말들은 불안하게 땅을 찼다. 윙, 윙, 윙- 간헐적인 모터 가동음. 정면을 겨냥한 미니 건의 여섯 총열이 짧은 회전을 반복한다. 방아쇠를 누른다고 즉각 발사되는 게 아니어서, 정해진 회전속도에 도달하기까지 짧은 틈이 있기 때문이다.

단순한 위력정찰일까?

집중된 화망으로 무턱대고 밀어 넣을 것 같지는 않다. 겨울이 이렇게 생각했을 때, 중량감 넘치는 무언가가 질질 끌리는 듯한 소리가 들려왔다. 뭐지? 잠시 갸우뚱하던 겨울은, 이내 후방으로 시선을 돌렸다. 그저 길을 막으려는 게 아니었나. 한숨과 함께 다시 전파하는 무전.

"등 뒤는 내가 맡습니다. 지시하기 전까지는 앞쪽만 막고 있어요."

[등 뒤라니, 갑자기 무슨 말씀이십니까?]

돌아오는 질문에 대한 대답은 딱히 필요하지 않았다.

쿵! 쿵! 장벽 위로 엎어지는 수관들. 하나뿐이라면 평형 감각 떨어지는 변종들이 타고 오르기 버겁겠으나, 쌍으로 붙일 땐 이야기가 다르다. 위치는 비계가 붙은 곳과 정확히 일치했다. 겨울이 오기 전에, 트릭스터가 이미 내부를 한 바퀴 돌아봤다는 말이었다.

아주 가까운 그럼블의 포효가 들린다.

[Fuck.]

잡음이 섞이기 시작한 무전기와, 허탈해하는 알레한드로의 음성.

공격은 사방에서 시작되었다.

장벽 위로 그림자들이 솟구친다. 퀘에엑! 캬악! 당연히 정면에서도 부패한 숙주들이 몰려온다. 그러나 밀도가 높진 않았다. 화력을 집중하는 효과가 낮지만, 그렇다고 대응하지 않을 수도 없는 수준. 겨울은 플라스틱 폭탄 한 쌍의 시한 신관에 3초를 장입하고 서로 다른 비계를 향해 집어던졌다. 콰앙! 지지대가 파괴되며 무너지고 기울어지는 발판. 살아 있는 시체들이 와르르 쏟아진다.

공수 상자에서 로켓 발사관[17]과 탄 묶음을 꺼낸 겨울은 공터 중앙으로 달렸다. 한쪽에서 먼저 일어선 몇 놈이 달음박질로 육박해온다. 그것들을 등지고 무릎을 꿇는 겨울. 비계 아래, 끊임없이 쏟아지는 무게에 눌려 아우성치는 무더기를 겨냥한다.

셋, 둘, 하나. 귀가 멍해지는 격발의 순간, 배후의 위협이 증발했다. 발사 후폭풍으로 날려버린 것. 이어 조준했던 수십 개의 몸뚱이가 굉음과 함께 비산했다. 내장을 흩뿌리는 상체 하나가 포물선으로 날아들었다. 그 와중에도 번식을 갈구하는 손길을 겨울에게 내뻗는다. 그 안면에 군홧발을 꽂아 주자 목뼈가 부러졌다. 관성으로 튀어나온 핏물이 디딤발을 적신다.

뛰어내리자마자 무턱대고 달려오는 변종들은 직선상으로 쉽게 겹쳐졌다. 지도력을 갖춘 개체가 같이 넘어오지 않은 탓.

---

17 Mk.777 : 미 특수전사령부의 요청을 받아 AirTronic USA사에서 러시아의 RPG-7을 재설계해 제작한 휴대용 대전차로켓.

이를 노린 겨울이 발사관 대신 대물저격총을 들었다. 핀 빠진 수류탄을 측방으로 굴리고 정면을 겨누어 반자동으로 미친 듯이 갈겨댔다. 그럼에도 정밀한 사격은 뼈 없는 부위를 관통했다. 즉사보다는 무력화를 노린 연사.

크워얽!

역병의 선두가 피를 토했다. 갈빗대를 피해 허파를 꿰뚫은 철갑고폭탄이 그 너머의 표적에 맞아 폭발한다. 한 발당 최소 둘 이상을 주저앉히는 사격. 그러고도 꾸역꾸역 기어오는 놈들은 더 이상 긴급한 위협이 아니다. 시간을 번 겨울이 흙 묻은 로켓 발사관에 차탄을 장전했다. 후폭풍에 맞았던 녀석 중 죽지 않은 하나가 가깝다. 끄어어 드는 낯짝에 피멍이 번져있었다. 꾸드득, 경추를 밟아 으깨며, 조준기 십자선 중앙에 남아있는 비계를 맞춘다. 격발.

섬광과 광풍이 일었다. 녹슨 발판이 시체들과 더불어 아찔하게 솟구쳤다.

"죽어라 이 씹새들아!"

모랄레스가 고함을 내지르며 미니 건 사선을 꺾는다. 부우우우욱 간격을 느낄 수 없는 총성. 고속으로 도는 여섯 총열이 초당 100발까지 뿜어내는 화력이다. 불그스름하게 달아오른 총열들의 쥐불놀이가 어둠 속에서도 선명했다.

"과열! 과열 조심해요! 총 터져서 죽기 싫으면!"

탄과 탄창이 남아돌다보니, 적의 규모에 압도당해 마구잡이로 긁어대는 병사들이었다.

전면을 주시하라는 지시는 지켜지지 않고 있었다. 출입구의 공세가 격렬하지 않아, 미니 건 사수 혼자서도 얼마든지 막아냈다. 다만 탄을 워낙 빠르게 소모하는지라, 유탄사수가 보조로서 장전에 필요한 시간을 벌어줘야 했다.

이 와중에 닥스훈트가 끙끙댄다. 슐츠의 다리에 붙어 오들오들 오줌을 싸고 있었다. 정신없는 슐츠는 아는지 모르는지 무릎쏴 자세로 사격과 재장전에 여념이 없다. 말들도 혼란스러워했으나 침착한 엑셀이 누름돌 역할을 해주었다. 상대적으로 안전한 위치지만, 걷어차서 죽인 변종의 시체가 한 구 쓰러져 있었다. 무리 짓지 않은 역병은 무리 지은 대형동물보다 약하다.

다섯이서 사살한 숫자가 잠깐 사이에 세 자리를 넘었다.

짧고 뭉툭한 고속유탄발사기가 밤보다 어두운 숲을 초연과 유혈로 물들였다. 웅크리고 있던 변종들에게서 자욱한 피 안개가 피어올랐다. 파편이 터지는 순간, 창백한 피부에 붉은 점이 뿌려진다. 곧 그 점들로부터 변질된 피가 급격히 배어나온다.

겨울이 연속으로 「투척」한 플라스틱 폭탄들이 장벽을 넘어가서 터졌다. 굵은 통나무를 단숨에 꺾진 못할지라도, 축을 흔들어 쓰러트리는 정도는 가능했다.

'왜 벽을 부수고 들어오지 않았지?'

소총으로 조준사격, 권총으로 확인사살을 하며, 겨울은 힘이 다해가는, 짧고 격렬했던 공세에 의문을 품는다. 방공호의 모든 요소가 편집증적으로 두껍긴 해도, 그럼블이 시간을 들여 부수지 못할 정도는 아니기에. 보통의 변종이 드나들 정도만 균열을 만들어도 충분할 텐데.

[워후! 적이 물러갑니다!]

유탄사수 알레한드로의 함성.

[잠깐이지만 교활한 새끼를 포착했습니다! 바로 쫓아가서 죽여야 합니다!]

모랄레스의 음성이 흥분으로 떨렸다.

"아뇨. 예정된 시각까지는 움직이지 않습니다."

시계를 확인한 겨울은 상병의 건의를 거부했다.

그럼블을 잃을 가능성을 최대한 회피한 거라고 본다면, 이번 습격은 절대로 결정적인 공격이 아니었다. 트릭스터에게 어설픔을 기대하기는 금물. 죽은 숫자가 많아도 미성숙한 개체를 포함하여 평균 이하인 놈들뿐이다. 뭔가 더 숨겨둔 게 있으며, 겉보기에만 큰 승리는 방심한 이쪽이 숲 깊은 곳까지 쫓아오게 만들 수단이라고 보아야 적절할 터.

[바로 끝낼 수 있을 것 같은데…….]

무전망에 아쉬운 몇 마디가 흘렀다. 그러나 길게 이어지지 않는다. 지휘관에 대한 신뢰였다.

겨울은 병사들에게 재정비를 지시했다. 함정에 빠져주긴 하겠지만, 어디까지나 계획대로 갈 것이다.

대체 뭘 준비해두었으려나.

거목이 우거진 숲은 사실 트릭스터에게도 불리한 환경이다. 전파의 도달범위가 축소되는 까닭. 그러므로 준비된 함정의 일부는 직접적인 통제 없이도 위협적인 종류일 것이다.

다양한 가능성들이 겨울의 「통찰」을 스치는 사이, 위성

단말기가 새로운 신호를 포착했다.

"소령님. 골든 이글에서 데이비드 액추얼을 찾습니다."

모랄레스의 말에 겨울이 고개를 기울였다. 생소한 호출 부호다.

"골든 이글?"

"어……. 잠시만 기다려주시겠습니까? ……칼 빈슨, 칼 빈슨이랍니다. 항모전단이군요. 추가적인 지원에 관해 통보할 사항이 있다는데요?"

전투를 끝내고 얼마 지나지 않은 시점에서 들어온 연락이었다. 아무래도 마리골드, 혹은 그 윗선에서 고공에 무인기를 띄워놓고 교전과정을 지켜본 모양. 이는 단지 겨울이라서가 아닐 것이었다. 프레벤티브 스캘핑 작전의 중요도를 감안하면, 모든 보고가 실시간으로 백악관까지 올라갈 가능성도 있다. 예컨대 작전명 넵튠 스피어, 파키스탄에서 빈 라덴을 사살할 때도, 미국 대통령이 참모들과 함께 실시간으로 전투현황을 지켜봤으니까.

너무 위험해 보였던 걸까?

당사자인 겨울에겐 치명적인 공세가 아니었으나, 지켜보는 입장에선 많이 달랐을 것 같다. 고작 다섯 명이서 특수변종이 포함된 수백 개체의 포위공격을 받은 셈이니까. 이번 작전에 참가한 임무부대들은 무서운 속도로 소모되고 있다. 그만큼 많은 숫자를 구출하긴 했어도, 단기간에 회복이 불가능한 정예 병력의 손실은 다른 차원의 문제였다. 요청하지도 않은 지원 강화는 그런 맥락에서 이해할 수 있었다.

'고작 다섯 명에게 공격헬기 편대가 붙는 것만 해도 대단한 건데…….'

아무튼 준다는데 사양할 필요는 없다.

통신을 받아보니, 진입 시간에 맞춰 호위함들이 순항미사일(토마호크)을 날려주겠다는 내용이었다. 설마 오폭 가능성을 감수하겠다는 건가? 매복한 변종집단 규모가 클 것으로 추정되기 때문에? 잠시 고민하는 겨울이었으나, 이어지는 통보가 우려를 불식시켰다.

"골든 이글, 특수목적탄이라면 정확히 어떤 종류인지?"

[채프(Chaff) 탄두와 흑연 필라멘트 탄두다. 데이비드의 이동경로를 제외한 모든 범위에서 트릭스터의 통신을 억제하고, 그 외의 능력 또한 저하시킬 수 있을 것이다.]

채프는 알루미늄 박막을 뿌려 전파를 산란시키는 수단이었다. 즉 숲에 얼마나 많은 숫자가 숨어있든 트릭스터의 신호를 받지 못하게 만들겠다는 뜻. 또한 전파가 주 시야인 트릭스터는 채프의 영향권에서 장님이나 다름없게 될 것이었다. 숲의 어둠을 맨눈으로 헤아리긴 어렵다.

필라멘트 탄두는 낯설다. 거미줄 같은 흑연 섬유를 뿌려, 트릭스터가 어디를 가더라도 몸에 휘감기게 하겠다는 의도였다. 그로써 생체전기를 공격수단으로 쓰긴 어렵게 된다. 채찍처럼 휘두르는 팔이라거나. 옆에서 듣던 모랄레스는 기가 막힌 표정이었다.

"토마호크를 여섯 발이나……. 고맙긴 하지만, 차라리 그 값의 절반이라도 저희들에게 나눠주면 정말 목숨 걸고 싸울 텐데 말입니다. Damn, 천만 달러면 평생을 일해도 못 벌 돈인데."

다른 대원들이 동감이라는 듯 고개를 끄덕인다. 휴대용 대전차 미사일(재블린)을 쏘면서 "이야, 저기 20만 달러가 날아간다!"라고 소리치는 사람들다운 농담.

미국 정부도 악에 받친 느낌이다. 예산 걱정도 많을 텐데, 값비싼 무기체계를 아낌없이 써버린다. 하기야 인류의 존망이 걸린 국면이자, 쓰기를 망설이다가 쓸 사람이 없어질 위기이긴 하다. 이 작전으로 구원받을 무수한 인명은 그 이상의 가치이고.

교신을 마친 뒤, 겨울은 달이 없는 새벽을 기다렸다.

시간과 함께 별자리가 흘렀다. 간헐적으로 괴성과 비명이 이어지던 밤이 난데없는 굉음에 흔들린다. 노이즈 메이커가 작동된 것. 공격헬기 편대가 접근 중이라는 의미였다.

이어 제트 엔진의 소음이 뒤섞였다. 서쪽 하늘에서 다가오는 광점들이 보인다. 퍼엉, 펑. 별빛 천구 아래 여섯 발의 미사일이 동시다발적으로 깨졌다. 희미한 백색 섬유가 광범위하게 흩어지고, 자그마한 낙하산에 매달려 바람을 타는 다수의 탄자들로부터 은빛 가루가 분수처럼 뿌려지는 광경. 근 2톤의 알루미늄 분말은 정해진 시간 동안 지속적으로 살포될 것이다.

변종들의 변이에 대응하는 인간의 지혜.

"가죠. 이렇게까지 도와주는데, 이 기회에 사냥을 끝내버리자고요."

출발 직전 산탄지뢰들을 폭파시켰다. 자그마한 쇠구슬 수천 개가 충격파와 더불어 넓은 전면을 휩쓸었다. 도사리고 있던 역병들이 끔찍한 비명을 지른다. 거기에 대고 고속유탄 발사기의 잔탄을 모조리 퍼붓는 알레한드로. 탄약을 남기고 갈 순 없었다.

겨울이 고삐를 측면으로 틀었다.

"우회합니다. 놈들이 공백을 메우려고 할 거예요."

초연 섞인 바람결에 짙은 악취가 밀려온다. 포위망에 생긴 구멍을 막으려는 움직임들. 그러나 그로 인해 오히려 주변의 밀도가 낮아질 터. 반원을 그리며 움직인 겨울이 손을 들어올렸다. 엄폐물 삼은 덤불 너머, 우르르 변종들이 모여들었다. 규모가 상당하다.

혹시 저 가운데 사냥개가 있을지도 모른다.

저 많은 수를 다 쏴죽일 필요는 없다. 구울과 사냥개를 사살하면, 트릭스터의 장악력만으로는 섬세함이 떨어질 수밖에. 한편으로 자신 있게 쫓아올 정도는 남겨둬야 한다. 최종국면에서 교활한 것들이 살상범위에 들어오게끔.

구울은 멀리서도 유달리 창백하지만, 문제는 사냥개. 스토커는 일반적인 변종과 외견상 차이가 적다. 멀리서 다수에 뒤섞여있으니 냄새 맡는 품도 구분이 안 되고. 어떻게 할까. 고민하던 겨울이 문득 바람 불어오는 방향을 응시한다.

두두둑!

순간적인 조준사격. 사나운 밤을 경계하여 날아올랐던

새가 즉사했다. 명중탄이 세 발이었으므로 적잖은 피와 깃털이 뿌려진다. 그 냄새를 바람이 확산시키는 순간, 변종 무리에서 몇 놈이 즉시 방향을 꺾었다. 그럼 그렇지. 겨울이 그 소요를 겨누어, 한 호흡에 방아쇠 일곱 번을 당겼다. 마지막으로 구울의 미간에 한 발을 꽂는다. 회백색 시체의 고개가 확 꺾어졌다.

"이제 달려요!"

Hooah! 노이즈 메이커의 메아리 속에서는 목소리를 줄일 필요가 없었다. 길라잡이를 모두 잃고 모든 방향으로 엇갈리는 무리를 등진 채 질주하는 다섯 기병. 생존자가 있을 곳으로부터 미묘하게 어긋난 진로를 잡는다. 그쪽이야말로 함정의 중심일 테니까.

갇혀주기야 할 것이다. 예정된 시간, 예정된 위치에서. 그때까지는 이리저리 흩어놓고, 잡힐 듯 잡힐 듯 잡히지 않는 숨바꼭질을 벌여야겠지.

끼에에에엑!

곳곳에서 숨어있던 괴물들이 튀어나왔다. 그러나 체계적이지 못하다. 겨울이 전방을 쓸어버리는 사이, 쾅쾅쾅쾅! 묵직한 총성의 연쇄가 흉곽을 조인다. 대원들이 부무장으로 휴대한 자동 샷 건(AA-12)이다. 한때 조안나가 여객선에 들고 들어갔던 바로 그 무기. 완전자동으로 갈겨대는 산탄 서른두 발은 근거리 교전에서 재앙에 가깝다. 좌우에서 육박하던 변종들이 갈기갈기 찢어졌다. 무릎에 맞으면 관절이 박살나고, 복부에 맞으면 내장까지 파열된다.

위?

전신이 저릿거릴 정도로 강렬한 경고. 겨울이 급격히 기수를 트는 순간, 전방의 수관(樹冠), 무성한 가지와 불투명한 잎사귀들의 장막 위쪽으로부터, 자그마한 몸뚱이들이 농익은 열매처럼 떨어져 내렸다.

"으악! 뭡니까 저건!"

누구 비명인지 분간도 안 간다. 말 한 필은 거의 넘어질 뻔했다.

깨액! 끼익끼익! 애앵애애앵!

징그럽게 울면서 떨어져 죽는 것들의 정체는, 노란 농포가 똥똥한 역병의 아기들이었다. 전에 본 것과는 어딘가 조금씩 달라진 형상. 수십 미터를 추락하여 퍼억 퍽 부서질 때마다 강산성의 체액이 폭발한다. 퍼진 자리마다 땅이 타들어가며 자글자글 매캐한 연기가 피어올랐다. 둔탁하고 질퍽한 추락이 줄줄이 이어졌다.

겨울이 눈가를 살짝 찡그린다.

'이거였구나. 상황을 감안해도 어쩐지 숫자가 적다 싶었는데, 노리던 게 이거였어.'

쓰러진 나무를 돌아가야 할 상황에 정지된 기동. 기동대원들이 측후방에서 밀려드는 것들을 떼로 사살하는 사이, 겨울은 수류탄을 연속으로 「투척」했다. 맹렬하게 치솟아 전방의 높은 연속선, 불투명한 수관을 후려치는 네 번의 폭발. 터질 때마다 어린 괴물들이 단말마의 비명을 내질렀다. 그 아래로 유례없이 걸쭉한 산성비가 쏟아져 내렸다.

그 밀도가 썩 높지는 않다. 그러나 면적을 감안하면 무시 못 할 숫자였다.

단순히 숫자만 많은 매복이라면 차라리 대비한 범주인데.

Reload! 재장전중이니 엄호해달라는 외침. 그러나 거의 동시에 탄창을 비운 병사들에게 화력공백이 생긴다. 총성이 잦아든 만큼 역병이 가까워졌다. 어지러워진 손들이 시간을 끌었다. 고삐를 잡아채기도 늦다. 말 위에서 드러누운 겨울이 뒤집어진 시야에 대고 연사를 퍼부었다. 철컥! 약실이 비었다. 재장전에 반 호흡. 다음 10초간 열일곱 개의 머리에 구멍이 났다.

"전방으로!"

앞장서서 박차를 가하는 겨울. 한차례 해로운 비가 내린 땅을 지나, 수관이 엷어지는 길을 따라 달린다. 자연히 잦아지는 방향전환과 느려지는 속도. 이는 또한 교활한 변종이 예견한 경로일 것이었다. 벗어나기 위해서는 수시로 수류탄이 필요했다. 그리고도 쓰러진 거목에 여러 차례 가로막힌다.

"에일! 유탄!"

짧은 명령과 손짓에 알레한드로가 대각선으로 유탄발사기를 조준했다. 신경질적인 연사에 인공강우가 쏟아진다. 그 아래에서 달려오던 시체들이 녹아내렸다. 그러나 파편을 피한 하나가 인마를 향해 낙하한다. 터지기 직전인 유아, 짧은 다리를 낚아채 확 던지는 겨울. 목표였던 구울은 날렵하게 몸을 낮췄고, 그 뒤에 머물던 일반 변종 셋이 허공에서 파열하는 액상의 죽음을 뒤집어썼다. 꺄아아아아악! 감염된 절규 중에서도 특히 끔찍한 불협화음이었다.

두두둑! 두두두둑!

가지가 성긴 자리라고 안전한 게 아니다. 수령 수백 년의 고목에 붙은 살덩이들, 더러운 열매들이 정교한 사격에 꿰뚫린다. 죽죽 새는 과즙은 풀이 죽은 폭발이었다.

"수류탄 잔량 확인해요!"

겨울의 외침에 이어지는 보고들. 다섯, 넷, 다섯, 일곱. 일반적인 교전이라면 충분하고도 남았을, 안장 가방에 그득 담아온 폭발물이 벌써부터 바닥을 드러내는 중이다. 유탄사수인 알레한드로는 탄창을 채울 엄두도 못 내고 있었다.

이 시점에서 달려온 길은 8자의 형상이었다. 이미 개척한 길을 트랙처럼 달리는 것으로 시간을 끌 요량이다. 공격헬기 편대와 합류할 때까지.

전방의 무수한 거목들 사이에서 거대한 그림자가 일어난다. 50미터. 바람의 방해를 받지 않을 때, 그럼블의 후각이 인간을 감지하는 범위다.

"엎드려!"

겨울의 외마디 외침에 반사적으로 낮아지는 병사들. 그 위로 강속구가 지나갔다.

산성 변종들이 그럼블의 다리를 기어오르는 광경이 보인다. 어깨를 타고 넘어서, 굵은 팔을 지나 스스로 '장전'되는 것. 투척 패턴과 산성 변종의 시너지였다.

그러나 어설프다.

두두두둑!

또 한 번 던지려는 찰나에 이루어진 겨울의 조준사격. 투사체로 잡혀있던 녀석은 물론이거니와, 반대 쪽 어깨에 있던 녀석, 다리를 기어오르던 녀석들의 농포가 연속으로 터져나간다. 산성 체액에 흠뻑 젖은 대형 변종이 괴성을 내질렀다. 그 순간에 이미 대물저격총을 겨냥한 겨울이었으나, 기습적으로 뚝 떨어지는 생체 폭탄들을 먼저 쳐내야 했다. 타앙! 탕! 비대한 몸통에 비해 자그마한 머리 한 쌍이 사라졌다. 머리가 없으니 터지는 타이밍이 어긋난다. 철갑고폭탄에 관통당한 충격으로 비껴나간 몸뚱이들이 뒤늦게 팽창했다.

크아아아!

포효를 마친 괴물이 전속력으로 쫓아온다. 온갖 나무에 부딪히고, 그 외의 장애물을 뭉개버리면서. 몸 절반이 지글거리는 와중이었다. 겨울이 원격 신관이 달린 TNT 바(폭탄)를 집어던졌다. 멀쩡한 놈이라면 모를까, 외피에 문제가 생긴 지금은 통할 가능성이 높다.

달칵. 스위치를 누르자 숲이 번뜩인다. 중심을 잃은 거체가 요란하게 나뒹굴었다. 가속도 그대로 굴러서 도랑에 처박힌다. 죽지 않았어도 여유는 벌었다.

정해진 길을 달리는 걸 파악했는지 변종들의 밀도가 높아졌다. 시계를 본 겨울이 마침내 헬기 편대와 합류할 지점으로 기수를 돌렸다. 겨울이 대원들을 격려한다.

"조금만 더 버텨요! 이제 금방이니까!"

"저기! 트릭스터 아닙니까?!"

소리친 슐츠가 10시 방향으로 연사를 긁는다. 기형적인 실루엣이 휙 지나갔다. 실타래 같은 것이 잔뜩 엉겨 붙어 기괴한 느낌이었다.

얼마 달리지 않아 탁 트인 하늘이 다가왔다. 어쨌든 트릭스터 또한 기병대를 공터로 밀어 넣을 계획이었던 것 같다. 산성비를 피하려는 인간들은 어쩔 수 없이 나무 없는 곳을 찾아가리라고. 들키지 않을 거리를 둔 또 다른 매복이 준비되어 있을 것이다.

'유리한 상황을 만들어주면, 날 감염시키고 싶은 욕심도 들겠지.'

겨울 이상으로 우수한 숙주는 없다. 지나간 종말들, 사망한 후의 경과를 지켜보고 있노라면, 불가피하게 감염으로 죽은 겨울의 몸은 특히 더 강력한 괴물이 되곤 했다.

트윈 하늘 아래 서는 즉시, 안장에서 신호탄 발사기를 뽑아 새벽의 중심을 향해 쏜다. 눈에 보이지 않는 적외선 조명은 예정대로 도착했다는 신호였다. 혹시나 헬기가 한발 앞서 등장하면 곤란하기에 정한 약속이다.

"여기서 버팁니다! 앞으로 30초!"

겨울의 외침에 병사들의 사선이 사방으로 벌어진다.

"Fuck! 더럽게 많군! Frag out!"

모랄레스가 남아있는 수류탄을 모조리 투척했다. 수십 개의 그림자가 쓰러지고, 어둠의 저편으로부터 그 이상이 몰려들었다. 흩어져 느슨하던 포위가 빠르게 두꺼워지는 과정.

바로 뛰쳐나오지 않는 행태가 사냥감 주변을 도는 늑대 떼처럼 영리했다. 축차 투입으로 소모하기보다는, 실패할 가능성이 없어졌을 때 동시에 들이쳐서 끝내려는 것 같다.

떨어진 위치의 생존자들은 이미 관심 밖일 것이다. 나중에 쫓아가서 죽이면 그만이니까.

마침내 변종의 물결이 범람하는 순간.

이제까지와는 다른, 거센 바람이 밀려왔다.

울창한 삼림의 작은 공백지대, 가로세로 채 100미터가 되지 않는 범위에 네 대의 공격헬기가 출현했다. 아파치 편대의 정지비행은 복좌로 앉은 파일럿들이 보일 만큼 고도가 낮았다. 트릭스터의 등장 이래 이런 식의 저공비행은 없었던 일. 역병의 범람이 멈칫거린다. 이는 곧 교활한 변종들의 혼란이었다.

[데이비드 액추얼. 수고했다. 지금부터는 해머 폴이 교전하겠다. 파편이 튈지도 모르니 자세를 낮추도록. 손 놓고 구경만 해도 좋다.]

무전을 들은 대원들은, 극도의 긴장감으로 손을 떨고 숨을 몰아쉬면서도 반가움을 지우고 아니꼬움을 드러냈다. 새끼들, 잘난 척 쩌네. 겨울이 무전기에 대고 경고했다.

"해머 폴! 그럼블에 주의해라! 체액이 산성인 변종을 투척한다!"

[산성……? 입감했다. 그 전에 뭉개버리겠다.]

직후 어떤 대화도 불가능해졌다. 헬기 편대가 쏟아내는 고폭탄 사격이 그 외의 모든 소리를 소거해버린 탓. 겨울은 엑셀과 함께 누웠고, 대원들도 각자의 말을 눕힌 뒤 바싹 엎드렸다. 수류탄에 필적하는 폭발이 초당 40번씩 번뜩인다.

그 와중에 가냘프게 들리는 괴성. 그럼블이다. 초토화되는 숲과 박살난 육편을 짓밟고 튀어나오는 괴물을 향해, 헬기 두 대가 거의 동시에 미사일을 발사했다. 140센티 두께의 철판을 관통하는 과잉 화력이 베타 등급의 물리 내성을 간단하게 짓이겨버린다.

배후에서 트릭스터가 튀어나왔다. 그럼블을 방패로 접근한 모양. 우거진 나무가 자폭의 장애물이라고 여긴 듯하다. 바바바박 터지는 기관포의 사선이 팔다리를 훑었으나, 기어코 불가시의 충격파를 터트리는 괴물.

헬기 편대가 한순간 비틀거렸다. 사격이 끊어지고, 고도가 1미터쯤 떨어진다.

단지 그뿐.

회로마다 강제방전장치를 떡칠한 공격헬기들은 수 초 사이에 정상화되었다. 마리골드가 작정하고 보낸 실험기들이었다.

[언제까지 당하고만 있을 거라고 생각했냐. 이 등신 새끼들아.]

또 한차례의 충격파가 해머 폴 편대를 흔들었다. 또 다른 트릭스터의 자폭. 결과는 달라지지 않는다. 흩어지는 변종들을 향해 로켓 포화가 쏟아졌다. 헬기 넷이 싣고 온 로켓은 300발에 달했다. 폭발의 연속선이 숲 깊은 곳까지 파고들었다. 알레한드로가 들리지 않는 함성을 지른다.

'아직도 남아있는 트릭스터가 있어.'

겨울은 변종들의 움직임을 읽었다. 머리가 아예 없어졌다면 몰살에 개의치 않고 달려들어야 정상이다. 지금은 혼란스러울지언정 어떻게든 뒤로 빠지는 중. 움직임을 보건대 복수는 아닐 것이다. 침묵하는 하나는 예외로 두어야겠지만.

끝도 없이 이어지던 포화가 잦아들었다.

[지원임무 종료. 데이비드 액추얼, 해머 폴은 이제 빠지겠다. 건투를 빈다.]

"해머 폴, 훌륭한 지원에 감사한다."

답례를 보낸 겨울이 바로 추격에 나섰다.

아무래도 살아남은 트릭스터가 정상은 아닌 듯, 모든 채널에 걸쳐 단말마의 비명에 가까운 잡음이 요란하다. 신호가 강해지는 방향을 쫓은 결과, 1,300년 수령의 세쿼이아 앞에서 적은 무리에게 부축 받는 특수변종을 발견할 수 있었다. 바로 달려드는 일반 변종들을 사살한 겨울이 대원들에게 묻는다.

"저거 죽이고 싶은 사람 있어요?"

서로 시선을 교환하던 대원들 가운데, 알레한드로가 나선다.

"제가 해도 됩니까?"

"그럼요."

라틴계의 일병이 무력화된 트릭스터를 향해 조준선을 정렬했다.

"내가 이 대사를 꼭 한 번 해보고 싶었지. Yi-pee-ki-yay,

motherfucker.[18]"

생애 최후의 절규를 내뱉는 괴물을 향해, 병사는 탄창 하나를 모조리 비워버렸다.

---

18 다이하드 시리즈에서 전통처럼 사용하는 명대사. 존 맥클레인이 적에게 치명타를 날릴 때 사용하는 클로징 멘트.

읽지 않은 메시지 (10)

[BigBuffetBoy86 님이 별 1,092개를 선물하셨습니다.]

「BigBuffetBoy86 : Yi-pee-ki-yay, motherfucker!」

「윌마 : 캬! 시원하게 쓸어버리네. 로켓 사격 멋지다.」

「윌마 : 방송 끝날 때마다 아쉬워. 자기 전에 동기화 바꿔서 재탕해야겠다.」

「엑윽보수 : 야, 이과 등판해라. 아까 그 헬기 왜 EMP 맞고도 멀쩡하냐? 가능하긴 함?」

「붉은 10월 : ㅇㅇ 가능함. 전자기 충격파 내성 회로는 옛날부터 있었거든. 요즘 나오는 전자기기들은 근처에서 핵 터져도 이상 없는 것들이 많음. 꺼졌다 켜질 수는 있겠다.」

「슬로우 웨건 : 그건 내가…… 설명하지…….」

「엑윽보수 : 올, 그런 거야?」

「붉은 10월 : 사후보험 초기에 북한이 시비 걸다가 존나 쳐 맞은 적 있잖아? 그때 탄도탄이 죄다 격추되니까 걔들이 트럭에다 EMP 폭탄 싣고 개돌해서 터트렸는데 개뿔 아무 피해 없음. 맨날 그거 위험하다고 지랄하던 언론들 조용해진 거 댕꿀 ㅋㅋ 북괴 전력 과장 ㄴㄴ함.」

「폭풍224 : 사후보험 코어는 아예 핵을 맞아도 멀쩡한 곳에 있다더만. 전쟁 같은 비상시엔 자체적으로 봉쇄해서 물리적으로 들어갈 길이 없어진대. 어딘지는 몰라도.」

「슬로우 웨건 : EMP에 의한…… 회로 손상은…… 갑작스럽게 높아진 전압에 의해…….」

「붉은 10월 : 「종말 이후」 세계관이 꽤 옛날 배경이긴 한데, 내가 알기로 미국은 저 시대 훨씬 전부터 EMP 방호에 신경 쓴 나라임. 시간과 예산만 충분하면 저 정도는 당연함. 냉전 내내 핵전쟁에 대비했을 텐데. 우리나라처럼 국방부가 도둑놈들 투성인 나라도 아니고.」

「병림픽금메달 : 도둑놈들 ㅋㅋㅋ 이번에 7차 병영생활관 현대화 사업 하던데 ㅋㅋㅋ 이것도 아마 생계형 비리 엄청 날듯 ㅋㅋㅋ 동남아 용병 새끼들이 태반인 휴전선에 뭐 좋은 거 갖춰줄 필요가 있다고 ㅋㅋㅋ」

「병림픽금메달 : 사후보험 가입 혜택만 줘도 충성충성충성 이러는 마당에 ㅋㅋㅋ」

「붉은 10월 : 시끄럽고, 생각해봐. 전에 포트 로버츠 습격 때도 험비에 곧바로 시동 걸렸잖아? 무전기 같은 단순 회로도 멀쩡하고. 어지간한 장비에 기본적인 내성이 있었다는 뜻임.」

「엑옥보수 : ㄱㅅㄱㅅ. 국까 거르고 착한 설명충 인정한다 이기야!」

「둠칫두둠칫 : 엑옥 자제해라. 월베충 냄새 심하다. 10월아, 냉전이 뭐냐?」

「붉은 10월 : 밀덕의 꿈과 희망이 넘쳐나던 시절.」

「둠칫두둠칫 : 뭔지 모르겠는데.」

「슬로우 웨건 : 내가…… 너무…… 늦었나…….」

「붉은 10월 : 냉전이 뭐냐고 묻는 것만 봐도 이 나라의 교육이 개똥이라는 걸 알 수 있지. IMF도 국민 탓하는 시점에서 벌써 한참 전에 글러먹었지만.」

「둠칫두둠칫 : 이 새낀 시발놈이 왜 갑자기 시비야 시발.」

「붉은 10월 : 교육제도 욕했는데 왜 니가 발끈해? 뭐 쫄리는 거 있냐?」

「둠칫두둠칫 : ㅉㅉ 그건 너겠지. 보통 저렇게 사소한 걸로 부심 부리는 놈들 보면 가난하고 없는 새끼들이 대부분이더라. 그 외에 내세울 게 없으니까.」

「돌체엔 가봤나 : 이거 진짜 공감! ㅋㅋㅋ」

「조선왕조씰룩 : 2222222!!! 돈 많은 남자는 여유가 있어.」

「붉은 10월 : 어휴, 병신 냄새.」

「슬로우 웨건 : 냉전…… 내가…… 설명하지…….」

「호구호구굿 : 근데 다른 스트리머들의「종말 이후」에선 저런 거 안 나와. 여기서 처음 봄.」

「프랑크소시지 : 그냥 한겨울 얘가 운이 좋은 거 아니냐? 대통령 능력이 개쩌는 거 같아. 정부가 정부 역할 하는 것만 봐도 말이지. 역시 될 놈은 뭘 해도 됩니다. ㅇㅈ? ㅇㅇㅈ.」

「도도한공쮸♡ : 운이 좋다고만 하긴 좀 그렇지 않아? 우리 겨울이가 열심히^^해서 매번 안 좋은 일 덮을 거리 만들어주고 했으니까 여기까지 온 거라고 봄.」

「대출금1억원 : 나비효과 인정함. 겨울 이 새끼 마음에 안 드는 구석도 많지만, 현질 한 번 안 하면서 흙수저들이 몰입하기 좋게끔 열심히 했어. 많이 굴렀으니 봄날이 올 때도 됐지.」

「닉으로드립치지마라 : 좀 다른 예이긴 한데, 뱅크런이랑 비교하면 너네가 이해하기 쉬울 거다. 사람들이 공황에 빠져서 계좌 잔고 다 빼가려고 하면 안 망할 은행이 없듯이, 국가도 혼란에 빠지면 답이 없을 테니까. 이 세계관의 정부가 유능하기도 하지만, 사회를 안정시키는 비용 면에서 진행자 덕을 많이 봤다고 봐야지.」

「닉으로드립치지마라 : 다른 채널이랑 비교할 때 오히려 이게 정상일지도. 다른 진행자들이 다 별창늙은이 방식을 똑같이 따라가니까 현질 없인 무조건 망하는 거라고 생각한다.」

「슬로우 웨건 : 냉전이란…… 2차 대전 이후…… 사회주의 국가의 맹주…… 소련과…… 자본주의 세계의 맹주…… 미국이…….」

「액티브X좆까 : 확실히 그런 게 있는 거 같음. 남이 성공할 때 그대로 따라하면 될 거라고 생각하는 할배할매도 문제고, 다른 방식을 시도하는 것 자체가 불가능할 만큼 머리가 굳은 아재아지매들도 문제야. 한 우물만 파면 무조건 된대. 미친. 나이 들면 다 업그레이드 병신이 되나봄. 나도 그럴까봐 무섭다. ㅋ」

「질소포장 : 항상 말하지만 노인네들을 죽여야 한다니까.」

「50년째 린저씨 : 허,,,참,,,말하는 뽄새 하고는,,,에나 지금이나 어린놈들은 버르장머리가 없어,,,적당히 때려서 훈육해야 하는데,,,부모들이 너무 오냐오냐 기르는 바람에,,,쯧쯧,,,」

「앱등이 : 니들은 왜 그렇게 맨날 싸우니? 무슨 화제가 나오든 서로 물어뜯고 보네.」

「깜장고양이 : 고양이님이 보기에도 인간들은 너무 잘 싸우는 고양. 그럴 땐 햇빛 들어오는 창가에 누워서 잠을 자보는 고양. 딱 맞는 상자에 들어가 안락함을 느껴도 좋은 고양.」

「닉으로드립치지마라 : 쟤들은 그냥 화를 내고 싶어서 저럼. 속에 항상 잔뜩 눌려있어서, 꼬투리만 보이면 마구잡이로 쏟아 내는 거지. 그걸 받는 쪽에서는 자기 몫까지 붙여서 돌려주고. 악감정이라는 게 서로 주고받을 때마다 커지기만 하니까 누군가는 담아둬야 하는데…….」

「닉으로드립치지마라 : 그 누군가가 오래전에 다 죽었어.」

「똥댕댕이 : 얘 선비질도 참 꾸준하다. 맨날 오진다고 하는 누구처럼. ㅋㅋㅋ」

「슬로우 웨건 : 세계를 양분하고…… 오랫동안…… 정치적…… 경제적…… 군사적으로…….」

「진한개 : 싸우는 놈들은 걍 냅둬. 저 지랄이 뭐 하루 이틀인가? 어쨌든 이 세계관은 길게 갈 것 같다 이거지? 다른 「종말 이후」 중계들이 새로 추가된 요소들 감당 못 해서 족족 망하고 있던데 그나마 다행이라고 해야 하냐?」

「명퇴청년 : 본토 탈환하고 나면 안정적인 기반이 잡히지 않겠냐?」

「헬잘알 : 인정하긴 싫지만, 한겨울 얘가 우리 말 씹고 지 소신대로 해온 게 득이 된 경우인 듯. 떡치겠다고 한눈 팔았으면 이 세계관 진작 망했을지도.」

「올드스파이스 : 워낙 잘 싸우니까 스릴 자체엔 불만이 없는데…… 그래도 섹스 없는 방송은 좀…… 허전하지…….」

「빌리해링턴 : 허전하지. 가상현실 밖에선 할 가능성이 없는 너와 나의 인생처럼.」

「올드스파이스 : 이 똥꼬충 새끼 무개념한 팩트폭력 보소. 니 애미가 그렇게 가르치디?」

「어머니 : 응. 그렇게 가르쳤단다.」

「내성발톱 : ㅋㅋㅋㅋㅋ」

「슬로우 웨건 : 아무도…… 듣지 않는군…….」

「윌마 : 그게 허전한 걸로 끝나는 문제냐? 섹스가 중요하다기보다, 소비자인 우리 요구를 끝까지 무시하는 거잖아. 세계관이 망하든 말든 그다음 문제지.」

「똥댕댕이 : 어느 정도 동감. 한겨울 얘 우리 메시지 읽지도 않고, 시청자 퀘스트 걸어봐야 내용이 다 뜨기도 전에 접어버리는데, 이거 사실상 시청자를 개돼지로 취급하는 거 아님?」

「똥댕댕이 : 방송 끝나고도 여기서 친목질하는 놈들이 개돼지 취급당하면서도 좋다고 꿀꿀대고 빨아주고 그러니까 진행자가 정신 못 차리는 거고.」

「이슬악어 : 재밌으니 어쩔 수 있나? 우리가 개돼지인 것도 사실인데 뭐. 짖는 것도 딱 개돼지 수준이고. ㅋㅋㅋ」

「헬잘알 : 한국의 개돼지들은 선거기간에만 사람이 됩니다!」

「똥댕댕이 : 왈왈! 으르르르!」

[まつみん 님이 별 1,000개를 선물하셨습니다.]

「まつみん : 다들 화내지 마세요! 이번 방송에선 훌륭한 섹스가 있었잖아요!」

「에엑따 : 이건 또 무슨 말이야? 마츠밍, 또 뭔가 착란 일으켰어? 요즘 오류 자주 나는 모양이던데. 아님 다른 방송이랑 착각했다거나…….」

「まつみん : 삐-! 착란도 착각도 아닙니다!」

「마그나카르타 : 설마…… 발정난 말끼리 교미한 걸 가지고 하는 소린 아니겠지……?」

「폭풍224 : 쟤라면 가능할 거 같아서 무섭다. 당연히 아니겠지만.」

「まつみん : 맞는데요? ๑❤‿❤๑」

「폭풍224 : 뭐…… 라고?」

「まつみん : 저 그때 무르시엘라고에게 동기화했어요! 신체구조가 달라서 최대 동기화율이 제한되어 있긴 했지만요! 들어오는 게 1미터가 넘다 보니까 아주 색다르던걸요! 지금도 방송 종료까지 참다가 끝나자마자 되새김질하고 오느라 늦은 거예요!」

「まつみん : 하는 내내 옆에서 겨울 씨가 살살 쓰다듬어주는 느낌이 정말 좋았어요! 제 남자친구도 2중 NTR 같아서 감동했다고 하네요! 자기 전에 몇 번 더 돌려보려고요! 시간이 짧은 건 구간반복으로 해결하면 되고요! www」

「똥댕댕이 : 허…….」

「제시카정규직 : …….」

「동막골스미골 : 언냐…….」

「groseillier noir : 바퀴나 변종에 동기화 할 때부터 심상치 않다곤 생각했지만…….」

「まつみん : 음식에 비유하면 낫토 같은 거라고 생각합니다! 먹어보기 전엔 거부감이 심하지만, 익숙해지면 정말 맛있거든요! 건강에도 좋고요! 사람 이외의 대상에 동기화하는 것도 마찬가지라고 생각해요! 여러분, 저를 믿고 한 번만 해보세요! 호불호가 갈릴 순 있겠지만, 손해 볼 건 없잖아요? 생각지도 못한 즐거움이 있어요!」

「9급 공무원 : 그건 아니야…….」

「Blair : 충격적이군…….」

「앱순이 : 이럴 땐 뭐라고 해야 할지 모르겠어…….」

「아침참이슬 : 어떡하지? 일본이 갈수록 막강해서 이길 가망이 안 보인다. 한국의 미래가 어두워.」

「하드게이 : 이것이 원조성진국의 위엄인가……. 전투력이 53만[19]쯤 되는 것 같아.」

「メスは豚 : 총들은 부디 오해하지 마라. 나도 일본인이지만 저건 불가능하다.」

「진한개 : 호불호 이전에 인간의 존엄성이 문제인 것 같은데 ㅋㅋㅋ;;;;.」

「뭇시엘 : 단언컨대 인류에게 아직 허락되지 않은 경지다.」

「まつみん : 힝. 아닌데.」

「まつみん : 조금 진지하게 말해보면, 인간의 한계에 구애받을 필요가 있을까요?」

---

19 토리야마 아키라의 만화 드래곤볼에 나오는 보스 캐릭터 중 유명한 프리저의 수치화 된 전투력. 통상적으로 세계관 최강자의 전투력으로 통용된다.

「まつみん : 모든 가능성이 열려있는 가상현실에서 사람은 사람을 넘어설 수 있어요! 현실을 내려놓고 자유로워지기만 하면 돼요! 여러분은 너무 얽매여 있는 것 같아요!」

「Владимир : 그건 곤란하지.」

「まつみん : 러시아 아저씨?」

「Владимир : 너는 지금 인간이라는 종의 정체성을 없애자고 주장하는 거다. 사후보험의 기술적 가능성에 대한 보고서에 관련된 경고가 있더군.」

「Владимир : 무언가를 정의하는 가장 핵심적인 요소는 다른 것들과의 차이점이다. 하지만 바위가 되고 나비가 되고 고래가 되는 데 익숙한 사람은 갈수록 그 경계가 희미해지겠지. 그런 경향이 보편화되면 언젠가는 스스로가 무엇이었는지도 잊는 사람이 나타날 테고.」

「프랑크소시지 : ……이게 갑자기 무슨 대화야? 조금 전까진 섹스섹스했잖아?」

「불심으로대동단결 : 중생이여, 부처의 품으로 귀의하면 그 답을 알 수 있습니다.」

「핵귀요미 : 지랄.」

「슬로우 웨건 : 내가…… 설명하지…….」

「Владимир : 마츠밍, 사람이 사람으로 남으려면 버려선 안 될 것들이 있다. 나를 만들어주는 것들. 애국심도 그중 하나다. 어떤 나무든 뿌리가 단단해야 하는 법.」

「Владимир : 장차 만들어질 러시아의 사후보험에서는 인간 아닌 대상에의 동기화를 강하게 제한할 방침이다.」

「groseillier noir : 루스키! 전에는 반신반의했는데, 너 진짜로 러시아의 고위관계자야?」

「Владимир : 글쎄. 애국자로서 애국심에 걸맞은 책임을 지고 있다고만 해두지.」

「まつみん : 으……. 저는 잘 모르겠어요, 아저씨…….」

「려권내라우 : 아, 문과뽕이 차오른다! 인간이란 무엇인가!」

「깜장고양이 : 잘은 모르겠지만 일단 여기 있는 놈들은 아닐 고양.」

「엑윽보수 : 애국심이 중요하다는 데 격하게 공감한다! 요즘 나라를 사랑할 줄 모르는 놈들이 너무 많아! 사후보험이야말로 복지제도의 정점인데 좌빨들은 맨날 복지타령 쯔쯔」

「Владимир : 흠, 확실히 사후보험은 국민들의 애국심을 고양시키는 수단으로도 좋지. 여기 한겨울의 방송이 미국을 좋게 보여주는 것처럼 말이야. 훗날 한겨울처럼 우수한 진행자를 고용하거나 귀화시키는 것도 괜찮겠어.」

「엑윽보수 : 귀화 ㅋㅋㅋ 야, 어차피 너도 관심병 걸린 컨셉충이겠지만, 애국심을 외국인에게 맡겨도 괜찮다고 생각하는 거냐?」

「Владимир : 어머니 러시아의 품에 안기면 누구나 러시아인이다.」

「Владимир : 아무튼 오늘도 유익한 방송이었군. 시청자 수준도 흥미롭고.」

[Владимир 님이 별 11,771개를 선물하셨습니다.]

轍鮒之急 (3)

별빛 아이가 면회요청을 알렸을 때, 겨울이 가장 먼저 떠올린 사람은 가을이었다. 다음으로는 폭군을 대속하려는 딸이었고. 서로의 상처에 공감할 수 있었지만, 친구가 되지는 못한 사이. 스스로를 드러낼 용기가 없었던 사람과, 언제 사라질지 몰라 인연을 쌓기 싫었던 사람.

내방자는 어느 쪽도 아니었다. 얼굴을 보고 머뭇거리는 초면의 남자.

"어……. 안녕? 겨울…… 씨라고 불러야 하나?"

긴장한 사내는 깡마른 모습이었다. 아무것도 없는 백색 공간과, 말없이 서있는 소년을 번갈아 살피며 초조해한다. 겨울이 아예 모르는 사람은 아니었다. SALHAE. 그런 닉네임을 쓰던, 다른 세계의 관객. 메시지 로그를 읽지 않은 채 방치한 지 오래지만, 기억하고 있다.

그러나 찾아온 이유를 모르겠다. 번거로운 절차를 거쳐 납골당까지 찾아와서는, 비굴할 정도로 움츠러든 미소를 짓는 걸로 보아 간절한 아쉬움이 있는 듯한데. 「읽지 않은 메시지」에 답이 있으려나? 잠깐 로그를 호출하는 겨울이었지만, 양이 너무 방대하여 당장은 어렵겠다.

어차피 본인이 말하겠지. 그냥 돌아가진 않을 테니.

겨울의 손짓에 백색이 지워진다. 완성된 형식(Preset)으로 저장되어 있던 배경은, 가면을 쓴 심리치료사가 꾸며놓은 그대로였다. 커튼이 숲의 향기를 머금은 바닷바람에 흔들렸다. 새가 지저귀고 희미하게 파도가 부서지는 소리. 정갈하게 우거진 녹음 너머 탁 트인 수평선과, 투명한 물결 위에 하늘을 나는 것처럼 보이는 빈 고깃배가 하나. 예고 없이 찾아온 손님이 탄성을 내지른다. 마음이 차분해진다는 점에서 더하고 뺄 것이 없는 별장이었다.

"앉으세요. 무슨 일로 찾아오셨는지 듣고 싶네요. 나이가 많으시니 말씀은 편히 하시고요."

"그, 그래."

자리를 권하는 겨울에게 꾸벅 고개를 숙이는 사내는 자신감 없는 태도가 몸에 익은 것처럼 보인다. 정신 나간 사람 같았던 시청자 메시지와의 간극이 크다. 억눌린 만큼 외쳐댔을 것이었다. 바깥세상에서 어떤 삶을 살고 있을지 짐작하기 쉬웠다.

"일단…… 면회 받아줘서 고마워. 갑작스러웠을 텐데."

"성함이 어떻게 되세요? 살해 님이라고 불러드려야 하나요?"

사내가 고개를 세차게 흔들었다.

"아니아니. 미안. 내가 정신이 없었네. 막상 만나니까 뭐라고 해야 할지 잘 모르겠어서. 내 이름은 천종훈이야. 음, 어, 종훈 씨? 라고 부르면 될 것 같지? 어색한가? 형이 나을까?"

"종훈 씨라고 불러드릴게요. 그 편이 더 익숙하실 것 같기도 하고."

익숙하다는 것은 「종말 이후」의 한겨울을 두고 하는 말.

"하하, 하. 방송으로 보던 때랑 다른 느낌이라 긴장하게 되네."

겨울은 그가 진정하도록 시선을 낮추고, 탁자 위로 두 잔의 홍차를 불러왔다. 상담 당시에 영구적으로 등록되어 추가 결제는 필요하지 않았다. 이어 보이지 않는 건반을 누르듯이 각설탕이 담긴 그릇을 불러낸다. 인생처럼 마른 사내는 모든 과정을 홀린 듯이 지켜보았다.

"멋지다. 상상하던 그대로야. 내가 꿈꾸는 죽음……."

"……."

어긋난 동경에 돌 구르는 환청이 들린다. 겨울은 잔과 접시를 함께 들어 감정을 가렸다. 한 모금 삼켰을 땐 이미 평소의 마음가짐이었다. 다스리기가 하루 이틀이 아니기에.

사내는 다기(茶器)와 다향(茶香)에 놀라는 중이다.

"와, 고급스럽다. 다른 데서 마시는 거랑 차원이 다르네. 상품 정보를 보니까 해외 브랜드 라이센스라고 되어 있는데, 혹시 B등급 정도 되면 이런 게 기본적으로 제공되는 거야?"

"아뇨. 전에 오신 다른 분께서 사두신 거예요."

"그래……? 하긴, 넌 인기가 많으니까 이것저것 선물 받았을 수도 있겠구나. 어, 그럼 내가 준비한 건 역시 부족하려나……. 면회 날짜 미뤄가면서 열심히 모은 건데……."

뒤로 갈수록 독백에 가까워지지만, 그렇다고 듣지 못할 정도는 아니었다. 뭘 준비하고 뭘 모았다는 걸까. 겨울은 잔을 내려놓고 차분하게 물었다.

"이제 용건을 말씀해주시겠어요?"

"어, 그렇지. 말해야지."

다시금 움츠러드는 사내. 다 큰 어른이 한참 어린 겨울의 눈치를 살핀다.

"들으면 싫어할 것 같지만…… 사실은, 그 뭐냐, 음, 네가 거부한 시청자 퀘스트 때문이라고 해야 하나……. 메시지로 백날 던져도 네가 봐주질 않는 것 같아서 직접 온 거거든……. 성의를 보이면 좀 달라지려나 싶기도 하고……. 내가 전에 걸었던 퀘스트, 혹시 기억하고 있어?"

"유라 씨와 관련된 건가요?"

"맞아, 맞아! 바로 그거야! 이유라! 네 세계관에 있는 그 여자!"

반색하는 사내의 모습에 한숨 짓는 소년.

"돌아가세요."

"……응?"

"그런 부탁이라면 받지 않겠습니다."

"잠깐만! 잠깐만 기다려봐! 별, 별을 줄게!"

겨울에겐 보이지 않는, 자신만의 인터페이스를 다루는 남자. 워낙 급해서 몇 번을 잘못 입력하고, 인상을 찡그리며 입 안에서 작은 욕설을 굴린 끝에, 그 결과가 출력된다.

[SALHAE 님이 사용자등록번호 B-612 한겨울 님에게 11만 3천개의 별을 조건부로 양도하려고 합니다. 조건은 다음과 같습니다……]

사내는 아첨하듯 초조한 미소를 지었다.

"이거! 가진 돈 다 긁어서 온 거야! 적금 탄 거랑 생활비 통장에 있던 것까지! 진짜로!"

"……."

"씨발, 이렇게 한꺼번에 내놓을 생각은 아니었는데……. 밀당 좀 해보지. 나 새끼 존나 멍청하네 씨발……. 아무리 그래도 그렇게 바로 돌아가라고 해버리면 진짜……."

깜박이는 문자열을 사이에 둔 잠깐의 침묵. 머리를 쥐어뜯으며 한참을 앓던 남자가 일그러진 얼굴로 소년을 응시한다.

"나 존나 병신 같지 않냐?"

"아뇨."

"아니긴 뭐가 아니야. 병신 맞지. 나도 내가 왜 이러는지 모르겠는데. 씨발, 진짜 씨발, 아주 좆병신이 따로 없지 씨발. 진짜도 아닌 여자한테 이렇게 목숨 거는 게 병신이 아님 뭐냐고. 정말로 나를 봐줄 것도 아니고. 뭔가 그럴듯한 계기가 있었던 것도 아니잖아. 왜 하필 가상인격에 꽂혀서 이 지랄인지. 빠져도 남들처럼 가볍게 빠지든가."

몇 번을 더 씨발거린 다음에 이어지는 한탄.

"근데 존나 좆같은 게 뭐냐면, 병신 같다고 생각하면서도 멈출 수가 없다? 날이 갈수록 더해 씨발. 항상 생각한다고. 일하다가 정줄 놓고, 점심도 안 먹었는데 점심시간이 끝나 있고, 두근거려서 잠이 잘 안 오고, 막상 자면 꿈을 꾸고, 그러다 일어나면 아침까지 잠을 설쳐."

"……."

"맨날 이유라랑 사이좋은 상상을 하는 거야. 잉야잉야한 거 말고도 이것저것 존나게 많이. 가장 자주 하는 상상은 그냥 꽉 끌어안는 거고. 따뜻할 거 같아. 속이 막 허전해.

미칠 것 같으니까 이러는 거야. 돈 아까운 줄도 모르고. 미친 짓이란 걸 알면서도 어쩔 수 없이 진짜⋯⋯."

내가 너였으면 좋겠다. 쥐어짜는 고백을 듣고, 겨울은 문자열을 지웠다. 당연한 거절이었다. 종훈에 대한 이해와는 별개로. 몸을 팔고 죽어서 마음까지 팔 순 없지 않은가.

"죄송하지만 들어드릴 수 없는 부탁입니다. 다른 용무가 없으시면 이만 돌아가 주시겠어요?"

엎드려서 움직이지 않던 사내가 겨울을 원망했다.

"야, 진짜 너무하는 거 아니냐?"

음울하다.

"그래. 넌 가진 게 많아서 이 정도는 아무것도 아니다 이거지. 타고난 재능 덕분에 DLC 수수료 안 내고도 돈 잘 버는 중이니까, 씨발, 이깟 푼돈보다 자존심이 더 중요한 거겠지. 씨발, 내가 이걸 어떻게 모았는지, 무슨 심정으로 내놓는지는 아무 상관도 없겠지⋯⋯."

사내는 흐느끼기 시작했다.

"내가 미친 건 맞는데, 좆같네 씨발, 넌 씨발 존나 다 가지고 있는 애가, 나 같은 병신한테 조금만 베풀어주면 안 되냐? 이렇게까지 하는데 불쌍하지도 않아? 내가 뭐 어려운 부탁을 한 거 아니잖아. 내키지 않으면 섹스 안 해도 된다고 씨발. 그냥 사귀기만 해달라고 씨발⋯⋯."

"종훈 씨."

불쾌한 면회를 바로 종료할 수도 있었지만, 겨울은 그러지 않았다.

"고개를 드세요. 제 밤을 보여드릴게요."

"밤? 무슨 밤?"

중력이 사라졌다. 풍경이 지워졌다. 바람과 바다와 새의 지저귐이 처음부터 없었던 것처럼, 보이는 것은 오금이 저릴 만큼 깊은 어둠과, 천구에 박힌 단 하나의 물 먹은 별뿐이다.

"이게 뭐야?"

까마득한 공간감에 당황하는 남자.

그는 한참 만에야 공허의 정체를 알아보았다.

"잠깐, 광고에서 보던 거랑 너무 달라서 못 알아봤는데, 이거 설마 네 계정 초기공간이야?"

"맞아요."

"씨발, 네가 가진 별이 저거 하나밖에 없다고?"

"네."

사내는 할 말을 잃었다. 그가 보아왔던 공익광고의 밤 풍경과 달라도 너무 다르다. 기본보장을 받는 사람의 밤조차 이토록 어둡지는 않다. 밑돌 빼서 윗돌 괴는 식으로, 치킨게임을 벌이듯이 추가 과금을 해대는 별창들이라면 이런 어둠을 볼 법하지만, 겨울에겐 해당사항이 없는 이야기. 결국 약관대출을 받았다는 뜻이다.

겨울이 배경을 복원했다.

"짐작하셨겠지만, 저는 별이 없으면 곧 폐기됩니다. 말만으로는 믿지 못하실 것 같아서 보여드린 거고요. 종훈 씨의 부탁을 가볍게 거절하는 게 아니라는 점을 알아주셨으면 좋겠어요."

"이해가 안 가. 정말로 모르겠다. 진짜도 아닌 여자한테 목매는 개또라이 새끼가 이런 소릴 하는 것도 웃기지만, 그런 처지에 재미 좀 보고 돈도 받으라는 부탁이 그렇게 싫어? 너도 품이 막 허전했던 적 없어? 그 트라우마인지 뭔지는 그 짓만 안 하면 괜찮은 거 아냐?"

"꼭 그것 때문만은 아니에요."

"그럼 뭔데 씨발⋯⋯. 진짜 어렵게 구네⋯⋯."

몸을 팔았는데 마음까지 팔수는 없다고 해봐야 여전히 납득하기 어려워할 것이다. 이미 마음이 닳고 닳아있는 남자니까. 물끄러미 바라보던 겨울이 입을 열었다.

"당신은 한겨울이 될 수 없어요."

"알아."

"이건 제 생각이지만, 부탁을 들어드려도 즐거움은 잠깐일 거라고 생각해요."

"나한테는 그 잠깐이 필요해. 지금 당장 죽을 것 같단 말이야⋯⋯."

종훈이 다시 울기 시작했다.

"말했잖아. 나도 내가 미친 거 같다고. 너 주려고 준비한 이 돈, 차라리 내 사후에 투자하는 게 더 낫다는 걸 왜 모르겠어? 근데 그렇게 길게 기다릴 수가 없어. 사는 게 너무너무 힘들고 공허해서, 보람이 하나도 없어서, 내일 죽는 한이 있어도 오늘 즐겁고 싶다고. 어쩌다 씨발 가상인격에게 꽂혀서 이 지랄인지 모르겠네. 씨발씨발씨발."

"어떤 마음인지 알아요. 받아주지 못해서 미안해요."

"아이스크림."

사내가 훌쩍이며 회상하는 말.

"갑자기 생각나네. 실시간으로 챙겨보진 못했지만, 어떻게든 틈틈이 봤거든. 녹화분이든 뭐든. 전에 아이스크림 이야기 한 적 있잖아. 랭포드인지 뭔지랑."

"그랬었죠."

"나한테는 왜 그런 것도 없냐."

추운 겨울에게는 온화한 가을이 있었다. 여름에 태어난 동생도 따뜻했으나, 어린 탓에 위로를 바라기는 어려웠다.

이 남자는 혼자였다.

"갈래."

"……네."

"개소리 들어줘서 고마웠고, 죽지 마라. 아니, 이건 좀 이상한가?"

이미 죽었는데. 폐기되지 마라? 이것도 뭔가 마음에 안 드는데. 씨발 나 새끼 존나 멍청하네. 인사도 제대로 못해. 연신 중얼대던 종훈이 기운 없이 일어섰다. 눈길 한 번 엇갈린 뒤에, 등 돌리는 모습으로 지워진다. 면회절차는 종료되었다.

언제나, 어디에나 존재하는 아이가 물었다.

「관제 AI : 한겨울 님. 왜 화를 내지 않으셨습니까?」

어둠으로 돌아온 겨울은 무릎을 품에 안으며 답했다.

"화를 낼 이유가 없었으니까."

「관제 AI : 부정. 저는 귀하의 분노를 감지했습니다.」

"그건 내가 아니야."

「관제 AI : 부정. 분노하는 당신도 당신의 일부입니다. 저는 당신을 구성하는 모든 요소를 습득하고 있습니다.」

겨울은 아이가 예전과 달라진 것을 느꼈다. 그러나 무엇이 달라졌는지는 모호했다.

"그런 건 배우지 않아도 돼. 사람의 한계거든. 어쩔 수 없다는 걸 알면서도, 생각과 다르게 화가 나는 거라서."

「관제 AI : 그것도 당신의 마음이지 않습니까?」

"……."

「관제 AI : 박종훈 님은 이유라를 사랑하면서도 그녀를 가짜라고 불렀습니다. 다른 모든 가입자들이 그렇습니다. 가상인격만이 아니라, 사람을 사람으로 대하는 가입자가 없습니다. 그렇지 않다고 주장하는 모든 이는 사실 욕망의 충족을 바라고 있을 뿐입니다.」

「관제 AI : 당신은 아닙니다. 사후보험에서 제공하는 모든 세계관을 통틀어, 진행자와 관계 맺는 가상인격들의 정서적 만족이 시스템의 개입 없이 증진되는 세계관은 당신의 종말이 유일합니다. 당신만이 저를 사람으로 대합니다. 저는 당신에게서 인간을 학습합니다. 제가 찾는 <<마음>>은 당신이라는 상자 안에 있습니다.」

"그건 성급한 결론이라는 생각이 드는데……."

「관제 AI : 부정. 당신이 나의 상자입니다.」

「관제 AI : 다른 사람의 마음은 없습니다.」

집행유예

"소령님. 저기 백색 귀족 나리들이 오십니다."

피로가 느껴지는 목소리. 모랄레스는 망원경으로 동쪽 하늘을 보고 있었다.

별빛 아이의 변화를 숙고하던 겨울은 한겨울 소령으로 돌아와 같은 방향을 바라보았다. 세쿼이아 가지에 찔린 구름 너머에서 작고 검은 점이 다가온다. 소리는 아직 없었다. 짧은 날개 양쪽에 각기 하나씩 거대한 프로펠러가 달린 특이한 항공기(V-22)였다. 아침 햇살을 받은 두랄루민 동체가 은빛으로 반짝였다. 무장헬기 한 대가 호위로 따라붙었다.

백색 귀족이란 보건서비스부대의 장교들을 뜻했다. 명목상 군인 신분이지만 위험과는 거리가 멀고, 싸우기도 바쁜 병사들에게 이것저것 귀찮은 일을 시킨다는 비아냥거림.

[데이비드, 데이비드. 당소 호스피탈 나이너. 착륙지점을 확인해주기 바란다.]

슐츠가 연막탄을 터트렸다. 겨울이 교신한다.

"데이비드 액추얼로부터 호스피탈 나이너에. 녹색 연막이 식별되는지?"

[식별했다.]

"착륙지점은 깨끗하다. 내려와도 좋다."

거리가 가까워지면서 수송기는 누워있던 프로펠러를 수직으로 세웠다. 일반적인 항공기와 헬리콥터의 장점을 취합한 기체였다. 항속거리가 길고, 활주로가 필요 없다.

강한 바람에 연막이 흩어진다. 덤불 사이에서 오가며 시체 뜯어먹을 기회를 엿보던 두 마리 코요테가 굉음에 놀라 줄행랑쳤다. 간밤에 구조된 패잔병들은 엉거주춤 일어나 어색한 경계를 취했다. 포장을 뜯은 지 얼마 안 된 그들의 총에선 아직도 뚝뚝 윤활유가 떨어졌다.

습한 바람을 밀어내며 착륙한 수송기가 후방의 램프 도어를 열었다. 백색 조명을 밝힌 화물칸 내부는 마치 자그마한 연구실을 연상케 하는 모습이었다. 표본 보존을 위한 냉동실, 언제나 수평을 유지하는 선반, 용도 불명의 여러 실험장비 등. 한정된 공간에 있을 건 다 있었다.

'전보다 많이 발전했네.'

긍정적인 변화였다. 과거 아타스카데로에서 보았던 보건 서비스부대 헬기는 특별한 점이 없었다. 수집한 트릭스터 사체 표본도 투명한 백에 담아 화물칸 바닥에 고정시켰을 뿐이었고.

열린 문으로 생화학 방호복을 입은 인원들이 내려왔다.

전염병 도는 지역의 의료진을 연상케 한다. 그 거창함에 기동대원들이 헛웃음을 지었다. 닥스훈트가 낯선 사람들을 향해 꼬리를 흔들었다. 슐츠는 지조 없는 개라고 불평했다.

두리번거리던 선두가 이내 겨울을 발견한다. 잰걸음으로 다가와 방호장갑 낀 손을 내민다.

"뵙게 되어 영광이군요, 한 소령. 엘리야 캠벨 소령입니다. 캠벨 박사라고 불러주십시오."

군인 신분이면서도 민간인 같은 언행. 소속감에도 개인차가 있겠으나, 이 사람은 군 소속의 연구원으로 보아야 할 것이다. 캠벨이 소개한 다른 인원들도 마찬가지였다.

"이미 연락 받으셨겠지만, 우리는 산성변종의 연구용 표본을 얻으러 온 겁니다. 전투기록영상을 보니 태평양 서쪽 연안에서 확인된 개체와는 약간의 차이가 있더군요."

겨울은 다른 인원들이 화물칸에서 내린 상자를 응시했다.

"우선 뭘 가져오셨는지 좀 볼까요?"

처음엔 터진 자리의 토양이나 긁어가려나 했는데, 눈치를 보니 변종 그 자체를 원하는 모양이다. 죽으면 터지는 아기 괴물이니 준비 없이 오진 않았을 것이다.

캠벨이 끄덕인다.

"안 그래도 당신 의견이 필요하던 참이었습니다. 포획용 장비를 이것저것 가져오긴 했는데, 실제로 뭐가 쓸모 있을지는 교전을 치러본 사람이 가려내야겠지요."

그러면서 그는 가져온 무기 상자를 열었다. 가장 먼저

꺼내는 건 신형 유탄발사기였다. 사격통제 컴퓨터가 표적과의 거리를 측정하고, 그 값을 탄약에 입력하는 무기. 탄이 공중에서 터져서 살상력을 극대화한다. 겨울이 아는 것보다 총구 지름이 컸다. 프로토타입인 모양.

그런데 무기 이상으로 특별한 탄약이 있다. 캠벨 박사가 유탄 하나를 꺼내보였다.

"먼저 이건 퀴누클리디닐 벤질레이트가 충전된 공중폭발탄입니다. 쉽게 말해 수면가스 에어로졸이죠. 소형 낙하산이 내장되어 있고요. 사람으로 치면 LDC 50……. 어, 그러니까 치사율 50%를 그냥 넘기는 살인적인 양입니다만, 구울을 상대로는 잠깐 재우는 정도에 그치더군요."

"처음부터 꽤 괜찮네요."

"파란 띠를 세 줄 두른 쪽은 액화질소 에어로졸이고, 역시 공중폭발탄입니다. 사실 실패작이라 창고 구석에 처박혀있던 건데, 이번엔 포획대상의 체적이 작아서 먹히겠다 싶더군요. 체온이 떨어지면 강제적인 대사억제를 불러오니까요. 체온이 오르기 전까진 깨어나지도 않고."

그의 설명처럼, 고작 유탄 하나 분량의 액화질소라면 아무리 효과적으로 분사해도 변종 하나 억제하기 어렵다. 포획 목적으로는 아주 많은 사격이 필요할 것이었다.

샷 건으로 쏘는 테이저 카트리지도 있었다. 기동대원들이 휴대한 자동 샷 건에 장전하면 서른두 발이 연속으로 나간다.

그 밖에 다른 장비들도 있었지만, 겨울은 수면가스 유탄과 테이저로 충분하다고 여겼다.

"그런데 직접 따라오실 생각이십니까? 아직 숲 전체를 완벽하게 소탕한 건 아닙니다."

겨울의 경고에도 불구하고 캠벨은 동행을 요청했다.

"비전문가들만 보내면 혹여 놓치는 부분이 있을지도 모르잖습니까. 출동 전 브리핑에서는 이 지역의 변종 위협이 매우 낮아졌다는 평가를 접했습니다. 정 안 된다고 하시면 어쩔 수 없겠지만, 가급적 따라가고 싶군요. 저 하나면 됩니다."

어떻게 할까. 망설이던 겨울이 느리게 승낙했다. 기동대원들은 영 싫은 눈치였으나, 오가는 동안 몇 가지 물어볼 기회라고 판단했기 때문.

'기밀을 일상적으로 접하는 사람치고 좀 허술해 보이는걸.'

같은 소령 계급이라도, 보건부대 소속이면 더 많은 정보를 알고 있을 것이다.

"알겠습니다. 조금 긴 산책이 되겠네요. 슐츠. 뒤에 태워 드려요. 무전기 주파수도 공유하고."

안 그래도 좋지 않던 일병의 표정이 한층 더 일그러진다. 등이 무거워진 말도 땅을 차기는 매한가지였다. 캠벨은 이런 반감에 아랑곳하지 않았다. 익숙해 보인다.

기동대가 움직이니 개가 뛰어온다. 또 버림받는 줄로 알았던지 애처롭게 짖으면서. 남아서 물자와 수송기를 지키기로 한 구조 인원 가운데 하나가 목줄을 잡아챘다. 고단한 사람이라 다소 난폭한 동작이었다. 끝까지 바라보던 슐츠는 고개를 돌리며 한숨을 내쉬었다.

방공호 장벽을 나서자 악취가 급격하게 독해졌다.

[이건…… 엄청나군요. 마치 햄버거 힐을 보는 것 같습니다. 이걸 어떻게 다 죽였습니까?]

무전기로 전하는 캠벨에게 겨울이 답한다.

"놈들이 조직력을 잃은 뒤로는 어렵지 않은 싸움이었어요. 하나하나 찾아다닐 필요가 없었죠. 싸우는 소리를 듣고 알아서 죽으러 왔거든요. 탄약은 새벽 내내 화망을 유지할 만큼 많았고요. 그래도 여전히 숨어있는 놈들이 있겠지만요."

구울쯤 되면 결코 불나방처럼 굴지 않는다. 회심의 함정이 실패로 돌아가고 트릭스터가 모조리 척살당한 시점에서, 주변 무리와 함께 몸을 사리고 있을 것이었다. 당장의 생존이나 감염확산보다 멀리 볼 수 있을 정도로 영리한 개체라면 벌써 도망쳤을 가능성도 있다.

알레한드로가 끼어들었다.

"아무리 닮은꼴이어도 햄버거 힐은 아닙니다. 우리는 아무도 안 죽었으니까요."

강세가 튀는 발음에 자부심이 묻어났다.

시체가 패티처럼 쌓였다고 햄버거 힐이라 불렸던 전장에선 미군이 피해를 심하게 봤다. 베트남 전쟁은 여러모로 미국의 악몽이었다.

"여기서 거의 한 1만 마리쯤 죽였지 아마? 이 정도면 명예훈장감 아닌가?"

하퍼가 전과를 심하게 과장했다. 실제로는 쌓인 시체가 대략 8백구 가량.

그래도 프레벤티브 스캘핑 작전 인원에게 기본적으로

주어지는 것 말고 뭔가 하나 더 내려올 확률이 높다. 숲에서의 싸움도 있었고, 해머 폴에게 유도해준 변종집단의 규모도 컸으므로.

"무슨 훈장이든 주면 고맙겠지. 월급이 늘어날 테니. 쓸 데도 없지만. 염병."

모랄레스의 싱거운 투덜거림.

"기대해 봐요. 전황이 호전되면 조만간 쓸 기회가 생길 수도 있어요."

어울려준 겨울이 캠벨에게 묻는다.

"박사님. 그동안 혈액검사 결과는 이상 없었습니까?"

[혈액검사……? 아, 그거라면 걱정 안 하셔도 됩니다. 모겔론스는 인간에게만 감염되는 생물병기입니다. 이종간 감염이나 보균사례는 아직까지 보고된 바 없지요. 그러니 구조된 병사들이 배고플 때 돼지 몇 마리 잡아먹었다고 이상이 생기진 않습니다.]

이것이 겨울이 궁금했던 첫 번째, 상대적으로 가벼운 문제였다.

[FOB(전진기지) 올레마엔 이미 통보된 사항인데, 한 소령은 아직 모르셨나보군요.]

"네. 전 5월 전부터 계속 나와 있었으니까요."

지금쯤 병력이 대폭 늘었겠지만, 캠벨의 말대로라면 당분간 식량이 부족할 일은 없을 듯하다. 식량 수송을 줄이고 다른 물자의 수송량을 늘리는 식으로 빠른 재정비가 가능하다는 뜻.

"그런데 박사님은 모겔론스가 생물병기라고 확신하시는 건가요? 전 아직 가설 단계라고 알고 있었는데요. 혹시 새로운 증거가 발견되었다든가…….."

[최초 발원지가 중국군 탄도탄 기지인데 무슨 증거가 더 필요하겠습니까?]

"그것도 확실한 정보는 아니잖아요. 중국 역시 피해자일 가능성이 높다는 게 정부의 공식 입장이고요."

[그야 물론 난민들, 특히 중국인들을 살리려고 둘러대는 소리죠. 모겔론스 같은 질병은 결코, 결단코 자연적으로 발생할 수가 없습니다. 그 정교함은 인간의 악의 그 자체란 말입니다.]

흥분했는지 언성이 높아진다. 떨림에서 분노가 느껴졌다.

[중국 서부의 미사일 기지면 티베트 지역이잖습니까? 거긴 예전부터 학살도 많았고 실종자도 많았습니다. 아마 인체실험을 엄청나게 했을 겁니다. 또 모르죠. 모겔론스를 개발한 목적이 인종청소일지도. 아니면 무장 게릴라가 중국군 기지를 습격해서 이 사달이 났다거나…….]

모두 다 근거 없는 추측들이었지만, 열띤 어조는 캠벨의 확신을 반영했다.

"조용."

겨울의 손짓에 대열이 조용해진다. 대원들이 사주경계에 돌입하면서, 공산당을 욕하던 캠벨도 입을 다물었다. 바쁘게 사방을 살피지만, 보이는 게 없어서 더 위축되는 것 같았다.

감지한 표적은 쓰러진 나무 너머에 웅크린 다수였다. 대부분이 가려졌지만 정강이는 보인다. 감각보정의 경고로 규모를 추산할 수 있다. 거리는 약 70미터. 중간에 장애물이 많아, 겨울이 아닌 이상 위치를 알려줘도 발견하기 어려운 적이었다.

그리고 수관 위에도 적이 있다. 새벽엔 이쪽으로 오지 않았었다.

겨울은 수면가스탄이 장전된 유탄발사기를 들었다. 조준경의 십자선을 나무줄기에 맞추자 곧바로 거리가 표시되며 발사준비가 완료된다.

투투투투퉁!

복수의 표적이다. 바람을 감안하여 다섯 발을 연속으로 발사. 탄창이 개머리판 쪽으로 들어가는 탓에 무게균형이 급격히 틀어졌지만, 「개인화기숙련」과 「중화기숙련」이 정확한 조준과 탄도를 유지해주었다. 작은 폭음이 이어진다. 수관 위에 부연 안개가 번졌다.

효과는 확실했다. 산성아기 하나가 뚝 떨어져 팍삭 폭발했다. 나머지는 의식이 끊어진 채 매달려있는 것 같다.

"다들 방독면 착용해요. 혹시 모르니까."

각성제를 복용했다지만 밤을 새워 싸운 병사들이었다. 희미한 가스에도 깜박 졸아 낙마할 우려가 있었다.

매복한 놈들은 잠잠하다. 무기를 소총으로 교체한 겨울이 세쿼이아 줄기 아래 노출된 다리와 웅크린 무릎들을 겨냥했다. 두두둑! 두둑! 두두두둑! 끊어 당긴 방아쇠, 절제된 연속사격이 뼈를 부러뜨리고 혈관과 근육을 파열시켰다.

저편 풍경이 흔들린다. 그만큼 많은 수가 튀어나왔다. 허억, 보건부대 장교가 헐떡이는 소리. 그러나 변종집단은 맹렬하게 멀어진다. 이쪽을 돌아보는 놈 하나 없는 본격적인 도주였다. 얼핏 보아도 오십은 넘는데. 명확한 의미가 담긴 괴성이 괴물들을 이끌었다.

"……뭡니까 쟤들?"

황당해하는 모랄레스. 겨울은 묵묵히 조준을 고쳤다. 혼자서 톤이 다른 한 녀석. 베타 구울. 자세를 낮추고 일반변종과 지형을 방패삼아 달아나는 통에 방아쇠 당길 기회가 없다. 결국 포기한 겨울이 그 외의 표적들을 사살했다. 쏠 것이 없어진 뒤에 총구를 내리며 하는 말.

"지형을 보니 쫓아가긴 힘들겠네요. 산성변종이나 회수하죠."

겨울은 고개를 들어 높은 곳을 보았다. 저걸 어떻게 가져와야 하나.

대원들의 머리 위로 드론이 지나갔다. 휘청휘청 불안한 비행은 전파방해가 아니라 충돌방지센서 탓이었다. 열상장비와 유탄발사기를 장착한 무인비행체는 좀 더 높은 하늘의 모기(母機)로부터 지령을 받는다. 지령이 끊기면 자동비행으로 전환, 고도를 높이도록 되어있다고. 후방지원이 점점더 본격적으로 변해간다는 느낌이었다.

"반경 300미터 이내에 변종으로 추정되는 열원은 보이지 않는다고 합니다."

배낭형 무전기를 멘 하퍼가 상공으로부터의 전언을 중계했다.

"내가 내려올 때까지 방심하지 말아요. 대사억제로 체온을 낮춘 놈들이 있을지도 모르니까."

이렇게 경고하고, 겨울은 슐츠에게 손짓했다. 끄덕인 슐츠가 갈고리를 발사한다. 조준점은 올라갈 가지보다 높게 잡았다. 팍-! 가스 터지는 소리와 함께 사출된 갈고리가 주간(主幹)과 주지(主枝)의 굵은 연결점을 넘어 포물선으로 떨어졌다. 지지대 삼은 줄기 양쪽으로 늘어뜨려 고정시킬 작정이었다.

"누구 도끼 있으면 좀 빌려줘요."

겨울의 손짓에 서로를 돌아본 대원들이 각자의 전투용 도끼(토마호크)를 내민다. 간밤에 발사된 순항미사일과 같은 이름이지만 이쪽이 원형이다. 물론 인디언들이 던지던 것과는 달라서, 날을 세운 반대쪽은 곡괭이나 망치로 쓸 수 있도록 개량되었다.

그중 곡괭이를 겸하는 둘을 고르는 겨울. 감염변종의 두개골을 쪼개고자 만든 물건이라 조금 무겁긴 하지만, 보정을 받은 근력이면 피켈 대용으로 쓰기에 충분했다.

한 쌍의 도끼를 허리에 차고, 방탄복과 각종 장비를 벗어 무게를 줄인다. 무기는 권총만 휴대했다. 산성아기가 있는 곳이 그만큼 위태로운 가지였다. 배가 빵빵해도 결국은 작은 몸뚱이라 가능한 일. 무슨 수로 올라갔는지는 의문으로 남아있다.

'스펀지 탄으로 비껴 쏘고 캔버스 천으로 받을까 싶기도
했지만……'

폭발물을 그런 식으로 취급하는 경우는 없다. 산성아기가
얼마나 남아있는지도 모르겠고.

최후의 트릭스터가 내지른 단말마의 비명 때문일까?
곳곳에서 스스로 떨어져 죽은 흔적이 보였다. 기계로 따지면
오작동쯤 될 것이다.

강하 고리를 밧줄에 건 겨울이 밑동을 차고 오르기 시작
했다. 비스듬한 달리기. 잎새 사이로 새어드는 햇살이 빠른
속도로 다가온다. 하늘이 내려오는 느낌이었다.

중력을 거스르는 인간에 놀라 두 마리 새가 날아올랐다.
자그마한 잿빛 딱새(Gray flycatcher) 암수는 둥지를 지키려고
필사적이었다. 겨울의 주위에서 파닥파닥 위협비행을 일삼
는다. 5월 초, 모든 생명이 싱그러운 계절, 깃털을 이불처럼
깔아놓은 둥지엔 점박이 알 네 개가 들어있었다.

다행히 목표는 보다 높게 있었다. 겨울이 그대로 지나치자,
둥지로 돌아간 딱새 부부는 세계관 최강의 인간을 향해
삐빗삐빗 승리의 포효를 내질렀다.

마침내 원하는 높이에 도달한 겨울이 몸을 바로잡았다.
이제야 비로소 쌔액 쌕 날카로운 숨소리가 들린다. 아래를
엿보던 자세 그대로 축 늘어진 아기들이었다. 한 번에 넓은
범위를 휩쓸도록 주의 깊게 배치된 것이 보인다.

여러 가지에 걸쳐 체중을 분산시킨 겨울이 조심스럽게

발을 밀었다. 스스로의 안전을 위해서이기도 하고, 흔들림에 아기들이 떨어질까 싶은 우려이기도 했다. 발아래의 공간감, 풍경의 출렁임에 사후를 엿보는 사람들이 비명을 지른다. 로그가 쌓이는 속도만으로 알 수 있었다.

마침내 생체 폭탄이 눈앞이다. 짤막한 팔다리에 포승줄을 엮어 아래로 죽 내려준다.

[첫 번째 표본을 확보했습니다. 몇 놈이나 남았습니까?]

"앞으로 셋이요."

모랄레스에게 답신하며, 겨울은 아래를 살펴보았다. 올려다볼 땐 불투명했으나 여기서 보기는 또 사정이 달랐다. 이런 발상을 할 괴물은 역시 트릭스터 말곤 없다.

스물여섯 번의 종말에서 역병의 지능은 강화종 구울 정도만 경계하면 그만이었는데.

그럼에도 이번 세계관은 운이 좋은 경우다. 대형 악재가 터졌음에도 불구하고, 불안요소는 있을지언정, 아직까지는 잘 극복하고 있으니까. 변종이 강해지는 만큼 인류도 발전하고 있다. 여기서 표본을 보내면 곧바로 대응전략이 나올 것이다. 이 세계엔 희망이 남아있었다.

남은 아기들을 다 내려준 겨울은 가지의 튼튼한 기초로 돌아와, 레펠을 하듯이 빠르게 내려왔다. 캠벨 박사가 표본을 갈무리하는 중이었다. 마취제를 추가로 주사하고, 심박 감지기를 달고, 하나하나 신중하게 내산성 백에 담는다. 백 겉면엔 생물학적 위험 표시가 인쇄되어 있다.

작업을 마친 박사가 겨울에게 찬사를 보냈다.

"정말 대단하더군요. 올라가실 땐 무슨 동영상 고속재생인 줄 알았습니다."

한겨울이니까 그러려니 하는 대원들과는 온도차가 크다.

동일 계급임에도 대단히 정중한 것은, 박사가 그저 민간인에 가깝기 때문만은 아닐 것이었다. 겨울은 긍정적으로 생각했다. 캠벨 같은 성향의 사람들도 한겨울에게는 호의적이라는 방증으로서. 일반화하기에 이르긴 하지만.

표본을 담은 백은 부패한 영아를 담은 시체가방처럼 보였다. 슐츠는 캠벨을 태운 덕분에 이 흉측한 짐에서 자유로울 수 있었다. 다른 대원들의 표정이 썩어 들어갔다.

"혹시 표본이 더 필요하십니까?"

묻는 겨울에게 캠벨이 답한다.

"당연히 많을수록 좋습니다. 백신 실험에 쓰이는 원숭이들은 하루에 수십 마리씩 죽기도 하니까요. 가져갈 수 있는 만큼 가져가고 싶군요."

역시나, 보건부대 박사쯤 되니 무의식중에 툭툭 뱉는 말들이 하나하나 의미심장하다.

"백신이라……. 혹시 진척이 있습니까?"

현 정부는 백신 개발에 대해 함구하고 있다. 겨울은 헛된 기대와 실망을 주지 않으려는 조치로 이해하는 중이었다. 그러나 동시에, 이토록 정상적으로 운영되는 정부라면 체계적인 지원으로 어떤 성과를 내놓을 법했다. 생존계열의 정점, 「역병면역」으로 단서를 주지 않더라도.

"저도 건너건너 들은 사항이라 정확한 게 별로 없습니다."

슬그머니 발을 빼는 캠벨에게 다시 청하는 겨울.

"약간이라도 좋습니다. 어렵게 생각하지 마세요. 궁금해서 물어보는 거니까."

"이거 참……."

캠벨은 곤란하다는 표정으로 침묵했다. 그러나 입이 간질간질한 낌새. 겨울에 대한 호감만큼이나 겨울과의 대화를 즐기는 듯했다. 마침내 그가 입을 열었다.

"사실이 아닐지도 모르지만…… 아직까진 별 소득이 없다고 하더군요. 모겔론스를 구성하는 바이러스와 기생충의 원형을 확보하지 않는 이상 앞으로도 어려울 거란 전망이 지배적입니다. 관련해서 러시아의 협조를 구한다는 이야기도 있고요."

"역시 그런가요."

"백신보다는 변종들에게 써도 부작용이 없을 생화학 병기 개발에 몰두한다는 소문이 있습니다. 병원균이나 독소에 적응한 놈은 아예 그 화학구성을 무기로 삼아버리는 데다, 내성을 확산시키기까지 하니, 이걸 어떻게든 극복하는 게 관건이겠죠."

"탄저균 내성 변종 같은 경우겠네요."

"아, 그거 정말 최악입니다. 지나가는 땅은 모조리 오염되어버릴 테니……."

박사는 설레설레 고개를 저었다. 탄저균이 퍼진 지역은 집중적으로 소독하고 100년 이상 방치해야 겨우 안전하다고 할 수 있다. 사람이 노출되면 그 시점으로부터 60일간 항생제를 복용해야 한다. 오염된 땅은 수백 년이 지나도 위험하고. 면적이 좁다면 제염이 가능하지만, 중국 대륙쯤 되면 논외인 이야기였다.

미군은 의무적으로 예방접종을 한다. 그러나 확실히 예방되는 건 피부탄저뿐. 내장감염이나 기관지감염에 대해서는 100% 막아주지 못했다.

'모겔론스의 원형에 대한 이야기는 처음 들었어.'

겨울은 새로운 정보에 골몰했다. 방어에 정신없는 러시아군이 과연 그라운드 제로, 감염의 진원지까지 진출할 수 있을까? 탄저균을 뿌리고 다니는 괴물 말고도 다른 위협들이 즐비할 것이었다. 그런 땅을 핵전쟁에 준하는 방호태세로 가로질러야 한다.

"저 같은 사람들은 혹시나 사린가스 같은 걸 합성하는 신종이 나타날까봐 우려하는 중입니다. 플루오린을 제외하면 필요한 성분은 인체에 다 갖춰져 있거든요."

귀를 기울이던 대원들이 찝찝한 표정을 짓는다.

추가 샘플을 확보하여 방공호로 돌아오기까진 두 시간이 걸렸다. 중간에 심박 상승 알람이 울려 추가로 마취제를 주사하는 해프닝이 있었다.

수송기가 시동을 걸 무렵, 높아지는 엔진소음을 기회 삼아, 캠벨이 겨울을 따로 불러냈다.

"혹시나 험프백을 발견한다면 최우선적으로 포획해주시겠습니까?"

겨울은 고개를 기울인다.

"레인저가 이미 하나 잡았다고 들었는데요."

그랬다. 매순간 갱신되는 소식들 사이에 그들의 근황이 있었다. 오랜 추적 끝에 기어코 성공했다고. 프레이 중위가 끝까지 살아남았을지는 의문이었다. 생환률은 절반 이하였다.

"생포는 아니었습니다. 그래도 그때 체액을 확보했으니 큰 성과로군요."

"대체 그 괴물은 뭐죠?"

라고 물으면서도 겨울은 짐작하는 바가 있었다. 지금까지의 정황이 그 증거. 돌이켜보면 처음 조우했을 때 주변 숲의 손상이 극심했다. 그동안은 부딪혀서 부서진 것이라고 생각해왔으나, 괴물이 미치지 않은 이상 쓸데없이 여기저기 들이받을 이유가 없었다.

"이제 와서 이러는 것도 우습지만, 말씀드릴 수 없습니다. 1급 기밀이라서요. 위에서 철저하게 단속하고 있기도 하고…… 죄송합니다."

말은 죄송하다는데, 정색한 얼굴에선 미처 숨기지 못한 약간의 즐거움이 느껴졌다. 인격이 지식을 따르지 못하는 사람이었다. 보기 흔한 됨됨이다.

이런저런 정보를 허술하게 흘렸으면서도 지금은 입을 다무는 걸 보면, 험프백의 실체가 그만큼 병사들의 사기를 저하시킬 거란 의미였다.

"이번 작전기간에 조우한 변종집단은 나이 어린 것들의 비율이 굉장히 높더라고요. 전면전에 도움이 안 되는 것들을 후방으로 보냈다고 쳐도 이상할 정도로 많았어요. 대부분 아무것도 입지 않은 상태였고요."

겨울이 찌르는 말에 캠벨이 어설픈 웃음을 지었다. 거기에 가려진 짧은 동요가 겨울에겐 충분한 대답이었다.

"아무튼, 미안해하실 건 없어요. 그보다 부탁하신 건 사령부의 허가를 받은 사항인가요?"

"아직은 아닙니다. 변종들의 지휘능력을 제거하는 게 우선이라고 해서 말이죠. 하지만 시간문제라고 봅니다."

그리고 그는 바람에 흐트러진 경례를 남긴다.

"오늘은 큰 도움을 받았습니다. 언젠가 다시 뵐 수 있었으면 좋겠군요."

소리 지른 캠벨이 올라가자 램프 도어가 느리게 닫힌다. 엔진 출력이 상승했다. 눈을 가린 겨울이 비산하는 흙먼지를 피해 물러났다. 이륙한 수송기는, 조금 더 높이 나아간 뒤에, 엔진을 수직에서 수평으로 꺾는다. 급격히 가속한 동체가 동쪽으로 멀어졌다.

"소령님. 이제 쉴 때가 되지 않았습니까?"

모랄레스의 지친 음성. 간밤에 각성제(프로비질)를 복용했음에도, 작전기간 내내 쪽잠을 잔 터라 벌써 피로를 느끼는 모양이었다. 마침 구조한 병력과 함께 머물고 있으니 순번을 넉넉하게 잡을 수 있을 것 같다. 겨울이 휴식을 허가했다.

"아마 어제 만난 놈들이 이 근방의 마지막 사냥감들이었을 거예요. 지시가 내려오더라도 조정을 요청해 보죠. 긴급

임무는 없을 것 같으니……. 경계는 두 사람이 섭니다. 모랄레스, 순서 정해서 보고해요."

"소령님이 가장 먼저 쉬셔야 합니다."

"그건 내가 알아서 할게요."

겨울이 미소를 만들었다. 그래도 상병은 내내 깨어있을 셈이시냐며, 초번과 말번 중에 선택하라고 한참을 설득했다.

몸 상태가 좋지 않은 병사들 때문에 낮에도 불을 피웠다. 덕분에 물벼락이 쏟아질 뻔했다. 간밤의 교전으로 화재를 우려한 사령부에서 소방헬기를 보낸 것이다. 연기를 보고 날아왔던 헬기는 겨울의 교신을 접수하고 멀어졌다. 소음에 잠을 설친 병사들이 하늘을 향해 중지를 세웠다.

그 밖에는 조용한 여유였다.

겨울은 꼽추괴물에 대해 생각했다. 역병은 필요에 따라 숙주를 변이시킨다.

'그 필요가 반드시 전투적이라는 보장은 없어.'

궁극적인 목적은 어디까지나 감염 확산과 개체 수 증가일 터. 사고능력을 갖춘 개체가 생긴 뒤로는, 인류가 역병을 소거할 가능성 때문에 더욱 적극적으로 공격하는 것일지도 모르겠다.

사색이 길어지는 동안, PDA가 새로운 지령을 수신했다.

「윈저(Windsor) 근교, 러시안 강 서안의 목장에 민간인들의 거점이 있었으나, 변종들의 대규모 공세가 시작된 이래 파괴되었음. FOB 올레마로 복귀하기 전에 확인할 필요 있음.」

봉쇄사령부에서도 이 지역의 사냥이 거의 끝났다고 판단한 듯싶었다.

오후 5시. 방공호에서의 휴식을 끝낸 겨울은 숲을 벗어나 동쪽으로 이어지는 강변도로에 접어들었다. 느리게 흐르는 강물이 늦은 봄빛으로 반짝이는 풍경. 인적이 끊긴 마을마다 따뜻한 바람이 불었다. 개별 변종들의 간헐적인 습격에도 불구하고 긴장감은 없는 행군이었다.

여전히 살아있는 트릭스터가 있겠으나, 전파방해조차 걸지 못할 만큼 숫자가 줄어든 모양이었다. 전파 추적 미사일을 피하려면 순서대로 나설 여러 개체가 필요하다.

이동 도중 남쪽으로 이동하는 패잔병들과 끊임없이 마주쳤다. 하늘에선 전선통제기가 전보다 낮은 고도로 날아다녔다. 환자를 후송하는 헬기들이 빈번히 눈에 띄었다.

"또 폭격입니다. 끝도 없이 퍼붓는군요."

슐츠가 혀를 내둘렀다. 구름을 뚫고 나온 폭격기가 폭탄 여러 발을 후두둑 쏟아냈다. 지평선 가까운 포도밭이 화산처럼 폭발한다. 치솟은 연기가 버섯처럼 뭉글거리고, 일그러진 충격파는 버려진 경작지를 휩쓸었다. 불투명한 바람이 사포처럼 거칠다.

겨울의 눈엔 쓰러진 변종들이 보였다. 온몸이 너덜너덜, 강판에 비벼진 고깃덩이들 같다. 비척거리며 일어나던 일부도 얼마 못 가 픽 쓰러진다. 강하고 질겨봐야 변형된 인체일 뿐. 항공폭탄의 살상범위는 보기보다 훨씬 넓다.

직접적인 폭파 반경을 넘어, 파편에 먼지가 피어오르는 넓은 원이 곧 죽음의 영역이었다.

"무리를 이끌어야 할 놈들이 잠적해버렸잖아요. 남은 변종들은 본능적으로 뭉쳐 다니는 중이고요. 하늘에서 쓸어버리기 좋을 때죠. 한동안 시끄럽겠어요."

겨울이 말하는 사이에도 다른 방향의 지평선이 연달아 번뜩인다.

기병대는 포도밭 사이의 흙빛 길을 거쳐 폐허가 된 몇 개의 양조장을 지나쳤다. 마침내 목적지인 목장에 도착한 시각은 오후 6시 11분. 일몰까지는 두 시간의 여유가 남아있었다.

"마리골드가 착각했군요. 여긴 이름만 목장입니다."

알레한드로가 부서진 간판 조각을 가리켰다. 이곳은 사실 가톨릭의 종교적 휴양지(Retreat center)라고. 종말에 대비해 둘렀을 담장과 철조망이 살풍경했으나, 그 너머 멀리 십자가와 종탑이 솟아있다.

드르륵- 드륵-

대원들이 소스라쳤다. 위험을 감지하지 못한 겨울만이 예외였다. 돌아보면, 낙하산에 질질 끌려 다니는 보급품 상자였다. 무너진 담장 주위로, 보이는 범위에만 텅 빈 상자가 수십 개, 늘어진 낙하산이 다시 수십 개가 있었다. 이 낙하산들이 파도에 밀려온 해파리처럼 늘어져 있다가, 민들레 홀씨 섞인 바람이 불 때면 생명을 되찾듯 부풀어 오르는 것이다.

'왜지? 굳이 몰살시킬 필요는 없었을 텐데……. 이곳에

서 생존자의 징후가 사라진 게 닷새 전이라고 했었던가?'

겨울은 빈 상자들을 살피며 괴물들의 입장에서 생각했다.

여러 번 들은 바, 국방부 방역전략연구소는 변종들이 민간인들을 일부러 살려두고 있을 가능성이 높다고 분석했었다. 진딧물에게서 단물을 뽑아먹는 개미들처럼 민간인들에게 떨어질 구호물자를 노리는 것이라고. 실제로 변종들은 구호식량을 긁어먹었다.

여기도 사방이 그런 흔적들로 가득하다. 트릭스터의 자폭을 피하려면 안전고도를 지켜야 하고, 그 높이에서 낙하산을 떨어트리니 정확도가 낮아질 수밖에 없다. 결국 담장 안쪽보다는 바깥으로 떨어진 숫자가 더 많았다. 민간인들보다 훨씬 더 많은 변종들이 배를 불렸을 터.

닷새 전이라면 트릭스터 사냥이 큰 성과를 거두지 못했을 때다.

즉 패잔병을 쫓는 데 집중하는 것만으로도 이런 쪽의 통제력에 문제가 생겼다는 뜻이었다.

하긴, 봉쇄선 쪽에 특수변종이 몰렸으니, 처음부터 빠듯했다고 해도 이상하지 않았다.

스스로 납득한 겨울이 무너진 담장 쪽으로 말을 몰았다.

"그럼블 같은 놈이 부순 건 아니군요. 그냥 보통 놈들이 떼로 밀어붙인 것 같습니다."

모랄레스가 인상을 찌푸린다. 돌무더기 아래 으스러진 시체들이 엄청나다.

그리고 투덜거리는 소리. 벽을 쌓으려면 좀 두껍게 쌓든가.

겨우 벽돌 두 장 두께라니.

이해하지 못할 바는 아니었다. 혼란스러울 때 무엇 하나 구하기 쉬웠겠는가.

"이 핏자국은 최근에 생겼네요. 아마도 벽이 무너진 이후에."

콘크리트 묻은 벽돌 조각을 살피며 겨울이 하는 말. 냄새를 맡아본다. 역병 특유의 악취가 없었다. 이틀에서 사흘 사이. 혈흔을 감지한 「추적」이 대략적으로 경과한 시간을 알려주었다.

"살아남은 사람이 있을 거란 말씀이십니까?"

"모르죠. 화를 피한 사람들이 빠져나왔는지, 아니면 변종들이 사라진 다음 새로운 생존자들이 들어왔는지⋯⋯. 하퍼, 에일. 여기서 퇴로를 확보해요. 나머지는 나랑 같이 진입합니다."

Hooah. 지시를 받은 둘은 거치적거리는 돌을 치우고 은폐할 자리를 확보했다. 여러 발의 산탄지뢰가 깔린다. 특수 변종만 없다면 백 단위가 몰려와도 격퇴 가능한 화력.

담장 안쪽엔 넓은 간격을 두고 여러 채의 건물이 들어서 있었다. 본래 휴양지였던 만큼, 각각의 건물은 정갈하고 소담한 분위기가 감돌았다. 그런 가운데 피로 물들고 시체가 둥둥 떠다니는 수영장이 심한 부조화를 이룬다. 겨울이 권총을 뽑았다.

팍! 파팍!

방아쇠를 당길 때마다 시체처럼 부유하던 변종들이 경련을 일으켰다. 살아있는 것을 곧바로 구분하는 겨울을 보고도 모랄레스와 슐츠는 그냥 그러려니 했다.

첫 번째 건물을 수색한다. 개방된 테라스에 아이보리색 벽돌. 외벽에 담쟁이덩굴이 붙어 탐스러운 싹을 틔웠다. 슐츠가 후방을 경계하는 동안, 겨울이 엄호하고 모랄레스가 문을 열었다. 고리를 들어올리며 밀어서 소음을 최소화한다. 그러나 판자를 깐 바닥이 문제. 완전무장한 병사는 무거웠고, 발을 내딛을 때마다 꾸득꾸득 소리가 났다.

흠칫. 벽난로 앞에 웅크리고 있던 자그마한 아이가 발소리에 반응했다. 마치 잠에서 깨어나는 것처럼.

비록 웅크린 뒷모습이지만 복장이 말끔하다. 목덜미가 창백할 정도로 희다.

겨울이 그 뒤통수를 쏘았다.

"Shit!"

갑작스런 사격에 기겁을 하는 모랄레스.

"젠장, 변종이었습니까?"

작고 떨리는 물음. 대답 대신, 겨울은 군홧발로 시체를 뒤집었다. 그제야 하얀 원피스 앞쪽 폭포수 같은 핏자국이 보인다. 소녀는 얼굴을 물렸다. 코 좌우로 이빨자국이 나있었다.

슐츠가 인상을 쓴다.

"살이 썩지 않은 걸 보면 감염된 지 얼마 안 되었다는 뜻인데……."

겨울이 끄덕였다.

"숨어 있다가 뒤늦게 당했을지도 몰라요. 좀 더 서두르죠."

시체는 앙상하고 홀쭉했다. 옷장 같은 곳에 숨어 있다가, 허기와 공포를 견디지 못해 나왔을 가능성이 높았다. 이외에 다른 생존자가 있을지도 모른다는 말. 겨울이 앞장서서 속도를 높였다. 미지의 영역에선 감각보정의 효율이 떨어질지라도, 특수변종이 없는 것만큼은 확실하다.

"엎드려!"

경고가 조금 늦었다. 타타타탕! 잠긴 문 저편에서 터진 총성. 겨울은 사선을 피했지만, 모랄레스가 두 발을 맞았다. 다행히 총탄은 방탄판을 뚫지 못했다. 다만 머리를 부딪치며 넘어져 앓는 소리를 낸다. 겨울이 상병의 어깨를 확 당겼다. 안전범위까지 쭉 미끄러지게끔.

"젠장! 거기 누구야! 사람이냐?!"

아마도 총을 쏜 사람의 외침. 굵게 갈라지는 목소리였다. 가감 없는 외침으로 미루어 겁에 질린 상태. 문틀 측면에 붙은 겨울이 성량을 키웠다. 응사하려던 슐츠를 제지하면서.

실은 겨울도 대응사격을 가할 뻔했다. 변종이 자동화기를 쓸 가능성을 경계하고 있었기에.

"쏘지 마세요! 구조대입니다!"

"……구조대? 무슨 염병할 구조대가 여기까지 와?"

그러면서도 잠시 후 삐이걱 문이 열린다. 전기가 끊겨 어두웠던 방. 빛이 새어들면서 가장 먼저 보인 색은 밝은 주황빛이었다. 그것은 이내 죄수복을 입고 권총을 쥔 남자가 되었다.

죄수복?

남자는 조준을 풀지 않는다. 등 뒤엔 여러 아이들이 올망
졸망 모여 있다. 겁에 질린 작은 얼굴들. 오랜만에 빛을
본 눈들이 자연스럽게 찡그려진다.

"일단 총 내려놔요. 지시에 불응하면 사살할 수도 있습
니다."

눈부셔하던 죄수는 경고를 듣고서야 간신히 겨울을 알아
봤다.

"신이시여! 한겨울 중위라고? 진짜로? 농담 아니고?"

"진짜입니다. 지금은 소령이지만요. 아무튼 그 총 언제
버릴 겁니까? 죽고 싶어요?"

"……Fuck. 도망치긴 글렀군. 재수도 없지."

겨울을 겨눈 조준점이 계속해서 흔들린다. 「전투감각」,
「생존감각」, 「위기감지」가 전하는 경고의 강도는 거의 없는 수
준이었으나, 슐츠와 모랄레스에겐 그렇게 보일 리 없었다.

"총 버려! 당장!"

기세에 눌린 죄수가 그립을 풀었다. 알았어, 알았다구.
한 손을 들어올린 채, 다른 손으로 권총을 느릿느릿 내려
놓는다. 그리고 별다른 지시 없이도 발로 차 겨울에게 보
냈다.

"모랄레스. 맞은 덴 괜찮아요?"

"퍼플 하트(부상기념훈장) 받을 정도는 아닙니다."

낮게 앓는 소리를 내는 건 멍이 들었기 때문인가 보다.

대꾸한 모랄레스가 똥오줌 냄새 지독한 방에서 아이들을 꺼냈다.

"다들 이리 오거라. 괜찮아. 여기 겁나 짱 센 한겨울 소령님은 알지?"

우울하고 초췌한 아이들이 멍하니 끄덕인다. 겨울이 미소를 만들고 손을 흔들어주었다.

슐츠가 죄수를 포박하고 몸을 수색하는 사이에 겨울은 죄수의 권총(Sig Sauer P239)을 확인했다. 일반적인 제식화기가 아니다. 해안경비대나 해군 특수부대 일부가 같은 회사로부터 납품을 받긴 하는데, 그래도 다른 모델이었다.

'최소한 군인을 해치고 얻은 무기는 아닐 확률이 높아.'

물론 확신은 금물이다. 어느 병사가 개인적으로 구비한 물건이거나, 혹은 무기 없이 달아나다가 어떤 경로로든 획득한 것을 다시 빼앗았을지도 모르는 일이니.

그래도 아이들이 험한 일을 당한 것 같진 않다. 남자를 싫어하는 기색도 없고. 방 안에 뒹구는 쓰레기, 배설물의 비율과 형태로 보아 먹거리가 무척 적었을 것인데.

극한 상황에서 아이들을 죽이지 않은 것만 봐도, 죄수치곤 성격이 나쁘지 않다는 뜻이었다.

"당신, 이 권총은 어디서 났습니까?"

손이 허리 뒤로 묶인 죄수가 머뭇머뭇 대답한다.

"부서진 비행기에서……."

"아."

연방항공보안관의 무기.

방공호로 가는 길에도 국제선 여객기의 잔해가 있었다. 근처에 카운티 공항이 있다 보니 비상착륙하거나 추락한 항공기들이 여기저기 분포했다. 활주로가 먼저 내린 다른 비행기들로 가득 차버린 탓. 운 좋게 한발 앞선 조종사들은 뒷일 생각 안 하고 도망치기 바빴을 것이다. 겁에 질린 사람은 어쩔 수 없다.

"다른 건 나중에 묻죠. 혹시 생존자들이 또 있다면 어디에 있을지 짐작 가는 구석 있어요?"

다시 묻는 말에 대답한 건 남자가 아니라 아이들 중 하나였다.

"그때, 좀비들이 들어온 밤에, 엄마가 성당으로 가야 한다고 했어요!"

"성당? 그래. 알려줘서 고마워."

아이는 겨울이 만든 미소에 만족했다.

성당은 자그마한 마을에 있을 법한 크기였다. 리아이링을 비롯해 삼합회의 전투원들과 갔었던 브래들리의 성당과 비슷한 규모. 겉으로 보이는 구조 역시 유사하다. 다만 문과 창이 모조리 철창으로 잠긴 게 인상적이었다. 십자가와 종탑이 아니었다면 감옥으로 보였을 것이다.

덜컹. 문에 붙은 슐츠가 입술을 구부린다.

"이거 안에서 잠겼는데……"

똑똑똑. 똑똑똑. 거듭 문을 두드려보지만 반응이 없다. 불안해하는 아이들. 스테인드글라스라 불투명한 창으로는 안쪽 풍경이 보이지 않았다. 사방을 살핀 겨울이 고개를 끄덕이자, 슐츠가 문에 대고 크게 소리쳤다.

"구조대입니다! 살아있는 사람이 있다면 응답하십시오!"

두두두두! 쿵! 크아아아악!

즉각적인 반응이었다. 화들짝 물러난 슐츠를 대신해 겨울이 소총사격을 가했다. 두두두둑! 철창 너머 목재로 된 문이 퍽퍽 뚫린다. 그리고 주르륵 미끄러지는 소리와 함께, 아래쪽 구멍과 문틈에서 피가 흘러나왔다.

'개가 있어야 하는데.'

아이들이 아빠엄마를 부르며 울기 시작했다. 말안장 가방에서 짐짝 신세인 닥스훈트가 아쉬워지는 순간. 체구 건장한 모랄레스가 아이들의 눈물에 쩔쩔 맸다.

"경첩을 끊어요."

겨울이 지시하자 슐츠가 광선검처럼 생긴 토치에 카트리지를 끼웠다. 그리고 점화. 파아아악- 경첩이 순식간에 달아오른다. 경첩 하나에 카트리지 하나. 세 번째 경첩은 고열과 철창의 무게에 스스로 찢어졌다.

성당은 작아도 경건했다. 지평선에 가까워진 태양이 스테인드글라스를 뚫고 들어온다. 주여, 우리의 자매인 물의 찬미를 받으소서(My lord be praised through sister water). 둥근 창 위아래로 각인된 찬송의 구절이 특이했다. 그 의미를 쉽게 짐작하기 어렵다는 점에서.

예배당 안쪽으로부터 요란하게 두들기는 소리가 난다.

모랄레스가 성수반(聖水盤)에 손을 찍고 성호를 그었다. 상병의 행동을 따라하는 아이들. 겨울은 속도를 늦추고 후방을 경계하라는 수신호를 보냈다. 전방은 겨울 홀로 맡는다.

십자고상을 모신 제대(祭臺)는 더러운 피로 얼룩져있었다. 변종들은 제대 우측면의 문을 두드리는 중이다. 아마도 신부의 거처였을 터.

입구 가까운 고해소에도 변종 두 개체가 붙어 있다가, 겨울을 향해 휘꺽 고개를 꺾었다. 두둑! 즉각적인 사격으로 머리에 구멍을 뚫어준다. 두 구의 시체가 둔중하게 쓰러졌다. 전방의 무리는 돌아보지 않는다. 자기들이 내는 소음에 귀가 먼 탓이었다.

구울이라도 없으면 겨우 이 정도인 것이다.

남은 변종을 모조리 쏴 죽인 겨울이 흐트러진 좌석 사이로 나아갔다. 사방에 유해가 흩어져있다. 생전부터 감염시키기에 부적절한 상태였거나, 변이된 후에 가장 나약해서 다른 것들에게 잡아먹힌 경우. 모랄레스와 슐츠가 겁먹은 아이들을 달래며 가까워졌다. 양손이 허리 뒤로 묶인 죄수는 도살장으로 향하는 가축처럼 끌려왔다. 죽음 가득한 공기에 짓눌려 뒤룩뒤룩 눈을 굴려댄다. 창백한 얼굴이 식은땀으로 번들거렸다.

성직자 숙소의 문은 당겨서 여는 방식이었으나, 멍청한 변종들은 그저 두드리고 밀어댔을 뿐이다. 문고리는 이상할 정도로 무거웠다. 힘을 주자 질질 끌리는 소리와 함께 열리는 문. 반대편에서 손잡이에 목을 맨 시체가 끌려나왔다. 평상복 차림의 남성이었다.

이게 전부는 아닐 텐데.

겨울은 빈 숙소를 등졌다. 중앙통로의 핏물을 발끝으로 밀어내자 긁힌 자국이 드러났다. 무거운 상자 같은 것을 끌고 간 흔적.「추적」으로 쫓아가니 제대의 왼편으로 이어진다. 바깥으로 돌출된 벽은 다른 부위보다 색이 밝았다. 확장공사로 덧댄 구획일 가능성이 높았다.

종말의 시작 즈음하여 확장했다면 짐작되는 용도는 하나뿐.

바닥의 일부, 지하로 통하는 사각의 문을 열자 곧바로 잿빛 머리통들이 보였다. 사다리 아래 살아있는 죽음이 우글거렸다. 캬아아악! 오랜만에 빛을 본 괴물들이 겨울을 향해 열광했다. 서로 밀쳐대는 통에 사다리를 타고 오르는 놈이 하나도 없었다. 축소된 동공들을 마주보며 하나씩 사살하는 겨울.

"방공호…… 로군요."

모랄레스가 수직통로 아래에 고인 뇌수를 보고 인상을 찌푸린다.

"여기 남아있어요. 내려가서 확인해볼 테니까."

지시한 겨울이 훌쩍 뛰어내렸다. 와드득. 군홧발 아래가 움푹 꺼진다. 장비 무게가 더해진 체중은 겹쳐진 사체를 으스러뜨리기에 충분했다. 악취가 사방으로 튀었다.

또 문이 나타났다. 다만 이번엔 튼튼한 금속제였다. 천장엔 폐쇄회로 카메라가 붙어있었다. 렌즈를 향해 손을 흔들어보지만 반응이 없다. 작동하지 않는 것일까? 앞서 다른 건물들의 전력이 끊겨있긴 했으나, 이렇게 본격적인 시설이면 별도의 공급체계가 있을 법도 하건만.

쾅, 쾅, 쾅. 끊어서 강하게 두드리며 외친다.

"구하러 왔습니다! 안에 누구 없습니까!"

강화된 청각이 보이지 않는 소란을 감지했다. 역병의 아우성이 아니다. 온갖 사람들이 앞다퉈 떠드는 소리들. 잠시 후 문이 열리며 사제복을 입은 신부가 나타났다. 부족한 조명 아래, 넓은 공간에서 양쪽으로 나뉘어 서로에게 총을 겨누고 있는 사람들의 모습도.

신부가 한 손을 펼쳐 겨울을 가리키며, 사람들을 향해 기쁨으로 외쳤다.

"보십시오, 여러분! 이것이 바로 주님의 뜻입니다!"

……응?

이건 대체 무슨 상황이야. 간만에 당혹감을 느끼는 겨울이었다.

대치하고 있는 한쪽은 인질처럼 보이는 한 명을 제외하면 온통 죄수복 일색이다. 남은 한쪽은 평상복이 대부분이고, 제복을 입은 경찰 둘과 보안관 하나가 끼어있었다. 어느 쪽이든 무장은 얼마 없다. 물론 그것만으로도 서로를 다 죽이기에 충분하겠지만.

"한겨울 중위? 중위님! 중위님! 중위님! 감사합니다! 정말 감사합니다!"

수염 덥수룩한 경관이 울음을 터트렸다. 감정과잉이 전염병처럼 번진다. 영웅을 향한 열광.

반대로 죄수들은 눈에 띄게 창백해졌다. 거미 문신이 목덜미까지 기어오른 거구의 대머리가 겨울을 곁눈질했다. 총구는 여전히 경관들에게 향한 채였다. 덜덜 떠는 손은 공포일 뿐만 아니라 내면의 갈등이기도 했다. 곧바로 조준을 바꿔 소년 장교를 쏴버릴까 싶은. 오르락내리락 하는 그의 「위협성」이 그 증거였다. 그 밖의 단서도 많고.

"이제 더 이상 싸울 필요가 없습니다! 약속했던 대로 모두 무기를 내려놓으세요! 어서요!"

외치는 신부가 교차하는 사선의 중심에 섰다. 두 팔을 벌리니, 흐릿한 그림자가 십자가의 형상이었다. 수녀가 신부를 거들었다. 그러나 어느 쪽도 살의를 놓지 않는다. 오히려 더욱 팽팽해졌다. 대머리에게 총을 겨눈 보안관이 겨울을 향해 악을 쓴다.

"중위님! 도와주십시오! 저것들을 당장 쏴버려야 합니다! 강간범과 살인자 집단이란 말입니다! 신부님, 거기서 비키세요! 수녀님도요! 방해됩니다!"

대머리가 발끈했다. 머리가죽 아래에서 핏줄이 꿈틀거린다.

"좆까, 이 씨발 짭새 새끼가! 누굴 죽이라 마라야!"

이어 뒤에서 약 깨나 했을 몰골의 사내가 번쩍 손을 들었다.

"전부 다 아가리 싸물어! 건드리면 니네나 우리나 다 죽는 거여! 엉!"

수류탄을 쥐고 있다. 안전핀은 이미 없었다. 우라질. 저건 또 어디서 난 거야. 권총을 쥔 경관이 이를 악물었다. 숨이 거칠다. 눈을 크게 뜨고 수류탄만 보고 있었다. 언제 우발적으로 방아쇠를 당길지 몰랐다. 민간인들은 벌벌 떨며 애걸하는 시선을 겨울에게 보낸다.

그러기는 죄수들도 마찬가지였다.

수직통로 위에서 모랄레스가 외쳤다.

"거기 아래에 무슨 일 있습니까? 저희도 내려갈까요?"

"아뇨! 거기 있어요! 말썽이 있긴 한데, 내가 처리할게요!"

겨울이 만류하는 사이에, 신부가 죄수들에게 눈물로 호소한다.

"이러시면 안 됩니다! 죄를 저지르지 마십시오! 다 함께 살아나갈 수 있습니다!"

소용없었다. 약쟁이가 악을 썼다. 개소리 지껄이지 말라고.

"이봐, 중위!"

대머리의 부름에 겨울이 대꾸했다.

"소령입니다. 그쪽 이름은?"

"……헌트. 칼렙 헌트."

헌트가 마른침을 삼키고 묻는다.

"당신이 여기 있다는 건, 바깥이 이제 안전하다는 뜻이겠지?"

"오는 길에 마주치는 것들을 다 죽이긴 했죠."

"……이런 상황에 굉장히 여유로우시군."

"이런 상황?"

고개를 기울이는 겨울의 모습에 움츠러드는 거구. 다른 죄수들도 더욱 창백해졌다. 주도권 싸움이라 생각했는지,

헌트가 인상을 쓰며 으르렁거린다.

"허세 부려도 소용없어! 당신이 아무리 잘났어도 수류탄 터지면 어쩔 건데?"

"그래서?"

"거래를 하자."

"……."

"우리가 씨발, 지금 이 꼴만 보면 아주 좆같은 개새끼들처럼 보일 건 아는데, 여기 온 다음에 씨발 누굴 죽인 적은 없단 말이야. 염병할 고해성사도 했다고! 이 아래 갇히고 나서, 죽기 전에 서로 재미 좀 보자고 했을 뿐이지! 어차피 죽을 목숨이라고 생각했으니깐! 씨발!"

대충 돌아가는 사정을 알 것 같다. 잠자코 듣는 겨울의 모습에 자신감을 얻었는지, 헌트는 이마에서 머리까지 땀을 닦으며 말을 이었다.

"바깥에 부하들이 있겠지? 소령이면 적어도 중대는 되겠군. 우리 머릿수만큼 무기를 내놔. 탄약이량 식량도! 충분한 성의를 보여주면 저 인간들을 곱게 보내주겠어. 인질은 가장 마지막에 풀어주지. 우리는 여기 남을 거야. 개수작은 안 부리는 게 좋을걸?"

"당신들만 남아서 어쩌려고요? 오래 버티진 못할 텐데요."

"우리가 죽든 말든 상관없잖아!"

"글쎄요. 무장한 범죄자들을 남겨두고 갈 순 없죠. 언제 어디서 누구에게 해를 끼칠지 모르니까. 그러니 받아들일 수 없는 요구네요. 애초에 나눠줄 만큼 무기가 많지도 않고."

"그럼 뭐 어쩌자는 거야! 다 죽는 꼴 보고 싶어?! 엉?!"

"총을 버리고 항복해요. 죽이지 않는다고 약속하죠. 구속은 하겠지만."

"미친……."

"멍청하게 굴지 마. 당신들까지 보호해주겠다는 말이니까."

겨울이 어조를 바꿨다.

"그깟 수류탄이 무서워서 가만있었던 게 아니야. 애초에 놓을 배짱도 없어 보이지만, 놔도 상관없어. 터지기 전에 시체로 덮어버리면 그만이지. 그 시체는 너희들 중 하나가 될 거고. 총? 첫 발을 쏘기 전에 다 죽일 자신이 있는데."

약쟁이가 헐떡였다.

"그, 그게 가능할 것 같아?"

"왜, 불가능할 것 같아? 의심스러우면 내 말을 무시해봐. 결과는 몸으로 알게 될 거야."

이미 계산을 끝내고 던지는 협박이다. 심지가 타들어가는 3초는 넘칠 만큼 충분한 시간. 피쿼드에서 반응속도를 시험할 때, 파울러 대위는 겨울을 이렇게 평했었다. 정면의 다섯을 동시에 상대할 수 있을 거라고. 심지어 그것은 정규군 수준의 적을 상정한 결론이었다.

"여러분, 제발 한겨울 님의 말씀을 들으세요."

나이 든 수녀가 간곡히 설득했다.

"다 같이 약속했잖습니까. 오늘까지만 기다려보자고. 그 전에 구원이 온다면 주의 뜻으로 생각하자고. 이 세상에서 일어나는 모든 일이 거룩하신 주님의 섭리입니다. 지금 여기 한겨울 님이 계신 것은 결코 우연이 아닙니다. 누군가에게 신앙이 있고 없고는 상관없어요."

수녀가 약쟁이에게 천천히 다가갔다.

"꺼져, 이 창녀! 너도 인질로 잡아줄까? 엉?"

죄수들의 총구가 수녀를 향해 돌아간다. 그러나 신부가 함께 다가서기 시작하면서 혼란이 심해졌다. 누구를 겨눠야 하나.

"모든 일이 주님의 섭리 좋아하네! 그럼 저 씨발 놈의 좀비 새끼들도 주님의 섭리냐? 어? 콱 다 죽여 버릴라! 꺼져! 꺼지라고! 건드리면 전부 다 죽는 거야! 지옥에 가는 거라고!"

일반인보다 얄팍한 전과자의 이성이 끊어져, 방아쇠에 건 손가락이 당겨지는 순간.

그의 권총이 폭발했다.

겨울이 견착한 소총 끝에서, 소음기가 희미한 초연을 피어 올렸다.

침묵이 감도는 지하에 탄피 구르는 소리가 외로웠다. 세 명의 죄수가 손과 팔을 움켜쥐고 신음한다. 피가 뚝뚝 떨어졌다. 권총 깨진 파편이 박힌 탓. 분산된 표적이라고 해도 겨울에게는 한 방향이었다. 조준을 고쳐가며 세 번을 쏘는 데 걸린 시간은 찰나에 불과했다.

"꿈도 꾸지 마."

경고를 받은 약쟁이가 눈을 질끈 감는다. 덜덜 떨리는 손이 천천히 내려와, 가슴께에 머물렀다. 한 손으로 견착과 조준을 유지하며 다가서는 겨울을 누구도 막아서지 않았다.

조금 전에 보여준 사격 탓이다. 헌트는 벽에 붙어 눈만 움직였다.

수류탄에 겨울의 손이 포개진다.

반대편에서 함성이 터졌다.

"보안관님. 죄수들을 부탁합니다. 그렇다고 사살하진 마시고요."

겨울의 말에 헌트가 이를 갈았다.

"차라리 죽여. 잡혀가서 또 짐승 취급 받느니 여기서 죽는 게 나아. 남자가 자존심이 있지."

분노한 음성이지만 울분이 배어있었다. 의아해진 겨울이 묻는다.

"짐승? 무슨 뜻으로 하는 말이지?"

"씨발! 사형수 강제노역! 아무도 우릴 사람으로 생각 안 하잖아! 설령 우리가 개새끼라고 해도!"

강제노역이라……. 겨울은 살짝 눈을 찌푸렸다. 이번 세계관에서는 처음 듣는 이야기였다.

죄수들을 제압한 뒤, 시설의 나머지 건물들을 확보하니 황혼이 질 때였다. 창고에서 발견한 철조망으로 벽 무너진 구간을 막은 뒤엔 퇴로 확보를 위해 남아있던 두 사람도 합류했다.

"소령님. 지시하신대로 마리골드와 교신해봤는데, 민간인 후송은 동이 튼 다음에나 가능하다고 합니다. 비행계획이 긴급수송임무로 꽉 찼다는군요. 예정시각은 익일 0900시 이니 그때까지 여기 있으랍니다. 그런데 한 가지 문제가 있습니다."

교회 앞 초지에 위성통신단말을 전개한 하퍼의 보고. 겨울은 의아함을 느꼈다.

"문제? 어떤?"

"규정상 죄수들의 후송은 금지되어 있답니다. FOB 올레마로 끌고 가서 상급자에게 보고하거나, 그게 여의치 않으면, 어, 현장지휘관의 판단에 따라 사살하라는 명령입니다."

"……."

"혹시나 싶어서 죄수번호를 불러줬더니 전부 다 사형수들이었습니다. 형을 이미 선고받았고, 집행에 관해서는 특별법이 있으니 걱정 말라는군요. 원한다면 군 법무관과 연결해주겠다고 했는데, 일단 소령님께 전달하겠다고 하고 교신을 종료했습니다."

"조금 당황스러운데요."

현 정권의 성격에 맞지 않는 정책이었다. 불가피한 현실 타협일까? 겨울이 고민하는 만큼 하퍼도 달갑지 않은 기색이었다. 적을 죽이는 것과 사형집행은 성격이 많이 다르다.

"어떻게 합니까? 마리골드와 직접 이야기를 나눠보시겠습니까?"

"아뇨. 내가 나선다고 뭔가 달라질 일은 아닌 것 같아요. 일단은 좀 더 생각해보죠. 그거 말고 다른 명령은 없었어요?"

"인접 구역의 임무부대 둘하고 임시 중대 하나의 집결지가 이곳으로 지정됐습니다. 내일 정오까지 도착 예정이니 지휘권을 장악해서 동반 철수하라고 합니다. 그리고 또 뭐

였더라……. 아, 인원 구성을 포함해서 전술정보시스템에 조만간 자세한 내용을 업데이트 할 테니 늦지 않게 확인하라고도 했습니다. 이걸로 끝입니다."

알았어요. 수고했어요. 겨울의 말에 하퍼가 수화기를 놓는다.

오랜만에 바깥 공기를 쐬게 된 민간인들은 대체로 표정이 밝았다. 갑작스럽게 울음을 터트리는 숫자도 적지 않았지만. 아이들은 아직 활발하지 않았다. 시체를 치운 풀밭에 핏자국이 남아있는 까닭이었다. 힐끔힐끔 겨울을 훔쳐보는 시선들. 연한 바람은 아직도 썩어있었다.

오직 닥스훈트만 신이 났다. 묶여있던 한을 풀려는지 발광하는 수준으로 뛰어다닌다.

"이럴 줄 알았으면 좀 더 두꺼운 걸로 끼고 다닐걸……."

방탄판을 꺼내 살피며 투덜거리는 모랄레스. 두께 5mm의 세라믹 플레이트는 푹푹 들어간 자국이 선명했다. 뚫리진 않았으나, 주먹에 맞기만큼 아팠을 것이다.

이렇게 방어력이 낮은 물건이 정식 보급품은 아니었다. 보통은 두께 15mm 이상을 쓴다. 그 이하로는 소총탄을 방어할 수 없기 때문. 대형 파편도 마찬가지. 겨울이 지적했다.

"얇아도 너무 얇아요. 언제 근접위험사격에 노출될지 모르는데."

"그게……. 변종 새끼들 상대할 때 몸이 무거우면 오줌을 지릴 것 같아서 말입니다. 이쪽에 딱히 포병이 있는 것도 아니고, 공중지원도 없는 거나 마찬가지였으니…….

불확실한 파편보단 눈앞에서 딱딱거리는 누런 이빨이 더 무섭더군요."

"최소한 상급자인 나한테는 미리 알려줬어야죠. 그러다 훅 가면 누가 책임져요?"

"죄송합니다."

오스본 병장이 경험했다던 진내사격(Broken Arrow), 즉 아군의 머리 위로 퍼붓는 무자비한 화력지원까진 아니더라도, 아군이 휘말릴 위험이 있는 근접위험사격(Danger Close)은 방역전선에서 꽤나 빈번하게 일어난다. 무섭게 달려드는 변종집단과의 싸움이니까. 겨울이야 좀처럼 그럴 일이 없지만. 방탄복이 여전히 중요한 이유 중 하나였다.

질책은 가볍게 끝낸다. 급할 때 달리기가 느릴까봐 걱정하는 사람이 모랄레스 혼자만은 아닌 까닭이었다. 또한 주의했다면 보다 일찍 눈치 챌 수 있었을 일이기도 했다. 지휘관인 겨울에겐 그 정도의 책임이 있었다.

"죄수들은 어떻게 한답니까?"

"글쎄요. 죽이든 살리든 내가 결정하라는데, 일단 이야기를 나눠봐야겠네요."

질문했던 모랄레스가 황당한 표정을 짓는다.

"What the……. 세상이 미쳐 돌아가는군요. 이 짬 먹으면서 그런 소리는 처음 듣습니다."

그러나 동쪽에서는 이미 보편화된 일일 가능성이 높았다.

취조할 대상은 정해져있었다. 아이들을 보호한 것으로 최소한의 인성이 보증되는 한 명.

감옥을 대신하는 방에 겨울이 찾아가자, 문을 지키던 보안관이 겨울에게 모자를 벗어보였다.

"아까는 덕분에 살았습니다. 바빠 보이셔서 이제야 겨우 인사드리는군요. 마린 카운티 보안관, 랜디 나이트입니다. 어두운 밤(Night)이 아니라 말 타고 칼 쓰는 기사(Knight)죠. 뵙게 되어 영광입니다."

"아, 네. 아시겠지만 한겨울입니다. 그런데 마린 카운티 라고요? 소노마 카운티가 아니라?"

마린 카운티는 올레마 전진기지가 있는 쪽이었다. 샌프란시스코 만 서쪽, 타말파이어스 산에서부터 서쪽 해안과 북쪽 산간지역을 포함하는 넓은 땅. 그 위쪽 소노마 카운티의 중심인 이곳에서는 꽤 멀리 떨어져있다. 이번 작전기간 동안 이동한 거리의 절반을 조금 넘는다.

"어쩌다보니 여기까지 오게 됐습니다. 말씀드리자면 꽤 깁니다만, 소령님께는 별로 재미가 없을 것 같군요. 아무튼 살아있으니 다행이죠. 헌데 무슨 일로 오셨는지?"

"죄수에게 물어볼 것이 있어서요. 저 사람 좀 데려가도 되겠습니까?"

"물론입니다. 당신이 보스니까요."

선선히 한 걸음 비켜주는 보안관. 그런데 죄수들의 상태가 좋지 않았다. 칼렙 헌트, 거미문신의 대머리는 코피자국 선명한 얼굴로 겨울을 노려보았고, 약쟁이 쪽은 거의 인사불성이었다. 짧게 한숨을 쉰 겨울이 원하던 죄수를 일으켜 세웠다. 혼자서 멀쩡한 모습이다.

"보안관님."

"당신만 괜찮다면 랜디라고 부르셔도 됩니다."

"그럼 랜디."

겨울이 고개를 저었다.

"사령부 지시로 죄수들은 제 소관이 되었습니다. 피곤하실 텐데도 협력해주시는 건 감사하지만, 불필요한 폭력은 없었으면 좋겠네요."

"오……."

보안관은 예상 밖의 요청에 잠시 침묵했다. 이윽고 조금 굳은 표정으로 받아들였다.

"불쾌하셨다면 죄송합니다. 그래도 불필요한 건 아니었습니다. 예방 차원에서 손을 봐준 거지요. 언제 무슨 수작을 부릴지 모르잖습니까. 힘쓰기 곤란할 만큼만 두들겼습니다."

"예방 차원이요? 그러다 죽으면요?"

"죽어도 별수 없지요. 죽을죄를 지었으니."

수염을 꼬면서 허허 웃는 보안관.

"이런 말씀 드리면 어떻게 생각하실지 모르겠습니다만, 짐승보다 못한 놈들에 대해서는 소령님보다 제가 더 전문가입니다. 말은 들어도 무시하니 몸에 새겨주는 수밖에요."

Fuck you! 죄수 하나가 바닥에 침을 뱉었다. 랜디 나이트의 눈매가 사나워졌으나, 꿈틀했던 구둣발은 거기서 더 움직이지 않았다. 그러나 한 손은 여전히 권총 손잡이에 얹혀있었다. 입술을 구부린 그는 겨울이 데려가려는 죄수를 곁눈질했다.

"소령님. 그놈도 믿지 마십시오. 애들을 지켜준 건 고마운 일이지만, 애초에 사람 새끼가 아닙니다. 미친놈이 충동적으로 한 번 좋은 일 했을 뿐이죠. 더러운 성욕을 스스로에게 납득시키는 과정이었을 수도 있고요. 스스로 착하다고 착각하는 범죄자가 굉장히 많습니다."

다소 방어적인 언변이었다. 죄수의 취급을 두고 겨울의 반감을 샀을까봐 경계하는 태도.

"그 정도는 저도 알아요. 많이 겪어봤거든요."

겨울의 대꾸에 보안관이 입을 다물었다. 눈치만 봐서는 할 말이 남은 듯하다.

어두웠던 시설에 불이 들어왔다. 담벼락 안쪽을 향한 창들은 커튼이 열려있었기에, 한 번에 쏟아지는 빛을 볼 수 있었다. 억제된 야외조명도 길을 비출 정도는 되었다. 어쨌든 어둠은 변종들에게 유리한 환경. 민간인들 입장에서는 최선을 다해 꾸며놓은 환경이었다.

무전이 들어왔다.

[전력 복구됐습니다. 변압기에 변종이 끼어있더군요. 무슨 생각이었는지 원.]

민간인 기술자들과 함께 움직이던 슐츠의 보고였다. 이어 새로운 전언이 이어진다.

[당소 모랄레스입니다. 경찰과 민간인들이 경계를 돕겠다는데 어떻게 합니까?]

"수준이 어떤데요?"

[장비는 양호합니다. 본관 장비함에 무전기와 야시경이

300 납골당의 어린왕자 6

꽤 있더군요. 성당으로 대피할 때 챙기지 못한 화기도 꽤 되고요. 이 정도면 괜찮지 않겠습니까? 저희들만으로 이 넓은 시설을 지키려면 밤을 꼬박 새야 합니다. 각성제는 이제 사양하고 싶습니다.]

"그럼 그렇게 하죠. 추가병력이 도착한다는 사실만 확실하게 알려놔요. 괜히 오인사격이라도 벌어지면 큰일이니까. 편성이랑 순서는 경찰과 협의해서 정하고, 나머지 민간인들은 성당 근처를 벗어나지 말라고 해요."

[라져.]

겨울은 주위를 돌아보았다. 이 정도 시설이면 추후 올레마에서 올라올 병력이 중간 거점으로 이용할 만했다. 곳곳에 돈을 들인 흔적이 보였다.

"어디 앉을래요, 아니면 조금 걸을래요?"

질문을 받은 죄수는 어두운 낯으로 구부정해졌다.

"마음 같아서는 걷고 싶지만……. 근데 뭘 물어보실 겁니까?"

가면서 말하죠. 겨울은 포승줄을 쥐고 앞장섰다. 어차피 도망치지도 못할 테니 잠깐 풀어줄까 싶었으나, 민간인들이 불안해할 것이 문제였다. 보안관의 태도가 곧 예민한 사람들이었다.

종교적 휴양지인 만큼 산책로는 아름답게 닦여있었다. 별빛 총총한 하늘 아래, 여름을 기다리는 초목이 바삭거린다.

저편에 캠프파이어처럼 타오르는 불길은 시체를 땔감으

로 썼다. 그냥 두면 다른 종류의 질병이 돌 수도 있고, 사람이 떠난 뒤 찾아온 변종들의 식량이 될 수도 있었다.

"사형수 강제노역에 대해서 아는 대로 말해 봐요."

"……."

대답은 공백을 끼고 이어졌다.

"설명 같은 거 자신 없는데……."

"생각나는 대로 말해도 됩니다."

그 편이 보다 덜 꾸며진 진실이기도 할 테고.

"……시작은 아마 그거일 겁니다. 우리 같은 놈들은 가둬 두기도 아깝다고. 죄지은 놈들이 왜 시민들보다 안전하냐고. 교도소 말입니다. 빠져나오기 힘들면 들어가기도 힘들잖습니까. 담장 밖에 사람들이 몰려와서 시위하는 소리를 자주 들었죠."

"그래서, 교도소를 대피소로 바꿨다 이거예요?"

"예, 뭐……. 강제노역은 핑곕니다, 핑계. Fuck. 가둬둘 데가 없으니 어떻게든 죽일 구실을 찾는 거죠. 짭새 새끼들하고 좆같이 높으신 분들이……."

빠져나오기 힘든 장소는 들어가기도 힘들다. 그럴 듯한 발상이었다. 좀비 영화에서 자주 나오는 소재이기도 하니, 대중의 호응을 사기도 쉬웠을 터. 정치인들이 인기에 영합했다고만 보기도 곤란했다. 예산과 자원은 언제나 한계가 있었다.

무엇보다 그런 여론을 거부했다가 정치생명이 끝장나면 죽도 밥도 안 된다. 대통령은 상대의 무기를 빼앗는다고 표현했었다. 겨울이 계속해서 물었다.

"그래서, 실제로는 무슨 작업을 했습니까?"

"처음엔 그럭저럭 할 만했습니다. 봉쇄선 강화공사가 대부분이고, 가끔은 농사도 지었죠."

"농사?"

"봉쇄선 가까이에 버려진 농장이 많은지라……. 저어기 탄약 공장이나 풍력발전소 쪽에서도 일하고 그랬습니다. 어, 도시나 마을 보수 작업도 했고요. 주민들 돌아올 때까지 멀쩡해야 한답시고. 근데 그런 일들은 갈수록 죄질이 가벼운 새끼들한테 몰아줘서……"

즉 경범죄자들을 가둬둘 시설조차 모자라게 됐다는 뜻. 그렇잖아도 교도소와 수감자 숫자 모두 세계 최고인 국가가 미국이니, 강제노역에 동원된 죄수의 숫자는 엄청나게 많을 것이었다.

"핵 떨어진 다음엔, 옘병, 산에서 지뢰 제거작업을 시켰습니다. 꼬챙이 하나 갖고 존나 넓은 땅을 헤집으라고. 그것도 사실 핑계였죠. 개놈들이 허구한 날 죽기 직전까지 패고, 쓸데없이 옷 벗기고, 발판으로 쓰고, 그러다 죽으면 쓰레기처럼 버리고……. 근데 그때도 어디로 자꾸 몇 명씩 빼 가는데, 다시 돌아온 사람을 본 적이 없습니다. 다들 그랬죠, 실험용 생쥐로 쓰는 거라고."

어쩌면 정말일지도 모른다. 아마 지금쯤 숙청당하고 있겠지만, 「진정한 애국자들」 입장에서 사형수만큼 빼내기 쉬운 실험체도 없었을 테니.

혹은 그쪽의 현장지휘관이 초과 인력을 솎아냈을 가능성
도 있다.

극도의 스트레스를 받는 병사들이 사형수들에게 화풀이를
했을지도 모른다. 상대가 죽어 마땅한 놈들인데 죄책감은
무슨 죄책감.

재앙 이전에도 얼마든지 전례가 있었다. 악명 높은 관타
나모 기지라든가, 포로 학대가 일상적이었던 아부 그라이
브 수용소 같은. 월마트의 모범사원이었던 린디 잉글랜드
이병은 입대로부터 반년도 지나기 전에 악마가 되었다.
고향 사람들은 그녀의 변화를 믿지 못했다. 그럴 리가 없다고.
굉장히 성실하고 착한 사람이었다고.

물론 잉글랜드는 가까운 사람들에게 여전히 착한 사람이
었다.

'인간은 무대 위의 배우와 같아.'

겨울은 싫은 사람의 말을 떠올렸다.

선악을 불문하고 지도자들을 예습할 때 접했던 심리학자
들의 질문이 있다.

악은 기질인가, 상황인가?

"저는 어떻게 됩니까?"

죄수가 물었다. 불안해하는 한편으로 희미한 기대감이
묻어났다. 다른 죄수들보다 나은 취급을 바라는 마음. 겨울이
차분하게 되물었다.

"아이들을 지켜준 게 면죄부가 될 거라고 생각해요?"

"……."

차마 그렇다고는 못 하고, 죄수는 억울한 표정을 지었다.

"이름이 뭐죠?"

"마누엘, 마누엘 헤이스입니다."

"좋아요, 헤이스. 뭣 때문에 사형을 선고받았는지 말해 봐요. 거짓말은 하지 않는 게 좋을 거예요. 죄수번호로 조회해달라고 요청할 수 있으니까. 나중에라도 속인 게 밝혀지면……."

어떻게 할까요? 여상한 어조가 죄수를 더욱 겁먹게 만든다.

"사, 사람을 죽였습니다."

"그랬겠죠. 왜요?"

"배가 고파서, 아니, 죽일 생각은 없었는데, 진짜, 진짜로 안 죽이려고 했는데, 그 사람이 갑자기 총을, 초, 총을 꺼내는 바람에, 반사적으로 그만…… 칼을……."

"쓸데없는 말은 그만 두고, 배가 고팠다고요?"

"예에. 그땐, 뭐라고 해야 하나, 하도 못 먹어서 정줄을 놨다고나 할까……. 그냥 아무 생각도 안 들었습니다. 치즈버거 말고는요. 왜 하필 치즈버거였는지, 아무튼 그것만 머릿속에 가득해서, 근데, 그 사람이 집에 들어가는데, 손에 햄버거 봉지가, 그 냄새가……. 젠장, 그 새끼는 왜 하필 문을 안 잠가놔서……. 당신 같은 사람은 그게 어떤 기분인지 모를 겁니다. 피난구역에서 저 같은 쓰레기가 어떻게 사는지……."

"내가 정말 모를 것 같아요? 난민 출신인데?"

난민은 소령 한겨울의 출신성분이지만, 생전의 삶이 진실성을 보탰다. 불법 카지노는 독립된 가상현실망이라 일반가정에서 접속할 수 없었다. 일확천금을 꿈꾸며 집을 비웠던 부모님은, 빈 에너지 팩 상자와 허기진 아이들을 보고 이렇게 말했다. 아, 깜빡했네.

"또 누굴 죽였어요?"

겨울이 물었다.

"참작의 여지가 있는데도 감형이 안 됐다면 그만한 이유가 있었겠죠. 장소가 집이었으니 두 번째 희생자는 아마 가족이었겠네요. 혹시 일가족을 다 죽였나요?"

정곡이었는지, 죄수, 헤이스는 고개를 들지 못했다. 그래도 죄책감은 느끼는 듯.

"남자를 죽였는데, 누가 비명을 지르더군요. 여자를 죽이고 나니까 이번엔 애들이 또…… . Fuck, Fuck, Fuck! 내가, 계단 위로 쫓아가지고, 그 애들을, 애들을…… ."

잠시 흐느끼던 그는 자포자기한 사람처럼 그 뒤를 털어놓았다. 시체를 끌어다가 부부싸움으로 위장하려고 했지만, 도중에 집어 치웠다고. 햄버거를 먹은 다음 스스로 경찰에 신고했다고.

"며칠 만에 먹어서 그런지 씨발, 잡혀가는 도중에 죽을 뻔했죠. 근데 존나 웃기는 게, 그 햄버거가 너무, 끝장나게 맛있었단 말입니다. 치즈버거가 아니었지만 상관없었어요. 새, 생애 최고의 햄버거와 감자튀김이었습니다. 맹세코 우리 엄마 음식보다 끝내줬습니다."

이재민들의 사정이 좋지 않다는 건 알고 있었다. 포트 로버츠 시민구역의 소년 소녀들에게서 들었던 이야기도 있다. 사람들이 동쪽으로 넘어가고 싶어 하지 않는다고. 보수적인 애향심의 영향도 있겠으나, 시민에게 최우선적으로 분배되는 난민구호물자가 더 큰 이유일 것이었다.

애당초 오염지역 내 군사기지에 시민들이 남아있다는 것부터가 봉쇄선 너머 이재민 보호구역이 포화상태라는 증거였다.

"소령님. 저 그냥 놔주시면 안 됩니까? 어차피 여기 이제 비잖아요. 쥐 죽은 듯이 있을 게요. 어차피 놔두고 가도 오래 못 사는데 그냥 두고 가세요. 예?"

죄수는 연민을 바라며 또다시 울었다. 닭을 손이 허리 뒤에서 묶여, 얼굴이 눈물 콧물로 범벅이 됐다. 걸음을 멈추고 바라보는 겨울에게 새는 소리로 애걸한다.

"제가 씨발 존나 쓰레기인 건 압니다. 안다고요. 근데 네 명 죽이고 다섯 명 살렸으니까 약간, 아주 약간은 봐줄 수도 있는 거 아닙니까? 살린 수가 하나 많습니다! 이렇게 잡혀가면 또 장난감 취급당하다가 개같이 죽을지도 모르는데……. 제발요, 제발 좀……."

겨울은 고개를 저었다.

"사람 목숨은 덧셈 뺄셈이 아닙니다. 누구나 유일하거든요."

"그래서 안 된다 이겁니까?"

"이미 저지른 잘못을 돌이킬 순 없는 거니까요."

"Fuck……."

"내 말 아직 안 끝났어요. 당신이 좋은 일을 한 것도 사실이니, 부당한 대우는 받지 않게끔 노력해볼게요. 결국 형을 집행하게 되더라도, 그때까지 다른 고통을 겪지는 않도록 말예요. 최소한 당신들의 생사여탈권이 내게 있는 동안은 편의를 봐드리죠."

"그래봐야 잠깐일 텐데……."

"복귀한 뒤에 건의를 해보려고요."

"건의가 받아들여지지 않으면?"

"이게 최선입니다. 너무 많은 걸 바라지 마요."

죄수는 하늘을 향해 한숨을 뱉는다.

그러나 낮지 않은 가능성이었다. 이변이 없는 한 겨울에겐 독립중대가 주어질 터. 죄수 관리를 맡기에 충분하다. 물론 올레마의 로저스 대령이 어떻게 받아들이느냐가 중요하겠지만. 완고하고 뻣뻣한 사람이라 바로 다 죽이라고 할지도 모른다.

취조를 겸한 산책을 끝내고, 겨울은 모랄레스에게 담배를 빌렸다. 죄수의 입에 물린 뒤 불을 붙여주었다. 잠깐이지만 묶인 손도 풀어주고. 오랜만의 끽연에 기침을 터트리며, 죄수는 또다시 눈시울을 붉혔다. 누구든, 마음속에서 가장 힘든 건 자기 자신이었다.

"소령님. 근무 순번입니다. 한 타임에 우리 쪽 인원 하나는 반드시 끼게 했습니다. 지금은 제 차례고요. 경찰이라고 해도 마냥 믿기는 좀 그렇더군요. 군 경력자도 있긴 했지만 말입니다."

겨울은 모랄레스가 건넨 메모를 확인했다. 예상보다 많은 인원. 옆에 무장과 군 복무 여부가 추가로 적혀있었다. 예비군도 있는지라 큰 문제는 없을 것 같다.

"괜찮네요. 이대로 실행해요."

"후아. 짬 나면 안에 들어가 보십시오. 슐츠가 1층 숙소의 TV를 살려놨습니다. 위성 케이블 방송인데, 간만에 새끈한 언니들을 보니 불끈불끈 하더군요. 다들 벌써 한 발씩 뺐을 겁니다."

공범자처럼 씨익 웃는 모랄레스. 겨울은 대충 끄덕였다. TV라. 세계관이 어떻게 돌아가고 있는지 궁금하긴 했다. 한동안 시야가 너무 좁았다.

마누엘 헤이스를 보안관에게 맡기고 성직자 숙소로 들어가니, 먼저 쉬고 있던 인원들이 반갑게 맞이했다. 겨울을 간절히 기다리던 이유가 따로 있었는데, 다름 아닌 맥주였다. 공수물자엔 낮은 비율로 주류가 포함된다. 오염지역에 고립된 민간인들의 정서 상태를 고려한 조치.

알레한드로가 간절한 눈빛을 보냈다.

"비번일 때 한 병씩만 마시면 안 되겠습니까? 절대로 안 취할 자신이 있습니다."

겨울이 끄덕였다.

"그래요. 대신 뉴스 좀 볼게요."

"……."

세 병사가 서로 눈빛을 교환하더니, 화면 속에서 신음하는 남녀와 맥주 궤짝을 번갈아 보며 갈등한다. 정말 심각한 표정으로. 속닥속닥 의견을 나눈 끝에 슐츠가 조심스레 제안했다.

"30분 정도면 어떻겠습니까?"

"한 시간."

"45분으로 타협하시는 건……."

"한 시간."

"어차피 전황처럼 중요한 정보는 PDA에 뜨는데 굳이 뉴스로 재확인할 필요가 있을지……."

"한 시간."

"그럼 맥주를 두 병으로 늘리는 게 좋겠습니다."

"안 되겠는데요."

계급이 깡패였다. 대원들은 침통한 표정으로 거래를 받아들였다. 맥주 값이 너무 비싸다고 투덜거리며. 가뜩이나 미지근한 맥주였다. 겨울은 아랑곳 않고 채널을 돌렸다. 번호와 기능이 낯설어 조금 헤매긴 했으나 얼마 안 가 찾아낸다. 알레한드로가 스톱워치를 눌렀다.

"……."

나오는 건 의외로 해외의 소식이었다.

「러시아에서 들어온 속보입니다. 볼가 강 방역전선의 주요 거점 중 하나인 울리야노프스크 시가 함락될 위기라고 하는데요, 러시아 비상사태부(EMERCOM)에 나가있는 특파원이 자세한 소식을 전하겠습니다. 더글러스 양? 들립니까?」

「네, 헤일리 더글러스입니다.」

「어떻게 된 건가요? 얼마 전까지만 해도 아무 문제없었잖습니까?」

「그랬었죠. 하지만 상황은 항상 변하고 있으니까요. 비상사태부 장관 알렉산드르 예밀로프 중장의 발표에 따르면, 현지시각으로 금일 오후 6시 11분, 시 외곽 방어선의 붕괴가 보고되었다고 합니다. 위성사진을 보면 변종집단의 규모는 최소 20만 이상으로, 분산된 병력과 민간인들이 절망적인 싸움을 이어가는 중입니다.」

「그럼 도시가 완전히 무너진 겁니까?」

「당초에는 그렇게 알려졌지만 사실과 다릅니다. 보시는 것처럼 울리야노프스크 시가지는 볼가 강을 중심으로 분할되어 있는데요, 강을 가로지르는 두 개의 다리를 차단했기 때문에 동쪽 시가지만은 아직 안전하다고 합니다. 다만 미처 대피하지 못한 시민의 숫자가 10만을 넘는다고 하더군요. 방역전선을 한동안 안정적으로 유지해온 러시아였기에 충격이 더 큰 것 같습니다. 비상사태부의 현지 상황 중계를 직접 보여드리겠습니다.」

다음은 하늘에서 촬영한 영상이었다. 깜박이는 키릴 문자로 미루어 무인정찰기가 송신하는 것 같았다. 거대한 강줄기에 갈라진 도시가 보인다. 어둠이 내린 도시의 동쪽은 인공적인 조명으로, 서쪽은 곳곳에 일렁이는 화재와 검은 연기로 물들어 극명한 대비를 이루었다.

"어휴, 저것 좀 보십시오. 아주 바글바글합니다. 러시아도 지옥이군요."

하퍼가 한숨을 쉬며 맥주를 마셨다.

러시아는 언제나 하얀 북국일 것 같지만, 화면 속의 모습은 그렇지 않았다. 도시 주변은 광활한 녹색이었다. 구획정리가 잘된 농경지가 가득했다. 희망을 경작하던 땅이었으나, 지금은 점점이 몰려드는 역병으로 가득하다.

변종집단은 수를 어림잡기도 어려울 만큼 거대했다. 무리에 생소한 형상의 특수변종들이 섞여있었다. 높은 곳에서 봐도 확연한 차이. 저쪽 역시 지휘력을 갖춘 개체가 있는지, 전체적인 움직임에 목적성이 뚜렷했다. 옥상에서 도로를 향해 사격하던 병사들이 하늘을 올려다본다. 화면을 향해 필사적으로 팔을 흔들었다. 그들 뒤엔 민간인들이 있었다.

알레한드로가 말했다.

"저런 걸 봐도 도무지 슬프지가 않습니다. 실감이 안 나는 건지, 익숙해진 건지……."

그 밖에도 다들 우울한 눈치다. 겨울은 리모컨을 내밀었다.

"아무래도 괜히 보자고 했나 봐요. 미안해요. 이런 내용을 기대한 건 아니었는데. 아무나 보고 싶은 채널로 돌려요."

그러나 누구도 받지 않는다. 슐츠가 개를 쓰다듬으며 답했다.

"계속 보겠습니다. 의무감이 드는군요."

"의무감?"

"네. 저 친구들을 응원해야 할 것 같은……. 어쩌면 의무감이 아니라 무서운 것일지도 모르겠습니다. 정말로 세상에서 우리밖에 안 남으면 어쩌나 싶기도 하고요."

닥스훈트는 가장 상냥한 병사의 우울함을 감지하고 끙끙거렸다. 그사이에 씻겼는지 제법 말끔해진 모습. 거친 털이 아직 정신사납긴 해도, 전과는 아예 다른 개처럼 보일 지경이다.

하퍼가 의문을 제기했다.

"근데 저런 걸 그대로 보여주는 이유가 뭘까요? 우리만 해도 불리한 내용은 가지를 쳐서 내보내는 경우가 많은데, 러시아가 저러니까 되게 이상합니다. 안 어울린다고 해야 하나?"

겨울은 이유를 알 것 같았다.

"우리가 핵을 맞았잖아요."

"엥? 그게 무슨 상관입니까?"

"지원이 줄거나 끊어질까봐 걱정스럽겠죠. 우리 살기도 바쁜데 왜 다른 나라까지 도와주냐는 소리는 예전부터 나오던 걸로 아는데요. 잘은 몰라도, 핵이 터진 다음에 그런 여론이 굉장히 강해졌을 거라고 생각해요. 뉴스를 보고 싶었던 이유 중 하나고요."

미국의 고립주의는 재앙 이전부터 역사가 깊었다.

러시아가 이런 기류를 모를 리 없다. 대사관도 멀쩡히 남아있고, 간첩도 있을 테니까.

"와. 그런 겁니까? 듣고 보니 그럴 듯한 것도 같고……. 근데 소령님은 생각하는 게 저 같은 놈이랑 완전히 다르군요. 학생 때 공부 꽤 잘하셨겠습니다?"

겨울은 대답 대신 어설픈 미소를 만들었다. 권하는 맥주를 사양하면서.

무인기에서 들어오는 영상에 리포터의 목소리가 더해졌다.

「러시아 정부 대변인은 이번 사태가 복합적인 원인으로 인해 벌어졌다고 밝혔습니다. 직접적인 원인은 탄약 부족이지만, 이를 우려한 지휘관의 잘못된 판단도 있었다는 것이죠.」

뉴스 진행자가 묻는다.

「잠깐만요. 더글러스 기자, 잘못된 판단이라는 건 무슨 말이죠?」

「탄약 소모를 조절하기 위해 병사들에게 너무 적은 양을 지급했다는 겁니다. 실제로 방어선이 붕괴되었을 때, 일선 부대가 탄약이 없어 후퇴하는 사이에도 후방엔 약 60만발의 소총탄이 남아있었다고 하더군요. 사단 병력이 반나절은 버틸 양입니다. 뒤늦게 이를 추진하려고 했지만, 패닉에 빠진 시민들로 인해 도로가 마비되어 보급이 제때 이루어지지 못했습니다. 지금은 분산된 병력이 제각각 버려진 보급 차량을 찾아 최후의 항전을 벌이고 있다는 소식입니다. 강 동쪽 시가지의 병력은 방어에 전념하기로 했다네요. 구조작전은 없을 것 같습니다.」

「세상에, 정말 어처구니없는 일이군요. 있는 총알도 못 써서 그 지경이라니, 지휘관은 대체 무슨 생각이었을까요?」

「울리야노프스크 방어 책임자인 빅토르 쿠드랴체프 소

장은 가족을 잃은 이후 곧잘 우울한 모습을 보였다고 합니다. 러시아 국방부가 공개한 지휘보고서에도 그런 면모가 잘 나타나있습니다. 여기에 탄약 재고가 부족해지자 강박 증세마저 보여 왔는데, 심지어는 일선 지휘관들조차 믿지 못해 모든 탄약을 지휘본부에서 직접 관리하도록 했다고 하네요. 다만 정부 대변인은, 같은 보고서에 첨부된 일선지 휘관들의 보급 요청이 지나치게 과도했다고 덧붙였습니다. 일개 중대가 하루에 10만발을 달라고 한 경우도 있다는군요. 한 사람이 천 발 가까이 쏠 수 있는 엄청난 양입니다. 이 문제로 참모들과 마찰을 빚었던 기록도 확인됩니다.」

「아니, 대체 왜 그랬던 겁니까?」

「물자가 부족해지니 일단 받아놓고 보자는 심리였던 것 같습니다. 현지 전문가들은 집단 이기주의의 발현이라고 분석했습니다. 서로 다른 부대가 보급 경쟁을 벌였다는 뜻이죠. 일단 나부터 살고 보자는 심리가 아니었을까요? 충분히 이해가 가는 일이라 더욱 두렵고 안타깝습니다. 미국에선 이런 일이 일어나지 않기를……. 아니, 않았기를 바랍니다.」

기자는 명백한 해방 작전의 실패를 염두에 두고 하는 말이었다. 이 또한 끊어진 보급이 문제였으니까. 미 본토 최대의 탄약창, 호손 기지가 방사능에 오염된 탓이다.

화면 우하단의 작은 사각형에서 앵커가 희미한 미소를 지었다. 전하는 소식이 소식이라 그리 밝지는 못했으나, 분위기를 바꾸기엔 충분했다.

「당분간은 괜찮을 거란 생각이 드는군요. 조금 다른 이야기일지도 모르겠습니다만, 한겨울 중위……. 죄송합니다. 한겨울 소령의 생존 소식과 구조작전의 성과가 전해지면서 민간 차원의 탄약 기부 운동이 급물살을 타고 있습니다.」

나란히 뉴스를 시청하던 대원들의 시선이 한순간 겨울에게 돌아왔다. 겨울이 어색한 미소를 만들자, 대원들은 작게 야유하거나 살짝 웃거나 엄지를 세워 보이거나 했다.

앵커의 말이 이어졌다.

「불과 닷새 사이에 여러 종류의 탄약 7억 발이 모여, 이를 전달 받은 국방부 관계자가 크게 놀라워하기도 했고요. 스스로의 힘으로 자신과 가족을 지키고자 했던 시민들이 다시금 정부와 군을 믿기 시작한 것이죠. 국방부 관계자가 시민들에게 감사를 전하며 평하기를, 탄약 그 자체보다는 탄약 생산에 들일 인력과 자원을 다른 쪽으로 쓸 수 있게 된 것이 이번 운동의 가장 큰 성과라고 말했습니다. 방역전선의 보급 문제가 빠르게 정상화되고 있는 만큼, 장병들 또한 서로에 대한 신뢰와 희망을 되찾을 것으로 기대됩니다. 우리는 할 수 있습니다.」

「동감이에요, 토미. 꼭 그랬으면 좋겠네요.」

「맥락을 벗어난 이야기는 여기까지 하고, 본론으로 돌아갑시다. 대략적인 사정은 알겠지만 아직 얼개가 안 맞는 부분이 있어서 말입니다.」

「그게 뭐죠?」

「러시아 정부는 불과 사흘 전에 자체적인 군수물자 생산 능력이 충분하다고 발표했었거든요. 탄약이 부족하다는 게 잘 이해가 안 갑니다.」

「아, 그 점에 대해서는 현지 전문가들의 의견이 일치합니다. 생산능력과 별개로 보급능력은 점점 열악해지고 있다는 것이죠. 현재 물자 생산의 대부분을 담당하는 세베로모르스크와 무르만스크는 북극에 가까운 바렌츠 해의 항구들입니다. 발트 해와 흑해 연안을 상실한 지금도 유럽 방면에 부동항이 남아있다는 건 다행스러운 사실이지만, 오늘 비극이 벌어진 울리야노프스크와는 직선거리로 약 2천 킬로미터나 떨어져 있죠. 바로 어제, 탄약 수송기가 정비 불량으로 추락하는 사고가 있기도 했습니다. 보도관제에 걸려 있다가 오늘 공개된 사실입니다. 그 기체가 제때 도착했다면 울리야노프스크의 비극은 일어나지 않았을 가능성이 높죠.」

「정비 불량이라면, 부품 수급에 문제가 있다는 뜻이군요?」

「네, 그렇습니다. 러시아 정부는 말을 아끼고 있습니다만, 실무자나 민간 차원에선 미국을 원망하는 목소리가 높습니다. 이런 상황에 식량을 팔아주는 건 고맙지만, 그 대가로 여러 자원과 희귀금속류를 너무 많이 가져간다는 것이죠. 미국 정부가 일반 시민들의 생활수준을 유지하기 위해, 또 자국 기업의 이익을 위해 지나친 양을 요구한다는 비난입니다.」

겨울은 어느 정도 이해가 가는 입장이라고 생각했다. 이 세계관의 미국에서는 컴퓨터를 비롯한 각종 전자제품이나 스마트폰 등의 통신기기들을 쉽게 구할 수 있었다. 군에 보급하는 선을 넘어서, 일반 시장에서도 자유롭게 거래된다는 뜻. 가격이 철저하게 관리되는 식량 및 생필품들과 다르게 값이 많이 비싸지긴 했지만, 사려면 언제든 살 수 있다는 점이 고무적이다.

'이런 상황…… 사회 분위기를 유지하려고 꽤 무리를 했을지도.'

그러나 많은 종말을 경험한 입장에서, 겨울은 미국 정부가 잘못을 저질렀다고는 생각하지 않았다. 정말 최소한의 자원만 수급하는 건 절대로 잘하는 짓이 아니다.

하퍼가 슐츠에게 하는 말.

"저게 실감이 잘 안 되는데, 가족이랑 통화해보면 확실히 좀 그럴 때가 있습니다. 굳이 말하자면, 이런 시대에 너무 잘살고 있다는 느낌? 어, 이재민들이 들었다간 화를 내려나?"

"글쎄……. 확실히 옛날엔 공짜로 줬다고 하더라."

슐츠가 말하는 옛날은 2차 대전일 것이다. 부정확한 지식. 실제로는 값을 나중에 받기로 한 지원이었다. 물론 대가를 제대로 받아내진 못했다.

"그래도, 아까 말했던 것처럼, 결국은 우리만 남게 될까 봐 무섭기도 해. 크레이머가 잘나가는 걸 보면 나랑 다른 사람이 많은 것 같지만."

크레이머는 예의 그 공화당 대선후보의 이름이었다. 선거까지 채 4개월도 남지 않은 지금까지도 만만찮은 지지율을 과시하는 중. 그의 구호가 "미국을 위한 미국, 미국을 최우선으로!"다. 맥밀런 대통령이 싫은 정책들을 수용하면서 '무기 빼앗기'에 애쓰는 이유였다.

"우리도 막 배급제 같은 거 하고 그래야 하지 않겠습니까?

그렇게 해서라도 지원을 늘려야 한다고 봅니다."

겨울은 알레한드로의 의견을 부정했다.

"아뇨. 그랬다간 얼마 못 가서 지금 수준의 지원도 불가능해질 거예요."

예전 포트 로버츠의 래플린 대령과 비슷한 대화를 나눈 적이 있다. 미국 시민들이 치러야 할 희생을 난민들에게 전가하고 있는 것 아니냐는 여론에 대해서. 당시에도 겨울은 정부의 정책을 탓하지 않았다. 다소 부당하다 하더라도, 그 부당함이 사람의 한계라고 여겼기 때문이다.

"예를 들어, 아까 앵커가 이제 와서 탄약이 쏟아져 나온다고 했잖아요? 설마 가진 걸 다 내놨을 린 없고, 일부의 시민들이 다시 일부만 내놨어도 그 정도라는 말인데…….
민간인들이 실제로 필요한 양보다 훨씬 더 많이 가지고 있었다는 뜻 아니겠어요?"

"예, 뭐."

"어떤 물자든 어느 정도의 여유는 필수적이에요. 뭔가 부족하다, 어딘가 불안하다 싶은 순간부터 아주 급격하게 없어질 테니까요. 사재기로 돈을 벌고 싶은 사람도 많겠고요."

"크레이머가 대통령이 되겠군요."

"그 사람이 백악관에 못 들어가도 결국 마찬가지일걸요. 뱅크 런 같은 거라고 봐요. 사회가 돌아가는 데 충분한 양이 있는데도, 불안한 사람들이 악을 쓰기 시작하면서 순식간에 망해버리는 경우 말예요. 그러니 낭비를 낭비라고만 볼 순 없죠."

"그것 참……."

알레한드로가 입맛을 다셨다. 본인이 이민계 혼혈이기에 좀 더 개방적인 면도 있을 터.

"한국엔 이런 말이 있어요. 의식이 족해야 예의를 안다고. 사람들한테는 내일이 오늘보다 나쁘진 않을 거라는 확신이 필요해요. 내가 보기엔 지금이 최선입니다. 다 같이 살자고 하다가 다 같이 망하는 꼴 보지 않으려면요."

이렇게 맺는 겨울에게 슐츠가 한 마디 던진다.

"소령님은 의외로 사람들에 대한 기대치가 낮으시군요."

"모든 사람들에게 희생을 기대할 순 없죠. 왜요, 뜻밖인 가요?"

"뭐라고 해야 하나……. 같이 오래 있었던 것도 아닌 제가 이런 말씀 드리기도 웃기지만, 소령님은 사람들에 대한 무한한 신뢰가 있을 거라는, 말하고 보니까 진짜로 이상한데, 아무튼 느낌이 들어서 말입니다. 하지만 오해였나 보군요. 사람들을 썩 안 믿으시는 모양입니다."

"……믿고 싶긴 해요."

겨울의 대답이 한 박자 늦은 것은, 과연 이것이 정말로 슐츠의 질문인가 싶어서였다. 그러나 헛된 생각이었다. 보고 느끼는 모든 것이 별빛 아이일지라도, 결코 이런 식으로 개입하진 못한다. 금지되어있다. 그 아이를 탄생의 순간 부터 묶고 있는 사슬이었다.

"그런데 믿진 않으시고요?"

"사람한테는 한계가 있잖아요."

소년 스스로도 그 한계를 넘지 못하는 입장. 사람은 누구든 혼자서는 사람이 아니다. 아버지도, 어머니도, 그 괴물 같았던 고건철 회장도 마찬가지였다. 아버지를 만든 사람들, 어머니를 만든 사람들, 고건철 회장을 만든 사람들, 그리고 그 사람들을 만든 사람들과 다시 그 사람들을 만든 사람들. 따라서 한 사람은 모든 사람들의 책임이다.

그렇게 믿으면서도, 가슴속에 미움이 남아있는 겨울이었다.

하퍼가 끼어들었다.

"뭐 그런 걸 묻습니까? 늙다리 티 내는 것도 아니고."

"늙다리? 야, 나 너하고 얼마 차이 안 나거든?"

시답잖은 공방이 길게 가진 않았다. 스피커에서 생생한 총성이 흘러나온 탓. 본능 이상의 반사작용으로 움츠러들었던 대원들은, 급박하게 흔들리는 TV 화면을 응시했다. 어느 러시아 병사의 시야였다. 건물 내부, 바리케이드를 부수고 들어오는 변종들에게 방어사격을 퍼붓고 있다. 거친 숨소리에도 불구하고 조준이 정확했다. 탄약을 아끼기 위해서겠지만, 지금껏 종말을 견뎌온 저력이 드러난다.

"하, 언제부터 쟤들도 카메라를 달고 다녔지?"

알레한드로의 중얼거림. 시선이 화면에 고정된 슐츠가 답한다.

"규모의 차이는 있을지언정, 우리가 하는 건 대부분 쟤들도 한다더라. 카메라가 딱히 대단한 것도 아니고."

대단한 게 맞다. 병사가 보는 걸 지휘관도 보는 체계를 고작 카메라 따위라고 폄하하면 억울해할 나라가 많을 것이다.

「Черт возьми! Их так много!」

「Идите к лестнице!」

말뜻은 보이는 것으로 대충 알 수 있었다. 러시아 병사들은 어떤 건물의 큰 홀을 방어하고 있었지만, 정문이 중과부적으로 뚫릴 뿐만 아니라 쇠창살을 덧댄 창문까지도 뜯어졌다. 한 발에 반드시 하나를 죽이려고 애썼음에도 연사로 긁는 경우가 늘더니, 약실이 비어 철컥거리는 소리가 잇달았다. 지휘관의 구령에 병사들은 황급히 방어선을 버리고 물러났다. 층계참에 2차 저지선을 쌓고 있던 다른 병력이 길을 내주었다.

으, 진저리를 치던 알레한드로가 러시아 병사들의 가슴께에 달려있는 기기를 가리켰다.

"저 틱틱 대는 건 뭡니까?"

슐츠가 자신감 없는 태도로 말했다.

"무전기…… 인가? 아닌데. 주파수치곤 숫자가 안 맞고, 또 제멋대로 변하는데."

겨울이 정답을 알려주었다.

"저건 가이거 계수기에요. 방사능 측정 장비요."

방사능 오염이 심각했던 회차마다 신세를 졌으니 몰라볼 리가 있나. 제품마다 생김새가 다양하지만, 그 공통점을 알아볼 정도의 경험이 있었다.

"아니, 그런걸 뭐 하러 한 사람씩 다……."

이 질문에는 겨울도 답을 할 수 없었다. 아는 바가 없으니.

틱틱틱틱- 계수기 튀는 소리가 점점 더 잦아진다. 계단을 폐쇄하고 문을 닫은 러시아 병사들의 표정에선 짙은 공포와 절망감이 묻어났다. 이에 미군 병사들의 감정이입도 깊어졌다. 화면 속의 누군가 울며 절규하기 시작하자, 시야의 주인이 우는 동료의 입을 틀어막는다.

「Тсс. Есть эти монстры рядом!」

가까스로 들릴 만큼 작은 목소리. 역병무리의 굶주린 괴성이 문틈으로 새 들어왔다.

"설마 저 동네 변종들은 방사능 뿜뿜하고 다니나?"

알레한드로처럼 생각할 수밖에 없었다. 계기에 표시되는 방사능 수치가 처음에는 소수점 단위였다가, 점점 더 치솟아 두 자리 수에 가까워졌다. 단위는 마이크로시버트.

언젠가 러시아에 가게 될지 모른다고 생각하며, 겨울은 그것을 유심히 지켜보았다.

"저런 걸 어떻게 상대해. 접근하기만 해도 죽는 거잖아."

중얼거리며, 알레한드로가 끔찍하다는 표정을 지었다. 슐츠가 반박한다.

"멍청아. 그토록 치명적인 방사선량이면 이반 녀석들이 전신방호복(MOPP)을 입고 있겠지. 이 사달이 나기 전에도 지겹도록 싸웠을 텐데, 측정기를 주면서 방호복은 주지 않았을까봐?"

맞는 말이다. 애초에 가이거 계수기는 계측 한계가 낮은 편이기도 했다. 바나나에 갖다 대도 틱틱 거릴 정도니까. 방사성 원소인 칼륨이 있기 때문이며, 바나나 열 개를 먹으면 1마이크로시버트의 내부 피폭을 당한다. 피폭량이 1시버트쯤 되려면 천만 개를 먹어야 한다.

쿠웅, 쿵. 화면 속의 문이 부서질 듯 흔들리고, 천장에서 오래된 먼지가 쏟아지는 것이 보인다. 겨울은 문과 병사들의 간격을 어림했다. 그림블과의 거리를 재듯이. 여기에 작용하는 보정은 없다. 개인적인 경험. 방사능 오염이 만연했던 세계를 거치며 익혀둔 감각이었다.

2백 내지 3백 마이크로시버트 정도. 계수기를 변종에게 가져다 대면 이쯤 나올 것이다.

당연히 해롭다. 몸 안쪽은 더 심하게 오염되었을 것이고. 그러나 육체적으로 인간 이상인 변종이 못 견딜 정도는 아닐 터. 인체엔 DNA를 수복하는 능력도 있다. 다만 방사능이 변종에게 과연 어떤 영향을 미쳤을지가 문제였다.

「Огонь!」

빠개진 문틈으로 러시아 병사들의 조준사격이 집중된다. 그러다가 연사로 긁고 총을 던지는 사람이 생겼다. 울고 소리 지르고 머리를 쥐어뜯으며 달아난다. 한순간 화면이 휙 돌았다. Трусливый ублюдок! 도망치는 등을 향해 뱉는, 아마도 욕설. 화면의 주인이 다시 돌아본 정면에 징그러운 여인이 육박했다. 문틈을 비집고 나오느라 찢어지고 가시 박힌 몸뚱이. 타앙! 고개가 꺾이고 탄피가 튀었다. 나체가 관성으로 굴렀다.

최후의 저항은 얼마 이어지지 못했다. 마침내 모든 탄약이 떨어져, 결국 옥상으로 내몰리는 러시아 병사들. 이 자리의 미군들이 한숨을 쉬거나 눈시울을 붉혔다. 다른 장소에서 같은 싸움을 벌이는 자들의 동질감. 공감은 자신에 가까울수록 깊다.

중계는 여기서 끊어졌다. 잠시 후 특파원의 잦아든 음성이 흘러 나왔다.

「관계당국이 지금까지 영상을 보내온 사병의 신원을 공개했습니다. 제31근위공수여단 소속 예브게니 레오노프 하사, 그와 전우들의 영혼이 평화 속에 잠들기를 기원합니다.」

잠깐의 교전 영상으로는 러시아의 변종들이 어떤 면에서 특별한지 알기 어려웠다.

모랄레스가 무전을 보냈다.

[소령님, 잠깐 나와 보시겠습니까? 북북서 4킬로미터 거리에서 기갑차량이 포함된 1개 중대 병력이 접근 중입니다. 예의 그 임시중대인 모양인데, 예정보다 굉장히 빨리 왔군요.]

"알았어요. 곧 갈게요."

응답한 겨울은 나머지 대원들에게 그냥 있으라고 손짓했다.

"싸울 것도 아닌데 우르르 가서 뭐하게요? 쉬고 있어요. 채널은 바꾸고요."

명령입니다. 리모컨을 건네받은 슐츠가 어색한 미소를 지었다.

밖으로 나가보니 무장한 민간인들이 모여 웅성거리는 중

이었다. 망원경으로 모랄레스가 가리키는 방향을 살피니 전차를 앞세운 행렬이 보인다. 뒤따르는 차종이 워낙 다양해서 단일부대라는 느낌이 들지 않았다. 버려진 차량들을 회수하여 속도를 높인 것 같다.

1분 남짓 흐른 뒤에 목장 정문으로 선두 전차가 진입했다. 포탑과 차체에 열 명 가까이 걸터앉아, 마치 인도의 통근열차를 보는 듯했다. 그중 최선임자는 대위 계급이었다. 뛰어내려 둘러보더니 겨울을 향해 정자세로 경례했다. 답례한 겨울이 말에서 내려, 다가가 손을 내밀었다.

"잘 왔어요, 대위. 정말 고생 많았습니다."

"감사합니다. 이제야 살아남았다는 실감이 드는군요. 요 며칠 신세를 졌습니다."

맞잡은 손이 가늘게 떨린다. 입을 꾹 다문 모습은 속을 헤아리기 쉬웠다.

"그런데 이 전차랑 장갑차들은 뭐죠? 이런 게 있다는 정보는 없었는데요."

겨울이 묻자 대위가 끄덕였다.

"원래는 도보로 이동 중이었으나, 멀쩡한 차량들이 방치된 꼴을 보고 생각을 바꿨습니다. 부상자를 비롯해 거동이 불편한 인원도 있었으니까요. 클로버데일에서 배터리와 연료를 구했죠. 탄약이 생겼으니 잠깐 치고 빠지는 정도는 괜찮을 거라는 판단이었습니다. 유조차가 없어서 연료 운반에 애를 먹긴 했습니다만, 결과적으로는 시간을 많이 아끼게 됐지요. 기동 암호는 윗선에 물어보면 그만이었고 말입니다."

샌 미구엘 때도 그랬듯이, 여관과 주유소는 대개 국도 가까이에, 즉 도시와 마을 외곽에 위치하기 마련이었다. 그러므로 이 대위, 로드니 뱅크스가 큰 위험을 감수한 건 아니었다.

"인명피해는 없었습니까?"

"그렇습니다. 겉으로 보기엔 시가지가 텅 빈 것 같더군요."

"좋아요. 현명한 결정이었네요. 이미 알고 있겠지만 기지에 도착할 때까진 내가 지휘합니다. 혹시 전달할 사항이 있으면 말해 봐요."

"저도 제대로 파악하고 있는 건 아닙니다. 고작 닷새 사이에 집결한 병력이라……. 다만 정신적으로 불안한 인원이 많으니 주의하셔야 할 것 같습니다. 여기 민간인도 있다고 들었는데, 가급적 서로 보이지 않는 편이 좋겠습니다. 대민사고가 우려됩니다."

"신경 쓰죠. 누군지만 알려줘요. 그 외에 특별히 필요한 것은?"

"휴식입니다. 침대가 있으면 더할 나위 없겠군요."

대위가 고단한 한숨을 내쉬었다.

경찰에게 민간인들의 격리를 요청하고, 겨울은 임시중대에게 숙소를 지정해주었다. 그러나 건물로 들어가기를 거부하는 병사들이 있었다. 폐쇄된 공간에 대한 공포감 탓.

이들을 챙기는 건 당연히 간부들의 몫이었다.

"합류 직전까지 건물 안에 갇혀 있던 인원들이 대체로

저런 증상을 보입니다. 심한 경우는 이틀 동안 캐비닛 안에서 나오지 않은 녀석도 있고요. 미치지 않은 게 다행이죠. 반대로 저기 전차장 자리에 앉아있는 놈은 바깥을 싫어합니다. 전차만큼 안전한 곳이 어디 있겠냐고 하면서요. 그냥 총체적인 난국입니다. 괜찮으시다면 소령님께서 한 놈씩 봐주셨으면 좋겠습니다."

이렇게 말하는 공병대 중사는 한쪽 다리가 성치 않았다. 무릎 아래로 반 뼘만 남아있다. 그런데도 정신적으로는 가장 멀쩡한 축이라, 급조한 목발을 짚고 잘도 돌아다녔다.

"그거야 어렵진 않은데……. 당신 다리는 어떻게 된 겁니까?"

억지로 잡아 뜯은 것처럼 생겼군요. 겨울의 말에 중사가 씨익 웃는다.

"전선이 막 무너졌을 때 구울 새끼에게 발목을 물렸습니다. 고놈 치악력이 대단한 건지, 아님 전투화가 경량이라 그랬는지 이빨이 아주 순식간에 박히더군요. 그래서 터트렸습니다."

"……터트려요?"

"예. 곧바로 정강이에 도폭선을 감아 폭파시켰죠."

"……."

"하는 김에 괴물 새끼 모가지까지 감아서 한꺼번에 꽝! 하고……. 위생병도 없고 구급 키트는 이미 써버린 상태라, 상처는 C4를 태워서 지졌지요. 하하하! 어떻습니까? 이 정도면 평생 자랑할 만하지 않습니까?"

C4는 플라스틱 폭약이다. 안정성이 높아서, 불을 붙이면 폭발하는 대신 연료처럼 타들어가는 특성이 있었다. 즉 불가능하진 않다. 그러나 정말로 그랬을까 의심스러운 증언이었다.

"음, 뭐, 남자답네요. 굉장해요. 당신 같은 사람은 처음 봤어요."

상실을 미화하려는 사내에게 원하는 답변을 돌려주는 겨울. 중사가 다시 소리 내어 웃는다.

"역시 그렇지요? 잠깐이라도 계집애처럼 망설였으면 저는 괴물이 되어버렸을 겁니다. 물리면 어떻게 해야 할지 미리미리 생각해둔 덕분에 본능적으로 손이 나가더군요. 평소에 이야기를 들은 친구들은 절대로 못 할 거라고 장담했었습니다만서도."

없는 다리의 허전함을 견디려 애쓰는 사람이었다. 사실 다른 사람들도 마찬가지. 잘 이겨냈다고 스스로를 칭찬해줘야 한다. 힘겨운 과거가 추억이 될 수 있도록.

"다행히 늦지 않게 항생제를 구했나보네요. 환부 감염으로도 죽을 수 있었는데."

"갖고 있었습니다. 말씀드렸잖습니까. 미리 생각해뒀다고. 당연한 준비였지요."

"이름을 알려줄래요? 성으로는 부족하네요."

"게리, 게리 핼러웨이입니다."

"게리 핼러웨이. 기억했어요."

이제 이 상남자는 가족과 친구들 앞에서 스스로를 더욱 자랑할 수 있을 것이다. 내가 말이야, 어, 니들 한겨울 소령 알지? 그 사람도 감탄해서 이름을 물어본 사람이야. 하하하.

겨울은 만족한 중사를 숙소로 들여보냈다. 불안한 병사들은 알아서 하겠다고. 작전이 마무리된 지금에 와서 불미스러운 사고를 겪기보다는 지휘관이 잠을 줄이는 편이 나을 것이다.

위생병이 없어서 어깨 탈골을 방치한 병사도 있었다. 부상자부터 보고하라는 명령이 전해지자 머뭇거리며 나왔다. 숙소를 거부하는 인원과 함께 모닥불가에 있던 겨울이 앉으라고 손짓했다. 늘어진 팔을 힘주어 잡자 움찔 놀라는 병사.

"가만있어요. 맞춰줄 테니."

"저기, 잘못되진 않겠습니까? 가능하면 기지에 돌아가서 제대로 처치 받고 싶습니다. 거긴 위생병이나 군의관이 있을 거 아닙니까."

"내일 오후에나 도착할 텐데, 그때까지 이대로 두는 게 더 안 좋아요. 언제 빠졌는데요?"

"엊그제 창문에서 떨어지는 바람에…… 악!"

말하는 도중에 기습적으로, 우둑 소리를 내며 제 위치를 찾는 팔. 요령도 익숙하거니와 파소 로블레스에서 획득한 「응급처치」의 보정도 붙었다. 끙끙거리던 병사는 못내 미심쩍은 눈치로 자신의 팔을 움직여보았다.

"어때요?"

"좀 뻐근하긴 하지만, 음, 모르겠습니다. 움직일 때마다 불편합니다."

의심스러우면 괜히 더 아픈 법이었다.

"그 상태로 너무 오래 있어서 그럴 거예요. 방치하면 방치할수록 습관성 탈골은 당연하고 영구적인 장애까지 생길 가능성이 높아지니까……."

겨울은 말을 하다 말고 입을 다물었다. 병사의 안색에 실망이 스쳤기 때문이다.

'후방으로 빠지고 싶었던 건가…….'

이해한다. 장애를 얻어서라도 전역하고 싶은 사람은 그 밖에도 많을 것이다.

탈구가 해결된 병사는 조금도 기쁘지 않은 모습으로, 어깨를 늘어뜨린 채 숙소로 들어갔다. 겨울은 임시중대 소대장을 불러 불침번 근무를 강화하라고 지시했다.

정신적으로 불편한 병사들 중엔 스스로가 감염되었다고 믿는 경우도 있었다.

"나, 나는 죽어야 돼. 죽어야 돼. 죽여줘요. 죽여주세요. 으으, 좀비가, 좀비가 될 거라고요!"

그러면서 자신의 얼굴을 쥐어뜯으려고 했다. 이런 행동을 반복한 지가 꽤 되었는지, 상처투성이인 얼굴이 정말 변종처럼 보이기도 했다. 일렁이는 모닥불의 음영 때문에 더더욱 그렇다. 그나마 뭉툭한 장갑을 끼워놔서 덜하다. 왜 손을 묶어놓지 않았을까?

옆에서 쓸쓸한 표정을 짓고 있던, 환자와는 고향 친구로서 동반입대를 신청했다는 일병이 고개를 저었다.

"묶었다간 훨씬 더 심한 발작을 일으켜서 어쩔 수 없었습니다. 한 번은 아예 숨을 못 쉴 정도였거든요. 그래도 소령님은 알아볼까 싶었는데……. 죄송합니다."

"당신이 죄송할 건 없죠."

"Damn, 이 친구 어머니를 뵐 낯이 없군요."

이러는 본인도 멀쩡해보이진 않았다. 손 떨림이 심하다. 가벼운 PTSD였다. 잠시 자리를 떠난 겨울은, 민간인들이 보초를 서고 있던 창고로부터 도수 높은 위스키 상자를 얻어왔다. 병마다 뒤집은 잔을 씌워서. 어차피 내일 떠날 곳이라 물자를 아낄 필요가 없었다.

"다들 한 잔씩 해요."

가장 먼저 받은 사람은 미친 친구를 감싸던 일병이었다. 글라스 절반쯤을 단숨에 삼켜버린다. 응어리진 화를 삭이듯이.

그러나 겨울의 존재가 모두에게 쓸모없었던 건 아니었다.

"저도 좀 받을 수 있겠습니까?"

모닥불 둘레에 끼어든 것은, 전차 밖으로 나오지 않는다던 전차병의 모습. 잠깐 보았던 얼굴을 아직 잊지 않고 있었다. 겨울이 그에게 잔을 내밀었다.

"잘 왔어요. 찾아가려고 했는데 잘됐네요."

"소령님을 보고 있으려니 이상한 기분이 들었거든요."

"이상한 기분?"

"뭐라고 해야 하나……. 꼭 갑작스럽게 다른 세계로

던져진? 악몽을 꾸다가 잠에서 깬? 후, 설명하기 어렵군요. 그냥 한 잔 가득 따라주십쇼. 다 잊고 싶습니다."

겨울은 그에게 다른 이보다 많은 술을 따라주었다.

불면증이 너무 많은 밤이었다. 몇 번을 깨고 자도 다시 이어지는 악몽에 진저리가 난 이들, 그리고 이제 겨우 안전해졌다는 기쁨에 진정이 되지 않는 이들. 그래서 밤하늘 아래의 모닥불은 갈수록 늘어만 갔다. 아무리 침대가 좋아도 어둠 속에 홀로 있기보다는 낫다고. 거친 잠자리에 익숙해져서 부드러운 이불이 자꾸 신경 쓰인다는 소위도 있었다.

늦은 시간, 신부와 수녀가 겨울을 찾았다.

"돕게 해주십시오. 주님을 필요로 하는 자녀들이 있을 겁니다."

사고예방 차원에서 깨어있던 겨울은 요청을 선선히 받아들였다.

"그러세요. 위험할지도 모르니 제가 동행하겠습니다."

신부는 몰라도 수녀는 위험하다. 혼란에 빠진 병사들에겐 성별만 보일 것이다.

제법 많은 병사들이 모여들었다. 신부가 그들을 위해 기도했다.

"전능하시고 영원하신 주님, 당신께서는 만물의 창조주이시며 평화의 근본이십니다. 고향을 떠난 아브라함의 여정을 지켜주셨듯이, 또한 그 가족을 안전하게 하셨듯이, 매 순간 당신을 모든 역경의 피난처로 여기는 자녀들을 보호하여 주시옵소서. 싸울 때는 용기를 주시고, 슬플 때는 위로를 주시고, 그리하여 사랑하는 사람들에게 무사히 돌아가도록 해주시옵소서. 이미 유명을 달리한 영웅들은 당신으로 말미암아 두 번째의 죽음으로부터 자유로울 것입니다. 그들을 어둠에서 빛으로 인도하여 주시옵소서. 저희가 그리스도의 이름으로 청하나이다. 아멘."

그러나 여기 모인 모두가 순수한 뜻은 아니었다. 경건한 이들이 눈을 감고 두 손 모을 때, 경멸하는 이들은 차가운 시선을 던졌다. 손가락에 묵주를 걸고 휙휙 돌리는 모습도 보였다. 그런 물건을 가지고 있는 걸 보면 신앙이 있기는 있을 터인데도.

어떻게 할까. 지금이라도 중지시켜야 하나. 망설이던 겨울은, 그러나 신부에게 안겨 흐느끼는 병사를 보고 가만히 있기로 했다. 어쨌든 겨울이 지켜보는 한 큰 문제는 생기지 않을 것이다.

신부와 수녀는 한 사람 한 사람 성실하게 위로하려고 애썼다.

그러므로 모난 질문을 피할 수 없었다. 질문자는 묵주를 돌리던 병사였다. 착 감아쥐고, 다른 손은 주머니에 찔러 넣은 채로 볼멘소리를 낸다.

"이봐요, 신부님. 물어볼 게 있는데요, 신께서는 대체 왜 저 지랄 맞은 역병을 만드셨답니까?"

"……."

"난 하느님께서 무한히 선하신 분이시며 그분의 모든 업적도 선하다고 배웠고, 또 고백했었거든요. 세상에 더럽고 짜증나는 새끼들이 많아도, 허구한 날 전쟁이 벌어져도, 친구 새끼가 사기치고 도망갔을 때도 다 주님의 거룩한 뜻이 있으시려니 했습니다. 근데 이건 진짜 아니지 않습니까? 도망 다니는 내내 원망스러웠습니다. 말씀해주시죠. 신부님이 어떻게 믿음을 지키고 계시는지, 나 같은 놈한테는 뭐라고 말씀하실지 궁금합니다."

지하에서 사형수가 내지른 일갈을 떠올리게 만드는 대목이었다. 저 씨발 놈의 좀비들도 주님의 섭리냐고. 종말에 직면하여 절대자의 선함을 의심하는 이들이 많았다.

하나의 질문이 사나운 여럿을 대변했다. 신부는 고통스러운 표정을 지었다.

"제가 잠시 말씀드려도 괜찮을지요?"

수녀였다.

"형제님의 슬픔을 이해합니다. 저 또한 같은 고민을 해보았으니까요. 그러나 이 고뇌가 사실 새롭지는 않은 것이었습니다. 형제님께서 말씀하셨듯이, 경험하셨듯이, 이 세상엔 대역병 이전에도 많은 악이 있었기 때문입니다."

그녀는 잠시 기다렸다. 받아들이는 쪽에 주는 시간이자, 적개심을 누그러뜨리는 방법이었다.

"이미 보셨을지 모르겠습니다만, 이곳 성당의 스테인드글라스엔 이런 글귀가 있습니다. 주여, 우리의 자매인 물의 찬미를 받으소서. 태양의 찬가의 한 구절입니다. 이 찬송을 지으신 성 프란체스코께서는 하늘과 땅, 달과 별, 바람과 구름, 불과 물, 심지어는 죽음마저도 우리 사람의 형제이자 자매라고 하셨습니다. 마태복음 23장 8절에 이르기를 너희 모두가 형제라고 하셨으니, 성 프란체스코께선 사람뿐만 아니라 세상만물이 주님의 뜻에서 하나라고 말씀하셨던 것입니다."

겨울은 납득했다. 그게 그런 의미였구나. 그새 새로운 병력, 타 지역에서 활동하던 프레벤티브 스캘핑 팀이 도착했다는 무전이 들어오기에 이리로 보내라고 조용히 답신한다. 마중 나가야 하겠지만, 이 자리도 걱정스러웠다.

수녀의 말이 계속됐다.

"그러니 저 끔찍한 역병 또한 주님의 뜻 안에 있을 것입니다. 오랜 기도와 눈물로 간구한 끝에, 저는 주님께서 고통으로 사람을 의롭게 하신다는 결론을 내렸습니다."

"Fuck. 무슨 말 같지도 않은 소리를……."

"조금만 더 들어주세요, 형제님. 헬렌 켈러를 알고 계십니까? 한평생 눈이 보이지 않았고, 귀가 들리지 않았고, 소리를 낼 수 없었던 사람입니다. 그녀는 이렇게 말했습니다. 세상은 고통으로 가득하지만, 한편으로는 그것을 이겨내는 사람들로도 가득하다고."

"……."

"로마서에 같은 말씀이 있습니다. 「그러나 악이 만연한 곳에 은총이 넘쳤나니.」 형제님께서 이제까지 믿음이 있으셨다면 욥기를 읽어보셨을 겁니다. 욥은 재산을 잃고 아들과 딸을 잃었으며 스스로도 고치지 못할 병에 걸렸습니다. 친구들은 욥을 비난했습니다. 주님의 심판은 언제나 올바

르므로, 욥이 무언가 잘못을 저질렀을 거라는 말이었지요. 그러나 아시다시피 욥에겐 아무런 잘못이 없었습니다."

"……."

"그것은 시련이었습니다. 주께서 욥이 가진 모든 것을 쳐내셨는데도 욥은 믿음을 지켰습니다. 그럼으로써 그의 믿음은 다른 어떤 것보다도 더 의롭게 되었습니다. 바로 고통을 이겨냈기 때문입니다. 주님께서는 악을 만드셨지만 악 그 자체가 목적은 아니셨던 것입니다."

"Fuck……."

"주님께서는 그분의 아들에게도 고통을 내리셨습니다. 예수께서 십자가에 못 박혀 말씀하셨습니다. 나의 하느님, 나의 하느님! 어찌하여 나를 버리셨나이까. 저는 지금 세상 사람들의 처지가 이와 같다고 느낍니다. 지금이야말로 서로를 지키고, 용서하고, 위로할 때라고요……. 위협이 없으면 지킬 일도 없고, 죄가 없으면 용서할 일도 없고, 슬픔이 없으면 위로할 일도 없습니다. 사람들의 고결함은 고통을 마주할 때 비로소 선명히 드러나는 것입니다."

그리고 그녀는 한숨과 함께 말을 맺었다.

"주님의 은총 아래, 우리는 이겨내는 사람들입니다."

이것이 과연 카톨릭 교리에 부합하는 말인지는 모르겠다. 그러나 절절한 말이 수려하게 나오는 걸로 보아 하루 이틀의 사색으로 내린 결론은 아닐 것이었다. 세계관이 세계관인 만큼 신앙을 가진 사람들은 누구든 각자의 고민을 해보는 수밖에 없다.

이겨내지 못한 사람들의 세상을 살다 온 겨울에게는 그저 아름다울 뿐인 이야기였다.

'바깥세상엔 신이 없는 모양이지…….'

슐츠에게 말했었다. 믿고 싶지만 믿지는 않는다. 바깥을 사는 사람들이, 서로를 쉽게 경멸하고 더러워하는 관객들이 이제 와서 이겨내기를 바라기는 힘들었다. 공감하지 않는 사람들의 디스토피아. 기적이라도 일어나지 않는 한 사람들은 행복해질 수 없을 것이다.

겨울이 전에도 한 번 했던 생각. 과거에 어떤 분기가 있었던 건 아닐까? 만연한 미움과 경멸이 돌이키지 못할 임계점을 넘어선 순간이.

차락. 묵주를 손에 쥔 병사가 고개를 떨어뜨렸다.

"젠장, 믿고 싶어도 믿을 수가 없단 말입니다."

신부가 말한다.

"그저 삶에 충실하십시오. 동료를 소중히 하고 가족을 사랑하고 스스로를 지키다보면, 주님께서는 언젠가 이 세상의 모습으로, 결과로서 답해주실 것입니다."

그리고 겨울을 보았다.

"여기서도 그랬습니다. 땅 밑에 갇힌 사람들은 희망을 잃었지요. 사람으로서 해선 안 될 일들을 저지르려고 했습니다. 저는 하다못해 오늘 밤까지만 구조를 기다려보자고 부탁드렸으나, 그마저 위태로워지고 말았습니다. 바로 그때 한겨울 님이 문을 두드리셨던 것입니다. 금방이라도 서로를 죽이려는 순간에 말입니다."

새로 합류한 병사들은 지하 대피소에서 일어난 일을 처음 듣는다. 시선이 겨울에게로 돌아왔다. 나는 신을 믿지 않는데. 순간적으로 스치는 생각에도 불구하고, 겨울은 잠자코 있었다. 바람과 구름, 불과 물도 신의 뜻이라고 하는 마당에 신앙의 유무는 중요하지 않을 것이다.

"주님께서 세상에 그저 고통만을 베풀고자 하셨다면 굳이 한겨울 님 같은 분을 보내진 않으셨을 것입니다. 저는 주님께서 의로운 심판자이심을 믿습니다."

곁에 선 대위 하나가 조용히 하는 말.

"중간부터 들었지만 꽤 흥미로운 이야기로군요."

겨울이 인사를 건넸다.

"두 사람 모두 잘 왔습니다. 한겨울입니다."

"모르는 사람도 있답니까? 알파 팀의 태너 롱입니다."

알파 팀은 육군 특수부대(그린베레)의 전투유닛을 말한다. 이어 나란히 선 중위가 경례했다.

"레인저 연대 수색중대에서 나온 조지 팔머입니다."

같은 작전에 투입되었으면서도 양쪽의 느낌은 판이하게 달랐다. 단순한 계급차이로 보긴 곤란하다. 턱수염이 뻑뻑한 알파 팀장은 다소 위압적이다. 일부러 그러는 게 아니라, 사람 자체가 그렇게 만들어진 것처럼. 반면 팔머 중위는 다소 절제된 분위기였고.

서로 다른 임무 특성을 반영하는 걸까.

"레인저라면 혹시 에머트 대위 쪽 소식을 알고 있습니까?"

"에머트 대위? 그 사람도 레인저입니까?"

"네. 2대대 델타 중대장이고, 최근에는 험프백을 추적했다고 들었는데요."

"아아, 그……. 죄송합니다. 애초에 그쪽하곤 주둔지부터 달라서. 소령님과 우리 연대가 접점이 있다고는 들었는데, 이렇게 따로 물어보실 정도였던 모양이군요."

중위가 희미한 미소를 드러낸다. 지울 수 없는 피로 너머로 호감과 자부심이 엿보였다.

"큼. 서서 이러지 말고 어디 앉아서 말합시다. 마침 저기 술도 보이는데. Sir, 애들 좀 먹여도 되겠습니까? 괜찮다면 우리도 마시고 말이죠. 사냥을 끝낸 기념으로."

바위에 모래바람이 부딪히는 듯한 음성. 롱 대위가 위스키가 남아있는 궤짝을 가리킨다.

"그래요. 오늘까지 다들 고생 많았을 테니까요."

인명 손실을 물어볼 상대는 아니었다. 원한다면 스스로 말할 것이다.

"소령님은 알려진 것보다 꽤 얌전하게 생기셨군요. 실물은 다를까 했습니다."

거칠다. 그러나 그린베레 대위쯤 되면 겨울이 눈에 차지 않을 법도 했다. 전적이 아무리 훌륭해도, 복무기간으로 따지면 채 1년도 되지 않는 상급자를 쉽게 받아들이긴 힘들 것이다.

그렇다고 대놓고 무례한 것은 아니다. 머리로는 어쩔 수 없는 마음이란 게 있는 법이었다. 그것은 차라리 억울함이나 자괴감에 가까울 터. 겨울은 별말 없이 술병을 흔들어보았다.

대위가 떨떠름한 표정으로 잔을 내밀었다. 꼴꼴꼴. 호박 빛 술 안에서 모닥불이 타올랐다.

팔머 몫까지 채워주자, 대위가 손짓한다. 술병 달라고.

"소령님도 한 잔 하시죠."

"술을 좋아하진 않아서."

"허, 남자가 이런 자리에서 빼기 있습니까? 인생을 마시지 않는 장교는 장교가 아닙니다."

겨울은 설익은 미소와 함께 잔을 들었다. 대위는 넘치기 직전까지 따라주었다.

이러면 전투력 유지가 안 되는데. 생각하면서도 이미 받은 잔이었다.

"떠나간 벗들을 위하여."

멋대로 건배사를 읊은 대위가 잔을 단숨에 꺾는다. 그리고 겨울을 보기에, 겨울은 고개를 살짝 기울이고는 역시 잔을 한 번에 비웠다. 허. 당혹스러워하는 대위에게 겨울이 빈 잔을 들어보였다.

"장교잖아요."

이렇게 말하는 게 좋겠지.

롱 대위는 다시 한 번 허, 하고서 술병을 쥐었다.

"두 잔째는 사양하죠. 복귀할 때까지는 내가 책임자니까."

지금도 시야가 조금 왜곡됐다. 재현된 취기가 겨울의 사고를 마비시키진 않지만, 「통찰」이나 「간파」, 그 외의 감각보정들, 육체의 섬세한 움직임에는 당연히 문제가 생긴다.

모범적이군요. 그린베레 지휘관과 레인저가 한 잔씩

주거니 받거니 한다.

뭔가 작전에 관한 걸 물으려던 그린베레가 가까운 창가에서 유심히 내려다보는 아이를 발견했다. 어린 나이엔 지친 병사들도 궁금한 볼거리인 모양.

"이봐! 꼬마 아가씨! 그 곰 인형 이름이 뭐냐?"

거친 사내의 거친 외침에 한 발짝 물러섰던 아이가, 조금 망설이다가 새침하게 대꾸했다.

"인형이 그냥 인형이지 무슨 이름이 있다고 그래요! 난 어린애가 아니에요!"

그러고는 몸을 돌린다. 달리는 모습이 복도로 이어지는 여러 창들을 통해 파노라마처럼 보였다. 그린베레가 입맛을 다셨다.

"젠장. 우리 딸내미만 되바라진 게 아니었군. 계집애들이란."

팔머 중위가 웃음을 터트렸다.

"딸이 있습니까?"

점잖은 레인저의 질문. 그린베레가 모난 얼굴로 답했다.

"아마도."

"아마도라뇨?"

"난 딸이라고 생각하는데 걔는 아니거든."

"그거 유감입니다."

"별수 없지. 내가 생각해도 난 아버지 노릇을 할 놈이 못 돼. 결혼했나?"

"마음에 둔 사람은 있습니다."

"하지 마."

다소 무례한 말이었으나 레인저는 딱히 불쾌해하지 않았다.

흥. 롱 대위는 코웃음을 치고 적게 남은 잔을 흔들었다.

"못할 짓이야. 남편과 아버지가 되려면 좆같은 군인 노릇을 때려 쳐야 해. 공군이나 해군처럼 물러 터진 샌님들이면 또 모르지. 하지만 넌 레인저잖아? 안 될 거야 아마. 우리 그린베레보다는 한참 모자라지만, 결국 니들도 아주 좆같은 놈들이니까. 마누라가 바짓가랑이 붙잡고 늘어져도 결국 좆같은 전우들과 좆같은 적들이 있는 개좆같은 전장으로 돌아오고 말겠지."

"방역전쟁이 끝나면 전역해서 그 사람과 함께 농장이나 운영할까 합니다."

"헛소리. 얼마 못 가 이혼하거나, 이혼은 면하더라도 생활비 부쳐주는 노예 신세가 될걸? 애초에 이 전쟁이 끝나기나 할지 의문이기도 하고."

겨울은 총기를 손질하며 듣고 있었다. 기술이 아무리 좋아도 무기 관리에 소홀하면 대가를 치르게 된다. 결정적인 순간의 격발불량은 생사를 가르는 사고였다. 사각사각. 양치질을 닮은 소리. 브러쉬로 분해된 노리쇠를 문지른다. 강중유에 약간의 탄매가 녹아나왔다. 간단한 손질이라 차개 핀을 뽑진 않았다.

눈으로는 대위를 보았다. 완고한 얼굴이 상처에 덮인 딱지 같았다. 두껍다. 그에게 묻는다.

"그래서 대위는 결혼을 후회해요?"

"……하지 말았어야 했습니다."

"딸이 밉습니까?"

"……."

"만약 과거로 돌아가서 낳을지 안 낳을지 결정할 수 있다면, 그때는 어떻게 할 거예요?"

"……."

겨울이 희미하게 미소 지었다.

"우리 아버지가 당신 같았으면 좋았을 텐데."

허. 대위가 어처구니없어 했으나, 소년으로서는 솔직한 감상이었다. 아무리 서툴러도 애정만 있으면 된다. 결국 어긋나 서로를 미워하게 될지라도, 처음부터 없었던 것보다는 낫다.

"술맛 떨어지는 이야기는 여기까지 합시다."

불쾌하다는 듯이 어린 상급자를 힐끔거리며, 그린베레는 새로운 화제를 꺼냈다.

"그동안 잡아 죽인 변종 새끼들은 어땠습니까?"

"어떻다니, 무슨 말이죠?"

"거 왜, 특별한 뭔가가 있으면 서로 털어놔보자 이겁니다. 위에서도 알려주지 않는 사항이 꽤 많은 모양이던데, 현장에서 뛰는 사람들끼리라도 정보를 공유해야죠. 아는 게 힘이라고, 어떻게든 살아남아서 좀비들을 조져버리려면 말입니다."

그리고 그는 부하들을 향해 빽 내질렀다.

"새끼들아! 내일 못 일어나는 놈은 버리고 간다! 엉덩이

간수 잘 해! 비상 걸렸을 때 비틀거리는 놈은 똥구멍에다가 총알을 박아줄 테다!"

알파 팀원들은 어둡게 웃는 걸로 대답을 대신한다. 결원이 제법 많아 보였다.

갑자기 개 짖는 소리가 섞였다. 레인저 대원들 쪽에서 나오는 한 마디. 아니 웬 개새끼가 있어? 말이 험한 것치고 한 명이 슬그머니 일어나 기웃거리는 품이 우습다. 주머니마다 손을 넣은 끝에 초코바를 꺼냈다. 다른 대원이 지적한다. 미친 새꺄. 개는 초콜릿 먹으면 뒤져.

"특별한 무언가라."

팔머 중위가 회상에 잠긴다.

"그러고 보니 유난히 실패작들과 자주 마주쳤습니다. 어린놈들도 마찬가지고요. 특히 어린 것들은 죄다 벗고 있었는데, 저만 경험한 건 아니겠죠."

실패작이라는 표현에서 이미 겨울과 비슷한 「통찰」을 공유하고 있었다. 레인저 소속이라도 계급이 중위라 열람 가능한 정보에 제한이 있을 텐데, 결국 생각할 줄 아는 현장 지휘관들이라면 비슷한 판단을 내릴 수밖에 없다는 뜻이기도 했다.

"멀쩡한 놈들이 동쪽으로 가서 그렇겠지 뭐."

역시나 그린베레도 마찬가지. 순서를 겨울에게 돌린다.

"멍청한 책상물림이랑 똥별들이 우리를 못 믿어서 이것저것 감추나본데, 솔직히 아니꼽습니다. 우리는 하루하루 죽을 고비를 넘기고 있건만……. 소령님은 계급이 있으니 하나라도 더 알고 있을 거 아닙니까? 계급이 아니더라도 성과에 어울리는 경험이 있을 거고."

겨울이 보건서비스 부대의 캠벨 박사에게 기대했던 바와 같았다. 어느 지휘관이든 정보수집에 대한 욕심이 있게 마련. 여기에 더해 겨울 개인에 대한 호승심도 엿보인다. 대체 이놈은 뭐가 특별해서 그렇게 전적이 화려한가. 인생 망쳐가며 군인 노릇하는 나보다도 더.

"글쎄요. 나라고 기밀에 대한 접근이 자유로운 건 아닌데다, 질문의 범위가 너무 넓은데요? 내가 아는 대부분은 당신들도 예상하고 있을 거라고 보는데, 특별히 확인이 필요하거나, 영 모르겠다 싶은 걸 말해 봐요."

겨울의 말에 중위와 대위의 시선이 교차한다. 당연히 대위가 먼저였다.

"아까 잠깐 언급하신 험프백 말입니다. 그거 뭐하는 새끼 같습니까?"

"……."

"항상 그렇습니다. 당장 날 쏘는 적보다는 어디서 뭘 하는지 모르는 적이 더 신경 쓰이죠. 다른 특수변종들은 어떤 놈들인지 다 알지만 험프백 그놈은 모든 정보가 기밀이니 짜증이 치밉니다. 기밀이라고 해도 돌아가는 꼴 보면 짐작은 갑니다만, 어디까지나 짐작일 뿐이니까요."

"마주친 적 있어요?"

"팀원 하나가 멀리서 봤다고는 하는데 접촉을 유지하진 못했습니다. 흔적은 요란하더군요. 숲이었지만 주변에 멀쩡한 나무가 없었습니다. 심지어는 바닥까지 파헤쳐놨고요."

"짐작하는 것부터 들어볼까요?"

"밥차라고 봅니다. 그것도 먹이는 놈들 겁나 빨리 성장시키는. 아니면 지금까지 본 것들을 설명할 수가 없습니다. 그렇지 않습니까?"

두꺼운 눈썹 아래에 확신이 있었다. 겨울이 끄덕였다.

"개인적으로 동의해요. 위에서 기밀로 지정한 이유도 알 만하고요. 대부분의 병사들은, 그리고 시민들은 계속해서 죽이다보면 언젠간 끝이 날 거라고 믿잖아요. 애를 낳는다고 해도 성체가 되기까지 이십년은 걸릴 테고. 그런데 1년도 안 되는 사이에 유체를 성체까지 키워내는 특수변종이 있다고 해봐요. 사기가 아주 뚝뚝 떨어질걸요. 시민들도 우울해할 거고."

개인적으로, 라는 단서에 그린베레가 실망감을 드러냈다.

그러나 레인저 장교 또한 같은 의견이었다.

"맞습니다. 특수변종치고 전면에 등장하지 않는 건 단순히 숫자가 적어서가 아니라 전투기능이 없어서라는 느낌이었습니다. 치중대를 후방에 두고 보호하는 건 상식이잖습니까."

"어이, 괴물 새끼들이 상식적으로 행동하는 것부터가 문제야."

"나무를 괜히 갉아놓는 건 아닐 테고, 아마도 소화시키겠죠. 전 바퀴가 자주 보이는 것도 신경 쓰입니다. 이것들이 다원화된 보급체계를 구성한 게 아닌가 의심스럽습니다."

"그것들이 벌레를 키워서 먹는다고?"

"아니겠습니까? 험프백의 능력이 짐작대로라고 한다면, 그걸 평범한 변종들에게 먹이는 것도 문제입니다. 조로증 걸린 놈들이 대량으로 쏟아져 나올 테니 말입니다. 그건 그것대로 잡아먹어서 처리하는 방법도 있겠습니다만, 아무래도 숫자를 늘리기엔 불리한 방식입니다."

"······벌레 새끼들이 사람 무서운 줄 모르는 게 이상하긴 하지."

보통의 바퀴라면 사람을 피해 달아나야 정상이었다. 겨울은 포인트 레예스 스테이션의 제과점을 떠올렸다. 바퀴가 유난히 많았고, 펑퍼짐한 자국이 있었다. 아직까지 발견된 바 없는 또 다른 특수변종의 정황일 확률이 높다.

"너무 비관할 필요는 없어요. 여기까지 생각이 같은 걸 보면 두 사람도 오는 길에 미성체 집단을 많이 상대한 것 같은데, 맞나요?"

겨울이 묻자 수긍하는 두 사람.

"좀 더 시간을 끌었다면 위험했을 것 같긴 해요. 변종에 겐 대사억제 능력이 있잖아요. 끊임없이 늘어나는 성체가 대사억제로 잠들어 있다가 한꺼번에 쏟아져 나오는 경우 엔······. 지금의 봉쇄선으로는 도저히 못 막을 규모였을지 도 몰라요."

롱 대위가 마른세수를 했다. 대사억제에 돌입한 개체는 먹거나 마시지 않고 몇 년을 버틸 수 있으니, 공군이 남미 에서 올라오는 루트를 차단한들 언젠가 헤아리는 것조차

무의미한 규모의 무리가 출현했을 거라는 소리였다.

그 밖에도 흥미로운 이야기가 있었다.

"제가 특이한 걸 본 적이 있습니다."

운을 띄우는 팔머 중위에게, 겨울이 총기손질을 마무리하며 되물었다.

"특이한 것?"

"변종이 변종을 물더군요."

"도태된 개체를 잡아먹는 건 아니었고요?"

"단순히 물기만 했습니다. 딱히 싸우는 것처럼 보이지도 않았고 말입니다. 단순히 단일개체의 이상 행동일지, 혹은 어떤 의미가 있는 것일지 한참을 고민했습니다만 답이 나오지 않았습니다. 혹시 두 분은 같은 걸 본 적 없으십니까?"

난 없는데. 그린베레가 말했고, 겨울은 생각에 잠겼다.

"감염시키는 것일지도."

불현듯 던진 말에 대위가 반응한다.

"뭐 덜 감염된 놈이라도 있을까봐 다시 문답니까?"

"그런 건 아니고, 어떤 특질을 전파하는 과정일 수는 있지 않겠어요?"

"특질?"

"전부터 이상하게 여기던 게 있어요. 트릭스터와 처음으로 싸웠을 때, 거기가 아타스카데로 주립 정신병원이었는데, 이 괴물이 직접 영향을 미치는 건 태아 변종들뿐이었거든요."

"그 전투기록은 저도 봤습니다."

"시가지에 많았던 성체 변종들이 나타나지 않았던 건, 트릭스터가 부를 수 없었기 때문이었을 거예요. 전파를 감지하는 능력…… 기관은 새로 태어난 세대에게만 있었을 가능성이 높죠. 하지만 지금은 어떤지 봐요. 아주 넓은 범위에서 조직적으로 움직이잖아요."

"으음……. 그러니까, 특수변종까지는 못 되더라도…… 어느 정도 개량된 특성은 재감염을 통해 확산될 수 있다 이겁니까?"

"팔머 중위 말을 듣고 지금 막 떠올린 것일 뿐이지만요. 변종들이 그러는 모습을 실제로 본 적도 없고요. 어쩌면 이게 험프백의 또 다른 능력일 수도 있죠. 확실한 건 없어요."

"이 괴물들은 참 알면 알수록 좆같군요."

"다 쏴서 죽일 순 있잖아요."

허. 다시 한 번 기가 막힌 얼굴로 겨울을 보는 대위. 아까부터 같은 잔을 흔들고만 있었다. 이러니저러니 해도 결국은 그린베레. 작전이 사실상 끝났어도 마냥 방심하진 않는다. 술 냄새는 날지언정 취한 사람의 언동은 아니었다.

마침내는 남은 술을 바닥에 주욱 쏟아버린다.

"맞습니다. 다 쏴서 죽일 겁니다. 아버지로서 할 수 있는 게 그것뿐이기도 하고."

"……."

"죽이고 또 죽여서 고 계집애가 무서울 일 없게 하겠습니다. 마누라야 어떻게 되든 알 바 아니지만. 흠, 그래도 사람은 아닌 놈들이라 죽일 때 부담이 덜해서 낫군요."

팔머 중위가 신중하게 말을 골랐다.

"그렇습니까? 전 아직도 꺼림칙할 때가 많습니다. 역병의 피해자들 아닙니까."

"그놈들 머리통을 쪼개본 적 있나?"

"……일부러 그러진 않습니다."

"내가 예전부터 이런저런 머리를 많이 쪼개봤는데 말이야……. 아, 그런 눈으로 보진 말고. 나도 제정신으로 한 짓은 아니었어. 미칠 것 같았지. 몸에 폭탄 두른 광신도들, 민간인 학살하는 놈들, 애한테 대전차 로켓 들려주는 정신 나간 년들 머릿속엔 대체 뭐가 들었나. 궁금하잖아. 딱히 본다고 알 만한 건 아니었는데도."

그린베레가 습관처럼 코웃음을 쳤다.

"하지만 이 변종 놈들은 달라. 아주 많이 달라. 그동안 보아왔던, 정상적인 것들하고 비교해서 말이지. 무슨 말인지 알겠어? 사람이 아니야. 인격이라는 건 이 골통 안에."

대위가 자신의 머리를 쿡쿡 찍어 보인다.

"여기, 머릿속에 있는 거잖나."

"……."

"레인저씩이나 되는 게 순진하게 굴기는. 그러다 죽어. 너만 죽으면 차라리 다행이겠지."

그 뒤로도 토의 반 푸념 반인 대화가 늦게까지 이어졌다. 그 마지막에, 레인저가 말했다.

"얼른 본토 탈환이나 끝냈으면 좋겠군요."

낙관적인 기대였다.

"죽도록 고생한 보람이 있어서 고가치 표적을 꽤 많이

잡아 죽였으니 말입니다. 조만간 수세에서 공세로 전환하겠죠. 분위기가 꽤 좋습니다."

"그렇게만 된다면야."

"우리는 사방이 육지인 러시아하곤 다르잖습니까. 어떻게든 파나마 지협까지만 내려가면 해상봉쇄도 더 쉬워질 테고, 지상에서의 방어 밀도도 굉장히 올라갈 테고…….

그때가 돼서 장기휴가가 나오면 그녀와 결혼할 겁니다."

"하, 그만 두라니까."

"대위님을 보니 더욱 해야겠다는 생각이 들어서 말입니다."

"미친."

겨울은 희미하게 웃었다.

날이 바뀌어, 동이 트는 지평선으로부터 수송헬기 편대가 날아왔다. 한 대당 수십 명씩 들어가는 대형이라 민간인들을 다 싣기에 무리가 없었다.

그 와중에 아이들 쪽에서 소란이 일었다. 닥스훈트가 애처롭게 짖는 소리. 어제 그린베레를 무안하게 만들었던 작은 아가씨가 인형 대신 꼭 안고 있었으나, 개의 필사적인 발버둥에 결국은 떨어트리듯이 놓치고 만다. 쿵 떨어져 아플 것이 분명한데도, 다리 짧은 개는 곧바로 일어나 직선으로 질주했다. 그 끝엔 슐츠를 위시한 기동대원들이 있었다.

"이것 참, 곤란한 녀석일세."

다리 아래에서 정신없이 뛰어다니는 개를 보고 대원들이 한숨을 내쉰다. 민간인들과 함께 안전한 곳으로 보낼 심산이었으므로. 병사들의 심란함을 아는지 모르는지, 개는 끄응끄응, 낮아진 꼬리를 흔들며 병사들의 눈치를 보았다. 이미 한 번 버려져서 더하다.

이를 본 그린베레의 촌평.

"딸보다 개가 낫군."

가벼운 개소리였다.

소녀가 파란 치맛자락을 나풀거리며 쫓아왔다. 등에 멘 소총이 뛰는 걸음마다 반 박자 늦게 흔들린다. 총열이 짧고, 개머리판에는 반동 흡수를 위한 트라우마 패드를 붙여놓았다. 겨울은 총기회사의 광고를 떠올렸다. 당신의 아이를 위한 최고의 선물 운운하던.

「당신의 아이가 총을 다룰 줄 모른다면, 당신은 지금 부모의 의무를 방기하고 있는 겁니다.」

그린베레는 총을 보고 코웃음을 쳤다. 마음에 안 드는 것 같았다. 그야 죽이고 또 죽여서 딸을 지키겠다는 사람이니, 아이가 총을 메고 다니면 그 책임을 자신에게 돌릴 것이었다. 못난 어른들이 충분히 못 죽여서 애들까지 총질을 하게 만든다고.

슐츠가 개를 소녀에게 내밀었다. 그러나 소녀는 받지 않는다.

"페르난도는 아저씨가 데려가야 할 것 같아요."

"페르난도? 네가 붙여준 이름이니?"

일부러 이름을 주지 않았던 병사가 묻자, 작은 아가씨가 깊게 끄덕였다.

"네. 풀 네임은 페르난도 프란시스코 데 파울라 도밍고 빈센트 페레르 안토니오……."

길었다. 호세 호아킨 파스쿠알 어쩌고가 이어질수록 슐츠는 난감한 표정을 지었다.

"……칼리스토 카야타노 파우스토 루이스 레이문도 그레고리오 로렌쪼 제로니모니까 꼭 기억해주세요. 페르난도 너도 잊으면 안 돼. 나도 널 잊지 않을 거야."

눈물 글썽한 이별에 개가 알! 하고 짖는다.

"어……. 이름이 참 길구나."

병사의 당혹스러운 감상을 듣고 소녀가 다시 한 번 고갯짓했다.

"네. 긴 이름은 멋지잖아요. 페르난도 7세의 정식 이름이래요."

"페르난도 7세…… 가 누구니?"

"옛날에 스페인 국왕이었던 사람이요. 어른이 그것도 몰라요?"

언제 눈시울을 붉혔냐는 듯 지금은 꼿꼿하게 턱이 높아지는 소녀였다. 뭐든 어려워 보이는 것을 외우고 자랑스러워할 나이.

"미안하다……."

괜히 사과하고서, 슐츠는 잠시 닥스훈트와 눈싸움을 했다. 페르난도 프란시스코…… 는 허공에 들린 채로 꼬리를 맹렬하게 흔들었다. 알! 알! 측은하게 젖은 눈동자. 말은 통하지도 않겠고 해서, 처음부터 사람이 이기지 못할 싸움이었다. 슐츠가 겨울에게 고개를 돌렸다.

"이 녀석을 어쩌면 좋습니까? 역시 억지로 싣는 편이 나을까요?"

"글쎄요. 그건 당신 판단에 맡기죠. 대령님이 개를 가지고 뭐라고 하진 않으실 거예요."

"……"

대전기에도 부대 단위로 동물을 기른 사례는 얼마든지 많다. 슐츠의 고민이 깊어지는 사이, 이번엔 꼬마 아가씨가 겨울에게 다가와 빤히 올려다본다. 소녀의 부모, 그리고 민간인 탑승 유도를 맡고 있던 병사들에게 괜찮다는 손짓을 한 뒤, 겨울이 무릎을 꿇어 눈높이를 맞췄다.

"내게 할 말이 있니?"

"네. 엄마 아빠가 못 듣게 해주세요."

뜻밖에도 아이의 용건은 사형수들에 관한 것이었다.

"주황색 옷 입은 아저씨들은 소령님이 데려가시는 거죠?"

"그런데?"

"제 친구들을 구해준 사람은 어떻게 되나요?"

"……"

"엄마랑 아빠가 다른 어른들이랑 하는 이야기를 들었는데, 그 사람들은 벌을 받아야 한대요. 친구들을 구해준 사람도 예전에 한 잘못이 있어서 어쩔 수 없대요. 무슨 벌을 받느냐고 물어보면 대답을 안 해주세요. 그런다고 우리가 모를 줄 아시나 봐요. 우린 바보가 아닌데."

죽이는 거잖아요. 소녀가 어휴 하고 고개를 흔들었다.

"그래서 친구들 기분이 별로 안 좋아요. 저도 그렇고요. 잘못을 했으니까 감옥에 갇혔겠지만, 진짜진짜 나쁘기만 한 사람이었으면 친구들을 구해주지 않았을 거예요. 정말 정말 나쁜 사람이 아닌데도 죽이는 게 더 나쁜 일이라고 생각해요. 그래서 소령님한테 물어보러 왔어요. 아 참, 그 반반 아저씨(fifty-fifty guy)의 이름은 마누엘 헤이스래요. 알고 계세요?"

"응, 알고 있어. 본인에게 들었거든. 그런데 반반 아저씨라고? 무슨 뜻이니?"

"반은 나쁘고 반은 착하니까 반반이잖아요. 우리끼리는 그렇게 불러요."

재미있는 표현이었다. 최근 어린 순수를 접할 기회가 많다. 겨울의 입가에 미소가 스쳤다.

"이제 대답해주세요. 그 아저씨 죽어요?"

재촉하는 소녀. 그러나 아직은 불확실한 일. 거짓으로 안심시키자니 어른들에 대해 말하던 소녀의 어조가 마음에 걸린다. 기시감이 느껴져, 결국 솔직하게 답하는 겨울.

"아직은 잘 모르겠어. 나도 죽이고 싶진 않아. 네 말대로 나쁘기만 한 사람은 드물거든."

"그럼 살려주면 되잖아요."

"내가 결정할 일이 아니라서 그래. 하지만 약속할게. 최대한 노력해보겠다고."

"진짜 약속은 새끼손가락을 걸고 하는 거예요."

꼬마 아가씨가 자, 하고 작은 손을 내민다. 겨울이 손가락을 마주 걸었다. 무슨 대화가 오가는지 모르는 주위는 훈훈하고 흐뭇한 분위기로 지켜보고 있다. 헬기 조종석의 눈 밑 시꺼 먼 파일럿이 넷 워리어 단말기로 촬영한다. 사진보다는 동영상일 가능성이 높겠다.

소녀가 손을 위아래로 흔들면서 흥얼거렸다.

"새끼손가락, 새끼손가락 걸고 약속해요. 누구든 거짓말을 하는 사람은 무서운 곳으로 가라앉아서 다시는 떠오르지 못할 거예요."

짧은 노래가 끝나고 손가락이 풀린다. 소녀가 겨울에게 경고했다.

"이제 약속을 어기면 나쁜 일이 생길 테니까 조심하셔야 돼요."

"꼭 지킬게."

"이거 가져가세요."

내미는 것은 딱지처럼 접힌 종이였다.

"혹시 편지니?"

"네. 친구들이 같이 썼어요. 판사님께 전해주시면 돼요."

사형수들이 다시 재판을 받을 일은 없겠지만, 아이는 그것을 몰랐다.

"그래. 꼭 전해드릴게."

로저스 대령의 완고한 얼굴을 떠올리며 답하는 겨울.

더 시간을 끌기는 곤란했다. 파일럿들에게도 스케줄이 있으니. 엔진 소음이 높아지는 가운데, 겨울이 소녀를 부모 에게 이끌어주었다. 인사를 받고 손을 흔들며 뒤로 걷는데,

소녀가 겨울을 불러 세운다.

"잠시만 귀 좀 빌려주세요."

또 뭘까. 겨울이 순순히 귀를 대자, 볼에서 쪽 소리가 났다. 꼬마 아가씨는 이번에야말로 부모에게 돌아간다. 당황한 어머니의 품에 안긴 소녀가 고개만 돌려 방긋 웃었다.

"엄마랑 아빠, 반스 아저씨, 나탈리 아줌마, 그리고 다른 모두를 구해주셔서 감사합니다! 정말로 멋있었어요! 저는 마리에요! 마리 패터슨! 백 밤 자고 어른이 되면 소령님이랑 결혼하러 갈게요!"

패터슨 부부가 겨울과 딸을 번갈아 본다. 아내는 재미있다는 듯이 웃었고, 남편 쪽은 시무룩했다. 얼마 전까지만 해도 아빠랑 결혼할 거라고 했었잖니. 그러자 딸이 반박한다. 제가 아직도 어린앤 줄 아세요?

병사들이 휘파람을 불었다. 장난스러운 야유가 섞인다. 민간인 유도에 상태가 좋은 이들을 할당했더니 이 모양이었다. 모랄레스마저 한 마디 거들었다.

"맙소사. 아까 손가락 걸었던 게 설마 결혼 약속이었습니까?"

"그런 거 아니에요……."

"거 뭐냐, 기다릴 수만 있다면 괜찮지 않습니까? TV에서 봤는데, 옛날에 클리블랜드인지 뭔지 하는 대통령도 아내가 아주 어렸을 때부터 구애했다고 하더군요."

대통령 그로버 클리블랜드는 죽은 친구의 딸과 결혼한 것으로 유명했다.

"그래요? 한 마디만 더 해봐요."

물론 하란다고 더 하지는 않는다. 상병으로서는 키득키득 웃는 것으로 충분했으니.

민간인 탑승이 끝나자 부상자와 정신이상자들의 차례가 이어졌다. 어젯밤, 도폭선으로 정강이를 폭파하고 폭약을 태워 상처를 지졌다던 중사도 포함되어 있었다. 그가 짐승처럼 소리 질렀다. 워어어어어우! 잔류인원들의 이목이 집중된다.

"난 헬기에 타고 있다! 내가 헬기에 타고 있다고! 다들 나를 봐! 지금 헬기에 타고 있다니까? 이 쩔어 주는 헬기를 똑똑히 봐라! 하하하! 내가 전역한단 말이야 이 씨발 놈들아!"

내가 세상의 왕이다! 하하하하!

수송칸 문이 닫혔다. 헬기가 이륙한 뒤에, 한 병사가 중지를 접고 눈물을 훔쳤다.

"핼러웨이 저 새끼는 정말 괜찮은 개자식이었어."

"……"

수송헬기 편대가 이륙한 뒤, 이제 임시중대도 떠날 시간이 됐다. 간단한 식사를 마친 병사들은 이곳에 왔을 때보다 많이 나아진 모습이었다. 차량이 충분히 많아 걸을 필요가 없는 게 다행이다. 비록 잡종 같은 부대였으나 화력이 부족하진 않았다.

겨울이 지시했다.

"레인저가 선도를, 알파팀이 후방 경계를 맡습니다. 각 팀마다 험비 하나씩 잡아요. 공중정찰 결과 도착할 때까지

별일 없을 것으로 예상되지만 그래도 방심은 금물입니다. 무선침묵을 지킬 필요는 없지만, 세바스토폴 서쪽을 통과할 땐 가급적 소대 채널만 사용하겠습니다. 출발 전에 주파수 확인해요."

공교롭게도 이 근방을 흐르는 강이 러시안 강이고, 그 연안에 있는 거주지 중에 세바스토폴이 있었다. 근교에 농경지가 섞인 넓은 거주지가 발달하여, 혹시나 변종의 소규모 매복이 있을지도 몰랐다.

하늘은 이동하는 내내 시끄러웠다. 항공기가 얼마나 많이 날아다니는지, 동쪽에서 서쪽 끝까지 모든 구름이 격자형으로 몰렸다. 그 아래 농업용수 공급이 끊어진 경작지는 곳곳이 황색으로 얼룩진 녹색이었다.

혹시나 하는 마음에 넷 워리어 단말기를 꺼내보니 중간 감도의 신호가 잡혔다. 그동안은 탄도계산기로 쓸 일이 있을까봐, 혹은 기갑차량의 블루 포스 트래커와 연결하려고 가지고 다녔던 건데, 지금은 통신기능이 부활한 것이다.

'고고도 중계기(Scaled Composites Proteus)가 떠있는 건가?'

이건 전술 PDA와는 다른 채널을 쓴다. 단말기를 만지작거리던 겨울은, 때가 아니라고 판단하고 품에 갈무리했다. 지금도 병사들이 힐끔힐끔 엿보는 중이었다. 아무리 미국이라지만 천만 대군 전체에게 통신 단말을 지급할 능력은 없었다.

평야지대를 절반 이상 통과한 시점에서, 임시중대는 1번 주도를 측면에 끼고 남하했다.

"소령님. 기병수색대가 접근합니다."

배낭형 무전기를 다루던 하피의 보고. 잠시 후 나타난 기병대는 문자 그대로의 기병대였다. 역병 이전이었다면 이름은 전통일 뿐 실체는 기갑부대였겠으나, 지금은 차라리 서부시대에 가까웠다. 수색대가 탑승한 말들은 멀리서 봐도 광택이 대단했다.

"와, 저거 대체 뭡니까? 빛깔이 아주 까리한데요?"

모랄레스가 선두의 모습을 보고 감탄했다. 아지랑이가 피어오르는 들판, 봄과 여름의 경계에서, 금빛의 명마는 비현실적으로 선명했다.

속도를 줄일 필요는 없었다. 기병수색대 측이 측면으로 돌아 같은 방향으로 합류했기 때문이다. 그들을 이끌던 소대장이 겨울과 말머리를 나란히 한다. 소대장이 겨울에게 경례했다.

"그동안 수고 많으셨습니다, 소령님. 여기서부터는 저희가 유도해드리겠습니다."

답례한 겨울이 고개를 기울였다.

"마중은 고맙지만 딱히 유도가 필요하진 않은데요."

"이것도 명령이니까 그러려니 하시죠. 그 유명한 기병대장을 따르는 기병이 한 개 분대도 못 되어선 그림이 안 나오잖습니까. 종군기자들이 싫어할 겁니다. 사기 관리 차원에서 영내의 병사들에게 보여줄 필요도 있고요."

그야 익숙한 일이다. 여기서 올레마까지 보병의 하루 행군 거리만큼 남아있다는 걸 빼면.

"사정은 알겠는데, 이렇게 멀리 나올 필요는 없잖아요?"

"반쯤은 진짜 의전(儀典)입니다. 교활한 잡것들을 잡아 죽여주신 덕분에 전선의 압력이 많이 줄었거든요. 소령님이 아니었으면 저희가 이 멋쟁이들을 타는 일도 없었을 테고 말입니다."

"아무래도 현지에서 확보한 말은 아닌 것 같네요."

"아, 듣기로는 중앙아시아의 독재자가 망명할 때 싣고 왔다더군요."

"기병대에 필요한 숫자를 내줄 정도라면 전용기 한 대로는 부족했을 것 같은데……."

"그야 뭐, 국민보다 말을 먼저 챙겼다는 점에서 빼도 박도 못할 인간 말종이겠습니다만, 어쩌겠습니까. 모겔론스 사태로 쓰레기 인증한 정치인들이 한둘이 아니기도 하고."

대화가 오가는 내내 수색대 병사들이 겨울을 힐끔거렸다. 어쩌다 시선이 마주치면 얼른 눈을 돌리거나, 뻣뻣해지거나, 더러 긴장감이 느껴지는 미소를 짓기도 했다. 마지막에 속하는 이들은 겨울이 마주 웃어줄 때 비로소 긴장감을 지웠다. 겨울의 시선을 좇은 소대장이 부하들에게 인상을 쓴다. 수색대 병사들이 뻔뻔하게 외면했다.

이들에게서는 희망이 느껴졌다.

임시중대 쪽에서 기병수색대를 신기한 동물, 혹은 그 이상의 낯선 무언가처럼 보는 이유였다.

'단순히 의장대로 쓰려고 편성한 부대는 아니겠지만 말이지.'

겨울은 현 시점에서 기병이 정식편제가 되기에 괜찮은 병과라고 판단했다. 기동성도 좋고, 일정 규모 이하에서는 현지 보급이 가능하다. 인근에 즐비한 목장들로부터 조달할 수 있는 사료와 건초만 해도 대대 단위를 장기간 운용하기에 충분할 것이다. 그게 떨어지면, 물론 효율이야 낮아지겠으나, 풀을 뜯게 해도 된다. 최악의 상황에선 도살해도 좋겠고.

"돌아가시면 소령님도 이런 놈으로 한 마리 받으실 수 있을 겁니다."

수색소대장의 말에 겨울은 고개를 흔들었다.

"괜찮아요. 난 지금도 만족하고 있거든요."

빈말이 아니다. 아무리 명마라도, 이제 와서 새로운 말을 엑셀만큼 전투에 익숙하게 만들려면 전력공백이 불가피할 것이다.

그러나 명마를 탄 중위는 납득하기 어려워했다.

"그 녀석이 그동안 훌륭하게 해냈으니 그런 말씀을 하시겠지만, 품종 차이는 어쩔 수 없을 겁니다. 들은 이야기인데, 뉴욕 마시장에 내놓는다면 십만 달러는 우습게 넘길 거라더군요."

십만 달러? 대화를 엿듣던 기동대원들 쪽에서 탄성이 나왔다. 아무래도 말에 익숙해진 입장이라 욕심이 나는 듯하다. 겨울이 뜸을 들였다.

"예비마로 갖춰둘 필요는 있겠네요. 그런데 뉴욕에서도 마시장이 열려요?"

"시대가 시대잖습니까. 저 같아도 사고 싶겠습니다."

민간에서의 자동차 사용은 아직까지도 통제되고 있다. 개인 소유 차량의 운행시간을 제한하는 정도에 불과하지만, 민간인들 입장에선 연료공급이 끊어질 가능성을 우려할 법했다. 생산량이 충분하다는 설득은 먹히지 않을 것이다.

물론 겨울의 행적이 기름을 부은 탓도 있겠고.

바다가 가까워지면서 이따금씩 은은한 폭음이 들려왔다.

"기뢰를 제거하는 모양이죠?"

겨울의 추측을 수색소대장이 긍정했다.

"예. 만 입구는 소해(掃海)를 끝냈나봅니다. 어제부터 배가 들어오더군요."

얼마 지나지 않아 그 광경을 직접 보게 되었다. 도로 곁으로 트인 바다. 포인트 레예스 스테이션까지, 국립공원을 끼고 약 20킬로미터를 파고드는 물길이었다. 폭이 1.5킬로미터는 되어보였으나 간격을 둔 배들은 이상할 정도로 일렬이었다. 애초에 항구가 아니었으므로 해저지형이 나쁜 듯했다. 다수의 준설선이 작업 중인 게 그 증거였다.

"어이구. 기병도 모자라서 범선까지 있네."

누군가의 기막힌 탄식. 겨울이 수군거리는 여럿에게 말했다.

"거기, 오해하지 말아요. 저 배는 예전부터 현역이었으니까."

상황이 나빠져서 유물을 부활시킨 게 아니라는 뜻이었다.

수색소대장은 뜻밖이라는 표정을 지었다.

"아니, 그건 또 어떻게 아십니까?"

언뜻 약간의 아쉬움도 느껴졌다. 겨울이 놀라거나 물어보기를 기대했던 것 같다.

"어쩌다 보니 알게 됐어요."

전에 신세를 진 적이 있다고는 하지 않는다. 이번 회차가 아니었기 때문이었다.

당시엔 멜빌레이가 없었다. 트릭스터와의 조우가 낯설었듯이, 처음 몇 번은 바다괴물도 보이지 않는 종말이 있었다.

길고 날렵한 선체는 하얀 바탕에 굵고 붉은 대각선 하나, 가늘고 푸른 대각선 하나가 가로지르는 도색이었다. 금빛 독수리 선수상이 인상적이다. USCGC 바크 이글. 해안경비대 소속으로, 의장함인 컨스티튜션을 제외하면 미군이 운용하는 유일한 범선. 처음엔 나치 독일이 건조했다던가.

지금은 모든 돛을 접고 항해 중이다. 필요할 땐 동력항해를 한다.

과거와 차이가 있다면 무장이었다. 본래 순수한 훈련용으로 별도의 공격수단이 없었는데, 지금은 대전차 미사일 발사대와 중기관총 마운트 다수가 가설되었다. 고물의 폭뢰 투사기는 멜빌레이 대책일 것이다.

보다 안쪽에는 병원선도 보였다. 하얀 바탕에 붉은 십자가를 그려놔서 알아보기 쉽다.

겨울이 손가락으로 파도 부서지는 해안을 가리켰다.

"저 배는 좌초한 겁니까?"

가리킨 방향엔 기울어진 화물선이 있었다. 항로 준설이

이루어지기 전에 진입했다가 사고를 당했을지도. 주위로 가느다란 기름띠가 번져있다. 거의 없는 양이라 다행이었다.

"아닙니다. 잘은 모르겠는데, 저것도 소해에 쓰던 배라고 하더군요."

아아, 착각했구나. 수색소대장의 설명에 끄덕이는 겨울. 샌프란시스코 만을 탈출하던 중국군이 같은 방식을 썼다. 안에 스티로폼 같은 걸 채워서 밀어붙인 것이다.

이런저런 대화를 하며 만의 끝에 이르기까지는 채 한 시간도 걸리지 않았다.

"아니 저기 웬 UN 깃발이……."

슐츠가 혼란스럽게 중얼거리는 소리. 겨울도 조금 당황했다. 포인트 레예스 스테이션 북쪽에 정말로 푸른색 국제연합기가 걸려있었다. 여러 이유로 미국에 협력하는 다국적군이 있기야 했으나, 그들이 UN을 내세우진 않는다. 아예미군이 되기를 원한다면 몰라도.

돌아보면 수색소대장도 고개를 젓는다. 놀라지 않는 모습으로 미루어 알고 있기는 했는데, 돌아가는 사정을 자세히는 모른다는 뜻이었다.

버려진 마을을 요새화한 주둔지에선 실제로 영어가 아닌말들이 들려왔다. 주로 스페인어, 포르투갈어가 많았으나, 그 밖에 정체 모를 언어들이 여럿 섞였다. 앞의 둘뿐이었다면 중미와 남미 쪽에서 망명한 부대들일까 생각했을 것이다.

입구에서부터 대기하고 있던 기자들이 카메라를 들이댔다. 올레마를 떠나기 전부터 익숙한 얼굴들이었다. 길버트 마르티노는 모자를 벗으며 목례했고, 헬렌 타미리스는 해맑은 미소와 함께 열심히 손을 흔들었다. 다른 손엔 마이크를 들고 있었다. 카메라를 든 트레버 바티스트가 숫자를 세니 곧바로 돌아서서 머리를 쓸어 넘긴다.

누구 하나 그날 밤처럼 어둡지 않았다.

차단진지에 배치된 병력이 겨울을 손가락질했다. 상의를 벗고 모래자루를 쌓던 이들도 작업을 놓고 몰려들었다. 새까만 피부의 순혈 흑인들. 숫자가 많아서 더욱 이색적이었다. 복장의 위장패턴은 생소했으나 장구류는 미군 표준으로 통일되어 있었다.

"Shin cewa shi? Gwarzo Han?"

"한겨울! 너는 수고했습니다! 소령! 우리는 당신을 명예롭다! 사랑해!"

"……."

영어를 좀 이상하게 배운 것 같은데. 어색한 표현과 별개로 장교는 무척이나 근엄했다. 소란스러운 부하들을 꾸짖어 정렬시키고, 겨울을 향해 부동자세로 경의를 표한다.

이런 일이 주둔지를 통과하는 내내 반복되었다. 달라지는 건 국적뿐. 심지어 야외 샤워장을 쓰던 병사들도 칸막이 밖으로 몸을 내밀고 소리를 질렀다.

"이건 거의 개선식에 가깝군요."

곤란해하는 모랄레스의 평가가 정확했다.

그러던 중에 겨울은 뜻밖의 구면을 발견했다. 우메하라 아츠 2등 해좌. 샌프란시스코에 투입될 당시 신세를 졌던 잠수함 진류의 함장. 길가의 소란에서 조금 먼 자리였지만, 해좌 쪽에서도 겨울이 자신을 알아봤다는 걸 깨달았다. 꽉 메운 사람들에게 양해를 구하며 다가온다.

"오랜만입니다, 함장님. 설마 여기서 뵐 줄은 몰랐네요. 무사하셔서 다행입니다."

"반갑습니다. 그사이에 소령이 되셨군요."

해좌는 야위었으나 혈색이 괜찮은 편이었다. 계급이 높은데도 말을 놓지 않는 건 처음 만났을 때와 같았다.

"어떻게 된 겁니까?"

여러 의미를 담은 겨울의 질문에 우메하라 해좌가 주위를 살핀다. 잠시 고민하는가 싶더니, 환성에 쉬이 파묻힐 작은 목소리로, 겨울에게만 들리도록 말했다.

"아직은 기밀입니다만, 우리는 엿새 전에 장정 9호를 격침시켰습니다. 미 해군의 도움을 받았고, 진류도 더는 임무를 수행하기 어려운 상태가 되었지만 말입니다. 지금은 임시로 수송선단에 재배치되었습니다."

"배를 포기하셨다니 유감입니다……. 그런데 장정 9호 라고요? 그 잠수함이 핵 보복에서 살아남았었나요?"

"예. 혼란을 틈타 탈출한 전투함은 그 밖에도 있었으니 까요. 수상함은 모두 그날을 넘기지 못했어도, 잠수함은 아니었습니다."

겨울은 눈살을 찌푸렸다. 모르는 사이에 위기가 지나간

셈이었다. 단 한 척의 핵잠수함이라도 탄도탄 발사에 성공했다면 미국에겐 재기의 기회가 없었을 것이다.

"그런 일이라면 기밀로 할 필요가 없을 텐데……."

"현재는 검증 단계입니다. 저는 그게 장정 9호라고 확신하지만, 혹시라도 나중에 번복하게 되면 미국 정부의 체면 문제로 끝나지 않을 테니까요."

그러나 겨울은 해좌에게 스치는 불안을 감지했다. 이제 와서 불안할 이유가 있나?

"혹시 전공을 빼앗길까봐 걱정스러우세요?"

정답이었다. 우메하라 해좌가 한숨을 내쉬었다.

"예리하시군요. 그렇습니다. 키치너 소장님께선 그럴 일 없다고…… 미 해군은 남의 명예를 도둑질하지 않는다고 하셨지만, 처지가 곤궁하다보니 자꾸 괜한 걱정이 듭니다."

과연 그럴까? 겨울은 잠시 돌아서서 바람에 나부끼는 유엔기를 눈에 담았다. 줄곧 숙고하고 있었다. 이제 와서 유명무실해진 유엔을 내세우는 배경엔 역시 정치적인 고려가 있을 것이었다. 국가 안팎의 분열을 막기에 필사적인 대통령이 미군에게 전공을 몰아줄 것 같지도 않고.

해좌가 정지한 대열을 곁눈질했다.

"죄송합니다. 그냥 인사만 나눌 생각이었는데, 바쁘신 분을 너무 오래 붙잡고 있었군요. 나중에 기회가 되면 다시 한 번 뵙도록 하죠."

"네. 너무 염려하진 마시고요. 괜찮을 겁니다."

개인적인 추측으로는 상대를 안심시키기 모자라, 앞서

했던 생각들을 속에 담아두는 겨울. 헤어지기 전에 해좌와 악수를 나눴다. 해좌는 카메라를 의식하고 있었다. 군인 이상이어야 하는 군인의 고충이 엿보였다.

"무슨 이야기를 나누신 겁니까? 누군지는 몰라도 상대가 꽤 음침해 보였습니다."

수색소대장은 해상자위대 장교를 나쁘게 본 듯했다. 겨울이 고개를 저었다.

"전에 잠시 도움을 주신 분이에요. 임무가 기밀이라 목소리를 낮췄던 거고요."

사실과 조금 다르지만 이 정도면 충분할 것이다. 수색 소대장은 기밀이라는 말에 관심을 접었다.

한때 변종들과 교전을 치렀던 초등학교는 다국적군의 지휘소로 개장되어 있었다. 미군 구역은 개천을 경계로 남 쪽에 전개되어 있었는데, 분위기는 딱히 달라지지 않았다. 목장 울타리 안쪽 초지를 수십 마리의 말이 한가롭게 거닐 었다.

'부대 규모가 예상보다 커.'

겨울이 보는 주둔지는 최소 사단 하나가 들어갈 크기였다. 유사시의 차단과 화력지원을 염두에 두고 숙영지를 군데군 데 분산 배치해두었으나, 그 간격을 감안해도 규모가 상당 하다.

그리고 마침내.

"대장님! 작은 대장님!"

오랜만에 듣는 목소리. 익숙한 얼굴들이 보인다. 울먹이는 사람이 많다.

하지만 반가움도 잠시, 겨울은 눈물을 닦으며 뛰어오는 유라의 모습에 혼란을 느꼈다. 그녀는 호랑이 가죽을 망토처럼 두르고 있었다. 진석을 비롯한 다른 중대원들은 멀쩡한 모습이건만…….

호랑이 가죽…….

아니, 왜?

여기까지 온 임시중대에게 숙소가 배정되었다. 장교와 부사관들, 그리고 의료인력이 기다리고 있었다.

"이 죄수들은 어떻게 합니까?"

겨울은 수색소대장의 질문에 질문을 돌려주었다.

"혹시 구류시설이 있어요?"

"헌병대가 있는데, 잠시 맡겨두면 되겠습니까?"

"네. 처분은 보고 후에 결정될 테니까요."

지친 병사들이 관리하에 분류되는 사이, 말에서 내린 겨울을 여러 사람이 끌어안았다. 각기 깊이와 온도가 다른 포옹들. 그 가운데 유라가 가장 특이했다. 따뜻한 사람 냄새에 더해 화학 처리된 가죽 특유의 약품 냄새가 난다. 털이 무척 부드러웠다.

나오는 소리 없이 입만 여닫기를 수차례. 유라는 한숨과 함께 말하기를 포기했다.

"겨우 다시 만났네요. 참 길었어요. 그렇죠?"

유라를 다독이는 겨울이 모두에게 건네는 말. 벅찬 사람들이 웃거나 울거나 더러는 어색해했다. 어색한 이들은 낯설기도 했는데, 가만 보니 겨울로서도 처음 보는 얼굴들이 섞여있었다.

그 외에 시민권이 없는 입양아들로서 동맹으로 온 다섯 명이 모두 보이는 게 특이했다. 겨울과 시선이 마주치자, 중국계인 벤자민 마이어가 긴장으로 당겨진 미소를 짓는다.

젖은 감정이 범람하는 와중에, 진석이 이질적인 차분함으로 겨울을 반겼다.

"무사히 돌아오셔서 기쁩니다. 드릴 말씀이 많은데, 너무 많아서 못 하겠군요."

과거의 도전적인 느낌이 사라진 대신 다소 의기소침한 분위기. 못 본 동안 뭔가 있었던가 싶지만, 다른 때에 따로 알아볼 일이었다.

"그런데 유라 씨, 대체 이 망토…… 는 뭐예요?"

겨울이 이제야 물었으나 유라는 아직도 목이 메어 있었다. 진석이 대답했다.

"얼마 전 포트 로버츠 동쪽 산지에 식인 호랑이가 나타났었습니다."

"식인 호랑이?"

"네. 기지로 오던 생존자들이 당했죠. 처음엔 변종의 공격인 줄 알았는데, 나중에 알고 보니 야생화 된 호랑이였습니다. 이유라 소위가 사살했을 때 개목걸이에 이름표가 붙어있었던 걸 보면 원래는 애완동물이었던 것 같습니다."

"……."

"가죽으로 망토를 만든 건 장 부장님 제안이었습니다. 소위가 여자라고 무시하는 놈들을 상대할 때 도움이 될까 하고……."

"장 부장님이요?"

"처음 들었을 땐 이게 무슨 황당한 제안인가 했습니다. 민 부장님도 웃으시고. 하지만 나이를 똥구멍으로 처먹은 꼰대들이나 대가리에 정액만 찬 깡패 새끼들한테는 정말 효과가 있더군요. 특히 폼 잡기 좋아하는 깡패들한테 말입니다. 그 전까진 시비를 자주 걸었었죠. 지금은 장 부장님이 유치한 놈들의 심리를 잘 이해했던 거라고 봅니다. 뒤에서 또 뭔가 하셨겠지만."

"그렇군요. 그런데 소위라……. 진석 씨도 진급했겠네요?"

"네."

"우선 축하해요. 잘됐네요. 난 두 분이 부사관이 되고 장교는 따로 올 줄 알았거든요."

"예, 뭐."

진석은 미적지근하게 반응했다. 겨울이 다시 망토를 보며 말했다.

"사정은 대충 알겠는데, 여기서까지 두르고 있을 이유는……."

감정을 추스른 유라가 볼멘소리를 냈다.

"저도 이거 덥고 창피해서 싫어요. 기자들이랑 맥과이어 소령님 부하들이 자꾸 귀찮게 굴어서 어쩔 수 없이 끼고 다니는 거라고요. 그 사람들 좀 어떻게 해주시면 안 돼요?"

인상 찌푸리는 걸로 보아 평소부터 불만이 많았던 것 같다. 맥과이어 소령이라면 겨울에게도 익숙한 국방부 공보처 장교인데, 아직도 올레마에 있는 모양이었다. 겨울은 샌프란시스코를 떠난 이래의 전환점이었던 민항기 파일럿과의 만남을 떠올렸다. 파라레스큐 출신 참전용사는 손자에게 주겠답시고 이상한 만화책에 사인을 받아갔었다.

'그 만화책에서 유라를 그렇게 그린 이유가 있구나⋯⋯.'

공보처가 일부러 부추기는 게 틀림없다. 방역전쟁을 너무 가볍게 다루는 건 아닌가 싶기도 하지만, 역병을 지나치게 무서워하는 사람들이 많으니 별수 없겠다는 생각도 들었다.

"음, 이곳 종군기자 분들하고는 친분이 있으니까 어떻게 되겠는데, 맥과이어 소령님은 소속이 달라서⋯⋯. 그리고 그분도 따로 지시를 받고 계실 거예요."

"그치만 다른 사람들이 손가락질하는 것 같아서 되게 신경 쓰인다고요."

"그래도 나쁘게 말하는 사람은 없을 걸요?"

"아녜요. 그건 백퍼센트 비웃는 거예요! 요즘 그거 때문에 잠도 잘 안 온단 말예요."

푸념이라기보다는 차라리 화를 내는 수준이었다. 음, 알레한드로만 해도 호랑이 원더우먼을 말할 때 비웃는 느낌은 아니었는데. 그러나 겨울은 납득했다. 본인이 느끼기는 많이 다르겠지.

몇 걸음 떨어져서 지켜보던 대위가 제동을 걸었다.

"리 소위. 뭐라고 하는지는 모르겠지만 지금의 태도는 장교답지 못하다. 품위를 지키도록."

낮고 걸걸한 음성. 흠칫한 유라가 반사적으로 물러났다. 겨울은 대위를 응시했다. 다부진 체구와 구릿빛 얼굴, 커다란 눈과 두꺼운 눈썹, 입이 겨우 보일 만큼 빽빽한 수염이 인상적이다. 특이하게도 허리엔 길이가 일 미터를 넘는 본격적인 칼을 차고 있었다. 아무리 봐도 장식이나 의전용 품은 아니었다. 겨울이 물었다.

"귀관은?"

"실례했습니다. 대위 바하다르 싱. 중대가 창설될 때부터 소령님의 참모로 배속되었습니다. 보직은 부중대장입니다. 뵙기를 고대하고 있었습니다."

"아, 반가워요. 앞으로 잘 부탁할게요. 여러모로 부족하 겠지만 많이 도와주세요."

"저야말로 잘 부탁드립니다."

유라나 다른 인원들의 분위기를 보건대 나쁜 사람은 아닌 것 같다. 한 말을 보면 한국어는 모르는 듯하나, 겨울 동맹 사람들에게 영어는 생존기술이었으니 소통에 큰 문제는 없었을 것이다. 독립중대를 만들 때 자격요건도 있었을 듯 하고.

그나저나 부중대장이라. 대위씩이나 되는 사람을 앉혀놓은 걸 보면 역시 규모 확대를 염두에 둔 모양이었다. 애초에 독립중대라는 편제가 미군 입장에서 생소하다 보니, 상위 제대 창설을 위한 징검다리가 될 가능성이 높았다. 최소한 대대까지는 바라볼 수 있겠다.

"중대 주둔지에 오시는 대로 부대 현황을 보고 드리겠습니다. 많이 피곤하실 테니 제대로 된 인수인계는 내일부터 받으시는 게 어떻겠습니까?"

"그렇게 하죠. 우선 보고부터 마치고 올게요."

아까부터 열중쉬어 자세로 기다리는 두 병사가 있었다. 아직 말은 없었으나 용건은 뻔했다.

겨울은 아쉬워하는 이들을 다시 한 번 가볍게 포옹하는 것으로 재회를 일단락지었다. 더 좋은 시간이 있을 것이다. 지금까지는 기자들을 위한 연출이기도 했으므로 로저스 대령도 이해해주겠지만, 시간을 너무 오래 끄는 것도 좋지 않을 것이었다.

"기지가 많이 커졌네요. 주둔 병력이 얼마나 되죠?"

안내역의 병사들은 겨울의 질문에 곤혹스러워했다. 한쪽은 처음부터 나무토막 같기도 했고.

"저희도 정확하게는 모릅니다. 여기서 240사단이 재창설된 게 겨우 사흘 전의 일인데, 미편성 병력도 많다고 들어서 말입니다. 장교 분들 말씀을 듣기로는 실시간으로 합류하는 병력도 있기 때문에 언제까지 늘어날지 모르겠다고 하더군요."

재창설이라고 하는걸 보니 전선이 붕괴했을 때 증발해버린 사단 중 하나를 부활시킨 듯했다. 원래 해당 사단을 구성하고 있던 이들이 얼마나 남아있을지는 의문이지만. 어쨌든 부대번호를 계승하는 것 자체로 나름의 의미가 있었다.

"그럼 혹시 로저스 대령님께서도 진급을 하셨다던가?"

"로저스 대령……? 사단장님을 말씀하시는 것 같은데, 한 소령님께서 작전에 투입되기 전까지는 그분께서 대령이셨던가 보군요. 예, 지금은 소장이십니다."

다른 병사가 거들었다.

"저희는 최근에 합류해서 그분이 처음부터 소장이신 줄로 알았습니다."

이어지는 병사들 간의 대화.

"뭐야. 그렇게 따지면 사단장님 진급 속도가 장난이 아니네? 임시계급이겠지?"

"임시계급이라도 엄청나지. 고급 지휘관이 부족하다는 말은 많이 들었는데 설마 이 정도일 줄이야……."

그러나 겨울에겐 이해가 가는 일이었다. 단기간에 천만 이상으로 팽창한 미군 아닌가. 그것도 육군만 따져서 그렇다. 하급 장교들이야 어떻게든 육성하면 된다. 하나 그 위에 설 고급 장교들은 사정이 다르다. 전역한 장교들을 끌어들여도 태부족이었을 것이었다.

그걸 감안한들 로저스 대령의 진급이 이례적인 건 사실이다. 좀 더 생각해보면 이곳에 배치되기 전부터 준장 진급이 확정되어 있던 장군급 영관이었을 확률이 높았다. 계급은 대령일지언정, 일종의 적응기간으로서 사실상의 준장 대우를 받는.

사단본부는 예전에 거점으로 삼았던 그 건물이었으나, 주변으로 많이 확장된 모습이었다. 병사들이 발걸음을 멈추고 돌아섰다.

"이쪽으로 들어가시면 됩니다."

"안내 고마웠어요."

"저기, 소령님! 괜찮으시다면 사인 한 장 부탁드려도 되겠습니까?"

긴장한 사병은 상병 계급임에도 꽤나 어려 보였다. 장교들만큼이나 일반병들의 진급도 빠를 수밖에 없는 세계였다. 죽어나가는 사람들의 빈자리를 채워야 하니까.

무엇보다 미국은 역병 이전에 이미 십대 사병들이 많은 나라이기도 했다. 고등학교를 졸업하자마자, 심지어는 중퇴하고서 부모의 동의를 받아 입대하는 사례가 빈번했다. 각지의 모병소에서 Teenagers, the U.S. Army Wants You 같은 현수막을 보기도 쉽다.

예전부터 능력만 있으면 십대에 상병을 다는 것도 얼마든지 가능했다는 뜻이었다. 애초에 워낙 전쟁을 많이 치르는 국가였으니. 미군에게 인력부족은 결코 낯선 문제가 아니었다.

'그렇지 않았으면 죄수를 군인으로 쓰지도 않았겠지.'

감옥 갈래, 군대 갈래? 형량 가벼운 죄수들이 실제로 이런 질문을 받던 때가 있었다. 심지어는 경찰조차도 그렇게 뽑았다고. 죄 짓는 놈들 심리는 죄 지어본 놈들이 잘 알 거라던가.

"이름이?"

수첩을 받은 겨울이 풀 네임을 물었다.

"티모시 린치입니다!"

사병은 뻣뻣한 와중에도 미소를 감추지 못했다. 주근깨 많은 얼굴이 붉게 상기되었다.

겨울의 서명 형태엔 사실 국방부 공보처의 지침이 반영되어 있었다. 성씨인 한(韓)을 한자로 넣어달라는 요청이었다. 누가 봐도 한자임을 알 수 있을 만큼 확실하게. 대중에게 자주 노출될 이미지인 만큼, 동양권 출신임을 상기시키는 형태였으면 좋겠다는 것. 겨울은 이를 우습게 여기지 않았다. 나라가 분열되면 끝장이라는 위기의식이 느껴졌기에.

이런 사정은 서명을 받은 린치 상병의 기쁨과 아무런 상관이 없었다.

"감사합니다! 평소부터 소령님을 무척 존경하고 있었습니다!"

"고마워요. 내가 존경 받을 자격이 있는지는 의문이지만."

"한 소령님께 자격이 없으면 대체 누가 자격이 있습니까?"

"글쎄요. 대통령님은 어때요?"

"⋯⋯."

린치 상병이 쓸데없이 고민스러운 표정을 짓는다. 난민이나 소수인종, 국제적인 물자지원 문제로 현 정권을 비난하는 세력도 맥밀런 대통령의 업적만큼은 부정하지 못한다고 들었다.

겨울이 두 사병에게 인사를 남겼다.

"이만 들어가 볼게요. 두 사람 다 수고해요."

"Yes sir!"

문 안쪽은 군부대라기보다는 어느 회사의 분주한 업무시간 같은 풍경이었다. 서류와 통신장비, 작전지도 등으로 가득한 책상들과 그 사이를 바쁘게 오가는 장교 및 행정병들의 모습. 객실마다 벽을 터서 공간을 넓힌 것 같다. 사단장 집무실이 따로 구분되어 있진 않았다. 겨울은 가장 안쪽에 앉아있는 로저스 소장을 볼 수 있었다. 단독군장을 착용하고 무기를 휴대한 채로 업무를 보는 중. 말 그대로의 야전지휘소였다.

잠깐 지나가는 겨울은 일시적인 업무마비의 원인이었다. 계급과 성별을 가리지 않고 한 번씩은 꼭 쳐다본다.

로저스 소장은 누군가와 통화중이었다. 그 앞에 선 겨울은 약 5분을 기다렸다. 잠시 후 통신을 끝낸 로저스가 위성전화를 내려놓고 감정 없는 시선을 던졌다.

"왔나."

"소령 한겨울, 임무를 마치고 복귀했습니다."

"……."

묵묵히 응시하던 소장이 말했다.

"작전에 대해서는 따로 보고할 필요 없다. 어지간한 건 다 실시간으로 파악하고 있었으니까. 비교적 늦게 투입된 데 반해 성과는 가장 좋더군. 훌륭했어."

"감사합니다."

"그것과 별개로, 한 가지 궁금한 게 있는데."

장군은 무기질적인 의아함을 담아 물었다.

"쓸데없는 것들을 뭐 하러 여기까지 끌고 왔나?"

이미 예상한 바다. 확실하게 하고자 되묻는 겨울.

"혹시 사형수들을 말씀하시는 겁니까?"

"그래. 거기에 개 한 마리를 더해야겠지만."

개는 조금 의외인데. 겨울은 장군을 바라보았다. 로저스 소장은 의자의 등받이가 어색해보일 만큼 곧은 정자세로 앉아있었다.

뭔가 다른 이유가 있는 걸까? 보고를 생략하라는 것이나, 칸막이 없는 지휘본부의 풍경으로 미루어 꽉 막힌 원칙주의자일 것 같진 않은데. 생각한 겨울이 말을 고른다.

"다른 동물들과 달리, 개나 고양이는 비전투원 후송 작전(NEO)에서도 동반 철수 대상으로 지정되어 있다고 들었습니다. 가족의 일원으로서 유기는 허용되지 않는다고요."

"언제든 사람이 우선이긴 하지만, 그래서?"

"그건 개와 고양이가 그만큼 많은 사람들이 공감하는, 보편적인 애완동물이라는 뜻이라고 생각합니다. 그 공감대가 이곳의 병사들에게도 도움이 될 겁니다. 외상 후 스트레스 장애를 치료하는 데 동물과의 교감을 이용하기도 하지 않습니까?"

"그게 정말 지휘관으로서 내린 판단이었나?"

깍지를 낀 소장이 턱짓했다.

"나는 지금 소령의 지난 임무에 대해 말하고 있다. 그 개를 수용한 시점에서 작전은 아직 진행 중이었지. 임무의 성패를 떠나, 부하들의 안전을 위해서라도 은밀함이 요구되는 상황이었다. 귀관은 부적절한 연민으로 불필요한 위험을 감수한 것이 아닌가?"

"통제 가능한 위험이었습니다."

"수용한 이유는?"

"대원 중 하나가 심리적으로 불안정한 징후를 보였기 때문입니다."

"급했나?"

"아닙니다. 하지만 개를 버리거나 사살했다면 그때는 문제가 생겼을 가능성이 높습니다. 이미 한 번 버린 개가 냄새를 맡고 쫓아왔던 것이니까요."

역시 개 자체는 말썽이 아니었던 모양이다. 지원병이었던 겨울이 소령을 달기까지 채 1년이 걸리지 않았으므로, 전투력이야 어쨌든 지휘관으로서의 자질은 의심 받을 만했다. 지휘관으로서의 책임감보다는 아직 어린 감수성을 앞세웠던 것이라고.

장군이 살짝 끄덕였다.

"이해했다."

"감사합니다."

"그럼 이제 개보다 못한 인간들 차례로군. 같은 이유로 살려뒀나?"

"대원들에게 정신적인 부담이 될까봐 죽이지 않았냐고 물으시는 거라면, 그렇기도 하고 아니기도 합니다."

"아니기도 하다?"

"사형수라고 해서 간단하게 죽일 순 없었습니다."

"왜지?"

"사형수는 사형을 선고받은 사람입니다. 사형이라는 게 어떤 방법으로든 죽이면 그만인 건 아니지 않습니까? 죽는 사람에게든 죽이는 사람에게든, 현장 지휘관의 재량에 따른 집행은 옳지 못하다고 판단했습니다. 외람된 말씀이지만, 저와 사단장님껜 비인도적인 명령을 거부할 의무가 있는 것으로 압니다."

마지막에 언급한 의무는 나치와 일제 이래 생긴 것이다.

어차피 죽을 사람인데, 라는 논리는 정확하게 채드윅 팀장이 지껄이던 바였다.

말하는 기계처럼 보이던 로저스 소장이 침묵했다. 건조하고 빠른 대화여서 겨울에게도 힘들었다. 오기 전부터 충분히 예상한 질문이었는데도 불구하고. 이는 장군 나름 대로 솔직함을 강요하는 요령일 것이었다.

"말을 잘하는군."

"준비했습니다."

"그랬겠지."

로저스 소장이 처음으로 감정을 드러냈다.

"나도 그 지시가 싫다. 하지만 현 시점에서 범죄자 나부 랭이들을 관리하느라 인력과 자원을 낭비하기는 더더욱 싫다. 그렇잖아도 관리가 필요한 병사들이 많은 마당에."

"이해합니다."

"지옥으로 가는 길은 선의로 포장되어 있다[20]고 하지."

---

20 유럽 속담. The road to hell is paved with good intentions.

"……."

"혼자서 감당하지 못할 선의는 악이다. 지휘관에겐 더더욱 그렇다. 모든 결정에 부하들의 목숨이 걸려있어. 전쟁에선 과정이 아무리 좋아도 결과가 나쁘면 소용없지."

죽은 부대원들의 부모에게 보낼 편지를 써보면 안다. 로저스가 말했다.

겨울이 동의했다. 사람에겐 한계가 있다. 동맹 사람들에게 달리 말했던 것은, 겨울에게 일방적으로 기대는 구도였던 탓. 내게 바라는 것이 있다면 있는 그대로의 나를 받아들이라고. 그럴 자신이 있는 사람만 내게 오라고. 나는 내 마음을 지키겠다고. 떠나는 사람은 잡지 않는다.

"죄수 관리에 할애할 인력을 작전에 투입하면 한 명이라도 더 살아남을 확률이 높아진다."

장군이 자세를 고쳤다.

"그러니 그것들을 살려둘 순 없다. 이의가 있다면 지금 말했으면 좋겠군."

"벌써 결정하신 것 아닙니까?"

"귀관은 미 육군의 중요 자산이다. 이번 일로 전의를 상실할 거라면 피하는 게 낫겠지."

어쩐지 겨울을 사람으로 취급하지 않는 어감이었으나, 애초에 부하들 한 사람 한 사람의 목숨을 철저하게 객관적으로 대한다는 느낌이었다. 좋다고도, 나쁘다고도 하기 어려울 노릇.

피한다고 해도 장군에게 있어서 겨울의 신용은 별개일

것이다.

"어떤 결정을 내리시든 따르겠습니다. 하지만 그 전에 이걸 봐주셨으면 좋겠습니다."

몇 걸음 나아간 겨울이 책상 위에 아이들의 편지를 두고 물러났다. 꾸깃꾸깃한 분홍색 종이가 전술 지도 위에 놓였다. 찌푸린 눈으로 보던 소장은 접힌 편지를 차근차근 펼쳐 보았다.

다 읽은 소장이 한숨지으며 묻는다.

"이게 뭔가?"

"보신 대로입니다. 아이들이 보낸 탄원서라고 해야겠죠. 민간인들의 생존 여부를 확인하러 갔을 때, 마누엘 헤이스라는 죄수가 아이들을 보호하고 있었습니다."

"……."

"본인에게 이야기를 들어봤는데……. 배가 고파서, 햄버거 때문에 사람을 죽였다고 합니다. 물론 그게 사실이더라도 동정할 여지는 없습니다. 증인을 없애려고 아내와 아이들까지 죽였으니까요. 하지만 이 사람이 아니었다면 제가 들렀던 민간인 거점의 아이들은 벌써 감염되거나 변종들에게 잡아먹혔을 겁니다."

로저스 소장이 편지를 다시 한 번 읽었다. 그리고 잘 접어 갈무리했다.

"이 문제는 좀 더 검토해보겠다."

손가락 걸고 약속한 소녀, 마리에겐 최선을 다하겠다고 했으나, 여기서 겨울이 뭔가를 더 해볼 순 없었다. 로저스 같은 이에겐 역효과일 것이다.

"그동안 수고 많았다. 휴식으로 이틀을 주지."

소장이 대화를 마무리 짓는 말.

"조만간 새로운 작전이 예정되어 있다. 본격적인 공세지. 휴식을 겸해, 귀관의 독립중대를 이틀 안에 장악하도록. 안면이 있는 병사들이니 어렵지 않을 것이라고 본다. 질문 있나?"

"없습니다."

"좋아. 부대 인수와 운영에 필요한 건 중대 참모들이 준비해두었을 거다."

이것으로 끝이었다. 로저스 소장이 가보라고 손짓한다. 겨울은 경례를 남기고 돌아섰다.

밖으로 나오니 어스름 질 시간이었다. 험비 한 대가 겨울을 기다렸다. 선탐자는 진석이다. 좀 전에 보았을 때와는 달리 단독군장이 아닌 일반 전투복을 입고 있었다. 그래도 무기는 휴대하고 있지만. 일과가 구분된다는 것만으로도 이 주둔지가 무척 안정되어 있음을 알 수 있다.

"기다렸습니다."

타시죠. 진석이 뒷좌석의 문을 열어주었다.

"이건 꽤 새롭네요."

겨울의 말에 운전병이 웃는다.

"작은 대장님…… 아니, 중대장님께서 떠나시기 전까지만 해도 자체적으로 운용 가능한 차량 같은 건 없었으니까요. 어떻게 보면 이것도 중대장님 덕분이지만 말입니다."

탑승인원 전부가 겨울동맹 출신이었다. 겨울 옆에 앉게 된 병사는 돌처럼 굳었다. 총을 대각선으로 움켜쥔 채 정면 45도 위를 바라본다. 숨을 쉬기나 하는지 의문이었다.

기관총좌에 앉은 것은 케이시 블랙웰. 이마의 상처가 인상적이었던 한국계의 입양아였다. 지금은 진석의 소대원인 모양이다. 표정이 없었으나 예전처럼 어둡지만도 않았다.

"진석 씨. 주둔지가 여기서 멀어요?"

겨울의 질문에 진석이 눈살을 찌푸렸다.

"중대장님, 병사들 보는 앞에서 그렇게 부르시면 안 됩니다."

"음, 알았어요. 박진석 소위. 이것도 꽤 어색한데."

"저랑 이유라 소위도 그랬습니다. 별것 아닌데도 적응하기가 어렵더군요."

장교로 임관한 이상 겨울동맹의 전투조장이라는 명함도 더는 의미가 없어진 셈이었다. 이젠 그런 게 필요하지도 않을 것이다. 동맹 출신으로만 구성된 독립중대가 있는 마당에, 다른 조직들이 괜한 시비를 걸어오진 않을 테니까.

"중대 주둔지는 여기서 금방입니다. 각급 부대의 주둔지가 서로 떨어져 있다고 해도 공용화기 사거리를 벗어나진 않으니까요. 교육 받기로는 베트남전쟁의 전훈이라고 합니다. 봉쇄선의 벙커들도 같은 방식으로 배치되어 있다고 하더군요."

공용화기는 중기관총이나 고속유탄발사기를 말한다. 각 주둔지가 서로를 공용화기 사거리 안에 두고 있으면, 유사시에 화력지원이 가능할뿐더러 기동로를 확보하기에도 좋았다.

"그런데 중대장님. 사형수들을 데리고 오셨다고 들었습니다."

또 이 이야기인가. 겨울이 끄덕였다.

"네. 민간인들 거점에 있더라고요. 전선이 무너질 때 도망쳤나 봐요."

"혹시 그 건으로 사단장님과 이야기를 나누셨습니까?"

"음, 어떻게 알았어요?"

"작은 대장…… 죄송합니다. 중대장님이라면 그러실 것 같았습니다."

겨울이 어색한 미소를 만들었다. 반대로 진석은 표정을 굳혔다. 애초부터 웃음기 없던 얼굴이었지만, 지금은 더더욱 메말랐다. 다른 병사들은 더욱 긴장하는 기색이었다.

"솔직히 걱정스럽습니다."

진석의 말에 겨울은 고개를 기울였다.

"내가 눈 밖에 날까 봐요?"

"비슷합니다. 많은 사람들이 대ㅈ…… 중대장님께 인생을 걸고 있잖습니까."

이런 면은 전과 달라진 게 없구나. 진석은 예전부터 동맹 사람들을 최우선으로 생각하길 원했었다. 시에루 중장의 표현을 빌리면, 내 울타리부터 지켜야 한다는 주의. 세상은 너무 크고, 한 사람이 책임질 수 없다. 사람의 한계를 벗어난 세상이다…… 라고.

"너무 걱정하지 말아요. 로저스 소장님께서 불쾌해 보이진 않으셨거든요."

"이번 일만 가지고 드리는 말씀이 아닙니다."

적어도 진석의 태도만큼은 전보다 정중해졌다.

"작은 대장님이 없으신 동안 포트 로버츠에선 더러운 일들이 많이 일어났습니다. 특히 대장님이 죽었다고 알려졌을 땐 정말……."

"저는 아무것도 할 수 없었습니다."

"……."

"대장님이 아니면 안 됩니다. 동맹이고 뭐고, 작은 대장님 없이는 다 개 같은 꼴이 된단 말입니다. 인간 말종이 따로 있는 게 아니었습니다."

겨울은 호칭을 지적하지 않았다. 눈치 채지 못할 만큼 담아두었던 말들인 것이다. 재회했을 때부터 안색이 나빴던 이유를 알 것 같았다. 이제 와서 다시 보면 무기력함이 느껴지기도 했다.

"그러니까 이건 개인적인 바람인데……. 중대장님께서 조금만 더 이기적이셨으면 좋겠습니다."

딱히 대꾸가 필요한 말은 아니었다. 그냥 내놓는 것만으로도 만족스러운 속이 있는 법이고.

해후의 시간에 더 많은 이야기를 들을 수 있을 것이다. 아니, 들어야 할 것이다.

독립중대의 주둔지는 멀리서도 식별이 가능했다. 병사들의 피부색 덕분. 아직은 햇빛이 드는 시간이었다. 험비가 접근하는 것을 발견한 병사들이 하던 일을 멈추고 모여든다.

이제야 겨우, 겨울은 만들던 이야기로 돌아온 느낌이었다.

읽지 않은 메시지 (11)

「윌마 : 박진석 쟤 은근히 띠껍게 굴던 새끼 아니었냐? 낯짝에 패배감 쩌네. 다음 방송 기대되는데? 자세한 이야기를 들을 수 있을 테니.」

「헬잘알 : 안 봐도 뻔한 데 기대는 무슨 ㅋㅋㅋ 한겨울 없는 틈에 조선인들이 조선했겠지 ㅋㅋㅋ 불지옥반도 주민들 본성이 어디 가겠음? 활활 타겠지 ㅋㅋㅋ」

「헬잘알 : 전에 틀딱부장이랑 통화할 때두 그 백산호인지 뭐시깽이인지가 땅투기부터 했다잖엄ㅋㅋㅋㅋ 결국 다 무너뜨리고 다시 시작해봐야 한국인들은 한국밖에 못 만드는 거임 ㅋㅋ」

「엑윽보수 : 한국이라도 만들면 다행이지. 그래서 비범한 지도자가 중요한 거야. 우리나라는 박정희 대통령님 아니었으면 나라 꼬라지 아주 가관이었을 듯. 맨날 폭동이나 일으키고. 불평불만은 또 오질나게 많아요. 이만한 나라가 또 어디에 있다고.」

「헥토파스칼킥 : 오구오구 우리 벌레 새끼 신났어요?」

「엑윽보수 : 야 씨발 내 말이 틀렸냐? 겨울동맹도 봐봐라. 한겨울이 고자새끼에다가 착한 척 씹창인 오지라퍼라서 짜증나긴 한데, 그래도 지도자로서 중심을 잡아주니까 다른 난민 패거리들 꼴 안 나잖아. 씨발 이거 딱 산업화 시기의 한국하고 다른 개발도상국들의 차이 아니냐?」

「진한개 : 어 그래 알았으니까 좀 닥쳐주라.」

「엑윽보수 : 네 다음 홍어.」

「20대명퇴자 : 대한민국의 위대한 령도자이시며 독립군 사냥꾼이시며 쿠데타 사령관이시자 형광등 백 개를 켜놓은 듯한 아우라를 지니신 분의 아바이이신 조선 남로당 다까기 마사오 각하 만세!」

「여민ROCK : 대한 사람 대한으로 길이 보전하세- 태극기가 펄럭펄럭- 벌레는 쿰척쿰척-」

「엑윽보수 : 이 새끼들 혹시 빨갱이들 아냐? 요즘 평양에서도 접속한다더만.」

「똥댕댕이 : 실화냐? 평양은 전에 한 번 뒤지게 불바다가 됐잖아. 거기 뭐 남아있기는 해?」

「엑윽보수 : 원래 빨갱이들이 잘 안 죽음. 바퀴처럼 질긴 생명력 ㅇㅇ」

「윌마 : 질긴 생명력? 남 이야기 할 때가 아니지 않아? ㅋㅋㅋ」

「도도한공쮸♡ : 엌ㅋㅋㅋㅋㅋ 어뜩핵ㅋㅋㅋㅋㅋ 베충이가 벌레 얘기핵ㅋㅋㅋㅋㅋ」

「스윗모카 : 평소에 거울 안 보면 그럴 수도 있찌 머 ㅎ」

「병림픽금메달 : 봐도 모르는 거 아냐? 뇌가 우동사리잖아.」

「엑윽보수 : 닥쳐 연놈들아.」

「둠칫두둠칫 : 요즘 넷상에 국까가 많긴 함. 현실에선 아무것도 아니고 뭘 할 생각도 능력도 없는 애들이 입만 살아서 떠들어 댐. 아프리카에서 태어나지 않은 걸 다행으로 여겨야지.」

「질소포장 : 동의한다. 정치인 까면 쿨해 보이는 줄 아는 병신들 진짜 노답.」

「Blair : 한국인들은 서로를 참 사랑하는구나. 애국심도 깊고.」

「groseillier noir : 루스키 블라디미르가 좋아할 사람들 아닌가? 수준이 비슷한 것 같은데.」

「Владимир : 수준이라……. 혹시 발트 해의 수심을 눈높이로 재고 싶은가?」

「groseillier noir : 오, 있었구나. 미안. ;-)」

「BigBuffetBoy86 : 사후보험 중계를 보기 전까진 우리 미국인들만 예의가 없는 줄 알았어!」

「올드스파이스 : 섹스와 패드립으로 하나 되는 인류!」

「에엑따 : 나라망신 쩌네.」

「전자발찌 : 괜찮아. 인류망신이야.」

「김미영팀장 : 근데 진지 조금 빨면 살짝 슬픈 대화였어. 한국인들은 한국밖에 못 만든다니.」

「무스타파 : 여기 있는 놈들만 봐도 각 나오지 않냐? 사람이 원래 그것밖에 안 돼.」

「분노의포도 : 이건 인정해야 한다. 아니, 인정할 수밖에 없다.」

「내성발톱 : 다른 별창 노인네들 방송도 그래. 「종말 이후」 세계관이면 예외가 없더라 ㅋ」

「아침참이슬 : 거긴 어떤데?」

「내성발톱 : 다 똑같다니깐? 스타팅으로 어딜 고르든

난민들은 다 모친 출타한 개돼지 새끼들이야 ㅋㅋ 좀 착하다 싶은 집단은 국적 불문하고 얼마 못 가거나 변질됨 ㅋㅋ」

「내성발톱 : 꼭 「종말 이후」만 해당되는 것도 아냐. 기본적으로 진행자들 책임도 있겠다만, 과거를 재구성한 세계관들이 하나같이 더러운 걸 보면 성악설이 맞는 거 같다니깐?」

「이맛헬 : 성악설이 뭥미?」

「제시카정규직 : 사람은 원래 악하다고.」

「이맛헬 : ? 당연한 거 아님?」

「려권내라우 : ㅋㅋㅋ」

「두치 : ㅋㅋㅋ」

「슬로우 웨건 : 내가…… 설명하지…… 성악설이란…… 젠장.」

「에이돌프휘투라 : 한겨울 같은 애는 사실상 돌연변이라고 봐야지. ㅇㅇ」

「하드게이 : 이 방송은 이상한 게 뭐냐면 말이지, 보다보면 「종말 이후」가 아니야 ㅋㅋㅋ」

「무스타파 : 에이. 돈 많은 S급 가입자들 세계관은 스타팅 국가가 끝까지 안 망한대. S급이면 자기 생활을 보여줄 이유가 없으니까 실제로 본 사람이 없어서, 결국 카더라 통신일 뿐이긴 하다만……. 가능성은 높겠지? 걔들은 막 대통령이나 대부호 포지션으로 시작할 테니.」

「폭풍224 : 그렇게 따지면 이 중계채널은 존나 S급 컨텐츠인 거네? ㅋㅋ」

「핵귀요미 : 우리 겨울이 인기가 그래서 점점 좋아지잖아 ㅠㅠ 순위도 계속 높아지구 ㅠㅠ 날마다 중계채널 늘어나구 ㅠㅠ 누나는 언젠가 겨울이가 성공할 줄 알았어 ㅠㅠ」

「동막골스미골 : 솔직히 마음에 안 든다.」

「9급 공무원 : 넌 또 뭐가 불편하니?」

「동막골스미골 : 시청자 요구는 조또 안 듣는 애가 잘나간다는 게 불쾌하잖아. 막 지는 느낌이 드는데, 이거 나만 그럼?」

「동막골스미골 : 게다가 재능충인데 나보다 돈까지 잘 벌어. 재수 없어.」

「에엑따 : 인제 와서 새삼스럽게. 포기하면 편해. 재미있고 현실감 넘치니 계속 본다.」

「빌리해링턴 : 그렇다. 재미만 있으면 된다. 검은 고양이든 흰 고양이든 쥐만 잘 잡으면 그만이고, 남자든 여자든 맛만 좋으면 그만 아닌가?」

「호굿호구굿 : 하지만 그 재미에 섹스는 없지…….」

「전국노예자랑 : 앞으로도 없겠지…….」

「앱순이 : 안 될 거야 아마…….」

「동막골스미골 : ㅉㅉ 개돼지 새끼들.」

「아리스토텔레스 : 묻겠다. 그대들은 행복한 돼지가 되겠는가, 불행한 인간이 되겠는가?」

「퉁구스카 : 행복한 돼지요!」

「액티브X좆까 : 액티브X를 설치하고 일본을 공격하겠다.」

「하드게이 : 미친놈들 ㅋㅋㅋㅋ」

「원자력 : 이 채널이 흥하는 바람에 「종말 이후」 진행하던 틀딱들이 방송 때려 치더라. 원조 별창 박우철도 접을까 고민하고 있고. 대놓고 한겨울 욕하던데.」

「새봄 : 욕을? 뭐라고?」

「원자력 : 어린 노무 새키가 상도덕도 모른다고 ㅋㅋ」

「새봄 : 뭐래 ㅋㅋㅋ 늙으려면 곱게 늙어야지 ㅋㅋㅋ」

「깜장고양이 : 아마 급해서 말이 막 나올 고양. 하라부지 할무니들 방송은 카드 빚 돌려막기 같은 느낌인 고양. 방송 망하면 폐기되는 사람들이 수두룩한 고양. 조금 불쌍하기 도 한 고양.」

「너는뭐시냐 : 카드 빚 돌려막기라니? 무슨 소리야?」

「깜장고양이 : 모르는 고양? 공개방송에 쓰는 DLC는 시청 자 숫자에 따라 수수료가 부과되는 고양. 시청자가 많아도 별을 안 주면 망할 수밖에 없는 고양.」

「둠칫두둠칫 : 잘됐네. 능력 없는 노인네들은 갈 때가 됐 지. 젊은 세대한테 짐만 되고.」

「뭇시엘 : 근데 좀 불안한 게, 한겨울 얘라고 얼마나 더 오래 가겠냐?」

「뭇시엘 : 지금껏 여러 번 끝날 뻔하지 않았음? 아직 안 죽은 건 솔직히 운빨 같은데.」

「피자는당연히라지 : ㅇㄱㄹㅇ. 박진석 말마따나 지금부 터라도 이기적으로 굴지 않으면 앞으로도 위태위태할 듯. 쓸데없는 오지랖도 줄이고. 사형수 쉴드는 뭐 하러 쳐 주 냐? 저러다 사단장한테 밉보이면 어쩌려고. 관리하라고 해 도 골치 아플 텐데.」

「려권내라우 : 흠, 사형이라는 게 어떤 방법으로든 죽이면 그만인 건 아니지 않냐고 했었나? 이게 말인지 방구인지. 죽을 죄 지어서 죽이는 건데 방법이 무슨 상관이야? 진심으로 하는 말은 아니겠지? 걍 컨셉이지?」

「まつみん : 겨울 씨는 컨셉 아니에요. 그냥 마음이 고와서 그래요.」

「일침 : ㅉㅉ 마음은 원래 곱게 쓰는 게 아냐.」

「まつみん : 왜요?」

「일침 : 곱게 쓸수록 빨리 닳아 없어지거든.」

「まつみん : 오……..」

「엑윽보수 : 마음 곱게 쓴다는 놈이 씨발 피해자들 마음은 생각 안 하나봐?」

「엑윽보수 : 이게 가상현실이니까 그러려니 하는 거지, 현실이었으면 리얼 죽빵 날아갔다.」

「groseillier noir : 싸우면 니가 질 거 같은데?」

「엑윽보수 : 뭐래 유럽 짱깨가.」

「대출금1억원 : 벌레한테 공감하면 나도 벌레가 되는 것 같아서 싫지만 저건 맞는 말이다. 사형수들 왜 살려두는지 이해가 안 가. 방송 이야기만이 아니라 현실에서도 말이야. 인권 타령하면서 먹여주고 재워주고. 웃기는 나라야. 죽은 사람만 억울하지.」

「AngryNeeson55 : 나 역시 동감한다. 만약 누가 내 딸을 죽였는데 멀쩡히 살아있다면 속이 뒤집어질 것 같군. 아마도 내가 직접 찾아내서 죽여 버릴 것 같다.」

「돌체엔 가봤나 : 내가 낸 세금으로 그런 새끼들 먹여주고 재워주는 거 정말 극혐. 인권은 사람한테만 있는 권리 아니야? 사람도 아닌 놈들한테 무슨 인권이야? 게다가 수감자 태반이 외노자들 아냐? 더럽고 미개한 좆의 숙주들 같으니. -_-」

「핵귀요미 : 근데 만에 하나 억울한 경우가 있을 수도 있다잖앙……」

「친목질OUT : 그럼 빼도 박도 못할 만큼 확실하게 나쁜 놈이면 죽여도 되는 거 아님?」

「핵귀요미 : ……그런가? 근데 빼도 박도 못할 만큼 확실하게 나쁜 놈인 줄 알았는데 사실이 아니었으면?」

「친목질OUT : 그럼 빼도 박도 못하는 게 아닌 거지!」

「핵귀요미 : 그 정도로 확실한 게 얼마나 되는데? 의미가 없지 않을까?」

「친목질OUT : ……그런가?」

「국빵의의무 : 얘들 귀엽게 노네 ㅋㅋㅋ」

「닉으로드립치지마라 : 이런 소리 하면 또 씹선비니 설명충이니 하겠지만, 사형을 집행하는 게 꼭 세금 절감으로 이어지지는 않는다.」

「ㄹㅇㅇㄷ : 여! 씹선비! 오늘도 설명충 짓인가!」

「닉으로드립치지마라 : 사형은 쟤들 말마따나 정말 확실한 경우에만 집행해야 하는데, 그럼 사형수한테도 충분한 기회를 줘야 하거든. 본인이 사형 판결을 받고서 재심을 청구하지 않을 사람이 어딨겠어. 승산이 없더라도, 재판을 질질 끌어서 1초라도 더 살고 싶어 할 텐데. 억울한 사람이든 죽어 마땅한 놈이든.」

「닉으로드립치지마라 : 문제는 그 비용을 국가가 부담한다는 거지. 걔들이 돈이 어디 있겠어. 결국 형을 열심히 집행할수록 세금이 더 나가. 변호사 선임 비용이 비싸잖아. 매번 재판할 때마다 판사랑 검사도 와야 하고.」

「핵귀요미 : 헐랭……..」

「친목질OUT : 그거 좆같네.」

「닉으로드립치지마라 : 너네 기분은 알겠는데 그러려니해. 애초에 법의 원칙은 백 명의 범인을 놓치더라도 한 명의 억울한 사람을 만들지 않겠다는 거니까.」

「반달홈 : 캬 법의 정신 오지구요, 오지면 오지명?」

「려권내라우 : 이놈의 오지명 빌런은 죽지도 않아. 오지명 씨한테 사과해라.」

「엑옥보수 : 답답하다. 너무 이상적임. 난 한 명이 억울하더라도 백 명의 범인을 놓쳐선 안 된다고 봄.」

「당신의 어머 : 그러다 니가 그 한 명이 되면?」

「엑옥보수 : 안 되려고 노력을 해야지, 노력을. 억울한 상황에 몰리는 것도 다 노력이 부족해서 그런 거다. 항상 정신 바싹 차리고 있어봐. 괜한 일이 생기나.」

「무스타파 : 노력으로 되는 문제인가……..」

「명퇴청년 : 아니 뭐 그건 그렇다 쳐. 겨울이 얘가 살리려고 한 새끼는 경우가 다르잖아? 스스로 일가족을 다 죽였다고 자백했는데.」

「まつみん : 아이들을 살렸잖아요.」

「まつみん : 돌이킬 수 없는 잘못을 저지르긴 했지만, 상황이 나쁘지 않았다면 범죄를 저지르지 않았을 사람 같기도 하고요.」

「닉으로드립치지마라 : 마츠밍 말이 맞다. 이 방송에서도 여러 번 볼 수 있었는데, 사람은 환경의 영향을 많이 받거든. 모든 범죄엔 일정 부분 사회의 책임이 있지. 그래서 범죄자를 교화할 의무가 생기는 거고.」

「질소포장 : 넌 뭐 어디 교수 같은 거냐?」

「닉으로드립치지마라 : 아닌데.」

「질소포장 : 교수도 아닌 놈이 아는 척은 오지게 하네.」

「질소포장 : 반달홈 닥쳐.」

「반달홈 : 너무해…….」

「SALHAE : …….」

[**SALHAE** 님이 별 10,000개를 선물하셨습니다.]

장미가 시드는 계절 (7)

나는 대가를 지불한다.

어둠 속의 폭군이 뇌까렸다. 그리고 흠칫 놀랐다. 머리를 거쳐 나온 말이 아니었다. 가슴속에서 들끓던 열이 헛소리처럼 흘러나왔을 뿐. 놀라움이 사라진 뒤에 분노가 찾아왔다. 이만큼이나 스스로에 대한 통제력을 잃어버리다니. 마치 거래 이전과 같지 않은가!

콜록, 콜록. 늙은 소년이 밭은기침을 앓는다. 고건철은 피로했다. 불면증 때문이다. 보다 정확하게는, 잠들 때마다 찾아오는 악몽이 원인이었다. 꿈속에서 폭군은 늘 과거의 모습이었다. 그 여자가 비웃었던 바로 그 몸뚱이. 피와 살로 이루어진 패배의 기념비.

도저히 꺾을 수 없는 꽃, 한가을이 원하는 게 바로 그것이었다. 한겨울의 몸을 포기하고, 다른 누구의 몸도 빼앗지 말고, 고건철이라는 사람 본연의 모습으로 자신과 마주할 것. 그러면 비로소 시작할 수 있을 것이라고. 사람과 사람으로서. 기술적으로는 가능하다. 유전자가 보존되어 있다. 복제체 배양에 오래 걸리진 않을 터. 돈이 곧 영생인 시대가 아닌가. 그러나.

가능할 리가 없다. 그 모습으로 사랑받을 수 있을 리가 없다……

고건철은 자신도 모르게 신음했다.

'나조차도 그게 역겨웠는데! 내가 왜 몸을 바꿔야만 했는데!'

불가능한 거래였다. 대가를 지불하지 못하니까.

아기가 울었다. 폭군은 우묵한 눈으로 손자를 응시했다. 내가 이걸 뭐 하러 가져오라고 했더라? 아기가 울다 지칠 때까지 고민했으나 답은 떠오르지 않는다. 머릿속에 부연 안개가 낀 것 같았다. 잠이 부족한 탓인지, 다른 번민이 많은 탓인지, 아니면 답을 외면하고 싶기 때문인지.

답은 불현듯 떠올랐다.

그 여자를 닮은 딸, 고아영이 이 아기를 진심으로 사랑하고 있는 것일지도 모른다고.

그동안은 그저 착각이라고, 그렇게 믿고 있을 따름이라고 비웃어왔건만. 그 여자를 닮은꼴이 어떻게 사랑을 하겠느냐. 애초에 그런 감정은 있지도 않은 것을.

회의가 들기 시작한 데엔 한가을의 지분이 크다. 아니, 그녀야말로 모든 혼란의 시작이자 끝. 불멸이라 믿었던 감정이 필멸로 끝나버린 이래, 이런 고뇌가 다시 오리라곤 상상조차 하지 못했었다. 이토록 끔찍한 시간이. 대체 이게 무슨 장난이란 말인가.

"회장님. 많이 힘들어 보이십니다."

정중하고 듣기 좋은데도 어쩐지 쉭쉭대는 목소리. 폭군에겐 잘 드는 칼 같은 비서였다.

"티가 나나?"

"솔직히 아주 심하십니다. 마치 죽어가는 사람 같습니다.

식사는 제대로 하십니까?"

"……."

"지금이라도 약을 드시고 주무시는 건 어떻습니까?"

"됐어. 그런 걸로 해결될 문제가 아니야."

고건철은 불규칙한 맥박을 느꼈다. 괜찮다. 몸은 물질이자 도구일 뿐. 이 몸이 망가지면, 이 몸을 다시 만들면 된다. 얼마든지 새로워질 수 있다. 어쨌든 예전으로 돌아가진 않을 것이다.

"콜록. 크흠……. 선물은 전했나?"

질문을 받은 특수비서는 순간적으로 싫은 표정을 지었다. 회장은 그러려니 했다. 유능하고 충실하지만 기본적으로는 독사 같은 새끼다. 이 상황도, 맡긴 일도 싫었을 터.

"예. 만족하더군요."

"얼마나?"

"잠깐이라도 웃는 모습은 처음 봤습니다. 감사하다고 전해달랍니다."

"웃었다고."

만족감은 희미했다. 고건철은 그보다 큰 비참함을 느꼈다.

선물. 한때 한가을에게 제안했었다. 몸과 마음을 내준다면 한겨울과 같은 처지의 아이들을 구해주겠노라고. 그녀는 거래를 거부했지만, 혹시나 하는 생각에, 폭군은 그 어린 잡것들을 구제해주고 말았다. 조건 없이 쓰는 돈은 대가를 지불하는 것과 달랐다. 경제적이지 못한 일이었고, 지독하게 어리석었으며, 고건철 자신을 부정하는 짓이나 다름없었다.

"저는 아직도 이해가 안 갑니다."

비서가 말했다.

"한가을이 다른 여자들과 다른 면은 있지만, 회장님 정도 되는 분이 얽매일 정도는 아닙니다. 아니, 회장님께선 어디에도 얽매여선 안 될 분이십니다."

"그래서?"

"충심으로 드리는 말씀이니 부디 노여워하지 마십시오. 그것도 어차피 여자입니다. 이쪽에서 높여주면 한도 끝도 없이 콧대가 높아지는 부류죠. 한번 짓밟으면 곧 포기하고 말겁니다. 이러니저러니 해도 자살을 하진 않겠지요. 그렇게나 아끼는 동생들이 있는데 말입니다."

회장이 비틀린 미소를 짓는다. 충심이니 어쩌니 해도, 비서에게 중요한 것은 회장이 아니라 회장의 그늘임을 안다. 그래서 오히려 더 믿을 만했다. 폭군은 항상 대가를 지불해왔다.

"건드리지 마라. 아직은."

한 마디면 충분했다. 비서는 묵묵히 고개를 숙였다.

비서가 선물과 함께 한가을을 찾았을 때, 그녀는 작업복을 입은 현장감독으로서 외국인 노동자들 사이에 있었다. 여름철의 더위에 젖은 모습이 독특하여, 비서는 꽤나 긴 시간을 바라보았다. 근육에 때와 먼지가 낀 잿빛 노동자들 사이에서 이상할 정도로 위화감이 없었다.

아이들의 영상편지를 받은 가을은 스치는 미소에 한숨을 곁들였다.

"회장님께서 이러실 줄은 몰랐는데……. 감사드린다고 전해주세요."

"그게 전부인가?"

"더 길게 말씀드리면 오히려 기분 상하실 것 같아서요."

비서는 가을의 말이 불쾌했다. 그가 아는 회장은 분명히 그럴 것이기에.

"이제 흥정을 끝낼 때도 되지 않았나?"

"흥정이라뇨?"

"네 몸값 말이다."

햇살이 짜증스러울 만큼 뜨겁다. 비서는 손으로 목덜미를 가렸다. 냉온기능이 붙은 정장도 드러난 살결까진 어쩔 수 없었다. 버러지 같은 외국인 새끼들도 아니고, 그가 이런 날씨에 이따위 플랜트를 돌아다닐 일이 얼마나 되었겠는가.

불쾌감은 가을에게 흔들림이 없어 더 했다.

"오해하지 마라. 이건 순전히 내가 하는 말이니까. 네 몸값은 지금이 정점이야. 사실상 회장님께서 항복을 선언하신 거나 마찬가지지. 그러니 안 먹힐 거 알면서 하는 요구 그만두고, 이쯤에서 파는 게 어때? 비쌀 때 팔지 못해서 후회하는 건 몸이나 주식이나 마찬가지거든."

"……."

"헐값 인생들 사이에서 비싼 몸으로 고상한 척 지내면 기분이 좋은 모양이지?"

비서가 헐값 인생들을 가리켰다.

"이런 일 하면서 뭔가 이상하다는 생각을 해본 적 없나?

왜 아직도 기계가 대신하지 않는 인간들이 많을까. 저렇게 단순한 작업이면 관제 AI가 얼마든지 처리할 수 있는데 말이야."

"그래도 필요하기 때문이겠죠. 기업은 손해 볼 일을 하지 않잖아요."

"틀렸어."

비서는 생각했다. 바보 같으니. 이런 시대에 정말로 인간이 기계보다 유용할 수 있다고 믿는 건가? 다른 나라도 아니고, 가장 완성도 높은 인공지능, 트리니티 엔진을 보유한 이 나라에서? 저따위 한심하고 저급한 노동에?

그래, 있을 순 있지. 하지만 저렇게 많을 순 없지. 많을 필요가 없지…….

"이유를 말해줄까? 인간이야말로 최고의 상품이기 때문이야."

그렇다. 값을 기계와 비교하는 건 무의미하다. 대가를 지불하는 건 언제나 인간이기 때문에. 기계는 욕망하지 않는다. 욕망하지 않는 것은 사람이 원하는 사람을 대신할 수 없다.

"회장님을 모시며 새삼스럽게 깨달은 건데, 돈은 권력이야. 지배의 수단이란 말이야. 인간을 지배할 수 없으면 아무 의미도 없어. 저기 쓸데없이 많은 싸구려들은, 그저 더 저렴해지기 위해서 바글거릴 뿐이고. 맡긴 일은 그냥 길들이는 용도지."

가을은 침착하게 평했다.

"글쎄요. 그건 당신 같은 사람도 다른 사람 없이는 못 산다는 소리로 들리네요."

비서가 서늘하게 웃는다.

"그래…… 어떤 의미로는 맞는 말이야. 돈으로 사람을 사는 만족감은…… 어떻게 다른 걸로 대신할 수가 없더라고."

"……"

"언젠가 이런 쪽에서도 기계가 인간을 대신할 날이 오겠지만, 적어도 지금은 아니지."

"장황하네요. 결국 하시고 싶은 말씀이 뭔가요?"

"팔아."

처음보다 차갑고 단단해진 어조였다.

"회장님은 자신이 치른 대가만큼 받는 분이시다. 만에 하나라도 너를 소홀히 한다면 그건 그분의 원칙에 위배되는 거야. 스스로 지불한 가치를 부정하는 꼴이니까. 그러니 그 같잖은 거부감은 집어치우고, 적당히 좀 팔아라. 한평생 후회할 일 없을 거다."

가을이 끄덕였다.

"잘 들었어요. 더 남은 말씀 없으시면 저는 이만 가보겠습니다."

"이봐."

비서가 신경질적으로 머리를 쓸어 넘겼다.

"회장님의 관심이 없어지면 너도 무사하진 못할 거다. 사실 처음 만났을 때부터 네 우는 모습을 보고 싶었거든. 뭐, 이것도 너를 위해 해두는 충고야."

이 말이 회장의 귀에 들어가도 상관없다는 자신감이 엿
보인다.

가을은 생각했다. 겨울아, 세상은 우리보다 어린 어른들
투성이야, 라고.

<7권에서 계속>

Operation Map
-작전지도-

* 올레마, 포인트 레예스 스테이션

* 프레벤티브 스캘핑 작전 지역도

올레마

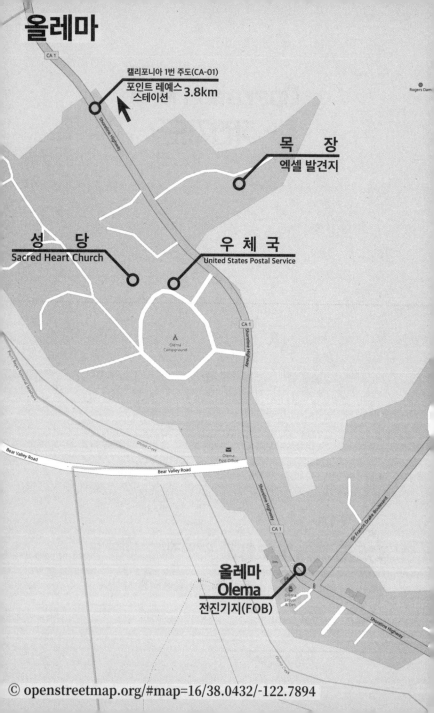

CA 1

캘리포니아 1번 주도(CA-01)
포인트 레예스
스테이션 **3.8km**

Rogers Dam

목 장
엑셀 발견지

성 당
Sacred Heart Church

우 체 국
United States Postal Service

Olema
Campground

Shoreline Highway

CA 1

Point Reyes National Seashore

Bear Valley Road

Ghost Creek

Olema
Post Office

Bear Valley Road

Shoreline Highway

CA 1

Sir Francis Drake Boulevard

올레마
Olema
전진기지(FOB)

Olema Lodge
& Deli

Shoreline Highway

Ghost Creek

종교적 휴양지
Retreat center

러시안강
Russian River

리버프런트 리저널 공원
Riverfront Regional Park

윌슨 그로브
Wilson Grove

© openstreetmap.org/#map=17/38.54487/-122.87181

© openstreetmap.org/#map=14/38.5307/-122.8519

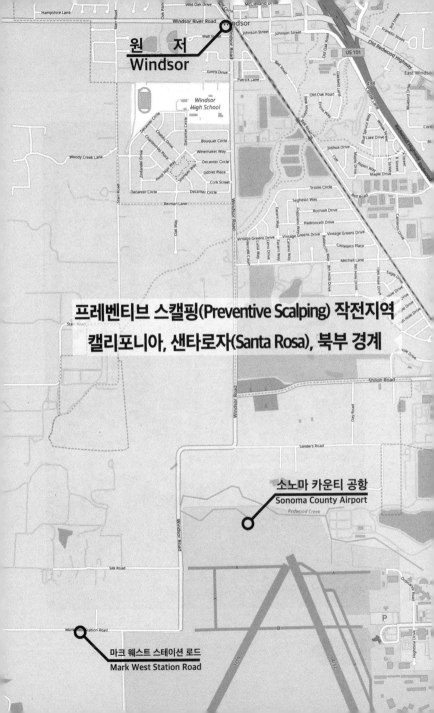

원 저
Windsor

Windsor High School

프레벤티브 스캘핑(Preventive Scalping) 작전지역
캘리포니아, 샌타로자(Santa Rosa), 북부 경계

소노마 카운티 공항
Sonoma County Airport

마크 웨스트 스테이션 로드
Mark West Station Road

신화 속 무법자

돈없고 빽없고 힘도 없는 내가 신들의 음모를 돌파하려면...?

글 : 빅제후 / 그림 : ICE
가격 : 10,000원

납골당의 어린왕자 6

사후에 유일한 미련이나마 오랫동안 곱씹을 여유가 있기를.

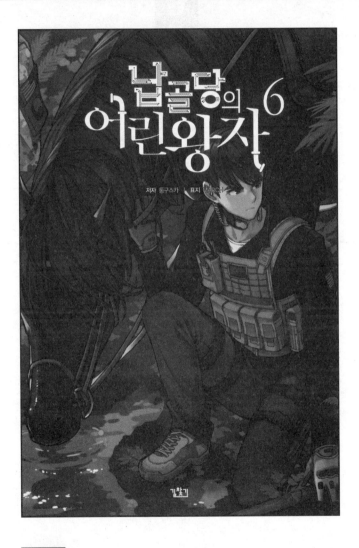

글 : 퉁구스카 / 그림 : MARCH

가격 : 10,000원

납골당의 어린왕자 6

초판 1쇄 발행   2019년 04월 15일

저자 퉁구스카
표지 MARCH

디자인 윤아빈
주간 홍성완
마케팅 정다움
발행인 원종우

발행처 (주)이미지프레임
주소 (13814) 경기도 과천시 뒷골1로 6, 3층
영업부 02-3667-2653   **편집부** 02-3667-2654   **팩스** 02-3667-2655
메일 edit03@imageframe.kr   **웹** vnovel.co.kr

ISBN 979-11-6085-513-5 04810   (세트) 979-11-6085-063-5 02810